Beste lezer,

Herinnert u zich nog de intense, alles overheersende leeservaring van literaire thrillers zoals *Misery* van Stephen King of *De waarheid over de zaak Harry Quebert* van Joël Dicker? Boeken waarin een ingenieus, literair spel wordt gespeeld en die tegelijk razend spannend zijn. Precies zo'n boek is *De val van Tammy Davidson* van Lex Passchier, waarvan u nu een vooruitexemplaar in handen houdt.

Lex Passchier is een prijswinnende, door de wol geverfde scenarioschrijver die zijn jarenlange ervaring bij het schrijven van dit boek optimaal heeft benut. Dat merk je in ieder hoofdstuk, en op iedere bladzijde van *De val van Tammy Davidson*, waar de personages tot leven komen en de filmisch geschreven scènes je door het verhaal heen stuwen.

Vier personages die elkaar niet kennen raken door de loop van omstandigheden met elkaar verbonden in deze pageturner vol plotwendingen over de donkere kant van de menselijke geest.

Een puntgave, actuele thriller over feit en fictie, waarin de spanning onophoudelijk wordt opgeschroefd en zowel de personages als de verhaallijnen steeds meer met elkaar verbonden raken en in een zinderende finale bij elkaar komen.

Het hele team bij Luitingh-Sijthoff kan haast niet wachten om dit boek in januari 2025 te publiceren, en we wensen u nu heel veel leesplezier.

Tom Harmsen
Uitgever

Lex Passchier

De val van Tammy Davidson

ONGECORRIGEERD VOORUITEXEMPLAAR

LUITINGH-SIJTHOFF

Uitgave door uitgeverij Luitingh-Sijthoff bv, Amsterdam

Omslagontwerp Roald Triebels
Omslagbeeld Getty/Jose A. Bernat Bacete
Opmaak binnenwerk Crius Group, Hulshout

ISBN 978 90 218 0756 0
ISBN 978 90 210 4671 6 (e-book)
ISBN 978 90 210 4695 2 (luisterboek)
NUR 305

www.lexpasschier.nl
www.lsuitgeverij.nl
www.boekenwereld.com

Uitgeverij Luitingh-Sijthoff vindt het belangrijk om op milieuvriendelijke en verantwoorde wijze met natuurlijke bronnen om te gaan. Bij de productie van dit boek is daarom gebruikgemaakt van papier waarvan het zeker is dat dit niet tot bosvernietiging heeft geleid.

Voor Rieneke en Danique,
voor alles en altijd.

Proloog

Jonathan

Maandag 2 oktober 2023

De kelderdeur lijkt kleiner.

Hij is nog steeds blauw, maar de verf is gebladderd en er zitten roestplekken bij de scharnieren. Het is vanuit de fietsenstalling de kortste route naar binnen. Ik ben al die jaren niet één keer via de hoofdingang gegaan, dat was suf.

Ook in de kelder staan de muren dichter op elkaar en hangt het plafond lager. Het ruikt er nog net zo muf en het is er nog net zo donker. Ik loop langs de kapstokken en de kluisjes die er nu staan. Verderop de klapdeuren naar het honk. Door het glas zie ik leerlingen bij de voetbaltafel, anderen zitten op de banken langs de zijkant te praten, te lachen. Tussenuur. Niemand met een studieboek. Die neem je niet mee naar het honk. Ook suf.

Ik kijk naar ze.

Eigenlijk ben ik nog steeds zoals zij.

Ik ben één keer in dat honk geweest, daar heb ik over geschreven in mijn dagboek. Eigenlijk wil ik er niet aan denken, maar toch zie ik het weer voor me. Hoe ik daar lag.

De gele tegels op de vloer zijn vervangen door grijs linoleum. Graffiti op een stukje muur waarop het mag. Gecontroleerde anarchie.

Voorbij het handenarbeidlokaal de trap op. Ik passeer leerlingen die een korte blik op me werpen maar verder geen aandacht aan me schenken.

What else is new.

Langs de kamer van de conciërge, de deur net als vroeger open zodat laatkomers niet ongezien kunnen passeren. De kamer is verlaten, er staan andere kasten en geen planten meer.

De aula, het open veld.

Zo'n tien leerlingen verspreid aan tafels, in groepjes, alleen, studerend, etend, hangend. De ruimte nog steeds hoog. Ik was de gebrandschilderde ramen vergeten. De trap naar de eerste en de tweede verdieping. Het houten bord met naamplaatjes van docenten die die dag afwezig zijn hangt er niet meer. Gaat nu met een app, natuurlijk.

Niet stil blijven staan. Doen alsof het normaal is dat ik hier ben.

Ik zie mezelf lopen, van bovenaf, als in een film. Ik heb de hoofdrol en de personages om mij heen weten van niks, maar ik weet wat er gaat gebeuren, net als de toeschouwers, die voelen het ook, die weten méér.

Tegelijkertijd ben ik geen verzonnen figuur.

Dit ben ik. De echte ik.

Links de gang naar de gymzaal, rechts de lokalen op de begane grond met ramen waardoor je vanuit de gang naar binnen kunt kijken, als een rij aquariums waarin je de scholieren kunt zien spartelen en verdrinken.

Ik blijf staan. Ik zou boven beginnen, op de tweede, bij het muzieklokaal, en dan naar beneden werken, terug naar de uitgang. Geen goed idee, denk ik nu. Ik moet hier beginnen en dan naar boven. Ze voor me uit jagen. Ze in een hoek drijven.

Beginnen in het honk?

Nee. Ik doe dit niet voor mezelf.

Ineens het gevoel dat er iemand achter me staat. Ik draai me om.

Niemand.

Rustig doorademen. Kop erbij houden: voorzichtig, niet paranoia. Wel twijfel nu, angst die me van m'n plan probeert af te brengen. Ik fluister: 'Geef me kracht, geef me kracht.' Het begin van tranen, ik probeer ze binnen te houden. 'Doe het, doe het!' Het is mijn eigen stem en van niemand anders.

Er komen twee jongens de trap af. Broeken met pijpen die net te kort zijn. Witte sokken tot hun enkels. Rugzakken die hun boeken kapotmaken. Rechte tanden.

Paniek. Gevangen in een web van gedachten.

Ik denk aan Vincent. En aan Wanda. Aan wat zij zei, dat de menselijke geest een heel wonderlijk iets is. Dat als het eenmaal een koers heeft bepaald, het door niets meer kan worden tegengehouden. *Dus kun je alles bereiken, Jonathan. Alles. Zolang je het maar écht wilt.* Als Vincent haar had kunnen horen had hij haar uitgelachen. Maar ik denk dat Wanda gelijk heeft en dat Vincent trots op me zou zijn als hij me nu kon zien. Hij zei het zelf, over dat huis met de ooievaar.

Toch gaat de paniek niet weg.

Dan zie ik het vogeltje. Is het een roodborst? Ik denk van wel. Het fladdert buiten voor het raam, hoog langs de dakrand. Het moet wel een roodborst zijn.

Roodborsten zijn vaak alleen. Ze besluipen hun prooi en overmeesteren die met een verrassingsaanval. Daarom kunnen ze geen andere vogels om zich heen hebben, dan mislukt hun tactiek. Dat heeft Wanda me verteld toen we er een zagen bij haar in de tuin.

De roodborst is een teken. Een signaal dat dit de dag is en dat ik dit allemaal niet verzin. Niets kan mij nu nog tegenhouden. Geen mens, geen God, geen duivel en geen wilskracht.

Belonen en beboeten.

Ik kijk naar de twee jongens die nu onderaan de trap zijn.

De strijd is voorbij. Geschiedenis en tijd komen samen, het bloed suist in mijn oren. De twee jongens lopen in mijn richting. Ik grijp onder mijn jas.

Zij zullen de eersten zijn.

Dan is de fantasie geen fantasie meer.

I

Cloé

Zomer 2023

Cloé Guillot van de Brigade de Gendarmerie stuurde haar politiebus met gillende sirene door Saint-Paul-de-Fenouillet, gevolgd door de ambulance die zij naar de plek van het ongeval moest loodsen. Aan de rand van het dorp werden ze doorgelaten door gendarmes die het andere verkeer tegenhielden en sloegen ze de smalle D7 richting Gorges de Galamus in. Van die kant kwamen campers, bussen en personenwagens met inzittenden die in alle haast uit het gebied waren geëvacueerd het dorp binnen rijden onder rookwolken die de lucht verduisterden.

Over de radio hoorde Cloé de laatste informatie: het vuur verspreidde zich nu razendsnel over een gebied van drie kilometer, de D10 die langs de kloof slingerde was eveneens afgesloten, de brandweerkorpsen van de departementen Aude en Pyrénées-Orientales waren met al hun materieel uitgerukt en er was versterking onderweg vanuit Perpignan. Cloé keek omhoog, een blushelikopter scheerde over de boomtoppen. Aan alle kanten klonken sirenes en er hing een stank die steeds sterker tot haar bus doordrong. Ze werd ingehaald door een brandweerwagen die een tegemoetkomende Peugeot op een haar na wist te ontwijken.

De melding van het ongeluk was vlak na de eerste berichten over de bosbrand gekomen en in de hectiek had Cloé niet alle informatie gekregen. Het enige wat ze wist was dat iemand vlak bij de kapel van Saint-Antoine in de kloof was gevallen en dat er door omstanders een zoektocht was gestart. Cloé kende het gebied goed: vanaf de kapel die tegen de wand van de kloof leek te zijn aangeplakt liepen er steile paden verder naar beneden, naar de Agly die honderd meter lager stroomde en waar je kon zwemmen en kajakken. Al was er van stromen de laatste maanden nauwelijks sprake, de rivier was net als vorig jaar nagenoeg drooggevallen en ook in het stuwmeer van Caramany stond het water op recordlaagte. Toch bleef dit stuk van de kloof met de bijzondere kapel een toeristische attractie van formaat, wat met deze brand nu juist een extra probleem was.

Cloé voelde windvlagen tegen haar bus duwen en wist dat deze windsnelheden in combinatie met de droogte en de temperatuur die nu al weken rond de veertig graden schommelde een levensgevaarlijke cocktail waren. Overal langs de weg stonden borden met waarschuwingen dat open vuur verboden was. In deze omstandigheden kon ieder vonkje catastrofale gevolgen hebben en zo'n vonkje kon overal vandaan komen: een idioot die een kampvuurtje maakte of een barbecue aanstak, metaal dat over het asfalt schuurde, lenswerking door een weggegooide fles in de berm, of kwade opzet. In Frankrijk waren meerdere pyromanen actief en binnen de Gendarmerie nationale waren een paar jaar geleden zelfs speciale eenheden opgericht om ze op te sporen.

In een flits dacht Cloé aan Philippe. Ze was de afgelopen achttien jaar nooit echt kwaad op hem geworden, maar één keer was ze hem zowat naar zijn strot gevlogen. Een jaar geleden had ze in de wasmand zijn spijkerbroek gevonden met daarin sigaretten en een aansteker, waarna hij had opgebiecht dat hij met vrienden had zitten roken in het bos langs de Rue de la Paychère. Het was niet eens zozeer de ontdekking dat hij rookte als wel de plek waar hij dat had gedaan die haar blind van razernij had gemaakt. Als hij zijn longen per se wilde vergiftigen deed hij dat vanaf nu maar binnen!

Ze zag de hitte trillen boven de weg. Het zicht werd steeds slechter door de rook en na iedere bocht verwachtte ze een vlammenzee te zien, maar vooralsnog kon ze doorrijden, al was het stapvoets. De ambulance reed nog steeds achter haar.

Ze naderden het bistrootje. Het witte treintje dat vijf keer per dag toeristen van en naar het dorp vervoerde stond er verlaten naast. Op de parkeerplaats stonden nog twee auto's, verder was hier niemand meer. Cloé bleef de weg volgen richting de kapel. De rook werd steeds dikker. Ze kwam bij het gedeelte waar de weg zich nog verder versmalde. Vanaf hier kon je maar in één richting tegelijk over de D7 rijden en onder normale omstandigheden stonden hier verkeersregelaars in gele hesjes met portofoons die je tegenhielden tot het verkeer vanuit de andere richting gepasseerd was.

Cloé zette haar bus stil langs de rotswand en stapte uit. Meteen sloegen de rook en de hitte haar in het gezicht. Ze verborg haar neus en mond in haar arm en voor het eerst hoorde ze het knetteren. Ze stak de weg over naar het stenen muurtje dat de weg van de kloof scheidde en keek naar beneden. Daar stonden honderden bomen in brand. Ze zag een vlammenzee met rookpluimen die de hoogte in gingen, het leek of ze in de krater van een actieve vulkaan keek.

De ambulance was achter haar bus tot stilstand gekomen. Cloé gebaarde de broeders dat ze moesten blijven wachten en dat zij poolshoogte ging nemen. Ze probeerde de weg af te kijken maar zag amper iets en haar ogen prikten. Vanuit haar elleboog naar zuurstof happend liep ze verder richting de bocht. Ze wist dat er daarna een tunnel kwam en dat aan de andere kant daarvan de trap begon die vanaf de weg naar de kapel leidde, maar al na een paar passen zag ze niets meer en moest ze haar ogen dichthouden omdat het anders te veel pijn deed. Ze besefte dat dit geen zin had en dat ze moest omkeren toen ze een hand voelde die haar stevig bij haar arm greep. Ze draaide zich om en zag door een waas de felle kleuren van het uniform van een van de ambulancebroeders. Hij had een mondmasker en een veiligheidsbril op. Met water uit een knijpfles spoelde hij haar ogen uit. Hij zei iets, maar de wind leek een moment te draaien waardoor het vuur ineens bulderde, dus ze kon het niet verstaan, maar het klonk alsof hij tegen haar tekeerging omdat ze in haar eentje was gaan lopen. Hij reikte haar een bril en een mondmasker aan en samen vervolgden ze hun weg.

De hitte was nu een muur geworden waar ze zich doorheen probeerden te duwen. Cloé keek opnieuw het ravijn in. Het vuur kroop aan de overkant van de kloof via de bomen en struiken verder omhoog.

Zij en de broeder gingen de bocht om. Een windvlaag wervelde de rook een paar tellen de andere kant op waardoor Cloé kon zien dat er een personenbus van de brandweer in de tunnel geparkeerd stond. Een brandweerman haastte zich naar hen toe.

'Jullie moeten hier weg!' schreeuwde hij.

'Wij komen voor het ongeval,' riep Cloé.

'Ben jij nou hartstikke gek geworden! Wegwezen, jullie kunnen hier niets doen!' Hij wees achter zich naar het busje. 'Dit zijn de laatsten, die brengen we nu weg.'

Nu pas zag Cloé dat het busje vol mensen zat. 'En het slachtoffer dat in de kloof is gevallen?' vroeg ze.

'We hebben iedereen die beneden aan het zoeken was daar weggehaald.'

'Is het slachtoffer gevonden?'

'Nee.'

'Om wie gaat het?'

'Weet ik niet.'

'Is 't een man of een vrouw?'

'Ik weet het niet!'

'Dus jullie laten diegene daar nu gewoon achter?'

De brandweerman wees naar het inferno beneden. 'Het is de hel daar, je kunt geen kant op. We trekken ons terug. We gaan vanaf een hoger punt proberen het onder controle te krijgen.'

'Maar jullie kunnen daar toch niet iemand laten liggen!'

'Diegene heeft de val waarschijnlijk niet overleefd. En ik ga mijn mannen niet in gevaar brengen om een lijk uit het vuur te halen. En nu als de sodemieter weg hier!' Hij draaide zich om en liep terug naar de tunnel.

Opnieuw blies de wind de rook weg die tegen de kalkwanden hing en even werd het zicht weer helder. Cloés aandacht werd direct getrokken door iemand in het busje van de brandweer. Diegene schreeuwde onhoorbaar en bonkte op de ruiten van de wagen. Cloé herkende het gezicht meteen. Ze verstijfde.

De brandweerman was ingestapt en het volgende moment kwam het busje in beweging.

Cloé begon te rennen. 'Nee, wacht!'

Maar het busje reed al van haar weg, in de richting van Cubières-sur-Cinoble. Het gezicht met de wijd opengesperde mond en de ogen vol doodsangst verdween in de duisternis van de tunnel.

Cloé bleef midden op de weg staan maar kon amper overeind blijven. Rookslierten kolkten om haar heen, maar het draaide vooral in haar hoofd.

Ze keek naar beneden en dacht nu te weten wie daar lag, ingesloten door de vlammen.

Wat was er gebeurd?

Haar maag keerde zich om bij de tweede vraag die bij haar opkwam.

Had zij dit kunnen voorkomen?

Puck

Twee dagen eerder

Er schoof een wolk voor de zon waardoor het leek alsof ze haar dichte ogen nog dichter deed. Het was een verademing, dit verkoelende duister. Ieder ander had nu zijn of haar ogen opengedaan, bewust of intuïtief, omdat een donker dat nog donkerder wordt nu eenmaal dreiging oproept. Ieder ander had nu gekeken of alles nog in orde was, of het kind rustig doorspeelde onder het toeziend oog van zijn vader. Of het niet in een onbewaakt ogenblik te dicht bij het water was gekomen en het daar nu niet door werd verzwolgen omdat het met zijn tweeëneenhalf jaar nog niet kon zwemmen, nog los van de problemen met zijn been. Toch hield Puck haar ogen dicht. Ze hoorde geen afwijkende geluiden en dat was geruststelling genoeg. Abel zou nog in de hangmat liggen en Marnix zou nog in de weer zijn met de stenen die hij sinds ze hier waren fanatiek verzamelde. Het volgende moment deed de zon haar gesloten oogleden weer fel oplichten.

Abel had een maand geleden gezegd dat zij de bestemming mocht kiezen. *Iets in Frankrijk of zo.* Hij had het tijd gevonden er eens met z'n drieën op uit te gaan. *Want daar zijn we wel aan toe.* Hij had het niet speciaal voor haar bedacht, zijn angst dat ze zou terugvallen was minder geworden, dat merkte ze aan alles. Ze had enthousiast op het plan gereageerd, ze wist steeds beter hoe dat moest.

Het meer van Caramany was als eerste bij haar opgekomen omdat zij en Abel daar allebei geweest waren in hun jeugd. Ze hadden het er weleens over gehad wat er gebeurd zou zijn als ze elkaar daar toen ontmoet hadden. Dus had ze de eerste de beste camping langs het meer geboekt die ze online tegen was gekomen en die er een beetje acceptabel uitzag.

Hun bungalowtent was ruim en behoorlijk luxe maar toch voelde het niet als ontspannen kamperen. Het was behelpen met koken en afwassen, de douches waren voortdurend bezet en de dichtstbijzijnde dorpjes lagen op minstens een halfuur rijden. Bovendien was het iedere dag boven de veertig graden en hield Marnix hen iedere seconde waarin hij wakker was bezig. Maar ze liet niets merken. Abel en Marnix genoten zichtbaar en als ze naar haar keken genoot zij mee.

Nu hoorde ze toch iets. Vader en zoon zeiden iets tegen elkaar. Ze hoorde Marnix aan komen lopen, herkende zijn tred op het pad met het stoffige zand en de harde steentjes. Hij droeg speciale schoenen en kreeg fysiotherapie maar had zichzelf desondanks een manier van voortbewegen aangeleerd die volledig naar de linkerkant scheefgetrokken was. Eigenlijk liep hij gewoon mank. Hij had nog niet de leeftijd dat hij door vriendjes met zijn handicap werd gepest maar Puck wist dat het een kwestie van tijd was voor het zijn dagelijks leven voor een groot deel zou beïnvloeden.

Ze deed haar ogen open, zag Marnix naast haar ligstoel staan en keek in zijn vrolijke, zongebruinde gezicht. Zijn ogen schitterden. Voor hem was alles hier een avontuur.

‘Zwemmen, mama?’ Hij had zijn bandjes al om.

‘Wil papa niet?’

'Papa wil lezen.'

Ze aaide over zijn wang, stond op en liep met hem mee, in zijn tempo, zonder zijn hand vast te pakken, want als een van hen viel gingen ze op deze ongelijke ondergrond allebei onderuit.

Het water was warm. Ze draaide rondjes met Marnix die zich aan haar vastklampte. Ze dacht aan Vuurtoreneiland, aan de tocht met de reddingsboei halverwege. Marnix maakte vrolijke geluidjes, ze deed mee, maar hoorde zichzelf en hield ermee op. Rond haar benen en voeten voelde het water fris en ze verlangde ernaar op de bodem te liggen.

Ze ondersteunde Marnix terwijl hij zich op zijn rug liet drijven. Ze zwegen. Ze keek naar hem. Hij keek naar de lucht en plotseling zag ze een waas over zijn ogen trekken. Hij staarde alleen nog maar in het niets, volledig in beslag genomen door een gedachte die blijkbaar bij hem op was gekomen. Soms was ze bang voor wat hij allemaal dacht. Ze bewoog hem zachtjes heen en weer tot hij weer in het hier en nu was teruggekeerd.

'Ik wil eruit,' zei hij.

De rest van de dag zei hij nauwelijks iets. Bij het naar bed brengen vroeg ze of hem iets dwarszat. Hij schudde alleen zijn hoofd.

Als Marnix sliep zaten Abel en zij voor de tent. Dan hadden ze het over de toekomst, over Marnix, over de *business* en deden ze kaartspelletjes.

Maar vanavond kon ze het niet opbrengen. Ze zei dat ze een eindje ging wandelen. 'Even mijn hoofd leegmaken.'

'Niet piekeren.'

'Nee.'

Ze volgde een pad dat het ene moment vlak langs het meer liep en er het volgende moment verder bij vandaan ging. Ze passeerde een andere camping, een verpauperd uitgaanscentrum met een verlaten parkeerterrein, een aantal huizen en wat kleine strandjes. Waar ze precies gekampeerd had toen ze hier in haar jeugd was geweest kon ze zich niet herinneren en er was nergens iets wat haar bekend voorkwam. Haar ouders zouden het weten.

Ze ging op een bankje zitten bij een steiger waar felgekleurde waterfietsen aan lagen afgemeerd. Er was niemand. De zon ging onder maar de warmte nam nauwelijks af. Ze keek naar het rimpelloze water. Naar de wijnranken op de hellingen aan de overkant. Ze schopte haar slippers uit en liep op blote voeten de steiger op. De houten planken gaven nog de hitte van de dag af.

Aan het einde bleef ze staan, haar tenen over de rand. Ze bewoog haar gewicht naar voren en keek naar beneden waar de houten palen in het donkere water verdwenen. Nog iets verder. Toen kwamen de tranen.

Ze stapte achteruit, zakte door haar knieën om met beide handen steun te zoeken op de steiger, rolde op haar zij, klemde haar armen om haar middel en huilde.

Voorjaar 2018

'Dus je houdt van Italiaanse films?'

'Ja.'

'Wat vind je daar mooi aan?'

'De taal. De sfeer.'

Even dacht ze dat hij op zijn profiel maar wat had gezet om cultureel over te komen en blijkbaar had hij zelf ook in de gaten dat hij een nogal nietszeggend antwoord had gegeven want hij voegde er met een serieuze blik aan toe: 'Ze gaan vaak over de zoektocht naar de betekenis van het leven.'

Ze moest lachen, ze kon er niks aan doen. 'Dat gaan wel meer films,' zei ze. Hij wist nog niet dat ze een master Film Studies had gedaan en de publiciteit deed voor een filmhuis.

Het was niet druk in het restaurant. Slechts enkele personeelsleden gebruikten de roltrappen die als op een tekening van Escher naar de bovenzalen van TivoliVredenburg voerden. Er stonden een americano en een verse muntthee tussen hen in op tafel.

'Tuurlijk,' zei Abel, 'maar in Italiaanse films worden daar van die krachtige symbolen voor gebruikt. Vooral door regisseurs als Fellini.'

Ze knikte, nu zonder te lachen.

'Het zijn ook de acteurs,' ging hij verder. 'Zo'n Mastroianni, die echt helemaal niks doet. En toch wil je naar 'm blijven kijken. Fascinerend vind ik dat.'

'Ja, vooral in *Una giornata particolare*.'

Hij zette zijn kop iets te hard terug op het schoteltje. 'De dreiging van de oorlog in die film! Terwijl je alleen maar dat lege appartementencomplex ziet! De hele wereldgeschiedenis teruggebracht tot de spanning tussen die twee mensen!'

Juist dat zijn gepassioneerde filmbetoog niet helemaal paste bij zijn iets te elitaire voorkomen vond ze op een manier die haar zelf verbaasde aantrekkelijk. Abel vertelde over zijn werk bij een bank maar zonder dat het een eindeloos verhaal werd en hij was tussendoor ook steeds benieuwd naar haar. Ze bestelden twee gingerbeers en praatten verder, soepel maar ook aftastend, alsof ze bang waren dat de positieve eerste indruk die de ander had gemaakt alsnog teniet kon worden gedaan door een rare mening, een vreemd verhaal of een verkeerde toon. Maar dat gebeurde niet.

Bij het fietsenrek spraken ze af elkaar nog een keer te zien en kusten ze elkaar op de wang. Voor hij wegfietste zei Abel dat hij waarschijnlijk niet lang kon wachten met haar te appen. 'Of kom ik nu heel desperate over?'

'Beetje wel,' antwoordde ze.

'O.'

'Ja, jammer. Want je was goed bezig.'

'Ja?'

'Vond ik wel.'

'Oké,' zei hij met een glimlach.

Zij glimlachte terug.

Tijdens hun tweede afspraak, een wandeling door het Amsterdamse bos, merkte ze niets meer van onzekerheid, althans niet tegenover hem of in hun gesprek.

'Soms lijkt het of iedereen precies weet hoe het allemaal moet,' zei ze terwijl ze langs De Bosbaan liepen waar roeiboten als pijlen door het water schoten. 'Vriendinnen die al vaste contracten hebben en een huis, sommigen wonen al samen en ik zit nog steeds in mijn studentenkamer terwijl ik allang ben afgestudeerd, en doe parttime werk waar ik amper de huur van kan betalen.'

'Ik zie steeds meer mensen van onze leeftijd die niet zo om al die vastigheid geven,' zei Abel.

'Dat is ook omdat ze soms gewoon geen keus hebben. Zie maar eens een betaalbaar huis te krijgen op een beetje leuke plek. Of een hypotheek. Dat wil niet zeggen dat ze dat niet zouden willen.'

'Dan nog. Waarom zou je je met anderen vergelijken? Je moet toch doen wat goed voelt voor jou?'

'Heb jij dat dan nooit? Dat je je afvraagt... waar je staat en zo?'

'Tuurlijk wel, maar ik laat het ook maar een beetje gebeuren. Je kunt overal wel eindeloos over nadenken, maar soms heeft dat gewoon niet zoveel zin.'

Ze zeiden even niets, zonder dat het ongemakkelijk voelde. Verderop kwamen twee boten over de finish.

'Ik denk dat ik verliefd op je word,' zei hij. 'Of misschien ben ik het al.'

Ze liepen nog een paar passen door, toen hield ze hem staande. Ze trok hem naar zich toe, legde haar handen op zijn wangen en kuste hem.

Later die week kookte hij voor haar bij haar thuis waarna ze voor het eerst met elkaar naar bed gingen. In de weken die volgden werd het een overrompelende verliefdheid die haar volledig uit balans bracht. Ze kon niets meer. Haar werk leed eronder. Ze maakte fouten. Niks ernstigs, maar het viel wel op. Collega's moesten erom lachen, zo kenden ze haar niet. Ze kende zichzelf niet eens meer. Ze had het gevoel dat ze ergens in viel maar voor het eerst durfde ze zich te laten gaan.

Zij en Abel waren bijna iedere nacht samen in zijn appartementje in Amsterdam of op haar kamer in Utrecht. Ze ondernamen van alles, maar deden ook dingen apart. Ze hadden allebei hun werk, hij ging stappen met collega's, zij ging zonder hem naar de bioscoop als hij voetbal wilde kijken, hij ging een weekend weg met vrienden, zij verdween van de radar tijdens de weken van het Nederlands Film Festival.

Op een avond gingen ze samen naar de bioscoop en viel het geluid uit terwijl de film verderging. Niemand deed iets, ze dachten allemaal dat het personeel het wel in de gaten zou krijgen en het op zou lossen. Toen het langer duurde en Puck op het punt stond iemand in te gaan lichten, was Abel met de film mee gaan praten. Hij deed de stemmetjes van meerdere karakters en verzon een hele dialoog op de bewegende monden van de acteurs. De mensen om hen heen moesten er vreselijk om lachen en ook Puck was niet meer bijgekomen. Ze dacht er daarna nog vaak aan terug en dan tintelde haar lijf.

Het feit dat ze elkaar de ruimte gaven gaf haar adem, al verlangde Puck vanuit die ontspanning dan alleen maar meer naar hem. In het begin genoot ze ervan dat ze er kramp in haar maag van kreeg als ze elkaar een paar dagen niet zagen, vooral omdat ze het gevoel van iemand missen niet kende, maar het werd steeds moeilijker te verdragen.

Eén keer moest Abel op een korte zakenreis en toen miste ze hem zo erg dat ze ervan moest overgeven. Dat vond ze vrij bespottelijk van zichzelf.

Al na twee maanden maakten ze samen hun eerste grote reis, die zeker naar Pucks maatstaven ook nog eens behoorlijk extravagant was. Abel moest voor zijn werk naar een congres in Las Vegas en zij mocht mee. Ze beleefde daar een paar dagen met de andere partners van de bankmedewerkers, uitsluitend vrouwen, met wie ze geen enkele verwantschap voelde, maar ze vond het niet erg haar best te doen, voor Abel, en al snel mochten al die dames haar graag. Ook al stond Las Vegas voor alles wat ze verafschuwde, het was op zijn minst intrigerend om zoveel lelijkheid te zien, zoveel commercie en onechtheid dat het pijn deed aan je ogen.

Ze hadden gepland dat ze een paar dagen later zouden terugvliegen dan de rest van het gezelschap omdat ze de Grand Canyon wilden zien. In een huurauto reden ze er in een paar uur naartoe. Het contrast met Las Vegas kon niet groter zijn. Het was adembenemend. Nog nooit had Puck in zo'n diepte gekeken en dat bleef indrukwekkend, ook nadat ze drie dagen langs de South Rim hadden gewandeld, vaak over paden waarlangs geen enkel hek was geplaatst zodat er niets was tussen hen en de afgrond. Eén misstap en je lag beneden. Het was zo overweldigend dat Puck zich er voortdurend van bewust probeerde te zijn dat ze dit werkelijk zag.

Vlak voordat ze op reis gingen had Abel gezegd dat hij het jammer vond dat ze elkaar niet eerder hadden ontmoet. Terwijl dat makkelijk had gekund want niet alleen hadden ze een paar maanden tegelijkertijd in Amsterdam-West gewoond waar ze zonder twijfel meerdere keren rakelings langs elkaar heen gelopen of gefietst waren, maar ook hadden ze ontdekt dat ze twee jaar eerder op hetzelfde oud-en-nieuwfeest in Rotterdam waren geweest. Als kind hadden ze een zomervakantie langs dezelfde rivier in Zuid-Frankrijk doorgebracht en ook waren ze op twee gezamenlijke kennissen gekomen die ze los van elkaar al kenden voordat ze elkaar ontmoet hadden. Maar waar Abel dacht aan hun verloren tijd, aan de jaren die ze samen hadden kunnen hebben als ze eerder op elkaars pad waren gekomen, dacht Puck vooral aan het zijden draadje waar het allemaal aan gehangen had. De aanloop naar hun eerste ontmoeting had wat haar betreft namelijk bestaan uit een reeks toevalligheden die zo stompzinnig waren dat hun paden zich net zo makkelijk nooit hadden kunnen kruisen.

Wat als ze zich op die donderdagavond niet naar de avondwinkel had gesleept omdat ze niks meer in huis had en ze daar niet een vriendin van de middelbare school tegen was gekomen die ze jaren niet had gezien en met wie ze in de kroeg was beland? Wat als ze die avond niet onder druk van die vriendin ter plekke een profiel had aangemaakt op een datingapp? Dat was niets voor haar en zou ze anders nooit gedaan hebben. Wat als ze drie dagen later niet had besloten het maar eens te proberen omdat ze zich verveelde in een trein die stil was komen te staan vlak voor Amersfoort? Wat als ze Abel niet had uitgekozen omdat hij er op de foto iets te mooi uitzag naar haar smaak? Wat als ze niet had gelezen dat hij van Italiaanse films hield en van Catan waardoor ze hem in een split second toch had geliket? Het was een ketting van oorzaak-en-gevolg geweest waarin iedere schakel achteraf onmisbaar leek om bij hun ontmoeting uit te komen, maar die op die momenten zelf zo betekenisloos waren geweest dat het een wonder was dat de ketting onderweg niet ergens was gebroken. En dat was dan alleen nog maar háár ketting. Ook bij Abel moesten er talloze momenten zijn geweest waarop het allemaal anders had kunnen gaan.

Met de Grand Canyon aan haar voeten voelde ze hoe kwetsbaar alles was. Dat ze hier met Abel liep terwijl dat net zo goed nooit had kunnen gebeuren. Maar ook dat er hierna nieuwe momenten en beslissingen zouden komen, groot en klein, met nu nog onbekende consequenties.

Als Abel toen had voorgesteld om samen te springen, had ze het gedaan. Niet omdat ze er een einde aan wilde maken, maar zodat alles zou blijven zoals het op dat moment was.

Zomer 2023

'Ben je oké?'

Ze deed haar ogen open. Onder zich voelde ze de planken, ruw en koud nu. Er zaten allemaal kleine spijkertjes in het hout die ze in de schemering bijna niet kon zien. Ze draaide met een pijnlijke beweging haar hoofd. Er stond een vrouw op de steiger, zo'n twee meter bij haar vandaan.

'Gaat het met je?'

Puck kwam langzaam overeind.

'Kan ik je helpen?' De vrouw sprak Engels met een Frans accent.

'Ik... was geloof ik in slaap gevallen.'

'Dan was je erg moe, want heel comfortabel zag het er niet uit.'

'Ik keek naar de zonsondergang.'

De vrouw staarde een moment naar haar alsof ze het niet vertrouwde. Vervolgens draaide ze zich om en floot op haar vingers. Er kwam een hond aandraven met een frisbee in zijn bek.

'Sorry,' zei ze, 'hij wil nog weleens verdwalen als ik hem uit het oog verlies.'

Puck stond langzaam op, voelde het bloed weer gaan stromen op plekken waar het een tijdje niet geweest was.

'Gaat 't?' vroeg de vrouw weer.

'Jawel. Beetje stijf alleen.'

'Dan loop ik voor de zekerheid even met je mee.'

Ze liepen naast elkaar de steiger af waarbij de vrouw twee keer van opzij naar haar keek.

'Ik ben Cloé,' zei ze toen ze bij het bankje kwamen.

Puck ging zitten en schoof de slippers weer aan haar voeten. 'Puck.'

Cloé nam naast haar plaats en gooide de frisbee weg waar de hond, een herder met guitige ogen, achteraanging. 'Ben je hier op vakantie?' vroeg ze.

'Ja.'

'Alleen?'

Puck schudde haar hoofd. 'Met mijn vriend en mijn zoontje.'

'Dus toch. Ik dacht al dat jij het was.'

'Hm?'

'Ik heb jullie zien lopen, in Caramany.'

'Daar hebben we afgelopen week geluncht.'

'Mooi plaatsje, vind je niet?'

'Zeker. Woon je daar?'

'Nee, maar ik kom er vaak voor mijn werk.'

'Wat doe je?'

'Ik zit bij de politie. Knappe vriend heb je.'

'Dank je.'

'En een schattige zoon. Hij loopt wat moeilijk, zag ik dat goed?'

'Ja.' Ze wilde opstaan.

'Sorry,' zei Cloé, 'dat was onbeleefd om dat zomaar te zeggen.'

'Geeft niet.'

'Ik woon daar,' Cloé wees achter de bomen, 'stukje verderop.' Ze knikte naar de hond

die de frisbee terug kwam brengen. 'Ik loop hier iedere avond met hem.' Ze zeilde het ding opnieuw weg, het water in.

Puck keek naar hoe de hond erachteraan plonsde. Weer wilde ze opstaan maar ze had de kracht niet.

'Ik weet nog dat ik het ook loodzwaar vond,' zei Cloé. 'Toen mijn zoon klein was en we op vakantie gingen. Ik kwam kapot terug.'

Puck wist niet of ze iets terug wilde zeggen.

'Ik ben al kapot terwijl we hier nog zijn,' zei ze.

'Hoe oud is je zoon?' vroeg Cloé. 'Drie? Vier?'

'Bijna drie. En die van jou?'

'Achttien. Nog even en hij heeft me niet meer nodig. Al denkt hij dat dat nu al zo is.'

Even was het stil, op het geluid van de hond na die zich op de kant stond uit te schudden.

'Het wordt minder,' zei Cloé.

Puck keek haar vragend aan.

'Het gevoel dat je niet meer bestaat omdat je jezelf zo uitvlakt.'

Puck keek naar het meer alsof ze aan de overkant de woorden kon vinden die ze hierop moest zeggen.

'Straks komt er weer wat meer... perspectief,' ging Cloé verder. 'Tot die tijd kun je maar het beste proberen niet te veel aan jezelf te twijfelen. Sorry. Ik weet niet waarom ik dit allemaal tegen je zeg.'

'Maakt niet uit.'

'Als je zeker weet dat het gaat, dan ga ik verder.'

'Het gaat.'

'Weet je de weg terug?'

Puck knikte.

'Of moet ik even met je meelopen?'

'Hoeft niet.'

'Zijn jullie al bij Gorges de Galamus geweest?'

'Wat is dat?'

'Een kloof.' Cloé gebaarde naar het water. 'De rivier stroomt er naartoe en kringelt er doorheen.'

'Rivier?' vroeg Puck. 'Dit is toch een meer?'

'Eigenlijk is 't een opvangbekken. Het is een stuk van de Agly dat daar speciaal voor verbreed is.'

'Dus dit meer is... kunstmatig?'

'Ja. Verderop stroomt de Agly gewoon verder, veel smaller, en gaat dan door de kloof. Er zijn daar allemaal grotten. In de zevende eeuw woonden er kluizenaars, later werd het een heilige plek. In de veertiende eeuw verbleef er een man die er veertig dagen wilde vasten, maar hij werd door de inquisitie opgepakt en op de brandstapel ter dood gebracht.'

'Gezellig.'

Cloé lachte. 'Halverwege de kloof werd de hermitage van Saint-Antoine de Galamus gesticht en in de achttiende eeuw werd de huidige kapel gebouwd als dank voor opmerkelijke genezingen van veel inwoners uit de omgeving.' Ze liet een korte pauze vallen. 'Ik vind dat er nog steeds een... heilzame werking van die plek uitgaat.'

Puck knikte zonder iets te zeggen. Een zuchtje wind deed het water rimpelen.

'Verder is die kapel gewoon uniek,' zei Cloé, 'zo helemaal in de wand van de kloof gebouwd. Ik zou er zeker even gaan kijken. Gewoon naar Saint-Paul-de-Fenouillet rijden en de bordjes volgen.'

'Is dat wel te doen met mijn zoon? Omdat hij dus niet zo goed loopt?'

'Er gaat een trap van de weg naar de kapel, het is niet heel ver. Misschien moet je hem een stukje dragen.'

'Dank voor de tip. En... voor wat je zei.'

Cloé knikte. 'Nog een fijne vakantie.' Ze stond op. 'Kom!' Ze liet er een fluitje op volgen en de herder rende achter haar aan. Samen verdwenen ze richting de weg.

Puck staarde weer voor zich uit. Boven een heuveltop aan de overkant van het water zag ze het laatste stukje roze van de avondhemel.

Winter 2018

Je kon over de hoofden lopen. Waarom hadden ze tot het laatste moment gewacht?

Ze woonden sinds drie weken samen in het appartement van Abel in Amsterdam. Dat scheelde in de kosten, al moest Puck nu op en neer naar Utrecht voor haar werk en zou ze, als ze eerlijk was, Utrecht nooit verlaten hebben als het niet voor Abel was geweest. Bovendien was het best snel want ze waren pas zeven maanden bij elkaar. In de eerste week had het Puck benauwd dat ze in het appartement geen plek voor zichzelf had, maar vanaf de tweede week kon ze zonder problemen aan de keukentafel zitten werken, zelfs als Abel naast haar zat. Ook in het huishouden ging het vanzelf, zonder strakke afspraken. Nu waren ze in de Bijenkorf voor kerstcadeautjes als een stel dat dit soort dingen al jaren deed. Ze raakten elkaar twee keer kwijt in de drukte. Sinds kort floten ze dan de melodie van *Harry Potter* om elkaar terug te vinden.

Op de keukenafdeling passeerden ze een jongetje van een jaar of vier met blond, in de nek te hoog opgeschoren haar dat stond te krijsen terwijl zijn vader hem tot kalmte probeerde te manen. Het joch liet zich op de grond vallen en begon nog harder te gillen, de vader bleef sussen met loze woorden en machteloze gebaren maar leek daarmee het geschreeuw, dat nu gepaard ging met wild gestomp op de vloer, alleen maar erger te maken.

Puck en Abel liepen verder en Abel zei dat als hij later ooit kinderen zou krijgen hij zoiets nooit zou pikken. 'Gister zag ik op straat ook zo'n hysterische kleuter met een moeder die deed of ze met een dictator onderhandelde over een vredesakkoord,' zei hij. 'Gaat mij niet gebeuren. Ze kijken gewoon hoe ver ze kunnen gaan. Dus grenzen trekken, meteen vanaf het begin. Dan weet je dat vast.'

Ze ging er niet op in, lachte er alleen om. Iets te hard misschien.

Binnen anderhalf uur hadden ze alles wat er op hun lijstje stond. Buiten gaf Abel haar een high five. 'Topteam zijn wij,' zei hij.

Margot had alles liefdevol verzorgd. Overal in de villa en in de tuin fonkelde licht. De tafel was stijlvol gedekt en het menu stond in sierlijke letters op persoonlijke menukaartjes geschreven.

Voor Abel was het vanzelfsprekend geweest dat ze met Kerst

naar Zeist zouden gaan, terwijl hij gedurende de rest van het jaar amper bij zijn familie over de vloer kwam, dus had Puck zich over die vanzelfsprekendheid verbaasd. Misschien maakte zij het verschil? Dat hij haar nu had om mee te nemen?

Abel was vanavond meer op zijn gemak dan toen ze voor het eerst mee was gegaan om kennis te maken en zelf voelde ze zich ook relaxter. Al had ze het gevoel dat ze voor Johan op haar hoede moest blijven.

Johan had de eerste keer dat ze elkaar ontmoetten oprecht belangstellend geleken en haar geen moment het idee gegeven dat hij haar misschien niet zag zitten als partner voor zijn zoon. Maar ook al had ze haar best gedaan er leuk uit te zien en had Abel voor vertrek wel drie keer gezegd dat het perfect was wat ze aanhad, toch had ze zich die eerste middag onzeker gevoeld. Over haar rok die bij de kringloop vandaan kwam, over haar sneakers die niet helemaal wit meer waren en over haar bloesje dat iets te bloot was. Ze had zichzelf er in dat huis en vooral onder Johans ogen ineens heel alternatief uit vinden zien. Bovendien had ze zich erop betrapt dat ze haar mouw steeds naar beneden getrokken hield om de kleine tattoo aan de binnenkant van haar onderarm uit het zicht te houden.

Johan was tijdens haar vuurdoop geestig en slim geweest. Toch had Puck instinctief in de gaten gehad dat die charme een façade was waarachter een overheersende man schuilging. Margot, minstens vijftien jaar jonger dan Johan, had haar op haar gemak gesteld en het was Puck meteen duidelijk geworden dat Abel een bijzondere band met zijn stiefmoeder had. Abels jongere halfbroer Vincent had ze direct gemogen. Het was een bleke knul van een jaar of zeventien met een scherpe blik waarmee hij haar brutaal had opgenomen totdat Abel had gezegd dat hij normaal moest doen. Ze had begrepen dat Vincent nogal een zootje maakte van zijn leven en gedurende die middag had Johan zeker zes denigrerende opmerkingen in de richting van zijn jongste zoon gemaakt, over zijn haardracht, zijn kleding, zijn opvattingen en zijn taalgebruik. Johan had er zelf hard om moeten lachen, terwijl Vincent het allemaal stoïcijns langs zich heen had laten gaan. Toch was Puck er ongemakkelijk van geworden. Ook had ze op zeker moment het idee gehad dat Johan te veel had gedronken.

In de trein terug naar Amsterdam had Abel gezegd dat ze was goedgekeurd.

'Hoe weet je dat?'

'Gewoon.'

'Gewoon?'

'Om hoe ze met je omgingen.'

'Ik vind "goedgekeurd" een beetje een raar woord.'

'Ik bedoel dat ze blij met je waren.'

'O. Oké.'

Aan de kersttafel zat Abel te vertellen over een podcast waarin werd uitgelegd hoe klimaat, politiek, economie en geschiedenis met elkaar samenhingen en hoe je door die samenhang te zien inzicht kon krijgen in hoe een groot deel van de wereldproblemen waren ontstaan. Puck had het allemaal al eerder van hem gehoord maar dat kon haar niet schelen.

'En vertelt die podcast ook wat de oplossingen zijn?' vroeg Johan. Ze waren pas halverwege het hoofdgerecht maar hij sprak alweer op een slepende toon die behoorlijk wat alcohol verried. 'Bijvoorbeeld hoe we de planeet nog een beetje op tijd gaan redden?'

'Door te minderen,' zei Abel. 'We consumeren veel te veel en alles gaat alleen maar over winst. Er moet een besef komen dat welvaart om andere dingen draait dan om geld.'

'Zegt mijn broer de bankmedewerker,' zei Vincent.

Abel negeerde het.

'En jij denkt dat dat een nieuwe gedachte is?' vroeg Johan. 'Dat zei de Club van Rome begin jaren zeventig al, met hun *De grenzen aan de groei*.'

'Weet ik,' zei Abel, 'maar uiteindelijk gebeurde er weinig met dat rapport omdat mensen hun portemonnee belangrijker vonden.'

'Maar dat bewustzijn is er nu toch wel?' vroeg Margot. 'Dat het minder moet? Met vliegen en zo?'

'Druppels op een gloeiende plaat,' zei Abel. 'We moeten op veel grotere schaal krimpen, maar we vinden het hier in het Westen ingewikkeld om substantieel in te leveren. Terwijl we vrij weinig voor onze huidige welvaart hebben hoeven doen.'

'Ho ho,' zei Johan, 'ik hou een bedrijf met vijftienhonderd werknemers in de lucht. Ik werk al m'n hele leven keihard voor m'n geld.'

'Dat bedrijf heb je gewoon van opa overgenomen,' zei Vincent.

'Wat wil je daarmee zeggen? Dat het niks voorstelt wat ik doe?'

Vincent haalde zijn schouders op.

'Iemand nog krieltjes?' vroeg Margot.

'Als we het als individu niet op gaan lossen,' zei Puck, 'dan moet de politiek toch iets doen? Met wetten?' Ze probeerde zo nonchalant mogelijk te klinken en de spanning die ze aan tafel voelde oplopen te negeren.

'Politici willen vaak helemaal niks oplossen,' zei Vincent. 'Omdat ze daar zelf niet beter van worden. Met beslissingen en meningen van anderen afzeiken kunnen ze scoren én leiden ze de aandacht af van het feit dat ze zelf niks doen. Bovendien helpt het ze om groepen uit elkaar te drijven. Hoe meer verdeeldheid, hoe sterker hun positie.'

'Dat klinkt heel erg naar,' zei Margot.

'Maar het is wel zo.'

'Het probleem is dat er vooral voor beleid wordt gekozen dat gericht is op houden wat we hebben,' zei Abel tegen Puck, opnieuw alsof Vincent niets gezegd had. 'Zeker financieel. Omdat de kiezer dat wil. Maar als je wilt dat er iets gebeurt, moet je juist financieel iets veranderen.'

'Maar hoe dan?' vroeg Margot.

'Door te kijken naar hoe geldstromen lopen,' antwoordde Abel, 'en daar invloed op proberen uit te oefenen. Wij als bank investeren bijvoorbeeld in bedrijven die vooruitstrevende doelstellingen hebben als het gaat om klimaat en ontwikkelingshulp.'

'Dat is alleen zodat die beleggers van jullie met een schoon geweten hun zakken kunnen vullen,' zei Vincent.

'Waarom zouden daar geen oprechte bedoelingen achter kunnen zitten?' vroeg Johan scherp. 'Wij doen als bedrijf ook allerlei sponsordingen voor goede doelen, dat hóéven we niet te doen.'

'Nee, maar je verwacht wel je logo in de krant of op een shirt,' zei Vincent.

Johan begon steeds harder te praten. 'Je moeder en ik geven ook privé aan goede doelen. Anoniem. Geef jij weleens iets aan een goed doel?'

Puck richtte zich op haar bord en begon haar haricot verts doormidden te snijden.

Vincent ging achterover zitten. 'Geven aan goede doelen doe je alleen voor jezelf. Dat geeft je het gevoel dat je iets goeds hebt gedaan en meer kun je niet doen, want tja... daar heb je verder geen invloed op. Maar het is zó makkelijk om dat te zeggen. Omdat je er dan niet meer over na hoeft te denken. Met een donatie koop je iets af en ondertussen verkloot je de aarde lekker verder.' Hij wees op een van schalen. 'Iemand trouwens nog een lekker stukje vlees?'

'Ga jij nou commentaar zitten hebben op het kerstdiner?' vroeg Johan. 'Was dan op je kamer gebleven!'

'Jongens...' zei Margot.

Puck zag vanuit haar ooghoek dat de vork in Johans hand trilde. Margot zag het blijkbaar ook, want ze legde haar hand over de zijne, maar hij trok hem terug.

'En wat is jouw oplossing om de wereld te redden dan, Einstein?' voeg Johan aan Vincent.

Weer haalde Vincent zijn schouders op.

'Dát is pas makkelijk,' zei Abel, 'niet weten wat je moet doen, dus dan maar niks doen.'

'Exact,' zei Johan. Hij stak zijn vinger naar Vincent uit, die trilde nu nog heftiger van ingehouden woede of van de drank en waarschijnlijk van allebei. 'En dat is sowieso het hele probleem met jou!'

'En nu is het klaar,' zei Margot.

Puck had medelijden met haar. Haar hele diner werd verpest.

'Ik denk gewoon niet dat het allemaal nog zin heeft,' zei Vincent. 'Het tippingpoint zijn we al voorbij. Droogte. Overstromingen. Klimaatmigratie is al niet meer tegen te houden. Het is gewoon te laat.'

'Dus... we gaan onszelf uitroeien?' vroeg Abel.

'Yep. Waar niks mis mee is trouwens. De aarde heeft ons niet nodig, die redt zich wel.'

'Je bent cynisch,' zei Abel, 'en volgens mij is dat het slechtste wat de wereld nu kan gebruiken.'

'Mee eens,' zei Johan, 'over jezelf ontslaan van verantwoordelijkheden gesproken!'

Margot stond op en begon met een zucht af te ruimen.

'Ik ben nog niet klaar,' zei Johan.

'Ik wel,' zei Margot en ze liep met twee schalen die nog halfvol waren naar de keuken.

'We mogen toch wel een discussie hebben?' riep Johan haar na, maar Margot was al verdwenen.

Puck wist niet wat ze moest doen. Margot helpen met spullen naar de keuken brengen terwijl de anderen nog zaten te eten?

Vincent prikte met zijn vork een stuk broccoli uit een schaal. 'We zouden met minder mensen moeten zijn,' zei hij. 'Wij zijn de echte plaag. Iedereen is alleen maar bezig om mensen gezond en zo lang mogelijk in leven te houden en de bevolkingsgroei neemt wereldwijd alleen maar toe, maar hoe meer mensen hier rondlopen, hoe meer ruimte en grondstoffen ze nodig hebben en hoe meer afval ze produceren.'

Puck haalde adem om iets te zeggen en tot haar eigen verrassing kwamen de woorden er ook echt uit. 'Overbevolking leidt tot verlies van biodiversiteit, dat zegt David Attenborough.' Ze voelde dat Johan naar haar keek en dat het bloed in één keer naar haar wangen schoot. Niemand zei iets. Puck voelde haar buik raar doen. Ze stond op het punt te vragen of ze iets verkeerds had gezegd toen Johan weer het woord nam.

'Oké,' zei hij, 'maar op andere plekken in de wereld krijgen mensen gemiddeld veel meer kinderen dan hier. Dan zou je dáár toch wat aan moeten doen?'

'Dat ze in Afrika minder kinderen mogen krijgen?' vroeg Abel.

Johan spreidde zijn handen. 'Als we met te veel zijn is dat toch de oplossing?'

'Dat is rassenscheiding,' zei Vincent.

Johan sloeg met zijn hand op tafel. 'Zeg jij nou dat ik een racist ben?'

'Bovendien ís dat niet de oplossing,' ging Vincent met volle mond verder. 'In Afrika hebben ze de kleinste ecologische voetafdruk per persoon, dus lossen we het klimaatprobleem echt niet op als ze daar minder neuken. Toch denken mensen hier dat wel. Klimaatontkenners. En mensen die tegen migranten zijn. Lekker Afrika de schuld geven.'

Johan haalde adem, waarschijnlijk om te protesteren, maar nu wees Vincent naar zijn vader.

'Trouwens,' zei hij, 'waar komen die diamanten en dat goud vandaan dat jij voor al die ringetjes en kettinkjes gebruikt? Hoeveel milieuschade is daar niet voor aangericht en hoeveel mensen zijn daar niet voor uitgebuit?'

Johan sloeg nog harder op tafel. 'Dus nu ben ik ook nog een crimineel?'

'Het zijn jouw woorden, pa.'

Puck durfde zich niet meer te verroeren, het leek alsof Johan zijn zoon ieder moment kon aanvliegen.

Vincent slikte een hap door. 'Serieus: die mensen daar zijn vooral het slachtoffer van onze vervuiling en zonder een rechtvaardige verdeling van welvaart slaat alle milieupolitiek he-le-maal nergens op.'

'Waar haal jij al die wijsheid toch vandaan?' vroeg Johan.

'Online. De Correspondent, en zo.'

'Ik wou dat je net zo geïnteresseerd was in school.'

'Vier uur Duits per week boeit mij echt niet. Wat moet ik daarmee?' Hij nam nog een stuk broccoli en sprak in één adem door. 'Eigenlijk zou het goed zijn als de Westerse bevolking gereduceerd werd. Als er een pandemie kwam, het liefst een beetje dodelijk.'

Niemand aan tafel zei iets.

Vincent kauwde kalm verder. 'Of een meteoriet die inslaat. Of een natuurramp. Of een nucleaire oorlog. Zodat twee derde van de Westerse bevolking eraan gaat. Even schoon schip maken. Even de balans herstellen. Het zou mooi zijn als iemand eens op een knop zou drukken.'

'Jezus, zo kan-ie wel weer,' zei Abel.

'Is dit waar je het over hebt met die onlinevrienden van je?' vroeg Johan.

'Gaat je niks aan,' zei Vincent.

'Fijne club,' zei Johan, 'stelletje potentiële terroristen onder elkaar. Hoewel, dan zouden jullie iets moeten doen. Zijn jullie waarschijnlijk te lui en te laf voor. Jullie blijven liever in je verduisterde kamertje zitten.'

'Alles begint met een besef,' zei Vincent. 'Met een idee, met woorden.'

Johan pakte zijn glas. 'Nou, op mijn zoon, de extremistische filosoof. Fijne fucking Kerst allemaal.' Hij dronk zijn glas in één teug leeg.

'Ik ga even naar de wc,' zei Puck en ze stond op.

Ze legde in het voorbijgaan kort een hand op Abels schouder. Hij gaf haar een knipoog, maar met een lege blik.

Margot stond in de keuken het eten uit de schalen in plastic bakjes te scheppen.

'Kan ik je helpen?'

Margot draaide zich naar haar om. 'Het is ieder jaar hetzelfde. Het is iedere ávond hetzelfde. Vincent is helemaal geen slechte jongen, maar hij en zijn vader... Soms word ik er zo triest van. En ik vind het heel vervelend voor jou.'

'Het geeft niet.'

'Gaan jullie ook nog Kerst vieren bij jouw familie?'

'Nee, ik eh... Nee.'

Margot knikte alleen maar. 'Ik vind het in ieder geval fijn dat je er bent.'

'Ik ook. Dat ik hier mag zijn, bedoel ik.'

'En dat je Abel gelukkig maakt. Want dat zie ik.'

'Hij maakt mij ook gelukkig.'

'Hoor ik toch nog iets leuks op deze avond.'

Ze glimlachten naar elkaar.

Margot wees naar de gang. 'Ga maar weer naar binnen. Misschien dat de gemoederen wat bedaard zijn. Kom ik zo met het dessert. Want dat is in deze familie mijn geheime wapen. Mijn toetjes.'

'Ik ben benieuwd,' zei Puck.

Ze zei niet dat ze eigenlijk niet zo van zoet hield.

Zodra ze de logeerkamer binnenkwamen begon Puck over de heftigheid van de gesprekken aan tafel en over hoe ze er bijna niet meer tegen had gekund. Abel zei dat hij zich dat best voor kon stellen, maar dat het nu eenmaal altijd zo ging. Hij zag het als een compliment voor haar: zijn familie gedroeg zich in haar bijzijn in ieder geval niet anders dan anders. Puck zei dat ze het een twijfelachtige eer vond.

In het smalle ledikant onder het schuine dak kropen ze dicht tegen elkaar aan.

'Het gaat wel ver,' zei Puck met haar hoofd op Abels schouder en haar hand op zijn borst, 'wat je broer allemaal zei.'

'Grootspraak,' zei Abel. 'Puberaal gedrag. Hij vindt het gewoon leuk om mijn vader te zieken.'

'Dan nog. Hij maakt zo'n ongelukkige indruk. Anders zeg je dat soort dingen toch niet?'

'Zal wel overgaan.'

'Volgens mij is het een onwijs lieve jongen.'

Abel streelde haar rug.

Even luisterden ze naar de geluiden in het huis. Margot was nog bezig in de keuken. Er tikte iets, op het dak of in een leiding.

'Jij hebt hier dus nooit gewoond?' vroeg Puck.

'Nee. Margot en mijn vader kochten dit huis pas toen ik al op mezelf was.'

'Je was veertien, toch? Toen je moeder overleed?'

'Dertien. Een jaar later was Margot bij ons ingetrokken en werd Vince geboren. Ze kenden elkaar al jaren, Margot en mijn vader. Van de tennis. Soms denk ik weleens...'

Puck wachtte tot hij zijn zin af zou maken maar dat deed hij niet. 'Dat ze al iets met elkaar hadden toen je moeder nog leefde?' vroeg ze uiteindelijk.

Ze voelde Abel aarzelend knikken.

'Ik heb 't nooit durven vragen,' zei hij zacht.

Puck streelde zijn borst. 'Wil je vader dat jij het bedrijf overneemt?'

'Hij wil niks liever. Zodat het in de familie blijft. Dat heeft hij mijn opa op zijn sterfbed moeten beloven.'

'Echt? Dat doe je je kind toch niet aan?'

'Hij denkt natuurlijk dat Vince niet geschikt is. Als die het al zou willen.'

'Wil jij het?'

Hij schudde zijn hoofd. 'Niks voor mij, zo'n gespreid bedje.'

'Wil je bij de bank blijven?'

Abel ging een stukje verliggen. 'Wat Vince vanavond zei... over de bank en wat we doen...'

'Ja?'

'Soms voelt het ook wel een beetje zo.'

'Hoe?'

'Hypocriet. Niet dat ik zelf niet geloof in waar we mee bezig zijn, maar het lijkt soms of ik de enige ben. Alsof het mijn collega's verder niks kan schelen. Die kijken nog steeds alleen maar naar targets en rendement.'

'Denk je erover om weg te gaan?'

'Misschien. En dan ergens gaan werken waar ik echt iets kan betekenen.'

'Of zelf iets opzetten?'

'Zou ook kunnen, maar daar zitten ook risico's aan. En nu we... Ik bedoel... we zijn nu met z'n tweeën. Dus ik wil ook samen met jou naar de toekomst kijken. Dan kan ik wel de zekerheid van een vaste baan opgeven, maar als we op een dag besluiten om...'

'Je moet doen waar je behoefte aan hebt.' Ze had het gevoel dat ze hem zijn zin niet moest laten afmaken. 'Dat zeg je tegen mij ook altijd.'

'Maar als we straks een huis willen kopen of als we ooit kinderen...'

'Volg je hart nou maar. Dan komen wij er samen echt wel uit.'

Hij haalde diep adem. Ze zeiden een tijdje niks. Het tikken was gestopt. Hij streelde haar nog even, toen vielen zijn bewegingen stil en na een paar minuten hoorde ze dat hij in slaap was gevallen.

Terwijl ze naar de stilte van de villa lag te luisteren vroeg ze zich af of er iets mis was met haar.

Zomer 2023

Abel was uit op seks. Dat had ze al een paar dagen in de gaten. Maar behalve dat het gewoon te heet was, gruwde ze bij de gedachte. Ze hadden het al maanden niet gedaan en in de jaren daarvoor, sinds de geboorte van Marnix, maar af en toe. Gedurende de eerste tijd na de zwangerschap was Abel geduldig geweest vanwege wat er was gebeurd, maar nu in zijn ogen alles weer min of meer normaal was merkte ze dat het hem dwars begon te zitten. Zij deed ondertussen alsof de signalen die hij gaf volledig aan haar voorbijgingen.

Ze had altijd genoten van de seks met Abel. Waar ze het niet allemaal gedaan hadden, op elk willekeurig moment van de dag. In hun eerste tijd samen waren ze thuis bijna altijd naakt geweest. Abel was niet overmatig gespierd maar had een sterk lichaam dat tegelijkertijd zacht voelde en hij wist wat hij deed. Maar het had geen uitwerking meer op haar, alsof ook hun lichamen vreemden voor elkaar waren geworden, en ze kwam nu nooit meer de badkamer uit zonder eerst iets aan te trekken.

De keren dat het er sinds de bevalling van gekomen was moesten ook voor hem een teleurstelling zijn geweest. Zielloze seks van één kant voelde nu eenmaal treurig voor allebei. Misschien dacht hij dat ze door deze vakantie in een andere stemming zou zijn. In werkelijkheid kon ze ook hier nog steeds geen greintje seksualiteit in zichzelf herontdekken.

Na een dag die ze opnieuw in de schaduw rondom hun tent hadden doorgebracht kwam Abel achter haar staan terwijl ze zat te lezen aan het gammele campingtafeltje en begon hij haar nek te masseren. Ze hadden net de afwas gedaan, Marnix lag al in bed. Al snel verlegde hij zijn handen naar haar borsten. Ze probeerde het spel met een zacht geluidje mee te spelen maar kreeg het niet voor elkaar, ze wilde alleen maar dat die handen daar weggingen en dat die mond uit haar nek verdween. Tegelijkertijd wist ze dat als ze hem nu zou afwijzen het benoemd zou worden en het een officieel probleem zou zijn. En dan moesten ze erover praten.

Hij pakte haar hand, ze liet zich meevoeren, zonder hem aan te kijken. Ze kwamen de voortent binnen. Abel ritste vlug het gedeelte dicht waar Marnix lag te slapen en trok haar naar de grond. Ze probeerde het te laten gebeuren zodat het onderwerp daarna weer in de sluimerstand kon en deed haar best de handelingen zo natuurgetrouw mogelijk te verrichten. Dat werkte, merkte ze aan Abel, die niet meer te houden was. Zijn tong in haar mond, zijn handen nu overal, graaiend tussen haar benen. Hij kleedde zich razendsnel uit. Zelf deed ze haar broek naar beneden en haar slip opzij. Hij liet zich half op haar zakken en stootte in één keer door, uitgehongerd. Het deed pijn en ze wilde schreeuwen, beet op haar tong. Hij bewoog wild heen en weer, het schrijnde en misschien dat er daardoor iets in haar wakker werd want ze begon ook te bewegen, tegen zijn ritme in, alsof ze de pijn nog beter wilde voelen, ze haar weerzin wilde laten oplaaien. Ze zette haar nagels in zijn rug, wilde zijn vlees verscheuren. Ze begon nog harder te bewegen, niet om hem aan te moedigen, ze wilde zich binnenstebuiten keren, al het zwart uit haar lijf persen zodat het zou exploderen en Abel aan flarden zou rijten. Ze probeerde het tegen te houden vanwege Marnix, toch hoorde ze zichzelf kreunen, ze barstte uit. Een paar seconden later begon ook Abel te schokken, lang, toen gleed alles uit hem, gleed hij uit haar en liet hij zich naast haar vallen. Ze zag zijn blik.

'Kwam jij nou?' vroeg hij buiten adem.

Ze voelde haar wangen gloeien, wist dat het aan haar te zien was. 'Ik... weet niet wat er gebeurde.'

'Maar... dat lukt toch nooit? Niet zó, bedoel ik?'

'Nee... ik...'

Die blik van hem. Fuck. Alsof niet alleen alles bij het oude was, maar beter. Sluimerstand uitgesloten, voor hem was dit het definitieve bewijs van een herstart, terwijl zij zich voelde als de platgebrande bosgronden die ze op weg naar deze uithoek vanuit de auto hadden gezien.

Zwartgeblakerd en dood.

Voorjaar 2019

Ze zag de gekleurde enveloppe op de mat liggen en wist meteen van wie de kaart was die erin zat. Een halfjaar geleden had Lize verteld dat ze zwanger was, als eerste van hun vriendengroepje dat stamde uit de tijd van hun gezamenlijke jaren aan de UvA. Die mededeling was wel een moment geweest, een nieuwe fase binnen hun vriendschap, maar Puck had er daarna niet lang meer bij stilgestaan. Vorige week was het blije bericht van de geboorte verschenen in hun groepsapp. Een meisje. Anne-Fine. Aparte naam.

Nu lag er de kaart. Puck haalde hem uit de enveloppe en zette hem in de vensterbank. Toen op een plank in de kast. Uiteindelijk borg ze hem op in een doos onder het bed. Ze vertelde Abel er niets over.

Kort daarna kwam in de app de uitnodiging van Lize om Anne-Fine te komen bewonderen en op een zaterdagmiddag waren ze met het vriendenclubje bij Lize en haar man langsgegaan in hun nieuwe huis in Purmerend.

Er was beschuit met muisjes, er waren de verhalen over de bevalling die niet vanzelf was gegaan en er was een Anne-Fine die ze allemaal even mochten vasthouden. Toen het als laatste de beurt aan Puck was probeerde ze zich net zo te gedragen als ze de anderen had zien doen.

Een paar weken later zag Puck haar oud-studiegenoten opnieuw op een feestje bij haar en Abel thuis. Ze hadden voor het eerst hun gezamenlijke vrienden en een paar collega's uitgenodigd in de hoop dat het zou klikken tussen die verschillende mensen die elkaar niet kenden. Dat deed het en het werd een geweldige avond.

Puck zag hoe makkelijk Abel zich door het feestgedruis bewoog, volledig zichzelf, grappig, slim, charmant. Halverwege de avond stond ze vanuit een hoekje te kijken naar alle gasten, die zij en Abel met hun liefde bij elkaar hadden gebracht, en moest ze er bijna om huilen. Misschien ook omdat ze wist dat er één iemand ontbrak. Eigenlijk twee, omdat Lize bij haar kersverse gezin was gebleven, maar dat was toch van een andere orde. Puck miste haar vroegere buurmeisje en hartsvriendin, ook al was ze nu al vijf jaar dood. Het verdriet over dat verlies was in de loop der jaren nauwelijks minder geworden. Puck had haar geluk van die avond juist met haar willen delen.

Precies op dat moment knipoogde Abel naar haar, van de ene kant van de kamer naar de andere, over de hoofden van de dansende meute heen, alsof hij haar emotie aanvoelde. Zij knipoogde terug.

Om halfdrie 's nachts stond er politie voor de deur omdat er te hard gezongen werd.

Een maand na het feest zat Puck op een zondagmiddag met haar laptop op een terras op het Spui. Na de lange winter kwamen in het appartement de muren op haar af dus ging ze steeds vaker ergens buiten zitten werken. Ze zag dat ze nog een halfuur had voordat Abel thuis zou komen. Hij deed sinds kort aan openwaterzwemmen en vanmiddag zwom hij voor de derde keer van Durgerdam naar Vuurtoreneiland en terug, een kleine vier kilometer, waarna hij nog vijftien kilometer naar huis moest fietsen. Dat deed hij voor de sport maar ook om zijn hoofd leeg te maken, zei hij. Hij dacht veel na over zijn toekomst bij de bank.

Net toen ze van haar terrasstoel op wilde staan omdat ze afgesproken hadden dat zij eten zou halen, hoorde ze haar naam roepen. Lize kwam met winkeltassen zigzaggend tussen de terrasgasten door naar haar toe.

'Nou ja, wat toevallig!' riep ze. 'Ik was net toe aan een drankje. Of stoor ik?'

'Helemaal niet,' zei Puck. 'Ga zitten. Wat wil je hebben?' Ze bestelde een witte wijn voor Lize en voor zichzelf een cola zero. 'Ben je alleen?'

Lize knikte. 'Mijn eerste dagje zonder Anne-Fine. Ik moest er echt even uit. Even weer voelen dat ik leef. Thijs zei dat ik moest gaan. Hij wilde ook weleens een dagje alleen met haar. Ondertussen heeft-ie me al zes keer geappt en meer dan tien foto's gestuurd, maar goed. Ik kan ook eerlijk gezegd niet wachten om weer naar huis te gaan. Nog een wonder dat ik het zo lang heb volgehouden.' Ze lachte beschaamd. 'Ik heb allemaal onzin gekocht om me beter te voelen, maar ik wil eigenlijk gewoon naar huis. Dat vind je vast heel stom.'

'Helemaal niet.'

'Sorry dat ik niet naar jullie feestje ben gekomen.'

'Snap ik toch.'

De ober bracht de drankjes en Puck hief haar glas.

'Op je eerste vrije dag,' zei ze. Ze proostten.

'Ja, het is wel keihard werken,' zei Lize, 'vooral omdat ze zo slecht slaapt. We zijn gesloopt als we opstaan. Echt niet chill. Ik weet niet hoe ik dat moet fiksen als ik straks weer ga werken. Ik zit over minder uren te denken, maar ja, dan leveren we ook in en het vliegt er echt uit nu.'

'Je moet maar zo denken,' zei Puck, 'je krijgt er ook heel veel voor terug.' Dat klonk onaardiger dan ze het bedoeld had. 'Ik bedoel: dat zeggen ze toch altijd?'

'O, dat is ook zo, hoor. Wil je een foto zien?'

Dat werden er zes en drie filmpjes.

Lize vroeg ook naar haar, naar Abel en naar haar werk, en ze luisterde ook echt wel geïnteresseerd, maar toen Puck begon over de nieuwste film van François Ozon en het laatste boek van Sally Rooney stokte het gesprek. Puck probeerde nog iets te vertellen over een tentoonstelling die ze had gezien in het Stedelijk maar ze zag dat het niet meer aankwam bij haar vriendin.

Lize vertelde iets over het zoeken naar goede kinderopvang en over hoe de ouders van Thijs weigerden op te passen, tenminste niet op een vaste dag in de week, omdat ze hun handen een beetje vrij wilden houden. Toen dronk ze haar glas leeg en zei ze dat ze moest gaan. Ze namen afscheid en Puck keek Lize na toen ze het terras verliet, ondertussen bellend met het thuisfront.

Puck rekende af, ging naar binnen bij Athenaeum en kocht een stapeltje boeken voor zichzelf.

Terwijl ze bij de afhaal op het eten stond te wachten, bedacht ze dat ze er nu echt met Abel over moest praten. Ze wist niet wat de beste manier was. Gewoon eerlijk zijn, dacht ze. Simpel. Maar tegelijkertijd helemaal niet simpel.

Ze voelde zich misselijk toen ze de sleutel in het slot stak. Ze zag aan zijn fiets in de gang dat hij er al was. Ze liep naar de woonkamer, zag Abel daar staan met natte haren van het douchen. Ze zei dat ze het ergens met hem over wilde hebben.

Toen pas zag ze zijn houding en de verwarde blik in zijn ogen. Hij had zijn mobiel in zijn hand.

'Wat is er?' vroeg ze.

'Margot belde,' zei hij. 'Er is iets met m'n vader.'

Margot had ijsthee gemaakt. Ze zaten in de tuin van de villa. Johan zat er zeker voor zijn doen stilletjes bij. Vincent was in geen velden of wegen te bekennen.

'We weten het nu zeker,' zei Margot. 'Eigenlijk wisten we het al en nu hebben ze het bevestigd. Er bestaan ook milde vormen, maar dat lijkt dit niet te zijn. Ze kunnen veel met medicatie, maar het zal waarschijnlijk snel achteruitgaan.'

Puck keek naar Johan. 'Wat erg voor je.'

Johan knikte kort en pakte zijn glas. Het trilde in zijn hand. Hij nam een slok. Hij wilde het glas weer terugzetten maar hij beefde te erg.

'Geef maar,' zei Margot. Ze wilde het glas van hem overnemen maar Johan trok het terug.

'Laat dat!' In zijn wilde beweging liet hij het glas vallen en het spatte uit elkaar op de terrastegels. 'Godverdomme.' Hij keek naar zijn broek die nu onder de spetters zat.

'Wacht maar,' zei Margot en ze wilde al opstaan maar Johan hief zijn hand naar haar op.

'Blijf zitten!' Hij stond zelf op en liep het huis in.

Margot liet zich langzaam terugzakken in haar stoel.

'Hij trekt 't niet,' zei ze. 'Vanaf de diagnose al niet. Hij schaamt zich dood. De dokter noemde het een ouderdomsziekte, dat vond ik ook niet zo handig van die man. We moesten het nu wel aan mensen gaan vertellen. Dat wilde Johan niet, maar ik zei: dat moet echt. Iedereen denkt de hele tijd dat hij te veel gedronken heeft.'

Abel had nog niets gezegd en staarde voor zich uit.

'Waar denk je aan?' vroeg Margot.

Abel keek naar haar op. 'Gaat-ie eraan dood?'

'Ze kunnen nog weinig zeggen,' zei Margot voorzichtig. 'Hij kan steeds moeilijker zijn balans vinden. Vooral aan de linkerkant werkt het niet goed. Hij heeft problemen met slikken en hij begint een beetje vergeetachtig te worden. Iemands karakter kan veranderen, maar daar heb ik nog niets van gemerkt. Hij is in ieder geval niet ineens zachtaardiger geworden of zo,' zei ze met een lachje.

'Maar gaat hij eerder dood?' vroeg Abel nu dwingend.

'Dat... zou kunnen,' zei Margot. 'De levensverwachting is twee tot vier jaar korter dan bij mensen zonder parkinson. Maar in zijn leeftijdsgroep komen ook gevallen voor van tien jaar korter.'

Abel reageerde niet, keek weer voor zich uit.

'Hoe snel het gaat is van allerlei dingen afhankelijk,' ging Margot verder, 'vooral van hoe hard het denken achteruitgaat.'

'Maar hij wordt dus al vergeetachtig?' vroeg Abel.

Margot knikte. Ze beet op haar onderlip.

Puck legde haar hand op Margots arm.

'Doe maar niet,' zei Margot, 'dan moet ik huilen.' Puck liet haar weer los.

Margot rechtte haar rug. 'Eerst dacht ik nog: hij is niet meer zo scherp als vroeger. Maar ja, dat kan. Hij wordt ook ouder. En milder misschien, dacht ik. Maar soms weet hij echt dingen niet meer. Eergisteren was hij bij het tanken z'n pincode vergeten.'

'Dat is niks voor pa.'

'Nee. En hij is steeds dingen kwijt. Het ergste wat er nu kan gebeuren is dat het verslechtert en dat hij afhankelijk wordt van hulp. Zo ver zijn we nog niet, maar we moeten er rekening mee houden dat zijn dagelijks leven steeds lastiger zal worden en daarom... moeten we het over de toekomst hebben. Moeten we daarover nadenken. Want als je vader op een dag zijn werk niet meer kan doen...'

Puck besefte met een schok waar dit heenging.

'Ik ga niet in de zaak,' zei Abel.

'Weet je dat zeker?' vroeg Margot. 'Ik weet dat je altijd hebt gezegd dat je dat niet wilde, maar je bent nu wat ouder en je hebt ervaring opgedaan, dus ik dacht... nou ja, misschien dat je er nu anders tegen aankijkt.'

'Nee.'

'Ik zeg ook niet... Ik verwacht het ook niet van je... maar als jij het niet doet... ik bedoel, dan moeten we over alternatieven gaan nadenken. Voor als de tijd daar is. Dat we daarop voorbereid zijn.'

'Je bedoelt verkopen?'

'Misschien, ja.'

'Als je wilt dat-ie eerder doodgaat moet je dat vooral doen.'

'Dat weet ik. Vandaar ook... dat ik me zorgen maak. Over hoe het verder moet. Ik wil je nergens toe dwingen, natuurlijk niet, ik vraag alleen... nu je dit weet... of je er nog eens over na wilt denken. Het is een schitterend bedrijf. Het zijn achttien fantastische winkels. En nu kan je vader je nog helpen, je wegwijs maken, zodat als we merken... Dat we er dan niet door overvallen worden. Dat we voorbereid zijn. Dat jij voorbereid bent. Wil je dat doen? Er nog eens over nadenken? Meer vraag ik niet.'

Abel keek naar Margot zonder iets te zeggen. Vervolgens keek hij naar Puck. Ze las de vraag in zijn ogen. Heel even stond de tijd stil. Toen gaf ze hem een heel klein knikje.

Abel bleef haar nog even aankijken, daarna keek hij weer naar Margot.

'Is goed,' zei hij.

Ze waren niet meteen terug naar Amsterdam gegaan maar hadden de bus gepakt naar Amelisweerd waar ze nu door het groen langs de Kromme Rijn liepen.

'Wat vind je?' vroeg Abel.

'Wat vind jij? Lijkt me belangrijker.'

'Ja, maar wat dénk jij?'

'Je overweegt om te stoppen bij de bank. Dus het is niet zo dat je ergens afscheid van moet nemen wat voelt als een offer. Je wilt iets voor jezelf opzetten, dat is hier dan misschien niet helemaal zo, maar je bent wel eigen baas en je kunt het bedrijf naar je hand zetten.'

'Dat gaat mijn vader echt niet laten gebeuren.'

'Niet van de ene op de andere dag, nee. Maar straks ben jij de baas.'

'Ik wil iets betekenen.'

'Dat kan toch? Door maatschappelijk verantwoord te ondernemen. En je kunt van alles doen naast het bedrijf. Je kunt in het bestuur gaan zitten van een goed doel of ergens aan de slag als vrijwilliger, ik zeg maar wat.'

Ze kwamen bij het theehuis. 'Hier even gaan zitten?' vroeg ze.

'Dus jij vindt dat ik het moet doen?'

Vond ze dat? Zo klonk ze wel. Eerlijk gezegd vond ze het niets als Abel voor zijn vader ging werken, al had dat meer met Johan dan met het bedrijf te maken. Maar nu was Johan ziek. Bovendien had de smeekbede van Margot haar aangegrepen.

'Je kunt het toch een tijdje aankijken?' zei ze. 'Dan kun je zien hoe het is en afwachten hoe het verder met je vader gaat. En dan kun je weg bij de bank, want dat wil je toch al. Misschien is dit wel het moment. Zo werkt dat. Dingen doen zich voor en dan worden dingen duidelijk.'

'Dus je vindt het niet stom als ik het zou doen?'

'Hoe kom je daar nou bij?'

'Omdat het nou niet bepaald de richting is die ik op wilde. Dus misschien val ik je dan wel tegen.'

'Natuurlijk niet.'

'Zeker weten?'

'Als het voor jou goed voelt ben ik het er hoe dan ook mee eens.'

Ze meende het maar betrapte zichzelf erop dat ze dit misschien ook zei in de hoop dat hij op een dag hetzelfde tegen haar zou zeggen.

Abel knikte en staarde naar de boomtoppen. 'Proberen en het aankijken kan misschien geen kwaad,' zei hij. 'Ik kan altijd nog terug.'

'Daarom.'

'Maar als ik het doe, wil ik dat we dat samen beslissen. Want het gaat jou net zo goed aan. Dit gaat over ons leven samen.'

Daarop wist ze niets te zeggen, dus knikte ze alleen maar.

'Kom,' zei ze en ze nam hem aan zijn arm mee naar het theehuis.

Die nacht lag ze uren wakker. Ze had sinds het telefoontje van Margot gedacht dat het niet het moment was om met Abel alsnog het gesprek over kinderen te voeren. Maar nu, in het donker van de slaapkamer met een kalm ademende Abel naast zich, wist ze dat het uitstelgedrag was en dat dit juíst het moment was. Alles lag nu overhoop, Abel moest het weten om over zijn toekomst na te kunnen denken: een toekomst in het familiebedrijf of niet, een toekomst met haar of niet. Bij die laatste gedachte trok haar maag vacuüm.

Ze kwam overeind en deed haar bedlampje aan. Abel lag met zijn rug naar haar toe. Puck wreef over zijn schouder.

'Abel?'

'Mm?'

Een paar seconden bleef het stil en leek het of hij doorsliep. Toen draaide hij zich langzaam naar haar om, zijn ogen samengeknepen tegen het licht.

'Wat is er? Ben je niet lekker?'

'Ik wil even met je praten.'

'Nu?'

'Ik wilde het al eerder.'

Abel deed zijn ogen iets verder open. Hij wreef erin en Puck zag hoe hij zijn blik scherpstelde op haar. Blijkbaar zag hij hoe serieus ze keek. 'Je maakt me ongerust,' zei hij.

'Sorry. Ik... ik weet niet zo goed hoe ik het moet zeggen, dus zeg ik het maar gewoon. Ik had er nooit zo over nagedacht, maar nu ik met jou ben... is het ineens een ding. En dat is goed, want ik moet er ook over nadenken en dat heb ik dus gedaan.'

Ook Abel kwam nu een stukje overeind. 'Ik snap er niks van, Puck.'

'Ik... wil dat je weet... dat ik geen kinderen wil.'

Abel keek haar totaal uitdrukkingsloos aan.

Puck slikte. 'Eerst dacht ik: misschien, misschien niet, ik wist het gewoon niet. Maar nu weet ik het wel. Ik wil ze niet.'

'O,' zei hij. 'En... dat weet je zeker?'

'Ja.'

'En waarom wil je ze niet?'

'Omdat het niet bij me past. Ik voel het niet. En ik wil mijn leven niet kwijt.'

'Je hoeft niets op te geven wat je niet wilt. We kunnen de taken toch verdelen?'

'Jij hebt toch ook je werk en alles?'

'Er zijn toch allerlei opvangmogelijkheden?'

'Ik wil geen kind om het naar de opvang te brengen. Maar ik wil ook niks opgeven.'

'Misschien ben je er gewoon nog niet aan toe,' zei hij.

'Jij wilt ze wel, hè?'

Abel staarde naar het dekbed. 'Ik ben er altijd wel van uitgegaan, ja. Dat ik ze zou krijgen. Of dat ik ze wil, bedoel ik, want het moet ook maar lukken. Ik dacht dat jij ze ook wou.'

'Dat heb ik nooit gezegd.'

'Nee, maar... ik ging ervan uit.'

'Omdat het normaal is?' vroeg Puck.

'Eh, misschien wel, ja.'

'Het is gewoon te groot. Een kind op de wereld zetten.'

'Vind ik ook. Zo groot dat je dat helemaal niet kunt bevatten. Dus als je daar dan over gaat nadenken... is het dan niet logisch dat je allemaal bezwaren en obstakels ziet? En als je daar eenmaal mee begint en je blijft maar doordenken, dan snap ik wel dat je het op een gegeven moment niet meer wilt.'

'Het is echt niet zo dat ik mezelf ergens in vast heb gedacht, of zo.'

'Weet je dat zeker?'

'Waarom vraag je dat steeds?'

'Sorry. Ik probeer het alleen te begrijpen.'

'Er is niet zoveel aan te begrijpen, ben ik bang. Ik wil het niet.'

'Maar is dat niet iets wat we samen moeten beslissen? Je deelt het me nu gewoon mee.'

'Ja, omdat...' Ze kringelde haar vingers in elkaar. 'Omdat het mijn lijf is.'

'Dus omdat ik geen kind kan baren heb ik er niks over te zeggen?'

Puck kneep haar vingers nog strakker samen. 'Misschien had ik het anders moeten brengen, maar het gevoel blijft... dat het gevoel er niet is. Dat ik ze niet wil. Ik heb dat doel niet.'

'Waarom moet je dat nu al beslissen?'

'Omdat ik op een leeftijd ben dat ik...'

'Je hebt nog tijd genoeg.'

'En omdat ik jou niet het idee wil geven dat ik...'

'Zodat ik nu nog kan besluiten op zoek te gaan naar iemand die wel kinderen wil?'

'Precies dat.'

'Dat wil ik niet.'

'Maar...'

'Ik wil jou niet kwijt.'

'O.' Puck keek naar haar vingers op het dekbed. 'Dus als je zou moeten kiezen... met mij zonder kinderen of met iemand anders met kinderen...?'

'Dan... Jezus... dat weet ik even niet. Maar ik weet wel dat ik heel gelukkig ben met jou en als jij nu overweegt om geen kinderen te willen...'

'Dat overweeg ik niet, ik wil ze niet.'

'Goed, als jij nu zegt dat je geen kinderen wilt... dan moet ik erover nadenken... dan moeten wij erover nadenken... hoe we daarmee omgaan, zodat we... zodat het voor ons allebei goed voelt. Ja, toch?'

Puck knikte.

'En misschien verander je nog wel van gedachten.'

'Abel...'

'Want we staan er wel hetzelfde in.'

'Hoe bedoel je?'

'Ik wil ook geen kinderen op de manier waarop ik het anderen zie doen. Mensen bij wie hun leven ineens ophoudt.'

'Daar heb je niet zoveel invloed op, denk ik. Dat gebeurt gewoon.'

'Wat ik bedoel te zeggen: we moeten het er gewoon nog over hebben. Want dat lijkt me het belangrijkste. Dat we hierover blijven praten. Want als we dat niet doen, dan wordt dit een soort... veenbrand. Dat je niet ziet dat het onder de grond in de fik staat en dan is het straks te laat.'

'Dat ben ik met je eens.'

'Dus zullen we afspreken dat we er nog verder over praten? Dat ik heel goed gehoord heb wat je zegt, dat ik dat ook respecteer, maar dat als we besluiten geen kinderen te willen, we dat samen besluiten? Is dat oké? Want ik kan dat nu niet even op een rij krijgen en on the spot bedenken hoe we dit gaan oplossen.'

'Snap ik helemaal.'

'Oké. Zijn we oké dan? Voor nu?'

'Voor nu zijn we oké.'

'Proberen te slapen dan maar?'

Puck knikte. Abel gaf haar een kus. 'Trusten.'

'Trusten.'

Hij liet zich weer onder het dekbed zakken en draaide zich van haar af.

Puck deed het bedlampje uit. Ook zij ging onder de deken liggen.

De tegendruk van het matras leek het enige te zijn wat de losse onderdelen van haar lichaam bij elkaar hield.

Zomer 2023

Ze hobbelden richting de kloof over een weg die na iedere bocht een nieuw uitzicht bood. Marnix had per se met het treintje gewild. Puck keek naar de gezinnen op de andere bankjes, die leken niet meer plezier aan dit ritje te beleven dan zij. Als je erop lette keken gezinnen bijna altijd chagrijnig, zowel de ouders als de kinderen, en zeker op vakantie. Ze vroeg zich af hoe zij er op dit moment zelf uitzagen door de ogen van de mensen om hen heen en ze wist het antwoord.

Marnix vond het lang duren, hij had het warm en zei dat hij misselijk werd van de bochten. Puck legde een arm om zijn schouder en trok hem een beetje tegen zich aan. 'We zijn er zo,' zei ze. Het was inderdaad weer bloedheet. Gelukkig stond er wat wind, anders waren ze finaal weggebrand.

Beneden ving ze een glimp op van de Agly. Het turkooizen tot diepgroene water stroomde amper, het waren eerder stilstaande plassen tussen uitgedroogde stukken rivierbodem.

Abel gaapte, gaf haar daarna een knipoog. Hij leek wel opnieuw verliefd na gisteravond. Ze glimlachte terug.

De trein stopte bij een bistrootje waar wat mensen op het terras zaten. Overal wetsuits, helmen en klimgerei rondom sportieve types die een trail hadden gevolgd of op het punt stonden dat te gaan doen. Puck had op internet gelezen dat de route dwars door de rivier liep waarbij je over rotspartijen moest klauteren, je je soms meters moest laten afglijden en stukken moest zwemmen. Niet dat ze overwoog ook maar een stap in de buurt van die rivier op de bodem van de kloof te zetten, de tocht heen en terug was veel te zwaar, zeker voor Marnix. Ze was vooral benieuwd naar die kapel.

Marnix en Abel zochten een plekje in de schaduw, zij ging naar binnen om iets te drinken te halen. In de bistro, die er wat armoedig uitzag, keek ze om zich heen naar de avonturiers en betwijfelde ze of deze mensen een spannende ervaring zouden hebben nu er van stroming in de rivier nauwelijks sprake was. Bij een jong meisje met een gekleurde haarband bestelde ze twee koffie en een flesje appelsap.

Buiten sloeg de hitte haar weer in het gezicht en in de schaduw was het niet veel beter. Marnix deed lang over zijn sap en toen Abel en zij naar de kapel wilden gaan mocht hij zijn flesje met rietje meenemen. Ze liepen bij de bistro vandaan en zagen om een bocht een rijtje wachtende auto's met vooraan twee meisjes in gele hesjes die het verkeer tegenhielden.

'Wat is er aan de hand?' vroeg Puck.

'Ik denk dat het vanaf hier om en om moet,' zei Abel, 'omdat het verderop te smal is voor twee wagens tegelijk.'

Inderdaad kwam er vanaf de andere kant een lint van ongeveer tien auto's aanrijden die de wachtende rij passeerde. Ze kwamen in hun richting en Abel wilde Marnix voor de zekerheid bij zijn hand pakken, maar miste hem net omdat hij hinkend, maar verrassend snel naar de andere kant van de weg liep.

'Hier blijven!' riep Abel. Hij ging achter Marnix aan, de voorste auto van het lint remde, de bestuurder claxonneerde. Abel hief zijn handen verontschuldigend omhoog, rende verder en greep Marnix bij de kraag van zijn T-shirt. Hij stond inmiddels gevaarlijk dicht bij het lage muurtje waarachter de kloof zich in de diepte uitstrekte.

'Je kunt niet zomaar oversteken!' zei Abel. 'Waarom deed je dat?'

'Ik wil die steen,' zei Marnix en hij wees naar een kei die een stukje bij ze vandaan in de berm lag, op een plek waar het muurtje ophield en de rand van de weg na een halve meter steengruis zonder afscheiding overging in het ravijn.

'Weet je hoe gevaarlijk dat is?' vroeg Abel terwijl hij hem bij zijn schouder pakte. Blijkbaar deed hij dat iets te ruw want het flesje appelsap dat Marnix vasthad viel uit zijn handen, het laatste restje gutste eruit, het flesje rolde weg, zocht het laagste punt, maakte vaart, rolde over het steengruis en verdween over de rand de kloof in. Het rietje was halverwege op het asfalt blijven liggen.

'Zie je nou?' zei Abel. 'Het is daar hartstikke diep. Als je was uitgegleden of zo... Je moet echt beter opletten.'

'Nou heb ik geen drinken meer.'

'Geef me je hand.'

Marnix pakte de hand van zijn vader en Abel trok hem mee, terug naar de veilige kant van de weg nadat de laatste auto was gepasseerd en het rijtje wagens dat aan deze kant stond te wachten in beweging kwam.

Puck had geen stap verzet. Ze had het allemaal zien gebeuren, haar hart had drie slagen overgeslagen, verder had ze verlamd toegekeken. Nu keken Abel en zij elkaar aan met een blik van opluchting.

Abel liep met Marnix achter de laatste auto aan, Puck volgde en de meisjes in de gele hesjes knikten in het voorbijgaan naar hen. Puck wist niet of ze iets gezien hadden van wat er net gebeurd was.

Ze kwamen bij een tunnel. Marnix vond het eng, dus Abel tilde hem op. In de tunnel begon Abel te roepen om de echo te laten horen maar Marnix vroeg of hij ermee wilde ophouden.

Aan de andere kant zette Abel hem neer en nam hem weer bij de hand. Het was hier stil, geen auto's op de weg, geen mensen, alleen rotswanden, bomen en de zinderende hitte. Puck zag dat het overhemd van Abel aan de achterkant doorweekt was. Bij haarzelf droop het van haar voorhoofd.

Ze zag aan de linkerkant een bord dat recht het ravijn in leek te wijzen. 'Ik denk dat we daarin moeten.' Ze was verbaasd over het enthousiasme in haar eigen stem.

Ze staken de weg over en sloegen een pad in dat door het groen liep. Er volgde een trap naar beneden, steil met hoge treden. Abel tilde Marnix opnieuw op om met hem af te dalen. Puck liep achter ze aan.

Het pad slingerde tussen rotswanden en begroeiing door en ze gingen ook hier een tunnel in, deze was alleen voor voetgangers en had een laag plafond. Puck verwachtte dat Marnix zou gaan protesteren maar hij liet zich zonder morren het donker in dragen. Aan de andere kant van de tunnel hadden ze een spectaculair uitzicht over de kloof met zijn grillige muren van steen die loodrecht naar beneden gingen. Wandelpaden kronkelden naar boven en naar beneden en hier en daar glinsterende het water van de rivier diep onder ze.

Ze daalden nog een trap af en kwamen in een winkeltje met een bar. Achter een tafel met snuisterijen zat een jongeman die ze welkom heette en hen naar een volgende trap wees die naar de kapel ging. Puck ging Abel en Marnix voor.

Ze wist niet wat ze zag. Tussen de rotswanden was een kleine kerk gebouwd. Het leek wel een grot. Er stonden rijen houten bankjes met vooraan een plek waar je kaarsjes aan kon steken en een beeld van Christus aan het kruis, al zag deze Christus er wat kinderlijk uit, bijna als een stripfiguur. Overal stonden beelden, vooral Maria's. Ook in spleten en op richeltjes. Via openingen in de rotsplateaus die tegen elkaar aan leken te leunen viel daglicht naar binnen.

Abel zei dat hij dorst had en dat hij met Marnix terugging naar de bar. Ze verdwenen samen de trap weer op. Puck bleef achter.

Het was hier verlaten en heerlijk koel. Ze keek rond en zag steeds iets nieuws. Ze ontdekte een merkwaardige steen waarin een vierkant was gebeiteld, met daarin in vijf gelijke regels de tekst: SATOR AREPO TENET OPERA ROTAS. Ze pakte haar telefoon en zocht de vertaling op. 'De zaaier houdt het rad van de wereld draaiend.' Ook las ze dat het een palindroom was, je kon de tekst in alle richtingen lezen, van links naar rechts of van boven naar beneden en omgekeerd en dan stond er hetzelfde.

Ze ging op de voorste houten bank zitten en keek naar het gewelf boven haar met de strepen blauwe lucht ertussen, alsof ze vanaf de bodem naar een wateroppervlak keek. Ze voelde zich zeldzaam rustig. Was dit de heilzame werking van deze plek waar die politievrouw het over had gehad?

Na een paar minuten stond ze op, liep het barretje in en zei tegen Abel dat ze via de andere route terug zou wandelen, door de kloof.

'Weet je dat zeker?' vroeg Abel.

'Ja,' zei ze. 'Gaan jullie maar terug zoals we gekomen zijn. Ik volg het pad hiervandaan en dan kom ik uit bij de parkeerplaats, bij dat bistrootje. Zie ik jullie daar weer.'

Abel keek haar een paar tellen aan. 'Is goed,' zei hij. 'Doe voorzichtig.' Ze namen sinds drie jaar nooit meer afscheid zonder dat hij dat zei maar deze keer leek hij het serieuzer te zeggen dan anders. Ze knikte.

Ze liep terug in de richting van de kapel en ging voor de ingang naar rechts. Er liep een onregelmatig pad langs de rotswand, eerst een stuk omlaag de kloof in, daarna weer omhoog richting het parkeerterrein waarvan ze het hek in de verte tientallen meters boven zich zag. Ze werd duizelig als ze ernaar keek. Ze had geen hoogtevrees, eerder laagtevrees: ze kon er niet tegen als gebouwen of bergen boven haar uit torenden.

Ze keek snel weer naar beneden, naar haar simpele gympen die totaal ongeschikt waren voor een wandeling over een pad als dit.

Toen ging ze op weg.

Zomer 2019

Abel had besloten voor zijn vader te gaan werken. Puck had al geweten dat hij dat zou doen vanaf die eerste blik die hij haar had toegeworpen in de tuin in Zeist.

Vanaf dat moment was alles in een stroomversnelling gekomen. Abel had nog een flinke hoeveelheid vakantiedagen staan die hij allemaal opnam waardoor hij nog maar drie weken bij de bank hoefde te werken. In die weken was hij nauwelijks thuis en alleen maar bezig met zaken afronden en overdragen. Ook was hij nog twee avonden naar Zeist gegaan om met zijn vader te praten. Puck had hem onvoorwaardelijk gesteund en ze zag dat dat hem goed deed, dat het hem de positieve energie gaf die nodig was om dit door te zetten.

Hij had een auto van de zaak gekregen en reed nu iedere dag naar IJsselstein waar het hoofdkantoor zat, wat betekende dat hij en Puck voor hun werk vanuit Amsterdam nagenoeg dezelfde weg aflegden, hoewel Puck met de trein bleef gaan omdat dat praktischer was. Ze hadden het erover een nieuwe woonplek dichter bij Utrecht te zoeken.

Ondertussen was het ruim een maand na hun gesprek in bed niet meer over kinderen gegaan. Wachtte Abel op een opening van haar? Maar wat moest ze dan zeggen?

Ze was bang dat die veenbrand aan het woeden was. Dat beeld was bij haar blijven hangen, niet alleen omdat het zo scherp de situatie weergaf waar ze in zaten, ook omdat alles met vuur haar zolang ze zich kon herinneren bang maakte, ongetwijfeld vanwege haar opa die vlak voor zijn pensioen arbeidsongeschikt was geraakt toen er op de scheepswerf waar hij als timmerman werkte brand was uitgebroken. Als kind was ze altijd als de dood geweest voor zijn littekens. Ze hield niet van kaarsen, waxinelichtjes gingen nog net, en een van de redenen dat ze het in Abels appartement meteen zo prettig had gevonden was de inductiekookplaat, waardoor ze nooit meer bang hoefde te zijn dat ze het gas per ongeluk aan zou laten.

Abel en zij hadden ook al ruim een maand geen seks gehad, wat sinds het begin van hun relatie niet was voorgekomen, en hoewel Puck meerdere keren had gedacht dat ze het initiatief moest nemen, had ze dat steeds op het laatste moment niet gedaan. Ondertussen bleef ze wel de pil slikken.

Toen Abel op een zondag ging zwemmen vroeg ze of ze mee mocht omdat ze het weleens wilde ervaren, dat zen-gevoel waar hij het steeds over had.

Het werd een rondje Sloterplas, van het watersportcentrum naar de fontein en terug, amper zevenhonderd meter, maar onderweg had ze als een idioot gewatertrappeld om op adem te komen en toen ze uit het water was geklommen had ze tegen Abel gezegd dat dit niks voor haar was. Abel had een handdoek om haar heengeslagen en gezegd dat hij het super vond dat ze het had geprobeerd.

Ook al voelde het nog steeds alsof ze een topteam waren, toch merkte Puck een geleidelijke verschuiving. Na zijn derde week bij het bedrijf van zijn vader had Abel het voor het eerst over targets. 's Avonds was hij moe, zei hij weinig en zat hij tv te kijken, voornamelijk voetbal in competities met belachelijke namen.

Op een van die avonden keek Puck naar hem vanuit de keuken en probeerde ze iets te herkennen van de Abel uit het begin, maar zijn hele houding was anders.

Ze ging een eind lopen, kwam langs een kapper die nog open was en liet haar pony knippen en liep daarna net zo lang door de verlaten straten tot ze door de ramen van verschillende huizen zag dat de wedstrijd was afgelopen.

Toen ze thuiskwam zat Abel naar de nabeschouwing te kijken. Ze ging naast hem zitten.

'Zullen we het er nog even over hebben?' vroeg ze.

'Waarover?'

'Kinderen. Daar zouden we toch over blijven praten?'

Hij zette de tv uit. Ze voelde meteen nervositeit bij hem.

'Heb je er nog over nagedacht?' vroeg ze.

'Jawel. Maar het was ook... Ik had een beetje veel aan m'n hoofd. Al vond ik dat ook wel een fijn excuus, geloof ik. Om er niet over na te hoeven denken.'

Puck knikte en staarde even naar hun spiegelbeeld in het zwarte tv-scherm.

'Want als ik erover nadenk,' zei Abel, 'dan blokkeert het in m'n hoofd. Dan denk ik dat ik het maar op z'n beloop moet laten, dat het dan vanzelf goedkomt. Maar het volgende moment denk ik dat dat natuurlijk niet kan, want waar gaat dat dan toe leiden?'

Puck bleef doodstil zitten.

'Het is ook...' zei Abel, 'dat ik echt denk dat het kan werken. Dat wij geweldige ouders zouden zijn.'

'Ik wil zo'n leven niet.'

'Maar je weet toch helemaal niet wat zo'n leven is en hoe dat voelt? Want dat ken je nog helemaal niet.'

'Dus mis ik het ook niet. Ik heb geen kind nodig om mijn leven compleet te maken. Ik wil het houden zoals het nu is.'

Abel wilde iets zeggen maar Puck zag dat hij het inslikte.

'Wat?' vroeg ze.

'Niks.'

'Nee, zeg.'

'Ik wou zeggen... Dat klinkt ook wel een beetje... onvolwassen, toch?'

'Omdat ik geen kinderen wil ben ik onvolwassen?'

'Nou ja, ik bedoel, als je ouder wordt... kom je toch in andere fasen? Die dan weer... andere dingen van je vragen? Daar beweeg je dan toch in mee, zeg maar?'

'Oké,' zei ze, 'stel dat er dan nu een fase aanbreekt die van jou vraagt om evenveel van mij te blijven houden zonder dat je met mij kinderen krijgt. Beweeg jij daar dan in mee?'

'Nu draai je het om.'

'Maar volgens mij is dat wel waar dit over gaat. Blijf je net zoveel van mij houden zonder kinderen of zijn we dan klaar?'

'Dus nu moet ik de beslissing nemen?'

'Ik vraag het gewoon.'

'Dat is geen gewone vraag, Puck. Maar oké: ik hoef geen kind om zeker te zijn van mijn liefde voor jou, als je dat bedoelt.'

Puck voelde iets van opluchting, maar zonder dat ze eraan toe durfde te geven.

Abel stond op. 'Maar blijkbaar moet ik wel zeggen dat ik bereid ben geen kinderen te willen om zeker te zijn van jouw liefde.'

'Dat is niet waar.'

'Sorry, maar zo voelt het wel.' Hij liep de kamer uit.

Puck had het gevoel dat alles wat ze gezegd had fout was terwijl ze niet wist wat ze anders had moeten zeggen.

In de weken die volgden hadden ze het over de dagelijkse dingen: Abel begon langzaam zijn plek te vinden in het bedrijf, Puck had een nieuwe collega met wie het niet zo klikte. Ze aten samen, keken televisie en sliepen naast elkaar zonder elkaar aan te raken.

Ieder risico op onherstelbare schade werd angstvallig vermeden, maar er werd ook geen enkele toenadering gedaan. Er was niks, wat misschien wel erger was. En in elk geval onhoudbaar.

Vincent was maar twee of drie keer in het appartement van Abel geweest toen Puck er nog niet woonde, maar leek zich er meer thuis te voelen dan in Zeist, wat waarschijnlijk alles met het gezelschap te maken had. Puck vond wel dat hij er slecht uitzag. Hij was nog magerder en bleker geworden. Ze vroeg zich af hoe groot de stress was waar Vincent thuis bij zijn vader onder leefde. Hij deed wel alsof het hem allemaal niet raakte, maar was dat niet alleen buitenkant?

Tijdens het eten aan de keukentafel ging het over Abels nieuwe baan in het bedrijf. Vincent verklaarde hem voor gek dat hij er uit vrije wil in was gestapt, terwijl Abel blij was dat Vincent het hem niet kwalijk nam. Er was een hechtere band tussen de broers dan Puck tot nu toe had gezien.

Ze deed ijs in schaaltjes en zette koffie terwijl ze hen hoorde praten.

'Wat was dat nou met de politie?' vroeg Abel.

'Stelde niks voor,' antwoordde Vincent.

'Ze komen je toch niet voor niets ondervragen?'

'Ging over die vuurwerkbom in Driebergen.'

'Had jij daar iets mee te maken?'

'Tuurlijk niet.'

'Waarom komen ze dan bij jou?'

'Ze hadden onze chats gelezen.'

'En daarin was het over die bom gegaan?'

'Nee, man. Maar ze dachten: die lui zullen het wel gedaan hebben.'

Abel deed zijn armen over elkaar. 'Ik ben het wel met pa eens dat het link is om in dat soort groepen te zitten. Je kent die mensen niet. Voor je het weet zet je een gek ergens toe aan.'

'Waarom is iemand die in actie komt meteen een gek?'

'Vind jij een vuurwerkbom normaal dan?'

'Wij hebben het gewoon over dingen. Vrijheid van meningsuiting.'

'Pas toch maar op.'

'Komt goed.'

Puck zette het ijs en de koffie op tafel. 'Ik zag vanmiddag zo'n gaaf filmpje op YouTube,' zei ze.

Ze haalde haar mobiel tevoorschijn, tikte iets in en gaf het toestel aan Vincent.

Hij keek ernaar.

De video liet tienduizenden kleipoppetjes zien van zo'n dertig centimeter hoog die als een tapijt over een zaal van een museum stonden. Het waren geen gedetailleerde beeldjes, ze waren heel ruw vormgegeven, maar het waren duidelijk mensachtige wezens, vooral door de ogen: in ieder beeldje zaten twee ronde gaatjes zodat je als toeschouwer vanaf de vloer werd aangestaard door ontelbare blikken.

'Tof,' zei Vincent, 'wat is dit?'

'Het zijn veertigduizend figuurtjes van terracotta. Is een kunstwerk van Antony Gormley uit 1993. Het heet *Field*. Hij heeft het langs de Amazone gemaakt samen met de lokale bevolking omdat die plek volgens hem de focus is voor de ecologische toekomst van onze planeet. Hij noemt de Amazone ons geweten.'

'Het is net of die ogen je beschuldigend aankijken,' zei Vincent. 'Alsof dit de kinderen van de toekomst zijn die vragen: what the fuck heb jij met de aarde gedaan?'

'Daar gaat het werk volgens mij ook over,' zei Puck.

'Echt heel tof,' zei Vincent. Hij gaf haar de mobiel terug.

'Ik vond het zo indrukwekkend,' zei Puck terwijl ze haar mobiel uit klikte en weglegde. Abel stond op en pakte zoetjes uit de keukenla. Op dat moment realiseerde ze zich pas hoe fout dit onderwerp was. Terwijl ze uit oprecht enthousiasme over dat filmpje was begonnen, vooral omdat ze verwachtte dat het onderwerp Vincent zou aanspreken.

'Ik heb het eens uitgerekend,' zei Vincent. 'Een mens stoot per jaar 4,4 ton CO_2 uit. Maar dat is een wereldwijd gemiddelde, bij ons in het westen ligt dat veel hoger: ongeveer 8,9 ton per jaar, dat is dus meer dan het dubbele. Wij worden gemiddeld 81 jaar oud, dus een inwoner van de Westerse wereld stoot ongeveer 721 ton CO_2 uit gedurende zijn of haar hele leven. Als je met een Airbus een retour neemt van Amsterdam naar Bangkok stoot je 1,4 ton CO_2 uit. Per persoon. Met andere woorden: je kunt vijfhonderd keer op en neer naar Bangkok vliegen en dan is je ecologische voetafdruk nog steeds kleiner dan die van een mensenleven.'

Puck lachte, ze wist even niet hoe ze anders moest reageren. Naast haar klikte Abel twee zoetjes in zijn koffie.

'En de bouw van een traditionele eengezinswoning stoot 90

ton CO_2 uit,' zei Vincent. 'Dus als je een kind op de wereld zet, baar je eigenlijk een woonblok van acht huizen.'

Puck lachte te overdreven, ze hoorde het zelf.

Abel bewoog alleen zijn pols waarmee hij in zijn koffie roerde. Ze wilde van het onderwerp af, maar kon even niks bedenken.

Ze wees naar het schaaltje dat voor Vincent stond. 'Wil je nog saus over je ijs?'

'En het gaat exponentieel,' zei Vincent. 'Want hoeveel kinderen krijgt dat kind dan weer? En hoeveel die weer? *It adds up*. Dus stop maar met die idiote verduurzaming. De enige redding is als wij hier minder kinderen krijgen.'

Puck stond op. 'We hebben nog chocoladesaus, geloof ik.'

'En ik begrijp het ook echt niet,' zei Vincent. 'De aarde wordt steeds onbewoonbaarder, dus hoezo zou je daar een kind op willen zetten?'

'Om iets door te geven,' zei Abel.

'Wat dan?' vroeg Vincent.

'Nou, je genen,' zei Abel.

Puck ging weer zitten en maakte het flesje open waar alleen nog een bodempje in zat.

'Dat is best wel arrogant,' zei Vincent. 'Dat je denkt dat je genen zo de moeite waard zijn dat die moeten blijven voortbestaan.'

'Er zijn echt wel meer redenen om kinderen te willen,' zei Abel. 'En dat moet ook wel want we hebben nieuwe mensen nodig vanwege de vergrijzing.'

Puck hield het flesje ondersteboven boven het schaaltje van Vincent en de saus begon heel langzaam naar beneden te glijden.

'Dan hou je het probleem in stand,' zei Vincent. 'Dan kunnen maar beter één of twee generaties die hobbel nemen. Die moeten op hun oude dag dan zelf maar hun kont wassen. Maar dan is het tenminste doorbroken. By the way: met al die tekorten in de zorg worden die billen nu ook niet gewassen dus eigenlijk maakt het geen reet uit.'

Er stroomde een heel klein sliertje chocoladesaus uit het flesje. Puck dacht dat ze iets moest zeggen maar kon nog steeds niet bedenken wat, ze had complete kortsluiting in haar hoofd.

'Mensen nemen alleen maar kinderen voor zichzelf,' zei Vincent, die met zijn lepel in de aanslag zat. 'Want dat kind bestaat niet, tot z'n geboorte. Dat weet nergens iets van en heeft ook nergens om gevraagd, maar moet als het er eenmaal is wel een functie vervullen.'

'Wat voor functie?' vroeg Abel.

'Liefde geven,' zei Vincent.

'Is dat een functie?' vroeg Abel.

'Tuurlijk. Mensen nemen kinderen om liefde te krijgen. Maar die liefde wordt afgedwongen, want dat kind is superafhankelijk van je. En dat vinden die ouders fijn, die verzekerde liefde. Helemaal voor mensen die die zekerheid als kind nooit gehad hebben en zelf het een en ander tekort zijn gekomen.'

Puck begon hard op de bodem van het flesje te slaan maar dat hielp niet, het bleef een zielig stroompje.

'Mensen nemen alleen maar kinderen om betekenis aan hun leven te geven,' zei Vincent terwijl hij naar het sliertje keek, 'omdat ze anders niet weten waar ze het allemaal voor doen. Maar het leven is betekenisloos. Zo ben je er, zo ben je er niet meer. Daar moet je niet zo'n gedoe van maken. Sterker nog: als je dat gewoon accepteert, geeft dat onwijs veel vrijheid.'

'Meer krijg ik er niet uit, sorry.' Puck zette het flesje op tafel.

Vincent nam een hap en praatte met volle mond verder. 'Maar in plaats daarvan stoppen ouders alles in dat nageslacht en dat is dus superegoïstisch. Want dan heb je misschien voor jezelf iets opgelost, maar het probleem voor de wereld alleen maar groter gemaakt. Waar dat kind straks dan weer de consequenties van moet dragen. Hoe dom is dat! Ouders gebruiken hun kinderen sowieso als excuus om heel dom te worden.'

'Goed,' zei Abel, 'dank voor je bijdrage.'

'Nee echt,' zei Vincent, 'die domheid is een probleem. Want stel dat er mensen zijn die bewust kinderloos blijven omdat ze hun verantwoordelijkheid voor de planeet nemen, dan zijn dat over het algemeen de verstandige, weldenkende mensen uit onze maatschappij. Maar ondertussen blijven mensen die over dat soort dingen niet nadenken, de minder slimme types, zich gewoon vrolijk voortplanten. Waar je dan dus alleen maar meer domme kinderen van krijgt. Het is toch belachelijk dat iedere dombo een kind op de wereld kan zetten terwijl je om in een auto te mogen rijden al een rijbewijs nodig hebt?'

'Pleit jij nou voor een diploma om vader of moeder te mogen worden?' vroeg Abel.

'Selectie zou best een goed idee zijn,' antwoordde Vincent. 'Gaat natuurlijk nooit gebeuren, maar het zou de wereld wel van een boel problemen afhelpen.'

'Jij wilt ze dus niet,' zei Abel. 'Maar misschien moet je andere mensen dat zelf laten uitmaken.'

Vincent lepelde verder. 'Nou, het is ook mijn planeet. Ik vind dat ze mensen die bewust kinderloos blijven een premie moeten geven. Maar in plaats daarvan krijg je als ouders een vergoeding! Terwijl je zou moeten betalen als je zo'n vervuiler voortbrengt. Misschien nog niet bij de eerste, dan krijg je gewoon nog kinderbijslag, maar bij de tweede niet meer en bij de derde ga je dokken voor alle schade die je aanricht. Als je gedrag wilt veranderen is belonen en beboeten het enige wat helpt.'

'Ik ben er wel even klaar mee,' zei Abel.

'Snap ik,' zei Vincent, 'het is ook niet leuk om te horen. Misschien is dit wel het laatste echte taboe.'

'Het beste wat we kunnen doen is onszelf dus maar van kant maken,' zei Puck. Ineens voelde ze zich lusteloos.

'Ja,' zei Vincent, 'dat zou voor de wereld geen kwaad kunnen. Maar ja, jij hebt nergens om gevraagd. Het zit 'm bij de ouders. Soms zie ik een huis waar zo'n ooievaar op het raam geplakt zit die dan zogenaamd naar binnen is gevlogen en dan zou ik dat huis het liefste in de fik steken om wat die mensen de wereld hebben aangedaan.'

Voor het eerst keken Puck en Abel elkaar aan. Daarna keken ze allebei met een bezorgde blik naar Vincent, die zijn lepel in het lege schaaltje liet vallen, zijn mond afveegde aan het papieren servet en naar hen opkeek.

'Willen jullie kinderen eigenlijk?'

Meteen nadat de voordeur achter zijn broer was dichtgevallen kwam Abel naar haar toe in de keuken waar ze bezig was met opruimen.

'Hoe haal je het in je hoofd om m'n eigen broer tegen me op te zetten?'

'Dat was niet de bedoeling. Het kwam door dat filmpje.'

'Je wist waar het gesprek dan heen zou gaan.'

'Helemaal niet. Ik snap dat je dat denkt, maar het was geen opzet.'

'Je bent gewoon bang dat gesprek nog een keer met mij te voeren omdat je als de dood bent voor wat er dan kan gebeuren.'

Ze knalde een schone pan terug in een la. 'Ja! Dat is zo, ja! Misschien wilde ik onbewust wel iets forceren. Want ik weet ook niet wat ik moet! Ik slaap niet, ik eet niet, ik ben alleen maar bang dat ik je kwijtraak, ik twijfel aan mezelf, maar ook weer niet en ondertussen heb ik het gevoel dat ik je al kwijt bén.'

Abel kwam naar haar toe en wilde haar omhelzen, maar ze duwde hem van zich af.

'Vince heeft gelijk,' zei ze. 'Een kind van ons is er nu nog niet, dus dat zit er ook niet op te wachten om geboren te worden. Dus dan nemen we dat kind alleen maar voor onszelf.'

'Een kind moet geen noodzaak zijn,' zei Abel, 'maar een verrijking. En dat vind ik de best denkbare reden om een kind te willen. Om dat samen met iemand te hebben. Om in een kind dingen te herkennen van jou en van degene van wie je houdt. Een groter idee van liefde kan ik me niet voorstellen.'

Puck wilde dwars door de grijze tegels van de keuken naar beneden zakken, door het appartement onder hen heen, verder de grond in en in de aarde verdwijnen.

Abel kwam weer naar haar toe en deze keer liet ze zich vastpakken, maar haar eigen armen liet ze slap langs haar lichaam hangen.

'Misschien wordt ons kind wel iemand die de wereld beter maakt,' zei hij. 'Die helpt met dingen oplossen. Of de levens van anderen mooier maakt.'

'Hoe moet hij of zij nou ooit aan dat soort verwachtingen voldoen?'

'En waarom denken we niet na over adoptie? Zo'n kind is er al. Dus geen extra iemand op de wereld. En daar kunnen we dan heel veel voor betekenen.'

'Ik zou nog steeds het gevoel hebben dat ik in een leven terechtkom dat ik niet wil.'

Hij wreef over haar rug toen hij het zei. De woorden die alles onder haar bestaan wegsloegen.

'Als ik eerlijk ben wil ik ook liever een kind dat echt van mezelf is.'

Puck bleef roerloos tegen hem aangeleund staan. Ze haalde geen adem meer. Ze voelde een ongekende kracht en tegelijkertijd een immense rust in zich ontstaan.

Heel langzaam maakte ze zich van hem los.

'Ik ga,' zei ze.

'Nu nog? Waar naartoe?'

'Weg.'

'Weg?'

'Weg bij jou.'

'Maar...'

Ze legde haar handen op zijn wangen. 'Het spijt me dat ik je niet kan geven wat je wilt.' Ze gaf hem een kus en liep de keuken uit.

Abel zei niets en kwam ook niet achter haar aan.

In de slaapkamer pakte ze een tas in, beheerst, al wist ze niet hoe ze zich zou voelen als ze de straat op zou stappen. Ze haalde wat spullen uit de badkamer, alleen het hoognodige. De strip met de pil liet ze in het kastje liggen.

Toen ze met haar tas de gang in kwam zag ze Abel aan de keukentafel zitten met zijn rug naar haar toe. Het beeld van zijn verslagen, eenzame houding in die alledaagse keuken leek op een schilderij van Hopper.

'Dan ga ik,' zei ze.

Hij zweeg.

Ze pakte haar jas van de kapstok en zag dat hij nog steeds niet omkeek toen ze de voordeur opendeed.

Zomer 2023

Ze moest goed uitkijken waar ze liep. Overal lagen stenen met scherpe punten, andere waren juist spekglad en ze moest een aantal keren een boom vastpakken voor houvast.

Beneden zag ze mensen lopen, klimmers die naar de rivier afdaalden en in het groen verdwenen. Zelf daalde ze ook nog steeds. Ze keek omhoog, verlangde naar de wind die boven tenminste nog gewaaid had maar niet tot de kloof doordrong.

Ver boven zich zag ze het stenen muurtje langs de weg waar ze eerder gelopen hadden. Ze werd er meteen duizelig van en concentreerde zich weer op het pad met rechts van haar de afgrond.

Ze kon geen ritme vinden. Ze raakte al snel buiten adem en bleef staan op een vlak stuk. Stom dat ze geen water had meegenomen.

Ze dacht aan de tekst in de grot. Zij had ook gezaaid, maar had ze daarmee bijgedragen aan het draaiend houden van de wereld? Ze wilde zichzelf de vraag eigenlijk niet stellen omdat ze wist dat als ze aan dit soort dingen dacht een zwartheid het overnam in haar hoofd. Het liefst wilde ze helemaal niet meer denken.

Ze keek naar beneden, de kloof in. Ze dacht aan de Grand Canyon, aan hoe ze daar met Abel had gestaan.

Ze keek naar de rand, minder dan een meter voor haar. Ze kon hier zo het niets in stappen. Ze schuifelde iets verder naar voren, boog zich voorover en keek naar beneden. Ze keek naar hoe ze zou vallen, naar hoe ze te pletter zou slaan op de uitstekende rotspunten nog voor ze helemaal beneden zou zijn. Het zou zo afgelopen zijn. En dan stilte in haar hoofd.

Er bewoog iets. Ze keek opzij.

Een stuk naar beneden rookte het en ze zag vlammen. *Holy shit*. Het brandde daar. Ze kon het zelfs horen knetteren.

Ze keek om zich heen. Er was niemand in de buurt. Ze keek weer naar het vuur. Had iemand dit al gezien? Was er al alarm geslagen?

Ze pakte haar mobiel. Ze verwachtte hier geen bereik te hebben maar dat bleek er gewoon te zijn, alleen: wie moest ze bellen? En dan in haar beroerdste Frans vertellen wat er aan de hand was en waar ze zich bevond? Ze belde Abel, misschien was hij bij mensen in de buurt die hij kon waarschuwen. Maar hij nam niet op. Dan moest ze zelf teruggaan naar de kapel om alarm te slaan. Of was het korter om nu door te lopen naar die bistro?

Ze keek naar rechts, naar de kapel die nu een stuk boven haar lag, daarna naar links, naar het hek van het parkeerterrein dat nog hoger lag maar wel dichterbij leek. Ze koos voor het parkeerterrein en begon te lopen. Rennen ging niet, daarvoor was het pad te onregelmatig en te steil.

Ze stapte over boomstronken, stenen schoten onder haar snelle voetstappen weg. Ze gleed uit, greep zich nog vast aan een struik, maar viel hard op de stenen en voelde een stekende pijn in haar onderbeen.

Ze was niet in de buurt van de afgrond gekomen maar haar schrik was er niet minder om en haar been bloedde. Ze krabbelde overeind en vervolgde haar weg, het pad werd een helse klim, bloed sijpelde langs haar kuit.

Ze klom hoger en hoger, raakte zo uitgeput dat ze nauwelijks nog vooruitkwam.

Dit was een terugkerende droom van haar: dat ze rende met alle kracht die ze in zich had maar op precies dezelfde plek bleef.

Najaar 2019

'De taak van een kind bestaat er vaak uit te voorzien in de behoeften van de ouders.'

Dat had Vincent ook gezegd tijdens die laatste avond in het appartement. Dat kinderen een functie hebben.

De therapeut tegenover haar, Gijs, een man van in de veertig met dun haar en een vlassig baardje dat hem niet stond, legde de toppen van zijn vingers tegen elkaar.

'Ouders verwachten vaak dat een kind hen onvoorwaardelijk liefheeft. Maar een kind voelt dat aan en geeft daardoor steeds minder toe aan zijn of haar eigen behoeften. Het beweegt alleen nog maar mee om de ouders te pleasen. Kinderen creëren dan een soort alsof-versie van zichzelf. Ze zijn niet wie ze willen zijn, maar wie ze moeten zijn voor de buitenwereld en dus zien ze zichzelf ook op latere leeftijd vooral door de ogen van anderen.'

Het was pas hun tweede gesprek maar Puck had nu al het gevoel dat deze man dwars door haar heen keek. Ze nam zich voor de volgende keer aantekeningen te maken of te vragen of ze het gesprek op mocht nemen.

Toen ze zich in het eerste jaar van haar studie een tijdje depressief had gevoeld, mede door de plotselinge dood van haar buurmeisje die vanaf de kleuterschool haar beste vriendin was geweest, was ze ook naar een therapeut gegaan, eentje van de universiteit. Ze was bang geweest dat ze haar hele ziel en zaligheid op tafel zou moeten leggen, maar tijdens de drie sessies die ze had gehad was deze vrouw vooral zelf aan het woord geweest.

Een van de weinige vragen die ze Puck had gesteld was of er vroeger bij haar thuis geknuffeld werd. Dat had ze nogal een clichévraag gevonden. 'Weinig,' had ze geantwoord, maar het echte antwoord was 'nooit'. Ze had niet eerder het idee gehad iets te hebben gemist, maar die simpele vraag en haar ontwijkende antwoord daarop hadden haar vanaf dat moment aan het denken gezet. Misschien was wat zij als normaal beschouwde helemaal niet zo normaal.

Over haar jeugd en haar ouders was het tijdens het eerste gesprek met Gijs ook meteen gegaan. De wereld van haar vader en moeder was altijd klein geweest, zonder passies, zonder interesses. Alles wat ze niet kenden werd als een bedreiging beschouwd. Ze hadden altijd goed voor haar gezorgd, alles was er altijd, maar hun angsten, want dat waren het, hadden haar in haar jeugd net zo wantrouwig gemaakt tegenover de buitenwereld.

Daarbij waren haar ouders nooit echt liefdevol naar elkáár geweest. Er was geen agressie, er waren geen knallende ruzies, maar ze hadden wel voortdurend kritiek op de ander. Haar moeder kon al geïrriteerd raken van hoe haar vader een mandarijn at. Puck was altijd heel gevoelig voor deze onderhuidse spanningen geweest. Tijdens die eerste sessie bij Gijs had ze verteld dat wanneer ze als klein meisje tussen haar ouders in liep en van allebei een hand vasthield, haar dat geen gevoel van veiligheid had gegeven, maar het idee dat ze ze op die manier uit elkaar kon houden, dat ze een noodzakelijk tussenschot vormde omdat de boel anders zou ontploffen. Gijs had gezegd dat zo'n ontploffing misschien beter was geweest omdat het dingen had opgelost.

De enige bij wie ze zich altijd op haar gemak had gevoeld was haar buurmeisje, die ook haar ouders goed had gekend, en met wie Puck over alles kon praten. Nadat zij bij een ongeluk om het leven was gekomen duurde het wel een jaar voor Puck er weer op durfde te vertrouwen dat er mensen waren die je aanmoedigden het avontuur op te zoeken, die in je geloofden en die je positieve energie gaven. Door haar groepje studievrienden ontdekte ze voor het eerst hoe het voelde om verder te kijken en meer uit zichzelf te halen dan ze dacht dat ze in zich had.

Haar vader en moeder hadden haar na haar middelbare school altijd haar eigen keuzes laten maken, maar ondertussen had ze voortdurend het idee gehad dat ze achter haar rug hun hoofd schudden omdat ze niet de keuzes maakte die zij zelf gemaakt zouden hebben. Ze voelde hun afkeur omdat zij droomde van een ander leven, hoe abstract dat ook was, en in plaats van die keuze te accepteren en aan te moedigen, zagen zij het als afwijzing van hoe zij hun leven leidden en hadden ze zich er vooral beledigd door gevoeld.

Het ging allemaal om erkenning, had Gijs tijdens die eerste sessie gezegd.

Nu leefden haar vader en moeder hun eigen leven met hun eigen kleine vriendenkring met wie ze uitgesproken denkbeelden deelden over hoe de wereld in elkaar stak. Behoorlijk rechts, en dat was de laatste jaren alleen maar erger geworden. Puck moest regelmatig op haar tong bijten als ze het hadden over vluchtelingen of azc's. Vroeger ging ze de discussie nog weleens aan, maar dat deed ze niet meer. Haar ouders konden zich gewoon geen andere opvattingen voorstellen dan die van henzelf, alsof alleen zij het begrepen en de rest van de wereld gek was.

Gijs had voorspeld dat ze niet meer zouden veranderen. Want als ouders hun eigen gedrag onder de loep zouden nemen en zouden moeten erkennen dat ze het niet goed hadden gedaan, zouden ze hun hele reden van bestaan moeten herzien. En dus hielden ze vast aan hun meningen, omdat ze daar hun identiteit aan ontleenden. Sterker nog: naarmate de leeftijd vorderde, werd die starheid meestal sterker.

Puck wist dat dat klopte. Haar ouders spraken steeds vaker kwaad over familie en vrienden en het zou Puck niet verbazen als ze ook hun enige dochter openlijk afvielen tegenover anderen. En dus waren haar bezoekjes aan hen de laatste jaren minder frequent en korter geworden. Blijkbaar misten ze haar niet, want ze belden nooit. Puck merkte dat ze hen ook niet miste, wat ze een heel tegenstrijdig gevoel vond.

'Omdat kinderen dus vaak een rol aannemen om hun ouders ter wille te zijn,' ging Gijs verder, 'en ze alleen bepaalde kanten van hun persoonlijkheid tonen en andere kanten verborgen houden, ervaren ze tijdens hun ontwikkeling niet altijd alle emoties die ze eigenlijk zouden moeten ervaren. Daarom worden ze emotioneel nooit helemaal volwassen, terwijl ze vaak wel al op jonge leeftijd heel zelfredzaam zijn en al snel leren dat ze niet moeten huilen. Toch blijven ze altijd bang voor afwijzing bij tegenspraak of verzet. Ook krijgen ze in hun latere leven vaak te maken met een leegheid in hun bestaan omdat ze dat gat in hun emotionele ontwikkeling nooit hebben opgevuld. Dan gaan ze alsnog op zoek naar die invulling. Zo ontstaan veel verslavingen. Maar de meeste mensen nemen kinderen om die leegte op te vullen en zo begint het hele verhaal van voren af aan. Oorzaak en gevolg.'

Daar dacht Puck even over na.

'Maar bij mij is het precies andersom,' zei ze. 'Ik moest in mijn jeugd ook meebewegen met mijn ouders en toch wil ik zelf geen kinderen.'

'Omdat jij het hebt weten om te draaien. Jij hebt die leegte voor een groot deel opgevuld. Niet met een kind of met een kinderwens, maar met andere dingen die jou een compleet gevoel geven. Vrienden, liefde, je werk, kunst, literatuur, noem maar op. Maar toch heb je het niet helemaal van je af kunnen schudden want nu denk je dat er iets mis is met je omdat je een andere keuze maakt.'

'Denk ik dat?' Ze wist zelf dat het een overbodige vraag was.

'Ik vermoed dat je hier anders niet gezeten had. Je bent voor jezelf opgekomen, bij je beslissing gebleven, maar dat heeft je je relatie gekost en nu voel je je schuldig en zoek je de oorzaak bij jezelf.'

Ze kreeg een droge mond. 'Ik zei tegen Abel dat ik niks op wilde geven voor een kind. Maar tegelijkertijd denk ik: wat heb ik nou op te geven? Ik heb helemaal geen dromen. Ik wist vooral wat ik niet wilde. En nu denk ik dat hij het was. Dat Abel mijn droom was maar dat ik dat kapot heb laten gaan omdat ik niet bereid was andere dromen op te geven die helemaal niet bestonden.'

'Maar dat is iets anders dan tegen je zin akkoord gaan met een kind, volgens mij.'

'Toch vind ik het egoïstisch van mezelf. Om geen verantwoordelijkheid te willen nemen omdat ik zo nodig mijn vrije leventje wil houden.'

'Maar dat is dan weer vooral bekeken door de ogen van anderen. Dat ervaar je zo omdat je denkt dat de buitenwereld er zo over denkt. En dat is heel begrijpelijk, want een kinderwens is nog altijd de norm, alsof je mislukt bent als je je niet voortplant.'

'Het voelt bij mij gewoon niet voorbestemd. En ik ben bang dat als ik kinderen krijg... dat ze me zullen haten.'

'Waarom?'

Ze haalde haar schouders op en voelde haar keel dikker worden. Ze was blij dat Gijs verder praatte.

'Omdat het tussen jou en je ouders is gelopen zoals het is gelopen,' zei hij, 'ga je er misschien van uit dat het met een kind van jou ook zo zal gaan, maar dat hoeft natuurlijk niet.'

'Denk jij dat ik ook emotioneel onvolwassen ben?'

Gijs liet een stilte vallen alsof hij zijn woorden zorgvuldig wilde kiezen.

'Ik denk,' zei hij, 'dat jij het tij hebt weten te keren van iets wat misschien al generaties lang binnen jouw familie wordt doorgegeven. Want bij je ouders komt het ook ergens vandaan. Je hebt je ergens aan onttrokken. Iets losgelaten. Die geest gaat nooit meer terug in de fles. Wat betekent dat een kind voor jou geen functie hoeft te vervullen. Een kind zou voor jou pure winst zijn. Omdat je het niet nodig hebt. Hoe vreemd dat ook klinkt.'

Puck dacht eraan dat Abel dat ook had gezegd. Dat een kind geen noodzaak maar een verrijking moest zijn.

'En dus zul jij aan een kind geen ballast doorgeven,' zei Gijs. 'Ik noem dat emotioneel behoorlijk volwassen.'

Ze kon even niks terugzeggen.

'Uiteraard moet je doen wat goed voelt voor jou,' zei Gijs, 'en je zeker nergens toe laten dwingen. Maar volgens mij kun je nog meer loslaten. Ook dat laatste stukje. En één ding weet ik zeker: als jij ooit een kind krijgt, zal dat kind jou niet haten. Integendeel.'

Puck probeerde niet te huilen.

De rode boei lag halverwege maar was nog een heel eind weg. Wat had haar in jezusnaam bezield?

Haar wetsuit voelde als een dwangbuis, bij iedere slag gleden er dikke bossen zeewier door haar vingers en haar lijf voelde iedere seconde zwaarder. Ze wilde het liefst opgeven en gewichtloos blijven drijven tot iemand haar kwam redden. Toch dwong ze zichzelf door te blijven gaan, slag voor slag.

Ze klom op Vuurtoreneiland op de kant en wist niet hoe ze het voor elkaar had gekregen het te halen. Haar begeleider zei dat ze het zichzelf lastig maakte door onbewust meer kracht aan de ene kant van haar lichaam te zetten dan aan de andere kant. Dat deden eigenlijk alle zwemmers, zei hij. Puck zei dat ze inderdaad een paar keer het idee had gehad dat ze in een rondje ging. De begeleider legde uit dat ze dat kon voorkomen door een punt op de horizon te kiezen en dat als focus te houden.

Dat werkte en de terugweg kostte haar de helft minder kracht. De zon zakte achter de Schellingwouderbrug en terwijl haar lichaam een cadans in het water vond werd ze overvallen door de rust waar Abel het over had gehad. Het was alsof het water haar droeg. Ze was zich bewust van iedere spier in haar lichaam die ze aanstuurde met geconcentreerde wilskracht, maar eigenlijk ging het vanzelf en voor ze het wist stond ze in Durgerdam weer op de wal.

Het voelde als een van de grootste overwinningen van haar leven.

In de trein naar Utrecht, waar ze tijdelijk bij een vriendin woonde, zette ze haar telefoon aan en zag ze dat ze een bericht van Abel had.

'Daar lopen we dan,' zei ze.

'Ja,' zei hij.

Op het strand bij De Koog op Texel was gevoelsmatig nu pas de eerste dag van de herfst aangebroken. Ze logeerden achter de duinen in het vakantiehuisje van de ouders van Margot. Puck wist niet hoeveel Abel haar verteld had, maar Margot wilde duidelijk dat het weer goed kwam tussen hen en had geregeld dat ze het konden gebruiken.

'Meen je het nog steeds?' vroeg Puck.

Abel knikte. 'Blijkbaar had ik 't nodig dat je wegging om te beseffen dat... Ik wil niet zonder jou. En als dat betekent dat dat zonder kinderen is, dan is dat zo. Ik schaam me er bijna voor dat ik daar zo'n punt van heb gemaakt.'

'Dat moet je niet doen. Je was gewoon eerlijk.'

'Ik moest erover nadenken. Eraan wennen.'

'Logisch toch. Ik wilde je nergens toe dwingen. Nog steeds niet.'

'Weet ik. Maar het is goed. Alles is goed.'

Met de armen om elkaars middel geslagen liepen ze verder.

Zomer 2023

De laatste trap, recht omhoog, tree voor tree, ze was kapot. Ze keek om, zag het vuur niet meer, maar wel de rook.

Ze strompelde het parkeerterrein op. Overal auto's en busjes, ze zag een groepje klimmers dat bezig was zich om te kleden, liep naar hen toe en wees naar beneden. 'Fire! Feuer! Over there!'

Het groepje keek haar wazig aan.

'We have to call for help!'

De toeristen antwoordden in een haar onbekende taal, gebaarden met opgetrokken schouders en geheven handen en wisten waarschijnlijk net zomin als zij wie ze dan moesten bellen. Bij de bistro zouden ze het weten. Puck rende over het parkeerterrein en zag Abel en Marnix op het terras zitten.

'Er is brand!' zei ze terwijl ze hen voorbij rende, de bistro in.

Binnen riep ze in het Engels dat er brand was, dat de brandweer moest komen. Het meisje met de haarband pakte direct haar telefoon. De mensen die in de rij stonden verdwenen naar buiten om het zelf te zien of om te checken of iedereen van hun gezelschap veilig was.

Puck hoorde het meisje bellen, keek naar buiten en zag dat er nu ook voor de bistro rook vanuit de kloof de hoogte in kringelde.

Abel kwam binnen met Marnix. 'En?'

'Er wordt nu gebeld. Ik hoop niet dat er daar beneden veel mensen zijn.'

Abel kwam een paar stappen naar haar toe. 'Goed dat je het zag.'

Het meisje met de haarband legde de telefoon neer en zei dat de brandweer onderweg was.

Puck knikte. 'Hoe kan het daar nou zomaar begonnen zijn met branden?' vroeg ze aan Abel.

'Geen idee,' antwoordde hij.

Puck keek om hem heen. 'Waar is Marnix?'

Abel draaide zich om. Marnix was verdwenen van de plek waar hij net nog had gestaan.

Puck keek de bistro rond. Binnen was hij niet.

Zij en Abel wisselden een geschrokken blik en renden naar buiten.

2020

Het was de dag in januari waarop ze vrij had genomen van haar werk om met Abel mee te gaan naar Zeist. Daar werden in aanwezigheid van de notaris de papieren getekend waarmee Abel directeur-grootaandeelhouder van het juweliersbedrijf werd.

Ondanks de aanleiding en ondanks het feit dat de parkinson bij Johan steeds erger werd, werden de handtekeningen die ochtend in een feestelijke stemming gezet. Zelfs Vincent liet zich zien en sloeg Abel op zijn schouder.

Margot had champagne ingeschonken en op het gezicht van Johan had een tevreden uitdrukking gelegen. Puck hoopte dat nu deze overdracht bereikt was hij niet nog harder achteruit zou gaan. Na de champagne was hij doodop geweest en besloten ze de lunch die ze gereserveerd hadden in een restaurant vlakbij te cancelen.

Het was de dag waarop Puck en Abel terugreden naar Amsterdam, waar in het appartement de dozen stonden opgestapeld voor hun verhuizing naar een ruim huis in Diemen, vlak bij het station, vlak bij de snelweg, met een tuin en drie slaapkamers, waardoor zij en Abel daar allebei een plek voor zichzelf zouden hebben om te werken.

Het was de dag waarop ze wat restjes als lunch aten tussen de dozen, waarna ze met elkaar vreeën om het tekenen van die ochtend te vieren. Ze vielen in slaap op het matras dat op de grond in de slaapkamer lag, tussen de planken van het onderstel en de lattenbodem die meegingen met het grofvuil omdat ze voor Diemen een nieuw bed hadden gekocht.

Het was de dag waarop Puck, toen ze als eerste weer wakker werd, twijfelde of ze ging doen wat ze moest doen. Waarvan ze al een week wist dat het onvermijdelijk was en waarvan ze de uitkomst eigenlijk al kende.

Ze had het moment van die ochtend niet willen verstoren, nu wilde ze het zeker weten. Zachtjes stond ze op van het matras en deed in de badkamer de zwangerschapstest die ze drie dagen eerder gekocht had.

Die liet er geen twijfel over bestaan.

Met haar blote voeten op de koude tegels stond ze daar, en wist dat dit een kruispunt was. De weg die ze nu insloeg zou allesbepalend zijn, maar van geen van de routes kon ze het eindpunt zien.

Ze dacht aan de woorden van Gijs, dat ze geen ballast door zou geven. Ze dacht aan Abel, die had gezegd dat hij haar nergens toe wilde dwingen. Zo voelde dat nu ook. Ze kon kiezen wat ze zelf wilde. Vanuit die ontspanning kwam de beslissing vrijwel direct, ook omdat ze zich de afgelopen dagen al vaak op dit kruispunt had voorgesteld en dan steeds dezelfde weg in was geslagen.

De kraan drupte, die had ze niet goed dichtgedraaid nadat ze haar handen had gewassen. Ze wist dat ze hier nog heel lang kon blijven staan, maar dat ze niet meer van gedachten zou veranderen.

Terug in de slaapkamer maakte ze Abel wakker. Ze liet hem de test zien. Hij schoot overeind en keek haar gespannen aan.

'Wat betekent dit?' vroeg hij.

'Dat lijkt me duidelijk, toch?'

'Ja... maar: wil je het? Houden we 't?'

Eén seconde stilte.

Loslaten.

Ze knikte.

Abel stond op en nam haar in zijn armen.

Ze waren nog nooit zo dicht bij elkaar geweest als in de weken waarin ze nog niemand over de zwangerschap verteld hadden.

Waar Pucks gedachten al maandenlang in beslag werden genomen door de verhuizing en alles wat er geregeld moest worden, leek dat nu ineens allemaal bijzaak. Misschien verklaarde dat waarom het toen het eenmaal zo ver was om de deur van het appartement achter zich dicht te trekken en in Diemen over de drempel te stappen, alles probleemloos verliep.

Zelfs de beslissing dat ze de kamer die ze bedacht hadden als haar werkplek zouden gebruiken als kinderkamer deed haar weinig: er was op de zolder genoeg ruimte om een bureautje neer te zetten, meer had ze niet nodig.

Ze besloten te wachten tot hun eerste afspraak bij de verloskundige en het daarna pas met anderen te delen. Puck voelde zich goed, had nergens last van en toen de verloskundige bevestigde dat alles in orde was, reden ze direct door naar Zeist waar het nieuws opnieuw met champagne werd gevierd. Margot had tranen in haar ogen en Johan omhelsde Puck op een manier zoals hij nog niet eerder had gedaan. Hij was de laatste maanden sowieso een stuk emotioneler.

Ook Vincent was blij voor ze.

'Ik hoop dat je een leuke band met je neefje of nichtje zult opbouwen,' zei Puck tegen hem toen ze even alleen in de keuken waren. 'Ook al weet ik hoe je erover denkt.'

'Dat moet je niet te serieus nemen.'

'Kom op. Nou niet terugkrabbelen. Je was bloedserieus en je vindt dat echt.'

'Eigenlijk wel.'

'Nou dan. En ik ben het op heel veel punten met je eens. Maar ja...'

'Zo is het leven.'

'Ja,' zei ze, 'zo is het leven. Al hoop ik dat je niet ons huis in de fik komt steken als we straks een ooievaar op het raam plakken.'

'Ik zal kijken wat ik kan doen.'

Ze belde haar ouders om het te vertellen. Op de verhuiskaart die ze hen had gestuurd had ze geen reactie gekregen.

Ze reageerden opgetogen, hoewel ze nooit heel belangstellend naar Abel waren geweest. Ze beloofden snel een keer langs te komen. Puck was opgelucht toen ze het gesprek weg kon drukken.

Ze vertelden het aan vrienden, collega's en aan haar groepje oud-studiegenoten. Iedereen was even blij voor ze.

Toen was hun geheim geen geheim meer. Toen was het zo.

Halverwege maart was er een persconferentie en gebeurde wat er al aan zat te komen sinds in februari de eerste coronabesmettingen waren gemeld: het land ging op slot.

Diezelfde avond begon bij Puck de misselijkheid.

Die was er ineens en in extreme mate.

Ze werd doodziek en gaf wel tien keer over binnen vierentwintig uur. Abel en zij dachten eerst dat het met het virus te maken had, dat Puck corona had opgelopen. Hoe gevaarlijk was dat voor hun kindje? Ze belden de dokter, die probeerde ze gerust te stellen. Hij zei dat ze het even moesten aankijken, waarschijnlijk ging het vanzelf over.

Dat ging het niet.

Puck begon twintig keer per dag over te geven. Dat ging twee weken zo door. Ze hield niets binnen, kon niets eten en nauwelijks iets drinken. Soms dronk ze twee dagen niet en als ze dan een slok nam voelde het alsof er met een mes in haar keel werd gesneden.

Ze belden de dokter weer, die zei dat het na drie maanden wel over zou zijn. Medicijnen om de misselijkheid tegen te gaan schreef hij liever niet voor, dat zou slecht kunnen zijn voor de baby.

Puck droogde steeds meer uit en verloor steeds meer gewicht. Ze lag alleen maar op bed, kon niet tegen licht, kon niet tegen geuren en ondertussen bleef ze maar overgeven. Abel bleef zeggen dat ze hier doorheen moest.

Ondertussen zat iedereen thuis, was alles dicht en werden ze dagelijks overspoeld door het ene bizarre nieuwsbericht na het andere. Er kwam een uitbreiding van het vliegverbod, er volgden maatregelen tegen medicijntekorten en in de ziekenhuizen waar gruwelijke verhalen vandaan kwamen werd nu militair personeel ingezet. Puck begon steeds banger te worden. Lukte het haar dit kind gezond op de wereld te zetten? En in wat voor wereld kwam hij of zij dan terecht?

De weken werden maanden. Er was nog steeds geen verbetering merkbaar.

Abel zorgde voor haar, maar veel kon hij niet doen. Vanuit

huis werkte hij lange dagen, hij moest alles op alles zetten om het bedrijf door deze periode te loodsen want de maatregelen werden keer op keer verlengd.

Pas tegen de zomer kwamen er versoepelingen en steunmaatregelen voor bedrijven en kreeg hij iets meer lucht. Puck testte voortdurend, doodsbang dat ze het virus er nog eens overheen zou krijgen met alle gevolgen van dien voor haar en de baby. Ze testte keer op keer negatief, maar voelde zich alleen maar slechter.

In juli werd haar toestand kritiek en werd ze opgenomen in het ziekenhuis, juist op het moment waarop de besmettingen weer begonnen op te lopen. Ze kreeg een zoutoplossing en alsnog antibraakmedicijnen. De arts die haar behandelde zei dat dit soort extreme misselijkheid zo'n twee op de honderd zwangere vrouwen treft. Hij zei dat de symptomen steeds hetzelfde zijn maar dat niemand weet waar het door komt behalve dat het iets te maken heeft met alle hormonale veranderingen in het lichaam.

Met die verklaring moest Puck het doen.

De medicijnen deden hun werk, ze knapte iets op en ze mocht weer naar huis, waar het een tijdje beter ging, maar ze was nog steeds alleen maar slap en hing de hele dag op de bank.

Haar moeder belde zo nu en dan om te vragen hoe het ermee stond, maar kon het dan niet laten uitvoerig uit de doeken te doen wat ze allemaal van het virus en van de overheidsmaatregelen dacht. Wat betreft de medische situatie van haar dochter, voelde Puck wat er onder de woorden van haar moeder lag: ze vond het allemaal maar aanstellerij. Haar moeder zei ook dat Puck misschien eens moest bedenken of haar relatie met Abel wel deugde, want misschien was dit allemaal psychisch en kwamen al die lichamelijke problemen daar wel vandaan.

Margot belde bijna dagelijks om te vragen hoe het ging en ze kwam een paar keer langs om Puck te zien, maar bleef dan buiten op anderhalve meter en met een mondkapje op.

Zelfs Vincent verscheen op een avond. Hij had marihuana meegebracht. Hij zei dat het medicinaal was en dat het volgens Jamaicaans onderzoek goede resultaten gaf bij vrouwen die hetzelfde doormaakten als zij.

Ze had het in een la gelegd.

Ze kreeg een steeds grotere hekel aan hun nieuwe huis. Ze herkende de schaduwen op de muren op ieder uur van de dag. Over een kleine wereld gesproken. Iedereen zat in hetzelfde schuitje maar anderen konden nog afleiding zoeken. Zij kon zich op niets meer concentreren. Tv-kijken lukte niet zonder kotsmisselijk te worden en lezen ging al helemaal niet. Ze probeerde podcasts en luisterboeken, dat ging nog wel, maar dan viel ze steevast in slaap. Het waren de enige uren waarin het allemaal even niet bestond.

Het werd september en de maatregelen werden voor de zoveelste keer aangescherpt. Ze moest steeds vaker denken aan alle dingen die Vincent had gezegd. Over de aarde, over de mensheid als enige echte plaag en dat er een pandemie moest komen om de wereldbevolking uit te dunnen.

Op een middag begon Abel over de naam. Ze hadden besloten niet te willen weten wat het zou worden, dus hij had nagedacht over een jongensnaam en een meisjesnaam. Puck zei dat ze er nog even over na wilde denken, maar tot haar eigen schrik merkte ze dat ze het niet belangrijk vond. Ze voelde zich gegijzeld door wat er in haar groeide, waarom zou ze dat een naam willen geven?

Nadat ze drie nachten in een slaapzak naast de wc had gelegen en ze bloed begon te spugen omdat haar slokdarm kapot was van al het overgeven, belde Abel de dokter en werd ze opnieuw opgenomen.

Ze was meer dan tien kilo afgevallen en zag eruit als een lijk. Dat zag ze als ze in de spiegel keek, ze zag het in de blikken van anderen, maar ze merkte het ook aan de tattoo op haar onderarm; die begon zijn vorm te verliezen door het vel dat steeds slapper en droger om haar botten hing.

De arts in het ziekenhuis begon over mogelijke psychische problemen. Hij zei dat bij vrouwen met HG, wat stond voor *hypermesis gravidarum* en wat blijkbaar het etiket was dat zij opgeplakt had gekregen, vaker dan gemiddeld een psychische stoornis voorkwam.

'Het kan zelfs heel nuchtere types overkomen die nooit ergens last van hebben gehad,' zei hij. 'Bij die vrouwen is er dan toch vaak iets wat niet lekker loopt, in de zwangerschap, in de relatie of in het leven.'

In gedachten hoorde Puck haar moeder: *Ik zei het toch?*

Er verscheen een maatschappelijk werker aan haar bed en daarna een psycholoog. Tegenover allebei hield Puck zich groot. Ze zei dat er helemaal geen problemen waren, dat ze altijd al overgaf als ze spanning had. Dat was gewoon hoe haar lichaam reageerde op heftige dingen.

De psycholoog vroeg of Puck zich misschien schuldig voelde.

'Ik begrijp de vraag niet,' antwoordde ze.

'Vrouwen in jouw situatie kunnen erg onder schuldgevoel lijden richting hun ongeboren kind, omdat ze niks binnen kunnen houden.'

Ze werd boos. 'Daar kan ík toch niks aan doen?'

Deze keer nam de misselijkheid ook in het ziekenhuis niet af en ze zei tegen Abel dat ze van het kind af wilde omdat het niet meer ging.

Abel hoopte dat een echo de oplossing zou zijn, dat ze bij

het zien van hun kindje zou weten waar ze het allemaal voor deed. Maar Puck keek naar het scherm als naar een etalage met producten die haar smaak niet waren. Abel merkte het en de verloskundige ook.

Er werd een sonde geplaatst in haar dunne darm en het ging even weer iets beter. Het afvallen stopte en ze hoefde minder over te geven, nu nog maar zo'n vijf keer per dag.

Ze mocht weer naar huis, volledig duf en depressief van de medicijnen. Die depressiviteit leek Abel het meeste zorgen te baren, alsof al het lichamelijke minder belangrijk was.

Op een avond, toen hij de vaatwasser aan het leegruimen was en zij onder haar deken op de bank naar hem lag te kijken, dacht ze dat ze hem gewaarschuwd had. Dat ze geen kind had gewild. Dat ze daar onder zijn druk toch voor gekozen had en dat dit de gevolgen waren. Ze zei niets, maar haatte zichzelf toch vanwege de haat die ze voor hém voelde.

De volgende dag vroeg Abel of ze zover zou gaan zichzelf iets aan te doen.

Ze zei dat ze dat niet wist. Niet om te manipuleren, ze wist het echt niet.

Het was het laatste zetje dat Abel nodig had om ermee in te stemmen het kindje weg te laten halen. Omdat hij bang was hen straks allebei kwijt te zijn. Heel even zag Puck een toekomst voor zich waarin ze door samen deze beslissing te nemen weer naar elkaar toe zouden groeien.

Tijdens hun gesprek met de arts bleek abortus niet meer mogelijk. De eerste vierentwintig weken waren voorbij, het kindje zou nu buiten de baarmoeder levensvatbaar zijn en Puck zelf was niet in fysiek levensgevaar.

De weken regen zich aaneen. Ze sleepte zich voort in een soort hallucinaire toestand, zwevend tussen wanhoop en helemaal niets voelen. Vrienden waren allang afgehaakt omdat ze het niet begrepen.

Zij en Abel spraken niet meer over haar toestand, die was iedere dag hetzelfde dus viel er ook niet veel meer over te zeggen. De pijn en de ellende waren onderdeel van haar leven en ze kon zich niet voorstellen dat die er ooit niet waren geweest of dat ze er ooit niet meer zouden zijn.

Negen weken voor de datum waarop Puck was uitgerekend zette ze na een snelle bevalling een zoon op de wereld.

Er was officieel een tweede golf van het virus uitgebroken, er was weer een gedeeltelijke lockdown afgekondigd, maar een uur na de bevalling was Pucks misselijkheid verdwenen en voelde ze zich voor het eerst sinds al die maanden weer een beetje normaal.

Zomer 2023

Buiten heerste drukte van mensen die hun spullen aan het opbergen waren in hun auto's, van mensen die stonden te kijken naar de brand beneden en van mensen die met opgewonden stemmen aan het bellen waren. Marnix was nergens te bekennen.

Abel en Puck renden heen en weer. Riepen zijn naam. Abel keek achter auto's, sprak mensen aan, vroeg of ze een jongetje gezien hadden, maar iedereen was met andere dingen bezig. Hij rende koortsachtig rond over het parkeerterrein, zei dat hij bij de toiletten ging kijken aan de zijkant van de bistro en rende er al heen.

Puck kreeg een ingeving en keek de andere kant op, naar de weg die tussen de rotswand en de bistro verder liep richting de bocht en de tunnel.

Ze begon te rennen, het parkeerterrein af, de weg op, de bocht voorbij naar de plek waar Marnix eerder die steen had willen pakken.

Daar zag ze hem.

Eén van de meisjes in de gele hesjes kwam met hem aanlopen, ze had zijn hand vast. Puck rende naar ze toe en verontschuldigde zich in het Engels tegenover het meisje. Het meisje zei in het Engels terug dat Marnix vlak langs de rand had gelopen en dat ze er net op tijd bij was en dat ze beter op haar kind moest letten. Vervolgens liep ze gehaast in de richting van de bistro.

Puck boog zich naar Marnix. 'Je kunt niet zomaar weglopen! Dat kan echt niet!'

'Ik wou die steen.'

'Wat had papa nou gezegd? Dat het hier gevaarlijk is. Met verkeer en met die afgrond.'

'Is er echt brand beneden?'

'Ja, zie je de rook daar?'

'Gaat alles nu verbranden?'

'Misschien is de brandweer op tijd om het te blussen.'

'Als alles verbrandt, verbrandt mijn steen dan ook?'

'We moeten terug naar papa, die is je nog aan het zoeken.'

'Mag ik 'm nog?'

'Wat?'

'Die steen.' Hij wees naar het gedeelte van de weg waar geen muurtje was. 'Ik wil 'm echt.'

'Snel dan. Dan pakken we 'm samen.'

Ze hield hem stevig bij de hand en ze liepen langs het muurtje aan de zijkant van de weg, de rook van beneden werd dikker en zwarter maar waaide de andere kant op.

'Welke is het?'

‘Die.’ Hij trok haar vooruit, maar liet haar hand niet los.

‘We moeten echt opschieten.’ Ze keek naar de rook, die kwam nu recht van beneden en op dat moment besefte Puck het.

Dit was de plek waar het flesje van Marnix over de rand was gerold. Dat was ergens beneden, heel of in scherven, tussen de stenen en het droge groen neergekomen. Wat als de zon er vat op had gekregen? Wat als…

Oorzaak en gevolg.

‘Ik pak ’m!’ zei Marnix.

Ze voelde hoe zijn hand uit de hare glipte.

‘Hier blijven!’

Maar hij rende al voor haar uit, scheef naar één kant, maar vliegensvlug. Hij raapte een steen van de grond, tussen het gruis vandaan, en draaide zich naar haar om, met de afgrond achter hem.

Hij stak de steen triomfantelijk omhoog. ‘Ik heb ’m!’

‘Terugkomen nu!’

Hij deed een stap in haar richting maar maakte met zijn linkerbeen een verkeerde beweging. Zijn voet gleed weg over de steentjes en hij viel voorover. Hij schoof achterwaarts weg over het gruis, probeerde met zijn handen nog houvast te krijgen maar hij gleed verder en zijn benen gingen al over de rand.

Puck gilde.

2020

Marnix werd opgenomen op de afdeling neonatologie waar hij in een couveuse werd gelegd.

Omdat hij met eenendertig weken geboren was waren zijn bloedsuikers niet in orde en was hij onvolgroeid. Hij had ondersteuning nodig met ademhalen en werd geholpen om zijn circulatie op gang te krijgen.

Ook Puck moest vanwege haar conditie in het ziekenhuis blijven, maar nu de misselijkheid weg was kreeg ze een honger die niet te stillen was.

Omdat Marnix nog niet de energie had om te drinken werd er een sonde bij hem geplaatst waar Puck melk voor moest afkolven. Dat vond ze loodzwaar.

Ze zag hoe groot Marnix' hoofd was in vergelijking met de rest van zijn lichaam. Ook dat had volgens de arts te maken met zijn vroege geboorte, die waarschijnlijk weer verband hield met de ondervoeding en uitdroging van Puck tijdens de zwangerschap.

Puck wist niet hoe ze op die mededeling moest reageren en ook Abel zei niets.

Er werd een echo van Marnix' hersenen gemaakt, wat volgens een andere arts routine was bij kinderen die zo vroeggeboren waren.

De uitslag was dat Marnix cerebrale parese had.

Het werd aan Puck en Abel uitgelegd als een neurologische afwijking waardoor de hersenen niet in staat zijn de juiste spanning aan de spieren door te geven. Het kwam bij één op de vierhonderd kinderen voor, in milde of in ernstige mate. De boodschap bleef als ingehouden adem in de lucht hangen.

Abel vroeg wat de gevolgen zouden zijn voor Marnix. De arts antwoordde dat het niet te zeggen viel hoe het zich zou ontwikkelen. Een mogelijk gevolg was dat Marnix een motorische beperking zou krijgen, maar er was meer wat op de korte of langere termijn kon optreden: moeite met zien, praten, horen, slikken of slapen, moeite om zindelijk te worden, mogelijk een lagere intelligentie en epilepsie. Verder zei de arts dat er van alles mogelijk was om deze symptomen op te vangen en te verlichten, maar dat het er in de kern op neerkwam dat Marnix een aandoening had waar hij niet van zou genezen.

Abel pakte Pucks hand en kneep erin. Ze voelde hoe koud haar eigen hand in de zijne lag.

Abel vroeg aan de arts hoe het had kunnen ontstaan. Of het iets te maken kon hebben met de medicijnen die Puck tijdens de zwangerschap had geslikt tegen de misselijkheid. Puck maakte haar hand uit de zijne los.

De arts had het over zuurstofgebrek in de hersenen vanwege de vroeggeboorte, maar praatte er duidelijk een beetje omheen.

Puck wist dat Abel dat ook doorhad.

Oorzaak en gevolg.

Terwijl Marnix langzaam maar zeker aansterkte, was Puck alleen maar moe en was ze bij het minste of geringste geïrriteerd, vooral tegen Abel.

Toen Marnix op eigen kracht kon drinken mocht hij aan de borst. Dat kon ze heel moeilijk verdragen.

Er verscheen weer een psycholoog, er werd gesproken over een postnatale depressie. Ze kreeg antidepressiva en ze hoopte dat dat zou betekenen dat ze dan geen borstvoeding meer mocht geven, maar de arts zei dat dat mogelijk bleef, sterker nog, dat juist moedermelk op dit moment het beste voor haar kindje was omdat zijn immuunsysteem door de antistoffen van Puck sterker zou worden.

Tijdens de volgende borstvoeding begon Marnix te huilen en wilde Puck dat Abel hem van haar overnam en wegbracht.

Toen Abel bij haar terugkwam op de kamer zei ze dat ze geen borstvoeding meer wilde geven. Dat het niet ging. Abel knikte gelaten.

Ze ging weer over op kolven en Abel voedde Marnix met

een flesje. Ze zag hoe goed hij met Marnix en met de situatie omging.

Ondertussen at ze zich vol, vooral met alle denkbare soorten junkfood. Ze voelde de weerzin bij Abel, maar uiteindelijk was hij allang blij dat ze weer at en ging hij keer op keer naar buiten om iets voor haar te halen.

Opnieuw wachtte ze op een reactie van hem. Verlangde ze er eigenlijk naar. Dat hij zou zeggen dat het genoeg was geweest en dat ze normaal moest gaan doen. Dat hij haar desnoods aan haar haren door de kamer zou sleuren.

Maar hij deed niets, behalve in alle rust de dingen doen die van hem verlangd werden.

De antidepressiva sloegen aan, Puck en Marnix mochten naar huis.

Na zes weken ontstond bij haar voor het eerst de behoefte voor Marnix te willen zorgen. Om hem vast te houden. Hij groeide nu goed. Het was een vrolijk mannetje. Vooralsnog was er niets te merken van welke afwijking dan ook.

Puck dacht dat het misschien toch nog allemaal goedkwam. Dat de postnatale depressie een tijdelijke reactie was geweest op de loodzware zwangerschap, maar dat dat nu voorbij was en er aan de horizon toch een klein, eenzaam roze wolkje zou verschijnen.

Dat ze op internet alles over cerebrale parese gelezen had wat er te vinden was en dat de lijst met mogelijke effecten was aangevuld met ontwikkelingsachterstand, problemen met taal en gedragsstoornissen, deed daar niets aan af. Ook lichamelijk voelde ze zich sterker. Het was dat vanwege de pandemie het filmhuis waar ze werkte gesloten was, anders was ze misschien wel weer aan de slag gegaan.

Door covid mocht er niemand op babybezoek komen. Iedereen maakte met Marnix kennis via een beeldscherm. Ze vonden hem allemaal lief en schattig. Over wat er gedurende de zwangerschap allemaal gebeurd was werd angstvallig gezwegen, alsof men bang was dat Puck drie stappen terug zou doen als daarover begonnen werd.

Ze stopte met de antidepressiva, die kon ze niet haar hele leven blijven slikken. Dat ging. Ze bleef nog een tijdje sterk de behoefte voelen Marnix helemaal voor zichzelf te houden, maar dat bleek niets meer dan het laatste restje zelfbedrog dat de pillen in haar hadden achtergelaten, want na een paar dagen zonder medicatie bestond er in haar hoofd niets anders meer dan een leegte die zich als een eindeloze zoutvlakte voor haar uitstrekte.

Abel deed alles voor Marnix. Hij was geduldig en stabiel. Hij ging er 's nachts uit als hij huilde, speelde met hem, lachte met hem, knuffelde hem. Het deed haar verschrikkelijk pijn dat zij niets in zichzelf naar boven kon halen om iets van dezelfde behoefte te voelen.

De stille zorgzaamheid van Abel bracht haar nog een ander gevoel. Ze wist hoe blij ze moest zijn met alles wat hij deed, maar toch verlangde ze stiekem terug naar de Abel die de wereld wilde verbeteren en in open water ging zwemmen.

Ze verachtte zichzelf diep voor zoveel ondankbaarheid, maar het terugverlangen naar de vroegere versies van hen allebei, werd er niet minder door.

Zomer 2023

Ze was in twee stappen bij Marnix en greep hem bij zijn bovenarmen.

'Mama!'

'Ik heb je, ik heb je!'

Hij probeerde met zijn knieën steun te zoeken op de stenen maar dat had het effect van spinnende wielen in de modder en hij gleed alleen maar verder naar beneden.

Puck verloor haar grip op zijn armen, die glipten door haar handen, ze kon hem nog net op tijd bij zijn polsen pakken.

Marnix huilde met gierende uithalen.

Puck was op haar buik gevallen, lag nu zelf ook half over de rand. Marnix bungelde in blinde paniek onder haar. Hij was loodzwaar.

'Hou je benen stil!'

'Mama!'

'Ik heb je!'

Ze had hem goed vast, hij zou niet vallen, nu moest ze hem omhoog krijgen. Ze probeerde naar achteren te schuiven terwijl Marnix steeds zwaarder aan haar armen hing.

'Ik trek je omhoog!'

'Mama!'

Ze trok, gebruikte al haar kracht, kronkelde over de grond om bij de rand vandaan te komen met de punten van haar schoenen steun zoekend in het gruis.

Stenen sneden in haar buik.

2021

Binnen een jaar was er bij Marnix een afwijking merkbaar aan zijn linkerbeen. Het was juni en het land ging weer van het slot na een periode van avondklokken, vaccinaties, een derde golf en een stappenplan.

Marnix kon zijn been niet goed bewegen, alsof zijn spieren strak stonden en compleet verstijfd waren. Het werd in het ziekenhuis onderzocht, daar noemden ze het spastisch. Wat goed te behandelen was met therapie, met spalken en met speciale schoenen. Dat dit betekende dat Marnix een kind was dat voor de rest van zijn leven gehandicapt zou blijven zei niemand, maar wisten ze allemaal.

Toen Puck een keer van Marnix naar Johan keek bedacht ze dat er geen erfelijke oorzaak was, maar dat je vanwege de linkerkant die bij hen allebei gemankeerd was toch duidelijk kon zien dat het opa en kleinkind waren.

Diezelfde nacht moest ze denken aan wat haar begeleider had gezegd toen ze van Durgerdam naar Vuurtoreneiland was gezwommen: dat als je met de ene helft van je lichaam minder kracht geeft dan met de andere helft, je uiteindelijk in rondjes blijft gaan.

Dat gold nu voor Marnix ook, dacht ze. Hij zou gaan compenseren vanwege zijn ongelijke helften.

Ze herinnerde zich de woorden van haar therapeut, die had gezegd dat Puck voor zichzelf dingen had opgelost en daarom geen ballast aan een kind zou doorgeven. Ze had hem geloofd. Nu twijfelde ze sterk of hij gelijk had.

Marnix had nergens om gevraagd. Niet om geboren te worden en al helemaal niet met een handicap. Maar hij was er wel en zijn afwijking ook. En daar was zij verantwoordelijk voor. Dan kon ze hem niet ook nog opzadelen met een opvoeding waarin hij niet kon zijn wie hij wilde zijn omdat hij meer met zijn moeder bezig was dan met zichzelf.

Hij mocht geen leegte ontwikkelen.

Puck besefte dat ze het moest omdraaien. Die zwembegeleider had haar aangeraden een focuspunt te kiezen om op koers te blijven. Op dit moment moest ze niet voor zichzelf zoeken naar een punt op de horizon, ze moest zelf dat punt worden. Om Marnix te helpen vooruit te komen in het leven moest zij vanaf nu het kompas zijn waarop hij kon varen, in een rechte lijn, niet in rondjes.

Het bracht haar in beweging.

Ze pepte zichzelf op. Ging meer in het huishouden doen, deed boodschappen, kookte, speelde met Marnix en praatte met Abel. Ook begon ze weer bij het filmhuis.

Abel merkte de omschakeling en keek het een tijdje aan, maar toen hij door begon te krijgen dat haar nieuwe energie aanhield ging hij er voorzichtig in geloven.

Ze deed alles om in beweging te blijven. Stilstand was achteruitgang.

Het voelde als het spelen van een rol. Alsof deze herboren versie van zichzelf niet echt was. Misschien deed ze dit niet alleen voor Marnix en in zekere zin voor Abel, maar ook voor zichzelf, omdat ze de energie niet meer had om tegen die rol te vechten.

Ze besloot dat het niet uitmaakte. Als ze maar bleef doen wat ze nu deed. En misschien, heel misschien, was dit een rol die ze zich zo eigen zou kunnen maken dat ze er op een dag ook zelf in ging geloven.

Zomer 2023

Millimeter voor millimeter. Te zwaar.

Zweet. Langzaam gleden zijn polsen door haar vuisten. Ze had nu alleen nog zijn handen vast. In één hand hield hij nog steeds de steen. Als ze die nu loslieten, lieten ze ook elkaar los.

Ze stopte met trekken. Bang dat hij weg zou glippen.

Vasthouden.

'Mama!'

'Even wachten!'

Zwarte rook van het vuur om hen heen.
Kutflesje.
De steen die in haar handpalm sneed.
Kutsteen.
'Mama, je doet me pijn!'
De tattoo op haar onderarm die uit haar vel leek te springen.
Volhouden.
Nog meer rook. Geen zuurstof. Duizelig.
Misselijk.
Geen grip meer.
'Mama! Mama!'
Hij gleed weg.
Geen kracht meer.
'Mama!'
Loslaten.
Zijn vingers door de hare.
Marnix krijste.
Losgelaten.
Een krijs die verdween in de diepte.
Stilte.
Lucht. Adem.
Zwart.

Cloé

Anderhalf uur later

De ouders zaten op een bank in de hal van het politiebureau. De vader zag haar binnenkomen en sprong op.

'Hebben jullie 'm?'

'Het spijt me.'

'Wordt er nog gezocht?'

'Het is daar nu te gevaarlijk.'

'Ons kind ligt daar!'

'Ik weet het.'

'Er moet naar hem gezocht worden!'

'Ik snap dat dit vreselijk voor u is. Op dit moment is er helaas geen andere optie.'

'Wij wilden daar helemaal niet weg! Wij wilden blijven zoeken maar werden met geweld afgevoerd!'

'Dat was voor uw eigen veiligheid.'

'Nu ligt ons kind daar te verbranden!'

Cloé wist niet wat ze daarop moest zeggen.

Ze keek naar Puck die lijkbleek op de bank voor zich uit zat te staren, volstrekt apathisch. Cloé zag opnieuw haar schreeuwende gezicht achter het raam van de brandweerbus voor zich, een beeld dat ze nooit van haar leven zou vergeten.

'Wat is er precies gebeurd?' vroeg ze.

Puck keek op. 'Hij... viel. Zijn been... een foute beweging... toen gleed-ie weg.'

Ze zei het zo zacht dat het bijna onhoorbaar was.

Cloé had het gevoel dat ze zich zelf aan de rand van iets bevond. Dat ze op het punt stond iets te zeggen waarmee ze wat ze dacht werkelijkheid maakte.

'Het spijt me,' zei ze. 'Ik heb tegen je gezegd dat het leuk was om naar die kloof te gaan. Als ik dat niet gezegd had... Je zei zelfs nog dat het misschien lastig was met je zoon vanwege zijn been.'

'Dit is niet jouw schuld,' zei Puck.

'Als wij elkaar die avond niet tegen waren gekomen...'

'Het is mijn schuld,' zei Puck. 'Ik heb hem...'

'Dit is ook niet jouw schuld,' onderbrak de vader haar. 'We weten toch hoe hij is? Hij glipte bij mij ook weg.'

Puck kneep haar ogen dicht.

Cloé dacht dat er nauwelijks een kans bestond dat ze het jongetje levend terug zouden vinden. Als hij de val al had overleefd was hij nu door de vlammen... Maar dat kon ze niet zeggen. Omdat de ouders nog hoop hadden. Hoop die heel snel zou vervliegen. Daar zou ze hen met alles wat ze in zich had doorheen loodsen tot ze bij het gruwelijke besef uit zouden komen.

Ze dacht aan haar eigen zoon. Wat als Philippe...

Ze zag hoe de vader weer op de bank ging zitten en zijn arm om Pucks schouders legde.

Cloé wist dat er koppels waren die door de dood van een kind uit elkaar werden gedreven, maar ook dat stellen er soms dichter door bij elkaar kwamen dan ooit.

Ze zag hoe Puck zich tegen de vader van haar kind aan drukte, hoe hij haar vasthield, hoe ze huilden in elkaars armen.

Terwijl ze hen daar zo zag zitten, elkaar overeind houdend, geloofde Cloé in de veerkracht van deze mensen. Dat ze het zouden redden.

Omdat ze elkaar hadden.

II

Cees

Dinsdag 3 oktober 2023

Als hij op het drassige oprijlaantje uit zijn auto stapt, nadat hij het gammele toegangshek dat klappert in de wind veilig is gepasseerd, zakken zijn schoenen meteen een centimeter weg in de modder. En zijn vrouw had hem nog zo gewaarschuwd. *Het weer is omgeslagen, trek nou niet die nieuwe aan.*

Hij is er nog steeds verbaasd over dat het buiten nat is en dat het waait, na de uitzonderlijk warme dagen van de afgelopen weken. Maar blijkbaar is het tijdelijk want in de auto heeft hij het weerbericht gehoord met voor komend weekend opnieuw de verwachting van temperaturen boven de 20 graden. En dat voor begin oktober.

Een uniformagent houdt een lint omhoog en knikt hem goedendag. 'Inspecteur.'

Hij moet er nog aan wennen. Geen hoofdinspecteur meer. Gelukkig maar. Niet meer die sores.

'Goedemorgen, wil jij zo vriendelijk zijn dat hek vast te zetten? We willen niet nog meer ongelukken vandaag.'

'Natuurlijk, meneer.'

Een andere agent wijst hem de weg: een paadje in met aan beide kanten hekjes en hegjes. Het complex ligt ingeklemd tussen een spoorlijn en een sloot aan de ene kant en een weg met een rij flats aan de andere kant. Tot zover het buitenlevengevoel.

Hij ziet direct om welk tuintje het gaat. Het witte zeil van de tent die de collega's van de Forensische Opsporing op de plaats delict hebben neergezet steekt uit boven een schutting die zijn beste tijd gehad heeft. Weer een andere agent laat hem de tuin in door met gehandschoende handen de schuttingdeur voor hem open te houden die anders door de wind misschien wel uit zijn hengsels was gevlogen.

Het tuintje is amper twintig bij twintig. Hij en Jacqueline hebben het weleens over zijn naderende pensioen en over hoe ze hun tijd dan gaan doorbrengen, maar een volkstuin is in die gesprekken nog nooit ter sprake gekomen. Het lijkt hem wel wat. Beetje schoffelen, beetje niets doen. Ook leuk voor zijn kleinzoon. Alleen zullen hier ongetwijfeld allerlei regels gelden en zit je behoorlijk op elkaars lip. Dan zit hij liever wat vrijer en in een beter klimaat, zeker op een dag als deze. En bij nader inzien leest hij liever een boek dan dat hij met zijn vingers in de aarde wroet. Terwijl hij het tuintje in loopt streept hij de optie in gedachten van het lijstje.

Het lichaam van de vrouw ziet er op deze weinige vierkante meters toch nog klein uit. Dat valt hem vaker op, alsof de dood je meteen een paar centimeter doet krimpen. Tussen de drie figuren in witte pakken die om haar heen bezig zijn door, ziet hij dat ze half op haar zij ligt met haar armen aan weerszijden van haar lichaam, alsof ze met grote kracht tegen de grond is geslagen. Haar ene been ligt recht, het andere in een knik. Aan één voet draagt ze een plastic klompschoen, aan de andere voet alleen een dikke wollen sok. De missende klomp ligt een meter bij haar vandaan, ondersteboven, er is een bordje met een 1 naast gezet.

Voetsporen in de modder, niet veel, niet diep en zonder scherpe hoeken, dus ondanks de verloren klomp geen worsteling, denkt hij. De vrouw zelf: rond de dertig, lichtblond haar in een simpele staart, geen make-up, een halfopen regenjas, vaalgroene trui eronder, spijkerbroek met versleten knieën, geen tuinhandschoenen, maar ook geen vuil onder de nagels voor zover hij van deze afstand kan zien. De ogen gesloten. Drie rode gaten die fel uit het vaalgroen opspringen, alle drie in de borst, tussen de revers van de regenjas, bloed dat om de schotwonden heen in de trui is getrokken.

Hij stelt zich in een flits de drie schoten voor, snel achter elkaar, voordat de vrouw kans ziet te ontsnappen of zelfs maar een stap opzij te doen. Recht van voren, waardoor ze de dader in het gezicht kijkt.

Beng, beng, beng.

Vogels die verschrikt opvliegen, zij die neervalt, achterover, de klomp die daarbij van haar voet schuift, de dader die wegvlucht, sprongetje over de sloot, het spoor over, weg.

Er komt iemand naast hem staan. 'Morgen, Cees.'

Hij kijkt half opzij. 'Morgen, Faye.'

'Hoe is het nou?'

'Lekker, hoor.'

'Gewonnen gisteren?'

'Twee sets verloren.'

'Ik zei nog: niet te laat eten.'

'Ik had een Rennie genomen.'

'Dan nog. Jij krijgt al brandend maagzuur van een beschuit.'

Faye kent hem, ondanks het feit dat ze zijn dochter had kunnen zijn, niet alleen net zo goed als Jacqueline, ze is ook nog eens eerlijker dan zijn vrouw, wat gezien de dodelijke nuchterheid van zijn echtgenote een prestatie van formaat is. Blijkbaar trekt hij dit soort vrouwen aan.

'Wie is het?' vraagt hij.

'Wanda Wieland heet ze. Geboren in Den Helder. Rijbewijs zat in haar tas in dat hutje.'

Rechts van hem ziet Cees een houten blokhut die op instorten staat onder een eik met laaghangende takken.

'Eénendertig jaar,' gaat Faye verder, 'woont in het centrum, alleenstaand zonder kinderen, huurde hier al vijf jaar dit tuintje.'

'Apart.'

'Wat?'

'Ik associeer dit soort volkstuintjes met ouderen. Niet met een meid die op haar zesentwintigste besluit hier haar vrije tijd door te gaan brengen.'

Faye negeert het, hoewel Cees weet dat ze hem gehoord heeft en het meeneemt in haar gedachten. Soms komt Faye terug op dingen waarvan hij zelf niet eens meer weet dat hij ze gezegd heeft.

'Ik heb de man gesproken die haar gevonden heeft,' zegt Faye. 'Het lijkt erop dat hij hier vanmorgen als enige was.' Ze knikt naar het lichaam. 'Behalve zij dan. En de dader, natuurlijk.'

'Kan de man die haar gevonden heeft de dader zijn?'

'Het is een bejaarde baas.'

'Zegt niks.'

'Hij was erg geschrokken.'

'Zou ik ook voorwenden als ik onschuldig wilde lijken.'

'Voorwenden?'

'Dat-ie deed alsof-ie geschrokken was.'

'Wat voor motief zou zo'n man hebben dan?'

Cees kijkt even om zich heen. 'Je wilt niet weten wat hier allemaal speelt. De complete maatschappij in miniformaat.'

Faye haalt haar schouders op. 'Ik vond hem aardig.' Ze

knikt opnieuw naar het slachtoffer. 'En volgens die man was zij ook aardig. Hij heeft geen idee wie dit gedaan kan hebben. Hij houdt zich beschikbaar voor vragen.'

Cees knikt en kijkt naar de dode vrouw. 'Hoelang ligt ze hier al?'

Faye gebaart in de richting van de witte figuren. 'Tijdstip van overlijden moet nog worden vastgesteld, maar ze denken minstens sinds gisteravond.'

'Minstens?'

'Omdat ze hier waarschijnlijk niet in het donker aan het werk was, ligt gistermiddag meer voor de hand.'

'Áls ze hier aan het werk was. Misschien is ze hier gisteravond naartoe gekomen voor een afspraak.'

'Goed punt. Anyway: gistermiddag of gisteravond, dus.'

'En nu pas gevonden?'

'Er komt hier nu bijna niemand. Doordeweeks en kutweer. Het is dat die man die schuttingdeur open zag staan en d'r zag liggen.'

'En er is niemand die haar sinds gisteren heeft gemist en die zich heeft gemeld?'

'Nope.'

'Getuigen?'

Faye wijst naar de overkant van het complex. 'We starten een buurtonderzoek bij die flats.'

'De dader kon hier makkelijk ongezien in en uit.'

'Eens.'

Hij kijkt weer naar het lichaam. 'Aanwijzingen voor seksueel geweld?'

'Niet op 't eerste gezicht.'

'Dan ben ik benieuwd welke geheimen deze vrouw had, want erg willekeurig lijkt 't me niet.'

'Nope.'

'Hou 's op met dat "nope". Wat is dat voor Nederlands?'

'Rustig, ouwe. Denk aan je hart.'

Ze zien allebei hoe een van de technisch rechercheurs een mobiel uit de jaszak van Wanda Wieland haalt en die in een plastic bewijszak stopt.

'Misschien vinden we daarop een bericht waaruit blijkt dat ze een afspraak had,' zegt Cees. 'Zullen we naar d'r huis?'

'Yep,' zegt Faye terwijl ze de rits van haar jas tot haar kin omhoogtrekt. 'Onderweg koffietje?'

'Okido.'

'Okidó?'

'Loop nou maar.'

Hij volgt haar, zorgvuldig de plassen mijdend, wetend dat het voor zijn nieuwe schoenen al te laat is.

Ze komen het huis van Wanda Wieland binnen met de huissleutels die in haar tas zaten. Het is een klein appartement, smaakvol ingericht, licht, fris, vrouwelijk, bloemen op tafel en boeken, veel boeken. Cees' blik gaat langs de planken. Romans, literatuur, thrillers, Nederlands, vertaald. Geen chicklit, geen non-fictie, geen kookboeken, alleen een rijtje tuingidsen en een paar dichtbundels. Deze vrouw verloor zich graag in andere werelden, denkt Cees, maar niet in werelden die te ver bij de werkelijkheid vandaan liggen, want geen fantasy. Boeken gerangschikt op genre en op auteur, niet alfabetisch. De meeste boeken zien er gelezen uit. Hij ziet haar zitten in de vensterbank waar kussens liggen en een opgevouwen dekentje, hij ziet een theepot voor zich op het tafeltje ernaast.

Huismus? Eenzaam?

Faye kijkt in laden. Cees loopt de keuken in.

Alles spic en span. Koelkast: voor minder dan de helft gevuld, alles nog vers. Kastjes: servies, simpel, IKEA. Op een prikbord de openingstijden van het plaatselijke zwembad en een flyer van een musical, verder alleen punaises in allerlei kleuren die niets vasthouden. Op de grond kleine etensbakjes: een kat? Tot nu toe niet gezien.

Cees loopt de keuken uit en gaat via het gangetje de slaapkamer in. Bed strak opgemaakt, rolgordijn half dicht, tegen de inkijk als hij het zo inschat. Geen opsmuk, geen kussentjes, geen prulletjes. Eén kledingkast. Vijf paar schoenen, broeken, truien, geen jurken. Op de bovenste plank een doos. Hij pakt hem en doet hem open. Brieven, oude agenda's, poëziealbums. Hij doet de deksel er weer op en neemt de doos mee de woonkamer in.

Faye is aan het bellen. Cees zet de doos op tafel, kijkt opnieuw rond. Nergens foto's, drie planten die het goed doen, uiteraard, een kleed dat er nieuw uitziet, geen krassen op de houten vloer.

Schoenen uit bij de deur, sloffen aan, huispak.

Familie?

Cees loopt naar het raam en kijkt naar buiten. Rustige straat. Veel groen. Op de hoek een koffietentje. Ongetwijfeld een zaak waar ze hippe smaken serveren. Faye en hij hadden daar waarschijnlijk betere koffie kunnen krijgen dan bij het tankstation waar ze net even gestopt waren.

'Ze werkte in de bibliotheek,' zegt Faye als ze haar telefoongesprek heeft beëindigd. 'Ze organiseerde daar culturele evenementen, lezingen van schrijvers en zo. Ze was er ook taalcoach, leerde statushouders Nederlands en hielp mensen met het invullen van formulieren, belastingaangiften, dat soort dingen.'

Cees knikt, laat haar verder praten.

'Vader jong gestorven, moeder zit in een verpleeghuis, alzheimer op jonge leeftijd. Geen broers of zussen.'

'Is die moeder aanspreekbaar?'

'Moeten we zien.'

'Kunnen we collega's uit die bieb spreken?'

'Zeker. Maar eerst de moeder, die moet op de hoogte gebracht.'

'Als het nieuws tot haar doordringt.'

'Je hoopt bijna van niet,' zegt Faye en ze knikt naar een openstaande la. 'Laptop en iPad.'

'Nemen we mee.'

'Buren checken?'

'Buren checken.'

Ze schrikken allebei van een grijze kat die onder de bank vandaan schiet, het gangetje door, de slaapkamer in.

'Is het toch willekeurig geweest?' vraagt Faye.

Zij en Cees zitten met mokken koffie in een kamer op het bureau, onder een systeemplafond met vochtplekken en op stoelen met kapotte wieltjes die na veelvuldig heen en weer rijden sporen hebben uitgesleten in de verschoten vloerbedekking. Inmiddels is er een team van acht rechercheurs samengesteld dat aan de zaak werkt. Cees en Faye hebben de leiding in samenspraak met de officier van justitie. Het is na zessen, buiten is de zon aan het verdwijnen nadat die in de loop van de dag toch nog waterig was gaan schijnen.

Cees snapt Fayes vraag. In de uren die achter hen liggen zijn ze heel wat te weten gekomen over Wanda Wieland, maar tegelijkertijd niets wat van belang lijkt.

Voordat Cees antwoord kan geven komt Holm binnen, een kalende veertiger die de oude functie van Cees heeft overgenomen. Cees mag hem graag, heeft hem min of meer opgeleid, maar weet dat de man het moeilijk heeft met zijn nieuwe positie.

'Ik dacht: even voorbespreken,' zegt Holm, 'voordat de briefing begint.'

Cees knikt. Hij ziet dat Holm nerveus is. Bij een van de briefings van een vorig onderzoek had hun nieuwe chef zich iets te veel op de voorgrond gedrongen, waarna hij direct een aantal vragen had gekregen waar hij het antwoord niet op wist.

'Camerabeelden?' vraagt hij nu met gezag.

'Niets op de verkeers- en bewakingscamera's uit de omgeving van die volkstuintjes,' antwoordt Faye.

Holm slaat zijn armen over elkaar. 'Buurtonderzoek rondom die flats?'

'Nul resultaat,' zegt Faye.

'Hm.' Holm laat het klinken alsof de antwoorden hem niet bevallen maar hij dat niet durft te zeggen. 'Buren van het slachtoffer?'

'We hebben er drie gesproken,' zegt Cees, 'ze zeiden alle drie hetzelfde: Wanda Wieland was erg vriendelijk, maar ook erg op zichzelf, bemoeide zich met niemand en niemand bemoeide zich met haar. Ze had die flat gekocht en zat met haar buren in een vereniging van eigenaren, daarin was wat gedoe, maar...'

'Wat voor gedoe?'

Cees haalt zijn schouders op. 'Gedoe.'

'Waarschijnlijk van mensen met een klein leven die kleine dingen opblazen om zich minder klein te voelen,' zegt Faye. 'Gaat meestal om zestigers in geruite overhemden met korte mouwen.'

'Ik draag ook weleens geruite overhemden met korte mouwen,' zegt Holm.

'Niet meer doen,' zegt Fay en ze neemt een slok.

Holm maakt een geluidje dat het midden houdt tussen het schrapen van zijn keel en een geforceerd lachje.

'Hoe dan ook,' zegt Cees, 'Wanda Wieland stond buiten dat

gedoe en het was ook geen reden voor moord.'

Holm beweegt ongeduldig van zijn ene op zijn andere been. 'En haar moeder?'

Cees leunt achterover in zijn stoel en legt zijn handen in zijn nek. 'We zijn bij haar geweest in dat tehuis.'

'Hoe reageerde ze?'

'Geschrokken. Verdrietig.'

'Begreep ze wat jullie zeiden?'

'Ja,' zegt Faye, 'maar toen we haar naar een mogelijke dader vroegen kwam er niks meer uit.'

'En een paar minuten later moesten we haar opnieuw over de dood van haar dochter vertellen omdat ze het alweer vergeten was,' vult Cees aan.

Holm kijkt op zijn horloge. 'Het werk van die Wanda?'

'Onberispelijke staat van dienst,' zegt Cees. 'Nooit conflicten, geen onvertogen woord, eerder verlegen en wat teruggetrokken, ging persoonlijk contact uit de weg als dat voor haar werk niet noodzakelijk was. Twee collega's van de bibliotheek gaven toe dat ze al jaren met haar werkten maar eigenlijk niets van haar wisten, al maakten ze ook niet de indruk daar hun best voor te hebben gedaan. Daardoor ontstaat bij ons steeds sterker het beeld van een onzichtbare vrouw die door iedereen voor lief werd genomen maar door niemand werd liefgehad.'

'Mooi Cees,' zegt Faye.

'Dank je.'

'Verder nog dingen die ik moet weten?' vraagt Holm.

'Alles uit de doos die in haar kledingkast stond is van lang geleden en onschuldig,' zegt Faye. 'Liefdesbrieven van twee jongens van de middelbare school met wie ze verkering had. Die jongens, mannen nu, gaan we na. Verder oude agenda's waar niets vreemds in staat.'

Holm recht zijn rug. 'In het alledaagse kunnen zich soms de

meest afwijkende dingen schuilhouden.'

Even valt er een doodse stilte.

'En zoete gedichtjes in haar poëziealbums,' zegt Faye droog, de opmerking van haar chef compleet negerend. Cees houdt met moeite zijn lach in.

'Wanda Wieland was naast haar werk in de bibliotheek lid van een leesclub,' gaat Faye onverstoorbaar verder. 'Ze komen één keer per maand bij elkaar, steeds wisselend bij één van hen thuis. Het clubje kent elf leden, er wordt nu een lijst met namen en adressen opgesteld aan de hand van de appgroep die we in haar telefoon hebben gevonden.'

'Oké,' zegt Holm, die even achter zich de gang in kijkt. 'Verder nog iets op die telefoon?'

'Niks bruikbaars,' zegt Cees. 'Ze belde weinig, appte weinig en maakte vooral foto's van haar kat.'

'Die nu ergens anders onder is gebracht by the way,' zegt Faye.

'Dat is nu niet relevant,' zegt Holm.

'Nou, voor die kat wel.'

Cees haalt zijn handen uit zijn nek en legt ze op tafel. 'Niets in haar telefoon of computer wijst op een afspraak op dat volkstuintjescomplex. Wanda Wieland had een rijbewijs maar geen auto, alleen een fiets die bij de ingang van die tuintjes is gevonden, keurig op slot, sleuteltje in haar broekzak. Ze had geen schulden, geen strafblad, niet eens bekeuringen, ze betaalde haar belastingen, doneerde aan verschillende goede doelen die voornamelijk met dieren en de natuur te maken hebben, was nauwelijks actief op sociale media en ook in haar e-mail is niets bijzonders ontdekt.'

'Kort samengevat,' zegt Faye, 'een vrouw met een overzichtelijk, voorspelbaar, weinig spannend leven, op het saaie af.'

'Maar was ze gelukkig?' vraagt Holm.

Die vraag overvalt Faye toch even en ook Cees heeft niet meteen een antwoord klaar.

'Saai kan namelijk ook comfortabel zijn,' zegt Holm. 'Niet iedereen zoekt het avontuur, niet iedereen jaagt passies na.'

Cees voelt dat hier een jonge vader spreekt die merkt dat zijn leven steeds verder wordt ingeperkt door het gezinsleven. 'Je hebt gelijk,' zegt hij.

'Goed,' zegt Holm, 'bedankt. Ik zie jullie over vijf minuten beneden.' Hij draait zich om en loopt weg.

Cees en Faye kijken hem een paar tellen na.

'Dus...' zegt Faye dan.

'Ja,' zegt Cees, 'waar waren we?'

Faye klemt haar handen om haar mok. 'Ik zei dat het misschien toch willekeurig is geweest. Geval verkeerde plek, verkeerde moment.'

'Vreemde plek dan,' zegt Cees. 'En vreemd moment ook wel. Als je lukraak iemand wilt vermoorden ga je niet op een gure herfstdag naar een uitgestorven volkstuintjesterrein.'

'Misschien is de dader haar gevolgd?'

'Zou kunnen. Maar d'r is niks gestolen voor zover we weten. Ze is niet aangerand. Alleen drie schoten. Dat lijkt op een afrekening.'

'Wie heeft er met zo'n vrouw nou iets af te rekenen?'

'Dat weet je maar nooit.'

'Misschien was het een gek,' zegt Faye.

Cees knikt. 'Of iemand met op z'n minst een gekke reden. Iemand die iets op het slachtoffer projecteerde.'

'Daar hoef je geen gek voor te zijn. Gebeurt mij iedere dag.'

'Wat?'

'Dat mensen dingen projecteren op mij. Als zwarte vrouw.'

'O. Zo.'

Cees is talloze keren getuige geweest van wat Faye naar haar hoofd geslingerd krijgt tijdens het werk. Hij is een paar keer voor haar opgekomen, maar Faye vroeg hem dat niet meer te doen omdat het haar positie alleen maar ondermijnde. Cees vindt het een wonder dat ze op dat soort momenten iedere keer haar rust weet te bewaren.

Faye zakt onderuit in haar stoel en zet haar knie tegen de tafelrand. 'Maar dan symboliseerde Wanda dus misschien iets voor de dader. Of ze elkaar nu kenden of niet.'

'Zou kunnen, ja. Hoe dan ook: iemand heeft een motief gehad, hoe krankzinnig dat motief ook geweest is.'

'Een krankzinnig motief hoeft niet eenmalig te zijn.'

'Nee,' zegt Cees. 'Dus nu maar hopen dat het geen maniak is die nog een keer toeslaat.'

Terwijl hij het zegt voelt hij het zweet in zijn handen.

De briefing brengt niets nieuws aan het licht, maar na veertig minuten is het hele team op de hoogte van de laatste ontwikkelingen. Holm heeft zich wijs genoeg op de achtergrond gehouden en vooral ernstig geknikt.

Cees gaat naar huis en krijgt het beeld van de dode jonge vrouw in de volkstuin niet uit zijn hoofd. Ze leek een beetje op zijn dochter. Iets jonger, maar met dezelfde kleur haar, dezelfde lijntjes rond haar mond, hetzelfde tengere postuur en gek genoeg vond Cees vooral de handen van Wanda Wieland erg lijken op die van zijn Maaike.

Sinds hij grootvader is komen situaties waar hij door zijn werk in verzeild raakt veel harder bij hem binnen. Vroeger kon hij alles hebben en hij heeft alles gezien, maar altijd met professionele afstand. Hij is de achterliggende jaren meer bezig geweest met het effect van heftige gebeurtenissen op zijn vaak jongere collega's, dan met wat het met hem deed. Thuis heeft hij er nooit over gesproken; geen behoefte zijn vrouw lugubere beelden voor ogen te toveren die zij in haar fantasie alleen maar erger zal maken dan ze in werkelijkheid waren.

Maar hij krijgt het niet meer voor elkaar alles zo makkelijk van zich af te laten glijden. En sommige gebeurtenissen laten hem niet meer los. Een maand geleden heeft hij zich moeten ontfermen over een zwaar mishandeld joch, even oud als zijn kleinzoon. Toen heeft hij 's nachts in bed liggen huilen. Zachtjes, om Jacqueline niet wakker te maken.

Er komen ook vaker beelden terug van langer geleden. Alsof ze hebben liggen wachten om alsnog verwerkt te worden. Hij voelt het meestal, zoals vandaag, als hij in de auto op weg naar huis is. Dan bekruipt het hem al langzaam. Dan rijdt er iets met hem mee dat hij normaal gesproken op het bureau achterliet.

Hij weet dat hij erover moet praten. Met Faye, met Jacqueline, met wie dan ook. Maar hij weet ook dat als hij dat doet, hij een dam openzet en dat hij overspoeld zal worden. Dus moet de stop op de fles blijven, alles vacuüm verpakt, zonder lucht erbij, want anders komen dingen in beweging. Hij moet nog even volhouden, tot zijn pensioen, en zich blijven distantiëren. Het was niet Maaike die daar vanmorgen lag, zijn kleinzoon hoeft nu niet zonder moeder op te groeien.

Hij moet geen dingen gaan zien die er niet zijn. Daar heeft helemaal niemand iets aan. Hij moet gewoon zijn werk doen.

Woensdag 4 oktober 2023

Als Cees de volgende ochtend op het bureau komt, krijgt hij de lijst met namen van de leden van het leesclubje aangereikt door een collega. Cees ziet direct iets belangwekkends.

Drie kwartier later heeft hij het uitgezocht en legt hij de lijst voor Faye neer. 'Die groep bestaat uit tien vrouwen,' zegt hij, 'inclusief Wanda Wieland, en één man. En laat die man nu dezelfde naam hebben als een van de twee jongens waar we liefdesbrieven van hebben gevonden in die doos.' Hij legt de brieven naast de namenlijst. 'Jonathan. Uit de brieven blijkt niet hoe hij van achteren heet, de Jonathan van de leesclub heet Odijk. En die Jonathan Odijk heeft op dezelfde middelbare school gezeten als Wanda Wieland. Vrijwel zeker de brievenschrijver dus. Hij is nu 33.'

'Maar eens mee gaan praten dan,' zegt Faye.

'Lijkt mij ook, maar dat gaat dus niet.'

'Want?'

'Jonathan Odijk is al twee dagen spoorloos.'

'You're kidding me.'

'Hij is niet thuis en ook niet op zijn werk verschenen.'

'Mobiel?'

'De officier heeft een verzoek gedaan om te mogen traceren en voor een huiszoeking.'

'Verder iets bekend over hem?'

'Nog niet veel. Hij werkt in ieder geval in hetzelfde zwembad waarvan de tijden op het prikbord van Wanda Wieland hangen.'

'Nog een link.'

Cees knikt.

'Is-ie gevlucht na de moord?' vraagt Faye. 'Bang dat we hem zouden vinden?'

'Is natuurlijk het eerste wat je denkt.'

'En het tweede?'

'Ik denk eigenlijk alleen dat eerste.'

De mobiele telefoon van Jonathan Odijk blijkt in zijn huis te liggen, waar Cees en Faye het toestel vinden op een plakkerige keukentafel nadat ze zich met een huiszoekingsbevel op zak toegang tot zijn woning hebben verschaft.

Het rijtjeshuis vlak bij de haven is nieuwbouw van het lelijke soort, in een wijk waar verder niemand iets te zoeken heeft. De tuin is overwoekerd, binnen is het donker, bedompt. Kapotte luxaflex voor de vieze ramen, gebarsten plavuizen op de grond, meubels die niet bij elkaar passen en die tweedehands lijken, een bank die als bed wordt gebruikt, en dat alles onder een dikke laag vuil en stof. Het contrast met het huis van Wanda Wieland kan niet groter zijn.

Wat meteen opvalt zijn de Playmobil-poppetjes op een tafeltje in een hoek van de woonkamer. Het zijn er negen, allemaal met een ander kleur hemd, maar stuk voor stuk met het kenmerkende gekartelde zwarte kapsel en hetzelfde bevroren gelaat.

Cees maakt er een foto van met zijn mobiel, vooral omdat het zo'n raar beeld is: negen van die figuurtjes op een rij in een omgeving als deze. Ze weten dat Jonathan Odijk niet getrouwd is, officieel niet samenwoont en geen kinderen heeft. Komt hier wel een kind over de vloer?

Cees merkt dat Faye naast hem komt staan en ook naar de poppetjes kijkt. 'Ik heb Playmobil altijd doodeng gevonden,' zegt ze.

'Hoezo?'

'Die dode gezichten. Veel enger dan Lego. Met Lego kun je iets bouwen. Playmobil ís alleen maar. Snap je?'

'Ik geloof het wel,' antwoordt Cees.

Ze doorzoeken de schamele bezittingen van Jonathan Odijk en vinden al snel zijn paspoort en zijn bankpas.

'Alles wat-ie meegenomen zou hebben als hij wist dat-ie ging vluchten,' zegt Fay.

'Misschien is er iets misgegaan,' zegt Cees, 'was vluchten geen onderdeel van het plan. Of misschien had hij helemaal geen plan. Is hij niet van huis gegaan met het doel iemand te vermoorden.'

'Dan had hij zijn mobiel wel meegenomen, toch? Bovendien had hij dus blijkbaar een wapen op zak. Hoelang kun je op de vlucht blijven zonder telefoon, bankpas of paspoort?'

'Als je spoorloos wilt blijven lijkt het me dat je dat juist langer volhoudt zonder die dingen.'

'Dan heeft hij ze misschien bewust achtergelaten en was vluchten wel van tevoren bedacht?'

'Kan ook,' zegt Cees, 'dan heeft-ie misschien cash op zak.'

'Er staat geen vuurwapen op zijn naam.'

'Zegt niks. De kogels waren 9mm. Je koopt op de zwarte markt een doorsnee 9 millimeterpistool voor zevenhonderdvijftig euro.'

'Maar wat is er dan gebeurd?'

Cees staat midden in de verduisterde woonkamer en laat zijn gedachten de vrije loop. 'Op die middelbare school was het een kalverliefde tussen Wanda en Jonathan. Dat merk je aan de briefjes die hij aan haar schreef. Heel onschuldig allemaal. Maar stel dat hij haar daarna niet los heeft kunnen laten. Ze houden contact, of komen elkaar vijftien jaar later weer tegen, worden lid van dezelfde leesclub, hij doet toenaderingspogingen, zij wijst hem af, waarna bij hem de stoppen doorslaan. Hij weet van het tuintje, zoekt haar daar op en schiet haar drie keer in haar borst. Zou dat kunnen?'

Faye klakt met haar tong. 'Ik zou niet weten waarom niet.'

'Hij vlucht en... schiet daarna zichzelf dood?'

'Denk je?'

'Ik denk even hardop.'

'Je bedoelt dat hij nu ergens ligt, op een plek waar we hem en het wapen nog niet gevonden hebben?'

'Kan toch?'

'Kan zeker.'

'Weer met Wanda verenigd in de dood.'

'Waarom pleegde hij dan geen zelfmoord bij haar in die volkstuin?' vraagt Faye. 'Romeo en Julia?'

'Romeo en Julia gaat heel anders.'

'Je snapt wat ik bedoel.'

'Misschien bedenkt hij het pas later, zelfmoord. Beseft hij wat hij gedaan heeft, kan hij niet met zichzelf leven.'

'Could be.'

'Ik zeg ook maar wat.'

'Tuurlijk. Soms kom je dan ergens.' Ze verlegt haar blik. 'Wat zijn dat?'

Cees kijkt in dezelfde richting. Er liggen een paar schriften op een plank. Het zijn er drie, in hetzelfde formaat maar in verschillende kleuren en ze zien er beduimeld en volgeschreven uit. Cees trekt plastic handschoenen aan en pakt er één op.

Het schrift is rood en op het etiket op de voorkant staat '2020'. Cees bladert erin. Faye kijkt over zijn schouder mee. Eindeloze pagina's handgeschreven tekst met tekeningetjes tussendoor die niet echt iets lijken voor te stellen, schieten aan hun blik voorbij.

'Een dagboek,' zegt Faye.

Cees ziet dat bij iedere geschreven tekst inderdaad een datum staat, in dit schrift allemaal data uit 2020.

Faye pakt de andere twee schriften van de plank, een blauwe met '2021' en een gele met '2022'. Dan begint ze zoekend rond te kijken in de kamer.

'Wat is er?' vraagt Cees.

Faye geeft geen antwoord maar vindt op tafel, half onder een lege pizzadoos, een schrift in het zwart. Ze laat het etiket aan Cees zien: '2023' en slaat het open.

Ze bladert. 'Hier,' zegt ze dan.

Cees kijkt mee, leest de datum die boven een tekstgedeelte staat.

Zo. 01/10/'23

'Dat is afgelopen zondag,' zegt Cees.

Faye knikt. 'Twee dagen voordat het lichaam van Wanda Wieland is gevonden.'

'En de dag voordat ze vermoord is,' zegt Cees.

Ze beginnen allebei te lezen, hun hoofden dicht bij elkaar.

Het was doodstil in de duinen en ik durfde eerst niet vanwege het geluid ook al had ik er een handdoek omheen gedaan. Ik heb mezelf moed ingesproken en ik heb aan haar gedacht en toen heb ik geschoten. Ik kon niet zien waar de kogel heen ging want het was al bijna donker en ik schrok van de terugslag maar ik durfde meteen nog een keer te schieten en ik raakte precies de plek in het zand waar ik op gemikt had. Daarna heb ik nog een paar keer geschoten en kon ik mijn arm steeds rechter houden. Ik kreeg er een stijve van en volgens mij heb ik geschreeuwd.

Op de terugweg ben ik op een bankje gaan zitten om rustig te worden maar er lagen allemaal sigarettenpeuken omheen en bakjes van junkfood. Toen ben ik doorgelopen.

Thuis heb ik me uitgekleed en ben ik op de grond gaan liggen. Nu ben ik vooral woedend over alle dingen die Vincent zegt, en ik denk dat dat goed is, want morgen ~~gaat het gebeuren~~ móét het. Ik heb kramp in mijn buik en ik moet steeds naar de wc terwijl ik de hele dag nog niks gegeten heb.

Ik zie de hele tijd die deur voor me. Hij is blauw, als ze hem niet in een andere kleur hebben geverfd. Als ze dat wel hebben gedaan zie ik dat niet als een teken want het gaat om de deur en niet om de kleur.

Als ik door die deur ga laat ik het verleden achter me en begint mijn nieuwe leven, al moet ik eerst door een hel, maar dat is mijn offer.

Cees maakt zijn blik net iets eerder dan Faye los van de pagina. Het is alsof er iets door zijn bloedbaan raast wat hem licht in zijn hoofd maakt.

'Holy fuck,' zegt Faye een paar seconden later. 'Hij is het!'

'Ja,' zegt Cees, 'dat denk ik ook.'

'Dat dénk je ook?'

'Wat is dat voor blauwe deur? We hebben op dat tuintjescomplex toch geen blauwe deur gezien?'

'Wat doet dat er nou toe?'

'En wie is Vincent?'

'Don't know.'

'Hij schrijft dat hij "aan haar" heeft gedacht. Is dat Wanda Wieland?'

'Geen idee.'

Faye slaat de bladzijde om, het is de laatste pagina van het schrift die beschreven is.

Ma. 02/10/'23

Misschien is dit de laatste keer dat ik mijn huis zie. Dit is altijd een veilige plek geweest maar ik heb hier ook veel pijn gehad dus het kan me niet schelen en spullen zijn ballast.

Ik heb nieuwe kogels in het wapen gedaan en ondertussen heb ik mezelf aangekeken in de spiegel net als m.d.c. en daarna heb ik het wapen teruggelegd in het kastje.

Ik heb bij Maartje ingesproken om te zeggen dat ik ziek ben en vanmiddag niet naar het ~~zwmebad~~ zwembad kom. Ik ben heel rustig gebleven en heb geen zieke stem opgezet want dat had er te dik bovenop gelegen. Ik weet wat er vandaag gaat gebeuren en toch kon ik heel normaal die voicemail inspreken.

Daarna brak de zon door en het licht scheen precies op het kastje met het wapen en dat zag ik als een teken, maar een seconde later klonk de sirene die altijd gaat op de eerste maandag van de maand en ik schrok ervan. Ik denk dat het een laatste test was om te zien of ik niet op zou geven, maar ik geef niet op want het moet.

Ik ben weer zenuwachtig, maar dat ga ik niet uit de weg, daardoor blijf ik scherp, als je te makkelijk over dingen denkt gaan ze fout. Maar mijn hand trilt als ik dit schrijf. De mensen zullen het niet begrijpen, maar mensen worden vaker niet begrepen in de tijd waarin ze leven, dat gebeurt dan pas later.

Nu wacht ik op het teken om te gaan. Ik had bedacht dat ik om halfdrie zou vertrekken en het is nu al kwart voor, maar misschien komen er geen tekens meer omdat ik het nu zelf moet doen.

Allemaal nieuws vandaag. Over het weer: september was heet, bijna een recordmaand. De man die vorige week in Rotterdam zijn buurvrouw en haar dochter en zijn docent heeft doodgeschoten had een huurachterstand van 3.000 euro en hij moest zijn huis uit omdat hij overlast veroorzaakte in de wijk. Hij schreeuwde en lag halfnaakt in de tuin en mishandelde dieren. Playmobil lijdt verlies en moet banen schrappen. De daling begon tijdens corona toen mensen juist meer speelgoed gingen kopen, bij Lego steeg de verkoop juist, maar bij Playmobil niet, dus dat is gek. Ik denk dat dat bericht een teken is want hoe vaak verschijnt er nou een bericht over Playmobil in het nieuws?

Ik ga nu.

Faye laat voor de zekerheid de overige pagina's van het schrift langs haar duim gaan, maar die zijn allemaal leeg. Cees' blik glijdt even naar de Playmobil-poppetjes op de tafel.

Faye duwt hem het zwarte schrift in handen. 'Ik bel de officier,' zegt ze, 'de opsporing moet worden opgeschaald, internationaal. Wordt moeilijk als hij geen digitale sporen achterlaat, maar toch. Al kan hij ook nog steeds ergens dood in een greppel liggen.'

Cees scant nogmaals de laatste bladzijde van het schrift. '*Het moet.* Van wie? En wie of wat is "M.D.C."?'

'Weet ik niet,' zegt Faye terwijl ze haar telefoon pakt en een nummer opzoekt.

'En hij schrijft dat hij zijn huis misschien niet meer terugziet. Misschíén. Omdat hij rekening hield met de mogelijkheid dat hij gepakt zou worden? Als hij zelfmoord heeft gepleegd, stond dat dus niet bij voorbaat vast.'

'We moeten hem nu eerst vinden.'

Cees draait zich om naar de andere drie schriften. 'Misschien staan daar aanwijzingen in over waar hij nu is. Of voortekenen van zelfmoord.'

'Als-ie nog leeft loopt er nu een voortvluchtige gek met een wapen rond,' zegt Faye terwijl ze haar telefoon aan haar oor zet en op verbinding wacht. 'Dus kun je je beter afvragen of uit die schriften blijkt dat hij meerdere doelwitten heeft. Dat kan namelijk ook een reden voor hem zijn om uit het zicht te blijven. Wat we eerder zeiden: omdat hij nog niet klaar is.'

Cees bijt op zijn bovenlip.

Twee uur later doen ze op het bureau verslag aan Holm van de verschillende resultaten, inclusief die waar de rest van het team mee gekomen is.

'Er wordt massaal naar Jonathan Odijk gezocht,' zegt Faye. 'Hij is afgelopen zaterdag voor het laatst op zijn werk in het zwembad verschenen, waar hij badmeester is. Niemand van zijn collega's weet waar hij kan zijn, ze gingen er tot vanmiddag van uit dat hij ziek was. Ze zeiden ook wat een fijne collega Jonathan is, heel sociaal, heel goed met de badgasten en vooral met kinderen.'

Holm wiegt zijn hoofd. 'Familie?'

'We hebben zijn ouders aan de telefoon gehad,' zegt Cees. 'Die zijn al jaren gescheiden en het blijkt dat ze niet alleen niks met elkaar, maar ook al jaren niets meer met Jonathan te maken willen hebben. Omdat ze allebei in Groningen wonen hebben we Zuidwijk en Van Assem naar ze toe gestuurd om met ze te praten en om te checken of Jonathan misschien niet toch bij een van hen zit ondergedoken.'

'Uitstekend,' zegt Holm. 'Wat nog meer?'

'Odijks baan in het zwembad is parttime,' zegt Faye, 'met wat hij daarmee verdient kan hij amper rondkomen. Hij krijgt huursubsidie maar heeft toch een huurachterstand en met zijn energie en zijn verzekeringen loopt hij ook achter. De elektriciteit is al een paar keer afgesloten.'

Cees had bij het horen van deze onderzoeksresultaten meteen een link gelegd met de schutter uit Rotterdam, waar Jonathan Odijk in zijn dagboek over schrijft. Had Jonathan de overeenkomst van de huurachterstand ook opgemerkt? Voelde hij zich, bewust of onbewust, verbonden met die dader?

'En er zijn dus meerdere connecties met het slachtoffer?' vraagt Holm. 'Behalve dat ze verkering hadden toen ze bij elkaar op school zaten?'

'Ja,' zegt Cees, 'Wanda Wieland zwom in Odijks zwembad en ze zagen elkaar bij een leesclub. Al die leden worden nu verhoord. Odijk is ook lid van de bibliotheek waar Wanda Wieland werkte en waar hij intensief leent. Zijn account laat zien dat hij stapels tegelijk meeneemt die hij in no time terugbrengt om weer nieuwe titels te lenen. Hij leest vooral thrillers, maar ook literatuurklassiekers en moderne schrijvers. Alles door elkaar eigenlijk, maar uitsluitend fictie. En veel.'

'Misschien greep hij iedere mogelijkheid aan om Wanda Wieland te zien,' zegt Holm. 'Las hij die boeken niet, sjouwde hij ze alleen maar heen en weer.'

'Mogelijk,' zegt Cees, al denkt hij van niet, als hij op zijn gevoel af gaat.

'Behalve van Jonathan Odijk zaten er ook nog liefdesbrieven van een andere jongen in die doos, toch?' vraagt Holm.

'Ja,' zegt Cees. 'Van ene Jordi. Die schijnt ook verkering met Wanda te hebben gehad.'

'Ik vind "Jordi" zo'n bespottelijke naam,' zegt Faye. 'Ik denk dan de hele tijd: straks is dat kind achtentachtig en heet-ie nog steeds Jordi.'

'Mijn jongste heet Jordi,' zegt Holm.

'O,' zeg Faye.

Even zegt niemand iets.

Cees denkt aan zijn kleinzoon, die Lucas heet. Het lijkt hem voor iemand van achtentachtig een uitstekende naam. 'We hebben die Jordi kunnen achterhalen,' zegt hij. 'Woont in Dordrecht. Hij heeft de verkering met Wanda bevestigd. Schepte zelfs een beetje op dat hij haar ontmaagd heeft. Hij zei dat het voor zijn eindexamen al uit was en dat ze elkaar daarna nooit meer gezien of gesproken hebben. Hij zat twee klassen hoger. Hij kent Jonathan Odijk van naam en van gezicht, weet ook dat Wanda met hem omging, maar volgens hem is er nooit echt iets tussen hen geweest.'

'Opmerkelijk,' zegt Holm. 'Heeft Jonathan die verkering dan anders beleefd dan zij?'

'Zou goed kunnen,' zegt Cees. 'Misschien was dat ook het motief voor de moord.'

Holm knikt.

'Odijk is nooit eerder met justitie in aanraking geweest,'

zegt Faye, 'op een aangifte van mishandeling na die hij drie jaar geleden gedaan heeft, maar waar nooit een dader of daders voor gepakt zijn. Op dit moment worden zijn mobiel en pc binnenstebuiten gekeerd. Ook zijn telefoongesprekken zijn achterhaald. Het laatste gesprek heeft hij op de ochtend van de moord op Wanda Wieland gevoerd, hij heeft een voicemailbericht ingesproken bij een collega van het zwembad bij wie hij zich ziekmeldde voor die dag, hij zei dat hij met griep in bed lag.'

'We hebben dat bericht gehoord,' zegt Cees, 'de stem van Odijk klinkt buitengewoon kalm, luchtig bijna. Je zou geen moment denken dat hij liegt, maar dat deed hij dus wel, als we zijn dagboek mogen geloven.'

'Hoe zit dat met die dagboeken?' vraagt Holm.

'Het zijn vier schriften,' zegt Cees en hij laat de plastic bewijszak zien die hij onder zijn arm heeft waar ze alle vier in zitten. 'Ik ga ze lezen om te zien of er iets in te vinden is over waar hij nu kan zijn of over gedachten aan suïcide. En of hij nog meer schrijft over ene Vincent. Die naam noemt Odijk een dag voor de moord.'

'Achternaam?' vraagt Holm.

'Staat er niet bij.'

'We hebben in Odijks computer gezocht,' zegt Faye, 'naar een contact met de naam Vincent, maar niks gevonden. Ook niet in zijn mail.'

'Gek,' zegt Holm.

'Ja,' zegt Cees. 'Jonathan schrijft dat hij woedend is 'over alle dingen die Vincent zegt'. Dat kan twee dingen betekenen: die Vincent zegt dingen waar Jonathan het mee eens is en die hem net zo kwaad maken, of Jonathan is het juist niet met deze Vincent eens en zijn woede richt zich op hém.'

'Dan zou die Vincent dus zowel een potentieel slachtoffer

van Odijk kunnen zijn als iemand bij wie Jonathan zich momenteel schuilhoudt?' vraagt Holm.

'Exact,' zegt Cees. 'Des te meer reden om zo snel mogelijk te weten te komen wie Vincent is, door die dagboeken te lezen en door Odijks omgeving verder door te spitten.'

Holm spreidt zijn handen. 'Wat doen jullie hier dan nog?'

Cees legt de vier schriften voor zich op de grond. Hij zit op een bank in een gangetje van het bureau waar bijna niemand komt, naast een kopieerapparaat dat niemand meer gebruikt.

In het huis van Odijk hebben ze verder geen andere schriften gevonden. Zijn dagboeken lijken dus niet verder terug te gaan dan 2020, al weten ze niet wat ze in zijn computer misschien nog vinden.

Cees besluit de schriften in eerste instantie vluchtig door te nemen in de hoop snel aanwijzingen te vinden.

In de lift heeft hij tegen Faye onder woorden proberen te brengen dat hij het gevoel heeft dat er iets niet klopt. Alsof wat Jonathan Odijk schrijft niet matcht met de moord op Wanda Wieland. Nog los van die blauwe deur die niet te verklaren is. Het is iets in de toon van Odijk. Een hel waar hij het over heeft, het offer dat hij moet brengen. Bedoelt hij daarmee werkelijk het neerschieten van een onschuldige jonge vrouw die hij al heel lang kende? Alles lijkt erop te wijzen dat Jonathan Odijk de moordenaar van Wanda Wieland is.

Maar toch.

Het is bijna alsof die teksten over iets anders gaan.

Maar waarover dan?

En als Vincent een potentieel slachtoffer van Odijk is, leeft hij dan nog? Of heeft Odijk al twee slachtoffers op zijn naam? De afgelopen dagen zijn er in Nederland geen stoffelijke overschotten gevonden van een man met de naam Vincent.

Maar wat zegt dat?

Faye had haar schouders opgehaald en gezegd dat speculeren niet zoveel zin had zolang ze niet eerst meer wisten. Ze had eraan toegevoegd dat die Vincent ook iemand kon zijn die Odijk maar één keer in zijn leven gesproken heeft en verder overal los van staat. Vervolgens had ze hem deze plek aangeraden om rustig te gaan zitten lezen, alsof hij een kind was dat ze voorlopig niet wilde horen omdat ze andere dingen te doen had. Wat ook zo was.

Cees pakt het rode schrift van 2020 op dat hij in de woning van Odijk al in zijn handen heeft gehad en bladert erin.

Veel lege pagina's en hier en daar een bladzijde die gevuld is met Jonathans handschrift, afwisselend geschreven met ballpoint en met potlood, met doorhalingen en hier en daar met vegen.

Is Jonathan linkshandig?

Ook ziet Cees weer de tekeningetjes, op verschillende plekken in het schrift. Hij herkent nog steeds niet wat ze moeten voorstellen, ze lijken nog het meest op krabbels die je maakt om met je handen maar iets te doen te hebben terwijl je ergens anders mee bezig bent.

Hij bladert naar de eerste beschreven pagina.

Do. 09/01/'20

Ik kan heel vriendelijk overkomen. Zoals vandaag. Ik kreeg een app van Sabien in de groepsapp. Sabien heeft een Vlaams accent. Ik ga niet goed op accenten. Mensen zeggen altijd dat ze Vlaams zo charmant vinden klinken, maar 'charmant' is een leeg begrip want iedereen vindt andere dingen 'charmant' en daarom heb je er niks aan om dat te zeggen omdat het dus subjectief is.

Sabien vroeg wie er koeken meeneemt vanavond. De vorige keer waren er geen koeken en toen hadden Sabien en Willemijn er eigenlijk al geen zin ~~maar~~ meer in. Terwijl het voor hun figuur wel beter zou zijn als ze minder koeken zouden eten, maar ook dat is subjectief, dus ik zeg dat nooit hardop.

Sabien stuurde een tweede bericht waarin ze zei dat zij geen tijd had om ze na haar werk nog te halen. Ze stuurde er een emoji~~e~~ achteraan: een lachend gezichtje met gesloten ogen en een tongetje naar buiten, zo van: 'mmmm, lekker, koeken'. Ik ga niet goed op emoji's.

Ik appte dat ik ze wel meenam. Mister Nice Guy. Allemaal duimpjes van de anderen en een smiley met een kusje en een hartje, maar niet van Wanda. Ik hoop dat ze vanavond dat witte truitje met die paarse bloemetjes aanheeft waar haar schouders bovenuit komen, maar misschien is het daar te koud voor.

Vanavond bespreken we Het einde van de affaire van Graham Greene. Daarin volg je het perspectief van een minnaar en dat van een minnares en daardoor gaan er twee verhalen door elkaar lopen waardoor je aan de ene kant begrijpt waarom ze allebei doen wat ze doen maar aan de andere kant ook waarom alles misloopt. Het is knap geconstrueerd, al heeft Ian McEwan dat knapper gedaan in Aan Chesil Beach en blijft het bij Greene allemaal wat theoretisch en herhaalt hij zich te vaak waardoor het niet meesleept en gaat het bij hem voortdurend over religie en over de worsteling of je wel of niet moet geloven en dat is geen discussie want religie is bullshit. Religie is door mensen bedacht voor houvast omdat ze anders niks van het leven begrijpen. Geloof is een sprookje en God is hetzelfde als Sinterklaas of het koningshuis.

Als de meiden het vanavond allemaal een goed boek vinden, ga ik er niet te fel tegenin. Vorige keer zeiden ze dat het wel een beetje 'gezellig' moest blijven toen ik losging op De dood in Venetië. Prima. Ik kan dat heel goed. Ook al vind ik iets, ik kan heel goed doen alsof ik iets anders vind. Ook in discussies. Ik kan dan net zo goed het ene als het andere beweren. Gewoon waar ik zin in heb of wat het beste is voor de 'sfeer' en dan is er niemand die dat aan me merkt. Dan kun je zeggen dat ik de mensen waar ik dan mee ben voor de gek hou, maar dat is dan de schuld van die mensen zelf, vind ik, want die zijn dan niet kritisch genoeg om door te vragen en nemen gewoon maar aan wat ik zeg en dat is dom. En ik kan er niks aan doen dat mensen dom zijn.

Er zijn veel domme mensen op de wereld. Mensen die niet nadenken of die het allemaal niets kan schelen. Die alleen maar bezig zijn met hoe ze het zo prettig mogelijk voor zichzelf kunnen maken in plaats van voor anderen. Ik heb een oude buurvrouw en als ik haar tegenkom op straat krijg ik een heel verhaal over dat ze ruzie heeft met haar zus en dat ze naar de dokter moet maar geen vervoer heeft en dat er een mierennest in het steegje achter de schuren is maar dat niemand dat oplost. Ze heeft nog nooit iets aan me gevraagd en volgens mij weet ze niet eens hoe ik heet, omdat ze alleen maar aan zichzelf denkt. Terwijl er zoveel dingen echt belangrijk zijn. Maar zij zit alleen maar uit haar raam te kijken en te wachten tot iemand iets aan die mieren gaat doen.

De pest met domme mensen is dat ze zelf niet weten dat ze dom zijn, want om te beseffen dat je dom bent moet je best een beetje slim zijn.

Gisteren ben ik naar het ~~steegke~~ steegje achter de schuren gegaan en toen wilde ik al die mieren doodtrappen, maar dat heb ik niet gedaan want mieren doen niks verkeerd en mieren zijn zeker niet dom. Op de grond van de badkamer heb ik gefantaseerd dat ik de buurvrouw met haar kop op de stoep beukte, tussen die mieren, totdat haar schedel brak. Ik denk vaak dat soort dingen. Ik droom ze nooit. Mijn engste dromen zijn als alles heel dichtbij en tegelijkertijd heel ver weg is. Ik denk die boze dingen alleen als ik wakker ben.

Cees kijkt op van het schrift en de gang om hem heen komt hem ineens wezenloos voor. Hij legt het schrift naast zich op de bank, staat op, loopt naar de pantry en drinkt een glas water. Hij denkt van alles tegelijk en iedere gedachte maakt hem nog onrustiger dan de vorige.

De manier waarop Jonathan met een paar woorden over Wanda schrijft bezorgen hem kippenvel, zeker als hij denkt aan hoe ze gevonden is. Hij krijgt steeds sterker het idee dat de moord op Wanda Wieland niet het eindpunt is.

Hij vraagt zich af waarom Odijk een dagboek is gaan bijhouden. Ervan uitgaande dat hij daar in 2020 mee is begonnen, zegt Odijk daar in zijn eerste teksten niks over. Alsof hij vanuit het niets van start is gegaan.

Cees keert terug naar zijn plek, pakt het rode schrift weer op en laat zijn blik over de pagina's gaan.

Hij komt hele verhandelingen tegen over boeken die Jonathan heeft gelezen. Hij leest al die boeken die hij leent dus wel degelijk. Cees denkt dat er van alles uit die boekbesprekingen af te leiden zal zijn, maar hij zoekt nu naar dingen die gebeurd zijn, naar daden, en vooral: naar plannen, naar plekken en naar de naam Vincent.

Een paar pagina's verder stuit hij op het woord 'politie' en leest hij dat gedeelte vanaf het begin.

Za. 22/02/'20

Gisteravond ben ik erheen gegaan voor het eerst sinds toen. Ik weet niet waarom want altijd als ik aan die plek denk voel ik mij vies onder mijn huid. Op de parkeerplaats stonden maar drie auto's, de vorige keer waren het er meer, maar het was nu ook koud. Ik liep het paadje in, het was donker, maar het leek lichter dan toen vanwege de bomen die nu kaal zijn. Ik pakte mijn telefoon om het pad goed te kunnen zien en liep verder tot ik dacht dat ik er ongeveer was. Ik bleef staan, ik hoorde alleen de snelweg, ik scheen om me heen maar er was niemand. Ineens voelde ik me dom dat ik hier stond. Als mensen me nu konden zien zouden ze keihard lachen. Ik werd boos op mezelf want wat had ik mij in mijn hoofd gehaald? Dat ik hem hier weer zou zien? Dat hij me zou herkennen? Hij was gewoon geil toen. En ik was jong. En dat vond hij waarschijnlijk nog geiler.

Ik liep terug over het pad en ik werd steeds kwader. Hij had misbruik gemaakt van mij en dat heb ik altijd wel geweten maar soms is het fijn om te doen alsof iets anders is dan hoe het is. Hij heeft me hoop gegeven en me laten vallen en als ik hem nu zou zien zou ik hem vermoorden, ook al wilde ik het zelf toen, ik weet niet meer waarom, ik had thuis gevochten met pa en daarna was ma boos op me geweest en ik was weggelopen en ik had de hele dag rondgelopen op een lege maag en ik kende deze plek dus ik ging erheen. En toen HIJ er was gaf dat een fijn gevoel omdat hij me echt ZAG en hij gaf me dat pilletje en toen was alles even niet zo erg.

Ik liep terug naar de parkeerplaats omdat ik het benauwd kreeg van de herinneringen en de auto's stonden er nog steeds. Van één auto waren de ramen beslagen en ik wist wat er daarbinnen gebeurde en ik raakte opgewonden. Een andere auto was leeg en in de derde zag ik iemand zitten roken en toen ging het portier open en stapte er een man uit en hij begon meteen tegen me te schreeuwen. Hij vroeg wat ik daar deed en zei dat ik die telefoon weg moest doen. Ik had nu pas door dat ik nog steeds de zaklamp van mijn mobiel aanhad waardoor die man natuurlijk dacht dat ik stond te filmen of zo. Ik deed mijn lamp uit en ik zei sorry en dat ik naar iemand op zoek was. Hij trapte zijn sigaret uit en hij kwam dichterbij en hij was net zo groot als ik en een beetje slungelachtig met haar dat zo half voor zijn gezicht hing en toen hij weer begon te praten klonk hij anders, vriendelijker. Hij vroeg naar wie ik op zoek was en ik zei dat ik zijn naam niet kende. Hij kwam nog dichterbij en vroeg hoe ik heette en ik zei Bas. Hij zei dat hij Michiel heette, wat ook niet zijn echte naam was natuurlijk, en hij vroeg of ik het niet koud had. Ik zei 'valt wel mee' en toen zei hij dat ik wel even in de auto mocht komen om warm te worden en dan kreeg ik ook iets te drinken van hem. Ik had het inderdaad koud, terwijl ik ook wist wat hij wilde en dat ik niet moest instappen, maar het kon me niet schelen en misschien had ik zin om pijn te voelen om m'n pijn te vergeten.

Hij hield het portier voor me open en ik glimlachte en hij glimlachte terug en hij zei dat ik een mooi gezicht had en mooie ogen en ik werd daar warm van, maar ineens wilde ik niet meer die auto in en ik zei dat ik liever buiten bleef om nog even te kletsen. Hij vroeg waarover ik dan wilde kletsen en ik zei dat ik dat niet wist en ik wist het ook echt niet, ik wist ineens helemaal niks meer en toen kwam hij dichterbij en legde hij zijn hand op mijn kruis en zijn andere hand op zijn pik en ik zag dat hij die uit zijn broek had en dat hij er een beetje aan stond te trekken en hij zei dat hij geil van me werd en toen voelde ik ineens weer die haat omdat ik zag dat hij op HEM leek. Dus ik schopte hem keihard in zijn ballen en ik zei 'VIEZE PEDO!' en hij schreeuwde van de pijn en hij riep: 'HOEZO PEDO? JE BENT TOCH GEEN KIND?' En dat maakte mij nog kwader en ik begon hem te schoppen, ik werd helemaal wild en hij duwde me van zich af en ineens hoorde ik stemmen en voelde ik handen die mij tegenhielden, maar ik vocht en ik schopte en ik sloeg en ik schreeuwde dat ze goorlappen waren en dat ze met hun vieze poten van jongetjes af moesten blijven. Toen werd ik zelf geschopt en geslagen en ik viel en mijn hoofd sloeg keihard op de grond en ik voelde nog een schop en het voelde fijn want ik voelde niks en ik hoopte dat ze nog een keer zouden schoppen omdat ik dat verdiend had *omdat ik zo stom was geweest om hierheen te komen en ik zei 'SCHOP DAN! SCHOP DAN!' Maar toen zei iemand dat ze op moesten houden en hier weg moesten en meteen daarna stapten ze in hun auto's en reden ze weg, dat hoorde ik, ik kon niks zien, want ik had bloed in mijn ogen, geloof ik, of ik hield ze gewoon stijf dicht, dat weet ik niet meer. En toen ik daar zo lag moest ik huilen en ik zag mezelf liggen op het asfalt en daardoor moest ik nog harder huilen want ik was nu een tragische held, een beetje zoals Holden Caulfield, en ook al had ik overal pijn, ik voelde me toen toch beter want ik heb altijd Holden Caulfield willen zijn. (Hij leest ook heel veel net als ik.)*

Ik weet niet hoelang ik daar gelegen heb maar de politie heeft me gevonden en me naar het ziekenhuis gebracht en daar ben ik gehecht en toen heb ik aangifte gedaan van mishandeling want als ik dat niet had gedaan zouden ze het raar hebben gevonden, maar ik heb het expres vaag gehouden en gezegd dat ik niet meer wist hoe die mannen eruitzagen en in welke auto's ze reden en hoe laat het was gebeurd, dus ik denk niet dat ze er iemand voor gaan oppakken en dat is goed want ik was gewoon in de war en die mannen hebben zich gewoon verdedigd ook al blijven het PEDO'S.

Cees kijkt opnieuw op uit het schrift. Wie is de man die Jonathan heeft ontmoet op die plek toen hij jonger was? Wat duidelijk een ontmoeting is geweest die impact op hem heeft gehad. Zou dat Vincent geweest kunnen zijn? Heeft Jonathan hem later alsnog teruggezien?

Cees hoeft niet lang na te denken om zich te herinneren wie Holden Caulfield is: de hoofdpersoon in *The Catcher in the Rye* van J.D. Salinger, waarin Caulfield zich als puber afzet tegen de hypocrisie van zijn ouders en tegen schijnheiligheid in het algemeen. Cees heeft het boek thuis in de kast staan en heeft het minstens drie keer gelezen, de eerste keer in zijn jonge jaren, toen het een verpletterende indruk op hem maakte.

Dan schiet Cees iets te binnen.

Hij haalt zijn mobiel uit zijn broekzak, zoekt op internet naar John Lennon en daar staat het: Lennon werd op 8 december 1980 voor het Dakota-gebouw in New York vermoord door Mark David Chapman, die naast het lichaam van Lennon aangetroffen werd, lezend in een exemplaar van *The Catcher in the Rye* dat hij als een pamflet beschouwde en waarin hij de opdracht gelezen dacht te hebben om de moord te plegen.

Mark David Chapman.

M.D.C.

Cees kijkt voor zich uit terwijl hij zijn hartslag omhoog voelt gaan en vat probeert te krijgen op wat dit betekent.

Hij bladert vlug door, leest een volgend stuk.

Zo. 23/02/'20

Ze hebben het de hele tijd over dat virus. Het ene moment denk ik dat ze het wel zullen oplossen maar het andere moment word ik er bang van omdat je het niet kunt zien. Toch denk ik dat het niet hierheen komt omdat ze het dan al gestopt hebben.

Ik probeer aan leuke dingen te denken om er niet aan te denken en dan denk ik aan Wanda. Aan Wanda van nu maar ook aan Wanda van vroeger, toen we op school in A Midsummer Night's Dream speelden. Zij was Hermia en ik was Lysander en ik was verliefd op haar, in het stuk en ook daarbuiten. Ik durfde haar niet om verkering te vragen maar zij vroeg het toen zelf en later heb ik gedacht dat ze het alleen maar vroeg uit medelijden vanwege thuis en omdat ik gepest werd, maar ik zei 'JA' en toen hebben we brieven geschreven en gekust, maar alleen als Hermia en Lysander, niet in het echt, waardoor ik dus denk dat het voor haar niet zo serieus was. Maar ze was lief tegen me, niet lief zoals mijn moeder, maar ánders lief. En als we toneelspeelden was het alsof het echt was en dan voelde ik mij niet lelijk, dan dacht ik alleen maar dat iedereen me zag zoals ik BEN.

Ik vond het niet erg dat mijn vader niet wkam kwam kijken, mijn moeder kwam wel en zei dat ze het heel goed vond en dat ze trots op me was en ik was blij en vond het niet erg om die nacht bij haar in bed te komen en die dingen te doen want ik maakte haar gelukkig en dat zei ze ook steeds. Als ik haar blauwe plekken zag had ik medelijden met haar want soms schopte pa haar al in haar buik voordat hij naar zijn werk ging en als ik thuiskwam uit school lag ze bijna altijd in bed. Soms hielp ik ma als pa haar sloeg, zoals met die riem, maar dan kreeg ik zelf klappen en dat deed pijn maar ik vond het erger dat mijn moeder dan begon te smeken of hij mij geen pijn wilde doen want daarmee maakte ik haar verdrietig. Ik was dus blij als ik haar kon troosten en ze zei ook altijd dat ik zo'n steun voor haar was, maar nooit nadat we in bed hadden gelegen, dan was het alsof ze me niet meer zag en dan praatte ik met mijn Playmobil.

Eén keer hebben Wanda en ik bijna echt gekust, toen we spijbelden en patat met pindasaus hadden gehaald en dat in het park opaten. Ik bewoog naar haar toe, maar zij moest lachen en legde haar hand op mijn mond en duwde mijn hoofd naar achteren, niet hard, gewoon speels en ze zei dat ik me geen gekke dingen in mijn hoofd moest halen. En ik van: 'Maar we hebben toch VERKERING?' 'Ja hoor,' zei ze, maar het was alsof ze het niet meende en ik wilde vragen hoe ze dat bedoelde, maar dat deed ik niet omdat ik bang was dat het dan een vervelend gesprek zou worden en dat ze het dan uit zou maken.

Later werd ik weer een keer gepest in het honk in de kelder op school. Ik kwam daar nooit, maar ik had een tussenuur en ik wilde alleen zijn en ik zag vanuit de gang dat er niemand was en ik ging door de klapdeuren naar binnen. Ik liep een beetje rond en draaide aan de stangen van de voetbaltafel, dat leek me leuk om een keer te doen en ook al was er niemand om tegen te spelen, ik pakte het balletje uit het gaatje en gooide het in het veld. Ik probeerde het te raken maar dat ging niet, het balletje ging te hard en ik moest veel te snel wisselen tussen de stangen.

Toen kwamen de jongens binnen die altijd een groepje waren. Eentje heette Danny en hij had mij een keer in de gang met handboeien aan een pijp van de kachel vastgemaakt, maar ik was heel rustig gebleven en ik had naar die handboeien gekeken en gevraagd of hij die bij de speelgoedwinkel had gekocht omdat ze van plastic waren. Ik vroeg dat gewoon omdat ik het wilde weten, maar hij werd pissig omdat het natuurlijk best een beetje kinderachtig is om handboeien bij de speelgoedwinkel te kopen en hij wist niet meer wat hij moest doen omdat ik gewoon heel rustig bleef en wachtte tot hij me losmaakte zonder dat ik begon te schreeuwen of zo wat hij waarschijnlijk had verwacht. Er waren ook geen vrienden van hem in de buurt aan wie hij kon laten zien hoe hij me gevangen had genomen, dus eigenlijk was het gewoon niet zo'n slimme actie van hem en dat wist hij op dat moment zelf ook, en daarom werd hij nog pissiger. De bel was al gegaan voor de volgende les en ik bleef rustig staan en hij wist dat hij me daar niet zo kon achterlaten want dan zou een leraar of iemand anders me vinden en zou hij op zijn lazer krijgen, dus maakte hij me los en zei hij dat ik deze keer mazzel had gehad en ik zei zo heel vriendelijk 'dank je wel' en toen ben ik rustig weggelopen.

Nu had hij zijn vrienden bij zich en toen ze zagen dat ik daar alleen bij de voetbaltafel stond zeiden ze dat ik op moest rotten en dat zij tafelvoetbal gingen spelen en ik liep al naar de klapdeuren toen Danny zijn rugzak over de grond zeilde als een bowlingbal, keihard tegen mijn benen aan, zodat ik op de grond viel. Ze begonnen te lachen en ze kwamen naar me toe en ik wilde opstaan, maar Danny schopte me onderuit en toen stonden *ze ineens allemaal om me heen. Danny spuugde op me en toen begonnen de anderen dat ook te doen en toen zei Danny: 'We zeiken over hem heen' en hij deed zijn gulp open en een paar anderen riepen nog 'Dat kun je niet maken' maar Danny begon over me heen te piesen en de andere jongens lachten, ook de jongens die hadden geprotesteerd. Ik probeerde weg te komen, maar de jongens schopten me steeds weer op mijn plek en toen richtte Danny met zijn straal op mijn gezicht en kwam het in mijn ogen en in mijn mond en ik moest kokhalzen en toen lachten ze nog harder en toen was de pies van Danny op en hij riep tegen de anderen dat zij ook over me heen moesten piesen en één jongen maakte zijn gulp open, maar toen hoorde ik Wanda. Ze riep dat ze me met rust moesten laten en toen riepen die jongens dat ik een homo was omdat ik mijn vriendinnetje nodig had om voor me op te komen en toen zei Wanda dat ze mijn vriendin helemaal niet was en ze trok me omhoog en toen kon ik wegkomen en ben ik meteen de wc in gevlucht. Ik denk niet dat ze gezien had dat er over me heen was geplast, ik denk dat ze dacht dat ze water over me heen hadden gegooid of zo en ik heb het haar ook nooit verteld omdat ik dacht: ik laat het maar zo. Ik begreep niet waarom ze had gezegd dat ze mijn vriendin niet was, ik heb er niet naar gevraagd, maar later begreep ik het wel, het was voor haar ook een moeilijke situatie want als ze zei dat ze mijn vriendin was dan zouden die jongens ook haar gaan pesten natuurlijk.*

Cees pakt zijn telefoon en belt Faye.

'Schiet je een beetje op?' vraagt ze.

'Ik ben bezig. Ik zit nog in 2020. Jonathan schrijft over Wanda, over toen ze verkering hadden. Maar het klinkt inderdaad alsof ze daar niet helemaal hetzelfde in stonden. Verder is het heftig allemaal. Die jongen heeft het behoorlijk voor zijn kiezen gehad, vroeger. Huiselijk geweld en ik vermoed een ongezonde relatie met zijn moeder, waarschijnlijk seksueel.'

'Bloody hell.'

'Al iets gehoord van Van Assem en Zuidwijk over die ouders?'

'Nope.'

'Het zou kunnen dat Jonathan bij een van beiden ondergedoken zit, bij die moeder misschien, maar we moeten er ook rekening mee houden dat hij van plan is zijn ouders iets aan te doen. Wil jij de collega's op de hoogte brengen?'

'Doe ik.'

'Jonathan werd ook gepest, hij noemt een "Danny". Geen achternaam. Wil jij uitzoeken om welke Danny dat gaat? Hij moet in dezelfde jaren als Jonathan en Wanda op die school hebben gezeten.'

'Maak je je zorgen over zijn veiligheid?'

'Ja, want we kunnen niet uitsluiten dat Jonathan schoon schip aan het maken is. Dus waarschuw ook die Jordi uit Dordrecht.'

'Ik ga het uitzoeken en contact met ze opnemen.'

'Dank je.'

Cees drukt haar weg en begint weer te lezen waar hij gebleven was. De tekst gaat verder op dezelfde bladzijde, op dezelfde dag.

Wanda las op school al veel boeken en die ben ik ook gaan lezen en de eerste die ik van haar mocht lenen was Woeste hoogten, maar dat vond ik lang en traag en ik begreep Heathcliff niet want dat was helemaal geen held en het was ook helemaal geen liefdesverhaal, terwijl Wanda zei dat dat wel zo was: 'Het mooiste liefdesverhaal dat er ooit geschreven is'. Later heb ik Woeste hoogten nog een keer gelezen, toen we geen contact meer hadden, en toen vond ik het nog steeds geen liefdesverhaal, maar een verhaal over wraak, al is het einde waarin Heathcliff zelfmoord pleegt om weer bij Catherine te zijn wel een daad van liefde, maar hij was ook gewoon gek en verteerd door haat want daar wórd je gek van.

We hebben het nooit uitgemaakt toen zij naar Amsterdam verhuisde om te studeren, we hebben nog wel een paar keer brieven geschreven. Ze vond dat ik mooie brieven schreef en daar deed ik ook erg mijn best op, maar toen schreef zij niet meer terug en begreep ik wel dat het uit was, ik begreep alleen niet waarom ze me dat niet verteld had.

Vorig jaar was ze ineens terug, ik zag haar in de bibliotheek, ik herkende haar meteen, ze had een overhemd aan zoals de andere medewerkers, dus ze werkte daar. Ik durfde eerst niet naar haar toe te gaan, ik liep een paar keer langs en ik dacht dat ze mij wel zou herkennen en dat ik dan even zou kijken, zo van: 'Wie ben jij ook alweer, help me even.' Maar ze had niks door, misschien omdat ik ouder was geworden en er anders uitzag, dus ik liep naar haar toe en vroeg of zij Wanda was en ~~zei zij~~ zij zei: 'Dat MEEN je niet, Jonathan!' en ik kreeg een knuffel die echt wel gemeend was en ik zei: 'Hoe kom jij hier nou zo verzeild?' en ~~zei zij~~ zij zei dat ze daar dus werkte. Toen wisten we allebei niks meer te zeggen omdat het toch weer even wennen was denk ik, en ik zei dat ik boeken uit ging zoeken en ik liep wat rond en hield haar zo'n beetje in de gaten en ik zag haar praten met een collega en ik vroeg me af of ze het over mij had en wat ze dan zei.

Ik nam drie boeken mee naar huis: Tirza (dat kende ik niet), De voorlezer (daar had ik de film van gezien) en Carrie (dat wilde ik nog een keer lezen). Ik hield ze onder m'n arm en liep weer langs haar, met De voorlezer voorop, want dat is WEL een romantisch verhaal, tenminste zo begint het totdat hij ontdekt wie zij in werkelijkheid is. Wanda zei tegen me dat het leuk was me weer te zien en ik zei 'Ja' en ik wilde vragen of we eens een keertje zouden afspreken, maar ik kreeg het niet uit mijn mond. Toen zag ik een poster en ik vroeg wat dat was en zij vertelde dat ze een leesclubje aan het opzetten was, om de paar weken in de avond in een hoekje van de bieb, en dat mensen zich konden aanmelden en ik zei: 'Dat lijkt mij wel leuk' en zij glimlachte even zonder dat ze iets zei. Ik zei: 'Wat is er?' en zei zij dat er waarschijnlijk alleen maar vrouwen van boven de zestig bij het clubje zouden komen en dat het misschien niks voor mij was, maar ik zei dat me dat niet kon schelen. 'Oké,' zei ze met een heel lange eeee aan het einde en zo ben ik dus bij de leesclub gekomen.

Eigenlijk is het onder mijn niveau want er wordt best slap gepraat en de anderen hebben die boeken echt wel gelezen, maar ze hebben er niet echt over NAGEDACHT, of ze hebben het niet goed BEGREPEN, want het blijft steeds heel oppervlakkig. Dan zeggen ze bijvoorbeeld wat ze herkenbaar vinden in het boek, of spannend en wat ze vinden van de manier waarop het geschreven is, maar dan komen ze meestal niet verder dan 'het sleepte me echt mee'. Wanda probeert wel thema's aan te snijden, of perspectieven, of verbanden te leggen met andere boeken, maar daar houdt ze meestal mee op als ze merkt dat de anderen in hetzelfde kringetje rond blijven gaan en die vrouwen alleen maar over zichzelf beginnen te praten. Soms kijk ik Wanda aan met een blik van: 'ze begrijpen er weer niks van, wat jammer, want het is allemaal zo interessant en jij doet zo je best' en soms denk ik dat ze mijn blik begrijpt en dat ze hetzelfde denkt, maar soms voelt haar glimlach wat ongemakkelijk als ze naar me kijkt, maar dat kan ook verlegenheid zijn, want dat heb ik ook.

Na afloop probeer ik dan nog even met haar te praten, dan probeer ik als laatste met haar de bieb uit te gaan en er even bij te blijven als ze afsluit en we naar onze fietsen lopen. Ze is dan echt wel gezellig tegen mij en ontspannen, maar ik ben toch altijd zenuwachtig en woorden komen steeds anders uit mijn mond *dan hoe ik ze bedoel. Achteraf weet ik precies wat ik had moeten zeggen, maar op het moment zelf zeg ik iets doms.*

In films weten mensen altijd precies het goede te zeggen, wat ook logisch is want het is voor ze GESCHREVEN, ze hoeven het alleen maar UIT TE SPREKEN. En omdat de scriptschrijver erover heeft nagedacht is het altijd GOED wat ze zeggen. Maar dat is dus MAKKELIJK, ik moet IMPROVISEREN. En in films spelen acteurs het soms heel slecht waardoor het heel NEP wordt en daarom vind ik lezen fijner. Als ik thuis ben zeg ik tegen mijn Playmobil wel altijd de goede dingen.

Ik ga iedere week twee keer naar de bibliotheek, ik weet precies wanneer Wanda werkt. Ik denk dat Wanda denkt dat ik al die boeken niet echt lees, maar dat is wel zo. Soms maak ik opmerkingen over wat ik heb gelezen zodat Wanda snapt dat ik alles lees, maar ik weet niet of ze dat gelooft. Ik zou willen dat ze zei dat ze het goed van me vindt, maar misschien komt dat nog.

Cees kijkt van het schrift naar de muur tegenover hem waar een klok hangt die stilstaat op veertien over elf.

Met name uit die laatste zin blijkt dat Jonathan Wanda als een soort moeder ziet. Is hij op zoek naar vervanging? Of naar iets wat hij nooit gekend heeft? Is hij uiteindelijk in deze surrogaatmoeder teleurgesteld geraakt?

Of heeft niet haat, maar juist zijn liefde voor Wanda hem de trekker doen overhalen? Kon hij niet leven met het feit dat ze hem afwees? En heeft de zelfmoord van Heathcliff in *Woeste hoogten* hem geïnspireerd hetzelfde te doen? Heeft hij inderdaad zelfmoord gepleegd om weer bij Wanda te kunnen zijn, zoals Heathcliff bij Catherine?

Hoe tragisch en onbevattelijk ook, Cees hoopt bijna dat het zo is, omdat verder gevaar dan is afgewend.

Hij bladert verder en stuit op een lijst.

Wo. 26/02/'20

Ik vind mensen dom die:
- afval op straat gooien
- niet gaan stemmen
- alleen denken aan geld (verdienen)
- te hard praten
- het alleen maar over zichzelf hebben
- niet naar anderen luisteren
- roken als er andere mensen in de buurt zijn
- onbeschoft zijn
- van alles eisen
- met hun auto gas geven om extra geluid te maken
- verongelijkt zijn
- hun kinderen niet tot de orde roepen
- alleen maar boos zijn
- geen oplossingen hebben
- bellen of appen achter het stuur
- onverschillig zijn
- anderen napraten
- anderen niet erkennen voor wie ze zijn
- nooit hun mening bijstellen
- alleen hun mening bijstellen als ze dat uitkomt (politici)
- hun macht willen laten gelden (baliemedewerkers)
- geen zelfspot hebben
- oneerlijk/hypocriet zijn
- de poep van hun hond niet opruimen
- een kort lontje hebben
- naar excuses zoeken om zelf niets te hoeven doen
- anderen die wel iets doen belachelijk/verdacht maken
- op speaker bellen op openbare plekken
- asociaal parkeren

- hun hand niet uitsteken bij het fietsen
- fietsen zonder licht
- het altijd beter weten
- verspillen
- op internet schelden onder een andere naam
- niet weten wat er gebeurt in de wereld en met de planeet
- alleen maar over voetbal praten
- alleen maar over Formule 1 praten
- altijd denken dat het aan een ander ligt

Ik fantaseer soms dat er een haak aan de muur hangt, een halfronde met een scherpe punt naar boven, en dat ik domme mensen dan bij hun keel grijp, ze optil en ze met dat zachte stukje tussen hun nek en hun schedel aan die haak prik zodat ze daar hangen en bloeden en doodgaan en daar dan blijven rotten.

Cees ademt uit en leest de lijst opnieuw. Hij probeert een punt te vinden waar hij het niet mee eens is. Dat staat er niet tussen, behalve dat hij de poep van hun Tibetaanse Terriër niet altijd opruimt en graag over voetbal mag praten, al kijkt hij liever naar Wimbledon en de Tour de France.

Wat zegt het dat Jonathan zo'n lijst opstelt? Alsof hij alleen maar dit gedrag en dit soort mensen om zich heen ziet.

Cees is ervan overtuigd dat de massa bestaat uit mensen die ook gewoon het beste willen, voor zichzelf, voor hun omgeving en voor de wereld. Mensen die redelijk zijn en zich net zo goed storen aan hufters, egoïsten en ongeïnteresseerden. Mensen die je helaas nauwelijks ziet omdat ze wegvallen in het zwartwit van de schreeuwers die alle aandacht krijgen, waardoor je denkt dat iedereen voortdurend lijnrecht tegenover elkaar staat.

Jonathan ervaart dit duidelijk anders. Hij ziet de massa als een stel egoïstische en ongeïnteresseerde schreeuwers. Maar is Jonathans wereldbeeld dan te negatief of dat van Cees te positief?

Hij slaat weer een bladzijde om.

Do. 27/02/'20

Eerste besmetting in Nederland. Het was live op televisie. omg.

Cees kijkt naar de dooraderde ruggen van zijn handen die op het schrift liggen en herinnert zich dat moment.

Hij en Jacqueline zagen het ook, die avond. Totaal onwerkelijk en het begin van iets wat ze toen nog niet konden vermoeden.

Hij kijkt weer in het schrift en ziet dat Jonathan hierna bijna anderhalve maand niks geschreven heeft. De volgende tekst is uit april.

Vr. 10/04/'20

Ik hoop niet dat ik het krijg, maar als ik het krijg, dan accepteer ik dat, want dat is hoe het nu gaat. De wereld moet zich OVERGEVEN. Dat is goed, want de mens is arrogant, iedereen weet dat de wereld kapotgaat en niemand doet er iets aan omdat er geld verdiend moet worden en voor de camera hebben ze allemaal mooie praatjes maar dat is nep. Holden noemt die mensen phonies en iedereen trapt erin want niemand wil de waarheid weten omdat mensen alleen maar aan hun EIGEN geluk denken. American Psycho gaat ook over al dat domme consumeren, al is Bateman natuurlijk een psychopaat die gruwelijke dingen doet in het verhaal, terwijl het eigenlijk allemaal in zijn hoofd zit. Maar misschien dat dit virus alles gaat veranderen en dat dingen gaan verschuiven omdat mensen tot inzicht komen. RESET. RESET. RESET.

Za. 11/04/'20

Alles is dicht, ook de bibliotheek, en de leesclub doen we nu via Zoom, ik haat dat, maar het is beter dan niks, anders zou ik niemand zien en ook Wanda niet, ook al is het via Zoom toch anders. Ik mis Wanda en de dagen duren lang en buiten zie ik mensen samen wandelen maar daar wil ik niet naar kijken. Ik lig alleen maar op de bank. Mijn Playmobil houdt me gezelschap en zij luisteren naar me net als vroeger, ik slaap nu in de woonkamer dus daarom heb ik ze daar neergezet.

Vroeger als ze me op school sloegen of schopten of zeiden dat ik stonk of als ze mijn schooltas in de toiletpot hadden gezet of als ze bij gym de bal keihard naar m'n hoofd gooiden of als ze mijn moeder een hoer noemden of als ze zeiden dat ik een mongool was of als ze mij de schuld van dingen gaven of als ze me negeerden (dat was het ergste) of als ze zeiden dat ik lelijk was, dan vertelde ik dat aan mijn Playmobil.

De eerste keer dat ik vroeg of ze naar me wilden luisteren en me wilden helpen was toen ik zeven was. Ik had ze al een tijdje en ik speelde wel met ze, maar soms lagen ze ook gewoon lang op hun kant in de vensterbank. Ik lag in bed en ik hoorde hoe mijn vader tegen mijn moeder schreeuwde en hoe hij haar sloeg en hoe mijn moeder gilde en huilde toen ze door de kamer werd gesleurd en hoe er dingen kapotvielen. Ik duwde mijn voorhoofd tegen de muur en ik hield mijn oren dicht tot het over was, zoals altijd. Ik hoorde hoe de voordeur keihard dichtging en ik wist dat mijn vader weg was gegaan, ook zoals altijd, dan ging hij naar het café en dan kwam hij 's nachts dronken thuis en maakten hij en mijn moeder opnieuw ruzie, of hij viel op de bank in slaap maar daar merkte ik dan niets van omdat ik dan zelf al sliep.

Als ik hoorde dat mijn vader weg was gegaan wilde ik altijd naar mijn moeder toe om haar te troosten, maar dat durfde ik nooit, *dus dan bleef ik liggen totdat ik haar niet meer hoorde huilen. Maar die avond ging mijn deur open en kwam mijn moeder mijn kamer binnen en ze vroeg of ik sliep, ik sliep niet, maar toch gaf ik geen antwoord. Ze kwam naar mijn bed en ze kroop bij mij onder de dekens en ze zei: 'Mama heeft je even nodig' en ze rook naar drank en sigaretten maar toch vond ik het fijn om haar tegen me aan te hebben en ze huilde niet meer en ik voelde haar adem tegen mijn wang en dat was fijn, maar toch deed ik nog steeds alsof ik sliep. Ik voelde hoe ze haar hand in mijn pyjamabroek stopte en hoe ze mijn hand tussen haar benen legde en hoe ze begon te bewegen en ik deed mijn ogen open en ik zag alleen de bovenkant van haar hoofd en ze maakte geluidjes maar die klonken gelukkig niet verdrietig.*

Toen ik de volgende ochtend wakker werd lag mijn moeder niet meer bij me en toen heb ik mijn Playmobil-poppetjes rechtop gezet en heb ik gevraagd of ze wilden helpen als mijn vader mijn moeder weer in elkaar sloeg, ik zei dat ze mijn leger waren en dat ze ons moesten beschermen. Ze hebben daarna niet kunnen voorkomen dat het weer gebeurde, maar dat kon ook niet, want het waren maar kleine poppetjes die helemaal niet konden bewegen, maar ze LUISTERDEN wel en ze lagen daarna nooit meer op hun kant.

Cees probeert wat hij gelezen heeft op zich in te laten werken. Hij denkt aan Lucas, zijn kleinzoon. Zijn dochter en schoonzoon zijn de beste ouders denkbaar en zijn eigen Jacqueline is als moeder en grootmoeder gebouwd uit roestvrij staal. Door zijn werk weet Cees dat niets het noodlot kan afwenden, maar dat in hun geval de omstandigheden om rampspoed op te vangen optimaal zijn omdat er sprake is van onvoorwaardelijke liefde.

Wat als iemand zich op die manier over de zevenjarige Jonathan ontfermd had? Mensen worden nooit als moordenaar geboren, dat worden ze door omstandigheden, ook dat heeft Cees in zijn werk zo vaak gezien.

Het gevoel van medelijden maakt al snel weer plaats voor angst en Cees leest nu sneller door, leest hier en daar alleen zinnen of een alinea, alsof hij op jacht is.

In de volgende teksten gaat het vooral over corona en het is alsof Cees die hele periode opnieuw beleeft door de ogen van Jonathan, die blijft herhalen dat dit een keerpunt is in de geschiedenis en dat de wereld hier beter uit gaat komen. Het is alsof dat hem overeind houdt en hij met plezier toekijkt hoe alles tot stilstand is gedwongen, hoe vliegtuigen aan de grond blijven, hoe de grootste evenementen worden geannuleerd, evenementen waar hij zich als outcast waarschijnlijk nooit op zijn plek zou hebben gevoeld. Alsof er wraak wordt genomen op de wereld waar hij zich zo slecht in thuis voelt, zonder dat hij er zelf iets voor hoeft te doen.

Tegelijkertijd blijkt uit wat hij schrijft dat hij lijdt onder de eenzaamheid. Cees ziet hem in zijn woonkamer, pratend tegen die poppetjes die in het niets naar hem terug staren.

Hij leest verder. Er gebeurt weinig, Jonathan heeft het nauwelijks nog over Wanda.

De laatste tekst die hij in 2020 heeft geschreven is kort.

Vr. 18/12/'20

Het heeft geen zin meer, er komt geen einde aan, het is het beste als ik het virus krijg en eraan doodga, want dan BEN ik dood.

De zin plakt zich vast aan Cees' netvlies.

Hij pakt het blauwe schrift van 2021 en besluit daar nog sneller doorheen te gaan.

Jonathans crisis duurt voort en loopt parallel aan de overheidsmaatregelen in verband met het virus. In januari wordt er een avondklok ingesteld, gevolgd door een lockdown en dan schrijft Jonathan opnieuw lange tijd niets. Pas als in juni de samenleving weer open gaat begint hij weer regelmatiger te schrijven.

Do. 24/06/'21

Vanavond hebben we weer leesclub, niet in de bieb, maar thuis bij Willemijn. We zijn maar met een heel klein groepje, allemaal nog heel voorzichtig en we blijven op afstand, maar dan zie ik Wanda tenminste weer in het echt.

Als hij haar buiten ziet, rent hij op haar af, maar op het laatste moment blijft hij op afstand omdat hij haar niet in gevaar wil brengen en dan kijken ze elkaar aan en juist omdat ze niet dicht bij elkaar mogen komen is hun blik heel intens en dan zegt ze dat ze hem gemist heeft en ze blijven op afstand terwijl ze elkaar het liefste in de armen willen vallen en dan gaan ze wandelen en op het bankje in de haven kijken ze hoe de zon ondergaat en dan MAG alles weer en dan legt ze haar hoofd op zijn schouder.

Vroeger moest ik altijd huilen bij Disney als ik er met mijn moeder naar keek. Dan troostte ze mij. We waren altijd blij dat het een happy end had.

Ik moet nog steeds huilen om Disney ook al zijn het sprookjes die de realiteit ontkennen.

Een vreemd stukje, waarin Jonathan over zichzelf lijkt te schrijven in de derde persoon. Waar komt die stijlbreuk vandaan? Cees besluit dat hij hulp moet inschakelen om alles wat Jonathan schrijft psychologisch op de juiste manier te duiden. Voorlopig levert het verder doordringen in Jonathans gemoedstoestand geen nieuwe informatie op over waar hij nu is en wat hij nu doet, zelfs niet indirect. Misschien ziet een expert dingen die hij niet ziet? Tegelijkertijd kan Cees zich nauwelijks voorstellen dat hij concrete aanwijzingen over het hoofd ziet.

Hij gaat verzitten en buigt zich over een nieuw stuk.

Di. 13/07/'21

Wanda was vandaag heel aardig tegen me. Ik was bij haar in de bieb. We bleven op anderhalve meter. We hadden het over het virus, want de besmettingen lopen weer op VOOR DE ZOVEELSTE KEER. Het was jammer dat ik door het mondkapje haar gezicht niet goed kon zien maar zelf vind ik een mondkapje fijn, daardoor heb ik niet het gevoel dat ik mijn mond in een stand moet houden die klopt bij de situatie, nu kan ik ontspannen omdat toch niemand het ziet.

Er kwam iemand de bieb binnen zonder mondkapje en Wanda zei er iets van. Die man begon te flippen en zei allemaal dingen over vaccinaties en qr-codes. Echt zo iemand van wie je hoopt dat hij corona krijgt en er heel langzaam aan doodgaat. Wanda zei dat hij niet naar binnen mocht en ik keek die man pissed aan over de rand van mijn mondkap. Uiteindelijk ging hij weg. Fucking wappie.

Toen hij weg was keek Wanda me aan alsof we een team waren. Toen hebben we leuk gepraat en moest ze een paar keer lachen.

Hierna volgen er tekeningetjes en veel lege pagina's, Cees kan in de rest van het schrift nog maar één korte tekst vinden.

Di. 02/11/'21

Gisteravond heb ik een documentaire gezien en die ging over mensen met een psychose en daar zat iemand in die een psychose *had en die dacht dat zijn vader zijn vader niet was, dat had hij altijd in zijn onderbewuste aangevoeld en door de psychose was dat naar boven gekomen, en toen bleek dat het écht zo was, dat zijn vader niet zijn vader was! Mensen met een psychose zien dingen soms dus BETER.*

Cees' verbijstering over wat hij leest wordt met ieder fragment groter. Jonathan voelt dichtbij en tegelijkertijd heel ver weg. Precies zoals Jonathan zijn eigen angstdromen beschrijft.

Cees pakt het gele schrift van 2022. Pas in juni van dat jaar heeft Jonathan er voor het eerst iets in geschreven, op de eerste bladzijde.

Do. 09/06/'22

Wanda heeft gevraagd om mee naar Utrecht te gaan en dat is vanavond. Ik ben echt blij, want de laatste tijd gaat het niet zo goed met mij. Ik denk de hele tijd nare dingen, dat ik mensen pijn doe en ook mezelf. Dan wordt alles zwart in mijn hoofd en daar kom ik dan niet uit.

Ik weet niet wat dat zwart precies is. Het is een zware deken die alles donker maakt en negatief. Dan kan ik het niet stoppen en dan stik ik bijna omdat ik word platgedrukt door haat.

Maar nu is er dus iets POSITIEFS.

Misschien dat Wanda en ik vanavond eerlijk kunnen zijn over onze gevoelens, daar heb ik ook voor gebeden.

Gebeden? Cees kan het moeilijk rijmen met wat Jonathan eerder schrijft, namelijk dat hij religie bullshit vindt.

En die zware zwarte deken klinkt buitengewoon verontrustend.

Hierna verandert Jonathans handschrift aanzienlijk. Grotere letters, fellere halen en bij het schrijven heeft hij met zijn pen zo hard op het papier gedrukt dat hij er op sommige plekken zowat doorheen is gegaan.

Het is halftwee 's nachts, ik ben net thuis en het was een KUTAVOND. Ik mocht met Wanda mee naar de Avond van het Spannende Boek in de bibliotheek van Utrecht want daar was zij voor uitgenodigd omdat ze zelf bij de bibliotheek werkt. We gingen met de trein en er waren allemaal schrijvers en uitgevers maar ook mensen die gewoon een entreekaartje hadden gekocht en er waren overal in het gebouw lezingen en workshops en we liepen daar eerst heel lang rond zonder te beslissen wat we gingen doen maar we vonden het ook leuk om het gebouw te zien want dat is heel mooi. Uiteindelijk hebben we wel een paar dingen bijgewoond en ook de prijsuitreikingen en Wanda kende wat mensen en toen ze met hen ging praten bleef ik een beetje op afstand omdat ik me niet wilde opdringen maar ook omdat ik niet wist wat ik dan moest zeggen, maar later vroeg Wanda waarom ik er niet bij was gekomen want dan had ze me kunnen voorstellen en ik had het idee dat ze het een beetje raar van me vond en daarom werd ik boos op mezelf want ik vind het in dat soort situaties altijd moeilijk, dus dan ontmoet ik maar liever geen mensen, of in ieder geval geen nieuwe.

Buiten vroeg ik aan Wanda of ze een leuke avond had gehad en toen zei ze dat ze het moeilijk vond omdat ik zo'n aparte energie had. Ik vroeg hoe ze dat bedoelde en ~~zei zij~~ zij zei: 'Je zei bijna niks en je liep steeds maar zo ongeïnteresseerd rond en je was zo afstandelijk.' Ik had inderdaad een beetje gedaan alsof ik het allemaal niet zo boeiend vond, ik weet ook niet waarom. Ik zei sorry tegen haar en ik zei ook dat ik het ingewikkeld vond en zij vroeg: 'Wat vind je ingewikkeld?' en ik zei: 'Onze gevoelens' en toen keek ze me aan en ze lachte niet en dat vond ik een slecht teken en toen zei ze dat er geen gevoelens tussen ons waren, ja vriendschap, maar ze dacht dat ik iets anders bedoelde en ik van: 'Nee hoor, ik bedoel ook vriendschap' en zij van: 'O, gelukkig' en ik weer: 'Maar ik heb niet zoveel vrienden dus ik vind dat soms ingewikkeld' en toen lachte ze en zei ze dat ze het fijn vond dat ik dat eerlijk zei omdat dat heel belangrijk is in een vriendschap. Ik lachte zo'n beetje en zij zei dat ze blij was dat we het er even over gehad hadden en ze wilde naar Utrecht Centraal lopen, maar ik kon ineens niet meer, ik kon niet meer naast haar lopen en verder praten alsof er niks aan de hand was want dat voelde ineens heel nep, omdat ze niet wist wat ik ECHT dacht.

Ik zei dat ik niet mee terugging en zij was verbaasd en ik zei dat ik in Utrecht nog iemand ging opzoeken die ik kende, dus dat ik nog even in de stad bleef en zij was teleurgesteld, dat zag ik, of misschien vond ze het weer een beetje 'apart', ik zei dat ik die vriend al heel lang niet had gezien en dat hij maar bleef vragen wanneer ik nou eens kwam om naar zijn nieuwe huis te kijken. En zei zij 'Oké' en ik ook van 'Oké' en 'Bedankt voor de leuke avond' en zij: 'Ja, ik zie je wel weer' en ik: 'Joe' en ik maakte expres geen aanstalten om haar op de wang te kussen, ik stak mijn hand in mijn broekzak en met de andere hand zwaaide ik als iemand die de weg weet in andere steden. Ze zei nog een keer 'Dag' en toen liep ze weg en ik liep ook weg, de andere kant op en ik keek expres niet meer om, ik liep zelfs een beetje hard, want als zij dan om zou kijken zou ze denken dat ik alweer met andere dingen bezig was.

Ik wist niet waar ik was en ik wilde eigenlijk ook naar de trein om naar huis te gaan maar ik wilde wachten tot Wanda weg zou zijn want als ik haar op het station weer zou zien zou dat suf zijn. Dus ik bleef lopen en het was druk overal en ik had dorst maar ik wilde niet ergens alleen naar binnen gaan, en toen liep ik ineens in een rustige straat maar toch liep ik door, want ik wilde niet stilstaan. Soms keek ik naar de nummers alsof ik het juiste huis zocht, dus ik speelde mijn rol wel DOOR, en na heel lang lopen kwam ik bij een station, maar het was een ander station en ik liep naar binnen maar er was niemand want het was al laat en er reden alleen een paar stoptreinen, dus toen ben ik in de stoptrein gestapt die naar Utrecht Centraal ging en toen ik daar kwam dacht ik niet dat Wanda daar nog zou zijn maar toch keek ik steeds om me heen en ik dacht: als ik haar zie zeg ik gewoon dat die vriend niet thuis was.

Ik stond daar te wachten op de trein naar huis en dat duurde lang en het werd steeds stiller op het perron en ik ging zitten want ik was moe en toen werd het zwart in mijn hoofd en ik wist al die tijd al dat dat zou gebeuren, daarom moest ik in beweging blijven, maar nu kwam het toch en ik werd kwaad op Wanda want ze had me alleen maar meegevraagd uit MEDELIJDEN. Ik begon over het perron heen en weer te lopen en toen de trein eindelijk kwam ging ik alleen in een coupé zitten en dat zag er triest uit omdat ik met mijn hoofd tegen het raam leunde. Dit was ook een stoptrein en de trein stopte en er kwam een meisje de coupé binnen en ze keek me niet aan terwijl ze langs me liep en ze ging een paar rijen verderop zitten en heel hard zitten bellen. Haar mobiel stond op speaker dus ik kon alles horen en het was zo'n DOM gesprek maar zij trok zich er niks van aan dat er nog iemand in de coupé zat die alles kon horen en toen dacht ik dat corona helemaal niets veranderd had en dat iedereen weer dom deed en aan zichzelf dacht. Toen ben ik opgestaan en naar dat meisje toe gelopen en ze schrok toen ze zag dat ik voor haar stond en ik zei: 'Er zitten nog meer mensen in deze trein, dus misschien kan het iets zachter?' en ze keek mij aan en ze had heel lange nagels (nep!) en ze zei dat ik me met mijn eigen zaken moest bemoeien en toen greep hij haar bij haar keel en kneep haar strot dicht en sloeg haar keihard met zijn vuist in haar gezicht tot haar *tanden uit haar mond vlogen en hij stompte haar in haar buik en schopte tegen haar hoofd tot ze om genade smeekte en toen gaf hij haar de laatste doodschop tot haar hersenen naar buiten kwamen en dat was haar les.*

Ik schudde alleen maar mijn hoofd om zoveel domheid omdat ik niet wist wat ik verder moest zeggen en zij ging gewoon verder met heel hard bellen en ik liep naar een andere coupé.

Toen ik net naar huis liep dacht ik wat ik nog meer met haar had willen doen, zoals Patrick Bateman in American Psycho doet met Bethany met dat spijkerpistool en met Christie met die combinatietang en die accu.

Cees knijpt zijn ogen dicht. Hij heeft *American Psycho* nooit gelezen, maar hij kent de reputatie van het boek vanwege de gruwelijkheden die erin beschreven worden. Blijkbaar heeft het boek indruk op Jonathan gemaakt, als hij er nu al voor de tweede keer aan refereert. Als de tijd hem niet op de hielen zat, zou Cees het nu gaan lezen om beter grip te krijgen op de macabere gedachten van Jonathan Odijk en op het excessieve geweld waar hij zich door aangetrokken voelt, al wordt dat ook uit de teksten van Jonathan zelf steeds duidelijker.

Waartoe is Jonathan in staat als zijn fantasie zo met hem op de loop gaat dat hij nu al voor de tweede keer over zichzelf schrijft in de derde persoon? Als in een filmscène, waarin hij zichzelf als de held ziet die het meisje krijgt of waarin hij zijn frustraties met brute kracht botviert op wie hem kwaad maakt. Wat zegt het dat hij min of meer buiten zichzelf treedt en hele scenario's verzint als alternatieve realiteiten?

Cees voelt opnieuw de behoefte aan een expert, maar wat hij leest lijkt hem te wijzen op een gespleten persoonlijkheid, op een vage grens tussen waan en werkelijkheid en op gevaar voor iedereen in Jonathans omgeving.

Hij leest verder.

Vr. 08/07/'22

Gisteravond hadden we leesclub over Het Parfum en ik heb niet 'afstandelijk' gedaan, maar juist heel 'geïnteresseerd' en toen we met z'n allen moesten lachen heb ik even mijn hand op Wanda's arm gelegd en zij trok hem niet terug. Later moesten we nog een keer lachen maar toen lachte ik te hard, ik hoorde het zelf, dat het nep klonk, dat heb ik vaker, en dan vraag ik me af wat er mis is met mij.

Soms wil ik het liefst voor altijd naar een plek waar geen mensen zijn, naar de top van een berg of diep in de bossen, maar dat heeft geen zin want wat in mijn hoofd zit reist toch altijd met me mee.

Wo. 10/08/'22

Ik ben steeds banger voor wat er in de wereld gebeurt en daar wil ik met Wanda over praten, maar vanmiddag zei ze in de bieb dat ze niet iedere keer dat ik kom met me kan praten omdat ze aan het werk is. Ze zei het aardig en ik reageerde 'begripvol' maar vanbinnen wilde ik alleen maar dat ze zou luisteren en zou zeggen dat het goedkomt, want nu geloof ik dat niet en word ik alleen maar banger want de domme mensen maken de wereld kapot, maar dat kan ik dus niet tegen haar zeggen als ze aan het werk is en ze wilde me ook niet haar nieuwe nummer geven. Maar nu kan ik het nergens KWIJT behalve als ik bid maar dan wordt er niks teruggezegd dus dat helpt NIKS en nu heb ik het gevoel dat ik bij Wanda niet meer kan zijn wie ik wil zijn omdat ze me anders niet meer wil zien en ik weet niet wat erger is: haar niet meer zien of mezelf niet zijn.

Ma. 24/10/'22

Vandaag heb ik een vrouw geholpen die van haar fiets was gevallen omdat ze werd afgesneden door een andere fietser. Ik zei tegen die man dat hij beter uit had moeten kijken en die vrouw bedankte me omdat ik het voor haar had opgenomen en dat voelde fijn.

Ik zou willen dat er vaker dat soort momenten waren maar dat kun je niet regelen, dan moet er eerst iets gebeuren en voordat er iets gebeurt moeten er oorzaken zijn die gevolgen hebben want dan pas ontstaat toeval.

Ik denk er vaak over dat mijn moeder door mijn vader in elkaar wordt geslagen en dat ik er dan tussenspring en dat ik mijn vader bij zijn strot grijp en tegen hem zeg dat het de laatste keer is dat hij haar heeft geslagen omdat ik hem de volgende keer verrot trap en soms fantaseer ik ook dat ik dat doe en dat hij doodsbang voor me is en in zijn broek piest en dat ik hem het huis uit jaag en dat we hem nooit meer terugzien, maar ik heb dat allemaal nooit gedaan.

Wo. 23/11/'22

Ik ben heel boos geworden op iemand van het uwv bij wie ik langs moest komen voor mijn uitkering. Ik begreep niet wat er niet klopte en die vrouw legde het wel uit, maar ik snapte het nog steeds niet en ze werd ongeduldig en toen werd ik zo woest dat ik best wel erge dingen heb gezegd die ik hier niet ga opschrijven, maar ik had wel gelijk. Mensen met macht nemen je vaak niet serieus, terwijl ze ook gewoon NORMAAL kunnen doen. Later heb ik wel mijn excuses aangeboden want wat ik zei was echt heel erg en ik heb ook een stoel omgegooid.

Corona heeft NIETS veranderd, alles is weer zoals altijd, de files zijn weer net zo lang, en nu is het ook oorlog in Oekraïne en waarom kunnen mensen het niet met elkaar EENS zijn, waarom moeten de DOMME mensen het altijd ONEENS zijn terwijl ze zeggen dat zij GELIJK hebben wat dus NIET ZO IS.

Ik hoop dat er aliens bestaan en dat ze op een dag hierheen komen, niet om ons aan te vallen, maar om ons te helpen alles op te lossen.

Cees leest nu bijna sneller dan zijn ogen bij kunnen houden. Het is niet alleen verbijstering, het is ook fascinatie en hij moet zichzelf voorhouden gefocust te blijven op de vier dingen waar hij naar zoekt: zelfmoord, schuilplaats, Vincent, nieuwe moord.

Hij draait zijn nek omdat hij te lang in één houding heeft gezeten, wisselt het schrift van 2022 om met dat van 2023 en slaat het open. Eerst veel witte pagina's en bladzijden met tekeningen. De eerste tekst staat pas halverwege het schrift.

Do. 27/04/'23

Vandaag was het Koningsdag en ik word altijd depressief als iedereen zo vrolijk doet en alles oranje is, net als met voetbal.

In 2009 was er een aanslag in Apeldoorn met een auto die de bus van de koninklijke familie probeerde te rammen. Ik weet niet wie de man was die achter het stuur zat, zijn naam is nooit bekendgemaakt, terwijl hij dat misschien wel wilde, dus dat maakt het eigenlijk mislukt.

Al die mensen met die geverfde gezichten en die petjes en pruiken die me vandaag voorbijliepen wisten niet wat ik allemaal dacht en ik vraag me af wat ze zouden doen als ze WEL wisten wat ik dacht. Dan zouden ze wegrennen en denken dat daar net zo iemand liep als Anders Breivik, maar dan erger.

De leukste Koninginnedag was toen ik vijf was en ik met m'n moeder naar de vrijmarkt ging en ik die Playmobil-poppetjes zag die ik van haar mocht hebben, ze waren twee gulden en m'n moeder ging afdingen bij dat kleine meisje en we kregen ze voor vijftig cent en ik had nog nooit een cadeau van mijn moeder gehad.

Di. 02/05/'23

Als ik teruglees wat ik vorige week heb geschreven op Koningsdag dan schrik ik daarvan. Ik ben bij de huisarts geweest en ik heb verteld dat ik niet goed in mijn vel zit en dat het niet goed met me gaat in mijn hoofd, hij zei dat ik extra rust moest nemen, net als de vorige keer, maar toen hielp dat ook niet en nu vroeg ik een doorverwijzing naar de ggz en die heb ik gekregen en gisteren heb ik gebeld maar ik kreeg niemand te pakken. Vandaag heb ik het weer geprobeerd en nu sprak ik iemand die zei dat er een wachtlijst is en dat het pas over drie maanden kan, maar ik weet niet hoe ik mij DAN voel, ik weet alleen hoe ik mij NU voel en dus wil ik NU met iemand praten omdat ik denk dat ik dat NU zou kunnen en niet over drie maanden pas, dus ik heb gezegd 'Ik kijk het nog wel even aan' en toen heb ik opgehangen, maar daarna werd ik echt woedend en ik wilde naar het winkelcentrum en om me heen gaan schieten, zoals toen is gebeurd in Alphen aan den Rijn, zodat ze spijt zouden hebben dat ze me niet geholpen hadden. Maar ik heb dat niet gedaan want ik heb helemaal geen wapen en als je zoiets doet moet je wel een echt wapen hebben en echt mensen doden, want als het fake is ben je alleen maar zielig.

Ik lees nu To Kill a Mockingbird en dat maakt me ook kwaad vanwege die jury die die zwarte man veroordeelt terwijl ze weten dat hij onschuldig is, maar Scout is een geweldig personage, omdat ze nog een kind is en zo onschuldig. En hoe ze haar vader beschermt tegen de Ku Klux Klan! (Scout zou nooit in een winkelcentrum om zich heen gaan schieten)

Cees staat met het schrift in zijn handen op van de bank.

Jezus Christus.

Hij heeft behoefte zijn vrouw en dochter te bellen om te zeggen dat ze binnen moeten blijven, geen boodschappen moeten doen, nergens heen moeten gaan totdat ze deze gast te pakken hebben.

Hij gaat bij het raam staan en slaat de bladzijde om.

Za. 13/05/'23

Vanavond heb ik door de stad gelopen en toen ik naar binnen keek bij de eettentjes op het plein zag ik allemaal stelletjes, de meeste zo ongeveer van mijn leeftijd of iets ouder.

Thuis heb ik zitten fantaseren dat ik met Wanda in een restaurant zat en ik heb haar van alles verteld en dat voelde goed want ze luisterde en ze was ook onder de indruk, vooral toen ik geëmotioneerd raakte toen ik vertelde over vroeger en toen moest zij ook een beetje huilen en pakte ze over de tafel mijn hand vast.

Zo. 14/05/'23

Ik ben vanmiddag naar het hoerenstraatje gefietst bij de haven, ik had daar al twee keer een meisje gezien bij het pand op de hoek. De eerste keer zat ze daar achter het raam, de tweede keer stond ze in de deuropening, waarschijnlijk omdat ze dan makkelijker contact kan maken met mannen, al lijkt dat me ook gevaarlijker.

De vorige keren zag ze er van een afstandje mooi en jong uit, maar toen ik vandaag dichter langs haar kwam (ze stond weer in de deuropening) vond ik haar minder mooi, ze was magerder en ouder, maar ze keek me lachend aan toen ik langsfietste en ze droeg een groen hemdje. Ik was nog nooit door het straatje gefietst, alleen erlangs, maar nu ging ik erin en deed ik alsof ik er doorheen fietste op weg naar iets anders en ik keek niet, alleen een beetje uit mijn ooghoeken, en aan de andere kant van de straat ben ik rustig verder gefietst en heb ik naar de boten bij de sluis gekeken alsof ik daarnaar op weg was geweest. Na een halfuur ben ik teruggegaan, weer door het straatje, meer op mijn gemak omdat ik het nu durfde en ik keek ook een beetje rond maar met een blik alsof ik het wel 'interessant' vond wat daar gebeurde.

Ik fietste weer langs het meisje op de hoek, ze stond daar nog steeds en eerst zag ze me niet, maar toen keek ze en lachte ze weer, misschien omdat ze dacht dat ik voor haar terug was gekomen en ik stopte langs de stoeprand en ik zei 'Hoi' en ~~zij zei zei zij~~ zij zei 'Hoi' terug en ze deed een paar stappen naar me toe en ze vroeg: 'Ben je lekker aan het fietsen?' en ik zei: 'Ja, lekker weertje' en toen vroeg ze 'Heb je zin om binnen te komen?' en ik zei dat ik dat misschien wel wilde maar dat het voor mij de eerste keer was en dat ik benieuwd was wat het kostte en zo. Ze zei honderd euro en ik zei dat ik honderd euro oké vond en ze zei 'Kom je dan mee naar binnen?' en ik zei 'Ja'. Ik zette mijn fiets neer, maar er was geen rek, dus ik zette hem gewoon op de standaard. In het gangetje vroeg ze hoe ik heette en ik zei 'Johan en jij?' en ~~zei zij~~ zij zei dat ze Gina heette en ze deed de voordeur dicht. Het rook een beetje muf in het gangetje en als ze het kamertje binnenkomen ziet hij hoe mooi en jong ze is, dit is hun huis, ze wonen hier, en ze kleedt zich voor hem uit alsof dat heel normaal is en hij kleedt zich ook uit en dan trekt ze hem mee naar het bed en daar is alles zacht en licht en ze zoenen en hij voelt overal haar blote huid die glanst en ze lacht en ze gaat op hem zitten en ze brengt hem bij haar naar binnen en het lijkt of ze voor elkaar gemaakt zijn want het past precies en hij ziet haar strakke buik en haar borsten die prachtig zijn en hij pakt ze met zijn handen vast en zij glimlacht naar hem en hij glimlacht terug en dan ligt hij boven op haar en gaat hij diep in haar en zij kreunt en dat klinkt echt en niet nep en ze kronkelt een beetje en dan komen ze tegelijk klaar en ze zoenen en ze schokken nog na.

Toen ze haar groene hemdje uittrok had ze er geen bh onder en haar borsten waren een beetje plat en haar buik was slap en het rook zurig in dat kamertje en ze vroeg of ik me uit wilde kleden en me even wilde wassen en ze wees naar een hoek met een wasbak met versleten handdoekjes ernaast en ik dacht ineens dat ik geen cash had en alleen maar mijn pinpas en dat er ook te weinig op mijn rekening stond en dat ik dit helemaal niet van plan was geweest maar dat ze naar me gelachen had. Ik dacht dat mijn fiets om zou waaien en ik keek naar haar en haar haar was dun en ze was heel wit en ik zag haar aderen en ik moest aan mijn moeder denken. Ik was bang dat als ik in haar zou gaan ze dan mijn pik op zou eten of dat ze me helemáál op zou eten en dat ik dan zou veranderen. Maar ik wil niet veranderen en zeker niet als dat komt door iemand anders, zoals door mijn moeder of door Wanda, ik wil mezelf blijven en ik zag dat 'Gina' haar nagels had gelakt, ook van haar tenen die ik kon zien omdat ze slippers droeg, maar de lak was helemaal uitgegroeid en het zag er heel ONVERZORGD uit en ineens vond ik alles vies, de vloerbedekking, de handdoekjes, het bed, de lucht en 'Gina'. Ik wilde weg en ik zei 'Sorry, ik moet weg' en zij vroeg waar ik dan heen moest en ik zei dat dit een vergissing was. Ik liep naar het gangetje en zij riep 'Maar we hebben een afspraak!' en ik zei nog een keer 'Sorry'. Ik deed de voordeur open en zij kwam achter me aan en ze riep 'Klootzak, kom terug, je moet me betalen' en ik voelde dat ik kwaad werd en ik draaide me om en haar gezicht was veranderd en ik voelde me verraden omdat haar glimlach op straat nep was geweest om me binnen te lokken en nu zag ik het ware gezicht van 'Gina'.

Hij zegt dat ze een vieze hoer is en hij slaat haar met de achterkant van zijn hand tegen haar wang en zij valt achterover de gang in en hij schopt haar totdat het overal bloedt en ze bijna dood is.

Ik zei nog een keer 'Sorry' en ik rende naar buiten en zij schold me na en ik pakte mijn fiets die ik niet eens op slot had gezet en ik fietste weg en ik was blij dat ik het niet had gedaan, want een man hoeft een vrouw niet te gebruiken omdat een echte man kan géven, maar ik wilde het gewoon een keer gedaan hebben, maar nu schaam ik me voor hoe het is gegaan en dat is niet fijn want als ik me schaam wordt het zwart.

Cees grijpt opnieuw zijn telefoon, belt Faye en vertelt in het kort wat Jonathan over de ontmoeting met 'Gina' heeft geschreven. 'Dat meisje moet ook gecheckt worden,' zegt hij.

'Ik krijg net bericht over die Danny, die pestkop,' zegt Faye. 'We weten welke Danny dat geweest is, hij woont al jaren in Dubai en daar is hij nu ook.'

'Oké, maar we moeten er nog steeds rekening mee houden dat Jonathan mensen uit de weg wil ruimen die hem voor zijn gevoel hebben verraden of in de steek hebben gelaten. Dan zou dat meisje een volgend slachtoffer kunnen zijn.' Hij noemt vervolgens ook het gesprek dat Jonathan heeft beschreven met de medewerkster van het UWV. 'Ik wil weten of allebei die vrouwen in orde zijn.'

'Ga ik achteraan,' zegt Faye. 'De naam en foto van Jonathan Odijk zijn trouwens vrijgegeven met de oproep naar hem uit te kijken.'

'Wordt vermeld dat hij een vuurwapen bij zich kan hebben?'

'Uiteraard. En dat mensen niet zelf actie moeten ondernemen als ze hem zien maar 112 moeten bellen.'

'Faye...'

'Ja?'

'Ik heb het gevoel dat het ook ongericht kan zijn.'

'Wat bedoel je?'

'Dat hij zomaar ergens op kan duiken waar hij om zich heen gaat schieten. De teksten die hij schrijft... Het is niet ondenkbaar dat hij een bloedbad aan gaat richten.'

'Fuck.'

'Ik denk dat Holm contact moet leggen met de NCTV.'

'Ik breng hem op de hoogte.'

'Spreek je later.'

Cees gaat weer op de bank zitten, slaat het schrift open en leest verder waar hij gebleven was. Tot zijn verbazing zijn de tekeningetjes bij Jonathans volgende tekst ineens vrolijker. Op een hoek van de pagina staan een zonnetje en sterren.

Vr. 23/06/'23

Ik ben geslaagd voor mijn zrz! Mijn ehbo en Reanimatie had ik al in mei gehaald, dus nu mag ik beginnen in het zwembad en als er wat gebeurt weet ik wat ik moet doen en misschien red ik op een dag wel het leven van iemand.

Di. 27/06/'23

Een DEBIEL heeft met een sleutel zijn naam en die van zijn verloofde in een muur van het Colosseum gekrast. Hij wilde iets nalaten, net zoiets als 'I was here', dat willen we allemaal, maar als je het op zo'n manier doet ben je DOM.

Een tijdje terug heeft een man een kassière neergestoken in een ah. Dat was geen actie om de wereld beter te maken, het was persoonlijk en dus EGOÏSTISCH en daarom is die dader nog steeds NIEMAND.

Je bent niet automatisch een gek als je in actie komt. Als je gedrag wilt veranderen moet je belonen, maar ook beboeten. En alles begint met een besef. Met een idee, met woorden.

Cees wrijft in zijn ogen. Wat is dit voor theorie? Voor filosofie? Waar heeft Jonathan dit in vredesnaam allemaal vandaan? Cees voelt de tijd steeds sneller tikken.

Vr. 25/08/'23

Vandaag was er een jochie met zijn moeder in het zwembad. Hij durfde niet in het diepe gedeelte te springen en ik hielp hem en dat vond die moeder leuk, en het lukte, dat joch sprong een paar keer achter elkaar. Maar toen probeerde ik hem te helpen om te duiken en hield ik hem bij zijn middel vast zodat hij goed met zijn armen naar voren kon buigen en toen zei die moeder dat dat niet hoefde omdat hij daar nog niet aan toe was. Ik voelde dat ze niet wilde dat ik haar kind aanraakte en ik werd boos omdat ze waarschijnlijk dacht dat ik een PEDO ben, maar ik wilde dat jongetje alleen maar helpen. Ik ben heel rustig gebleven en ik zei heel vriendelijk 'Natuurlijk, dat hij nu durft te springen is al heel wat' en dat vond zij ook, maar ze nam hem toch mee naar het andere bad. Ik voelde dat ze me raar vond terwijl ik niks raars had gedaan. Later zei Maartje dat ik alleen maar toezicht moest houden en dat ik niet mocht begeleiden bij het zwemmen want ik was NIET BEVOEGD om zwemles te geven. Waarschijnlijk had die moeder er tegen Maartje iets over gezegd en thuis haatte ik die vrouw. Hij houdt haar vast op een tafel en legt een doek over haar neus en mond waar hij water overheen giet, ze spartelt totdat ze bijna stikt, dan haalt hij de doek weg, zij haalt gierend adem, maar dan doet hij het opnieuw net zo lang tot ze dood wil.

Dat joch kan er niks aan doen en het is triest dat hij nu nog zo onschuldig is maar later net zo wordt als zijn moeder. Want zo werkt het: domme ouders krijgen domme kinderen die later zelf weer domme ouders worden. Dat zegt Vincent ook.

Cees veert omhoog.

Vincent.

Vanuit het niets.

Nergens iets over hoe Jonathan deze Vincent heeft leren kennen of wie het is. Cees weet zeker dat hij er niet overheen heeft gelezen, gefocust als hij is op die naam, ook als hij pagina's scant.

Waar komt deze Vincent ineens vandaan, in augustus van dit jaar, nog geen anderhalve maand geleden?

Hij belt opnieuw met Faye.

'Al iets over Vincent?' vraagt hij haar.

'Nope. Geen collega van het zwembad, niemand bij hem in de wijk, niemand in zijn omgeving die zo heet. Jij?'

'Ik kom de naam nu voor het eerst tegen, maar nog geen bruikbare aanwijzing. Laten we kijken of er in de omgeving van Wanda Wieland een Vincent voorkomt.'

'Goed idee. Ik laat 't je weten.'

Cees drukt haar weg zonder nog iets te zeggen.

Wo. 30/08/'23

Wanda komt ook zwemmen heeft ze gezegd en ze vroeg wanneer ik werkte omdat ze dan juist wil komen als ik er ben, denk ik. Soms doe ik net of zij er al is en dat ze naar me kijkt terwijl ik toezicht hou en op mijn fluit blaas vanwege een gevaarlijke situatie.

Ik moet veel denken aan wat Vincent zegt over overbevolking en over ballast en ik denk dat hij gelijk heeft. Corona was goed, maar niet goed genoeg, we moeten nog verder uitgedund. Iedereen sterft toch, dus wat maakt het uit als levens verkort worden om de wereld beter te maken? Uiteindelijk doen die levens er niets toe, dat is alleen maar KORTE TERMIJN. Op de LANGE TERMIJN wordt de planeet beter van minder mensen. Soms kijk ik naar de kinderen in het zwembad en dan denk ik dat het helemaal niet moeilijk zou zijn om ze te verdrinken.

Ik doe nooit iemand kwaad en dat wil ik ook niet, maar misschien moet het toch, zodat het gaat zoals Vincent zegt en zodat mensen zien wie ik ECHT ben.

Waar spreken de onbekende 'Vincent' en Jonathan elkaar? En zijn daar nog meer mensen bij? Of vindt hun contact online plaats? En is er sprake van een gesprek of is Jonathan enkel toehoorder van Vincents woorden? Heeft Vincent iets gepubliceerd wat door Jonathan wordt gelezen? Dan flitst het door Cees' hoofd.

Wat als 'Vincent' niet bestaat?

Wat als het een fictief karakter is, net als Holden Caulfield en Patrick Bateman en Heathcliff? Is Jonathan geïnspireerd geraakt door een personage, net zoals de moordenaar van John Lennon? Beschouwt Jonathan een verhaal met daarin een Vincent als zijn pamflet?

Cees pakt zijn telefoon en googelt op 'Vincent' en 'wereldliteratuur', wat vooral resultaten oplevert die naar Vincent van Gogh verwijzen. Hij zoekt op 'Vincent' en 'personage' en komt erachter dat meerdere personages in Nederlandse en Belgische soapseries zo heten.

Hij googelt op 'Vincent' en 'fictional character' en komt zowaar op een site met een hele lijst van fictieve Vincents met bovenaan Vincent Vega uit *Pulp Fiction*, daaronder Vincent Valentine uit één of andere videogame, gevolgd door Vincent

Corleone uit *The Godfather*. Die eerste en die laatste zouden een optie kunnen zijn, al heeft Cees het idee dat hij het moet zoeken in de literatuur en niet in films. *The Godfather* is gebaseerd op een boek, *Pulp Fiction* niet, ontdekt hij.

Cees is niet van deze resultaten overtuigd. Zeker omdat hij geen van deze Vincents, voor zover hij ze kent, associeert met uitspraken over kinderen en overbevolking.

Dan zou Vincent toch een persoon van vlees en bloed moeten zijn. Iemand in wie Jonathan een zielsverwant ziet. Iemand die hij volgt. Maar waar en hoe?

Cees leest verder.

Di. 12/09/'23

Er was weer een actie op de a12 en daar had ik het over met Remco in het zwembad toen we ons aan het omkleden waren. Ik zei dat die acties allemaal niet helpen omdat het mensen alleen maar boos maakt en dat was hij met me eens. Ik zei dat het alleen maar averechts werkt, net als die acties in musea als ze schilderijen besmeuren of zich eraan vastplakken, want wat hebben die schilderijen er nou mee te maken? Cultuur en kunst moet je beschermen, dus het heeft helemaal geen IMPACT. Dat zei ik allemaal tegen Remco en hij luisterde naar me en hij zei dat hij het met me eens was. Toen zei ik dat je je rechtstreeks op de vervuilers moet richten, zoals Extinction Rebellion eind vorig jaar toen ze het vliegverkeer van privéjets op Schiphol blokkeerden. Remco ging helemaal mee in mijn verhaal en toen zei ik dat je nog veel verder kunt gaan en mensen ter verantwoording moet roepen bij banken die alleen maar geld verdienen over de ruggen van arme mensen en het klimaat verpesten en dat je die zou moeten gijzelen of dood zou moeten schieten, maar toen zei Remco dat hij aan het werk moest dus we hebben ons gesprek niet af *kunnen maken helaas.*

Soms wou ik dat ik het over deze dingen kon hebben met mijn moeder, ik probeer soms contact te krijgen, maar dan reageert ze niet. Ik hou nog steeds van haar, ook al was het soms moeilijk vroeger. Aan sommige dingen wil ik eigenlijk niet meer terugdenken, maar dan denk ik ze toch.

Toen ik vijftien was wilde ik met Wanda naar de kermis, dat had ze gevraagd en ik had nog wat geld, maar toen ik wilde gaan vroeg mijn moeder waar ik heen ging en toen ik vertelde dat ik naar de kermis ging moest ze lachen en vroeg ze of ik het een goed idee vond om in mijn eentje naar de kermis te gaan. Ik zei dat ik met iemand ging en mijn moeder vroeg met wie en toen zei ik 'Met mijn vriendin' en toen moest ze nog harder lachen en ze geloofde het niet, maar ik zei dat ze Wanda heette en dat we verkering hadden. Ik denk dat ze me toen wel geloofde want ze lachte niet meer en ze zei dat ze dat niet wilde hebben, ik moest thuisblijven want ze had een moeilijke dag. Ik zei dat ik toch ging. Ik weigerde nooit als mijn moeder iets vroeg, maar deze keer wel en ik zag dat ze daarvan opkeek en ze zei: 'Jij blijft hier, je gaat niet met een sletje naar de kermis'. Ik werd kwaad en ik zei dat Wanda geen sletje was maar mijn VRIENDIN. Mijn moeder moest weer lachen, ik wilde weggaan maar ze ging voor me staan, blokkeerde de voordeur en zei dat ik dat sletje maar snel uit mijn hoofd moest zetten. Ik wilde haar opzij duwen en we begonnen te vechten en ik werd steeds bozer en toen heb ik haar geslagen. Ze begon te huilen, ze zakte op de grond en de weg naar buiten was vrij maar ik begon haar te troosten. Zij zei dat ik maar weg moest gaan naar die slet, maar dat ik dan nooit meer terug hoefde te komen. Ik wist dat ik haar had gekwetst dus ik ben bij haar gebleven en ik heb haar in bed gelegd. Ik ben bij haar gaan liggen en toen kwam ze boven op mij en later heb ik tegen Wanda gezegd dat ik me die middag niet lekker voelde.

Dat mijn moeder geen contact meer wil begrijp ik wel want ik heb haar toch teleurgesteld in dingen.

Wo. 13/09/'23

Het scheelt een heleboel CO2 als een kind niet geboren wordt. Vincent heeft dat uitgerekend, met doorrekening vanwege de generaties die er daarna dan ook niet zullen zijn. Eigenlijk moet je dus zwangere vrouwen doodschieten. Of baby's. Als je baby's of kinderen doodschiet veranderen ze niet in hun ouders en worden ze niet dom en blijven ze voor altijd onschuldig. En dan straf je die ouders en gaan ze het afleren om kinderen op de wereld te zetten.

Cees kijkt met een ruk op van het papier. Is Odijk van plan op een kraamafdeling om zich heen te gaan schieten? Moeten alle ziekenhuizen in de regio gealarmeerd worden?

Of een highschool shooting zoals in Amerika. Dan straf je de ouders, maar ook de kinderen zelf die al op hun ouders beginnen te lijken en zich niet voor anderen interesseren en anderen buitensluiten, dus daarmee geef je een SIGNAAL af en gaan de overgebleven kinderen hun gedrag aanpassen.

Die daders in Amerika zijn gestoorde gekken die niet de baas zijn over hun eigen gedachten. Maar dat ben ik wel want ik heb een hoger DOEL, het doel waar het in De val over gaat. Als ik het op mijn oude school doe kan ik opnieuw beginnen en iemand ZIJN, ook al doe ik het niet voor mezelf zoals die schutters in Amerika.

Cees is al halverwege het lezen van die laatste zin opgesprongen. Hij leest verder terwijl hij met snelle passen naar de lift loopt.

Jonathan schrijft in een paar zinnen hoe hij op het darkweb een wapen en kogels aanschaft met geld dat hij extra heeft verdiend in het zwembad en hoe hij zijn bestelling op een middag in Rotterdam gaat ophalen.

In de lift slaat Cees de volgende bladzijde om.

Zo. 24/09/'23

Vandaag ben ik bij Wanda in haar tuin geweest, ik had gezegd dat ik het leuk vond om die een keer te zien en toen had ze me uitgenodigd. Ze liet het trots zien en ik vond het wel leuk maar niet heel bijzonder, ik wilde alleen maar met haar praten, niet over mijn gevoelens voor haar, want dat heeft geen zin, maar over hoe het met me gaat. Ik wil iemand erover vertellen, om het te stoppen en om mij tegen te houden, iemand die mij begrijpt. Ik vertelde Wanda dat ik mij niet goed voel en ze zei dat ik wat vaker naar buiten moet en dat ik meer moet bewegen en ze vroeg of ik wel goed at en ze had het over mijn werk, dat ik het toch naar mijn zin had in het zwembad? Ik zei 'Gaat wel', maar dat het toch vaak zwart wordt in mijn hoofd en ze zei dat ik doelen moest stellen en dat ik alles kan bereiken wat ik wil, als ik het maar echt WIL, want zo werkt de menselijke geest, dat is een heel wonderlijk iets zei ze: als je eenmaal een koers hebt bepaald kan niets je meer tegenhouden. En ik dacht dat ze gelijk had en dat ik mijn koers al had bepaald en dat ik dus moest doorzetten met mijn plan.

Wanda was helemaal blij toen er een roodborstje in het vogelbadje kwam zitten. Ze zei dat het rond deze tijd van het jaar vooral mannetjes zijn die door de rui zijn en hier overwinteren. De vrouwtjes en jonge vogels trekken meestal naar Spanje of Zuid-Engeland, dus zijn ze vaak alleen, ook omdat ze hun prooi besluipen en hem pakken met een verrassingsaanval en daar kunnen *ze geen andere vogels bij gebruiken. Het roodborstje in het vogelbadje begon te zingen en Wanda hield even mijn arm vast om er in stilte naar te luisteren. Toen was ik nog meer verliefd op haar.*

Za. 30/09/'23

Vandaag was dat jongetje in het zwembad er weer met zijn moeder en ze deed nu weer gewoon tegen me en ik heb het jongetje niet aangeraakt en hij liet mij heel trots zien hoe hij in het diepe kon springen en zijn moeder zei dat ik hem dat had geleerd en ik dacht dat alles goed zou komen en dat ik het niet moest doen, maar 's avonds werd het toch weer zwart in mijn hoofd toen ik las dat er meet meer bosbranden zijn dan ooit en ik ben nu helemaal koud omdat ik naakt op de grond in de badkamer heb gelegen en morgen ga ik oefenen met schieten in de duinen en maandag ga ik het doen.

Terwijl hij de lift uit stormt en de gang door rent naar de kamer waar Faye zit, komt Cees bij het laatste wat Jonathan geschreven heeft, het gedeelte dat hij al eerder heeft gelezen toen hij in de woning van Odijk stond en waarin Jonathan over het oefenen met schieten in de duinen schrijft.

Dan rent Cees de kamer van Faye binnen.

Een halfuur later is de vroegere middelbare school van Jonathan Odijk geëvacueerd.

Leerlingen, docenten en ander personeel zijn eerst in verwarring over wat er gaande is, dan slaat de schrik toe als ze begrijpen aan welke dreiging ze zijn ontsnapt.

Er wordt hen gevraagd alles te vertellen wat ze weten over een mogelijke schutter en een mogelijke aanslag.

De conciërge, een man van in de zestig met bretels die zijn

forse buik in bedwang lijken te houden, weet zich iets te herinneren en Cees en Faye nemen hem apart in een kamer op het bureau.

'Het was vooral vreemd,' zegt hij. 'Afgelopen maandag, was het. Ik kom aanlopen en ik zie in de aula een man staan, of een jongeman eigenlijk, die ik niet kende. Dus ik vraag of ik hem ergens mee kan helpen. Hij droeg een zwarte jas en een zwarte pet. Ik zag dat hij van me schrok. Hij was behoorlijk nerveus. Hij zei dat hij hier vroeger op school had gezeten. Ik vroeg in welk jaar en hoe hij heette, want ik dacht dat ik hem dan misschien wel zou kennen. Maar hij gaf geen antwoord. Hij zei alleen maar dat het raar was om hier weer te zijn. Hij keek vreemd uit zijn ogen, vond ik. Alsof hij niet helemaal helder was.'

'Had hij iets bij zich?' vraagt Faye.

'Volgens mij niet. Hij had alleen die jas aan. Denkt u... dat hij daar een wapen onder had?'

Cees zegt dat ze niets zeker weten, dat Jonathan afgelopen maandag misschien alleen poolshoogte kwam nemen, maar dat zegt hij vooral om de conciërge gerust te stellen, want hij weet wat Jonathan diezelfde maandagochtend in zijn dagboek heeft geschreven.

'Wat gebeurde er daarna?' vraagt Faye.

De man krabt aan zijn wang. 'Hij stond even om zich heen te kijken en ik vroeg opnieuw zijn naam en toen keek hij me recht aan met een blik waar ik een beetje van schrok, alsof hij ineens geïrriteerd was.'

'En toen?' vraagt Cees.

'Toen niks. Hij bedankte me voor de gastvrijheid.'

'Voor de gastvrijheid?' vraagt Faye.

'Ja. Ik vond het ook een beetje gek klinken. Maar wel beleefd. En daarna liep hij weg.'

Cees haalt een foto uit zijn zak, een uitvergroting van de foto van Odijks paspoort. Hij schuift de kopie naar voren.

'Ja. Dat is 'm,' zegt de conciërge zodra hij de foto ziet.

'Heeft uw school een blauwe deur?' vraagt Cees.

'Een blauwe deur?'

'Ja. Is er ergens in uw gebouw een deur die blauw is?'

'Eh... ja, de kelderdeur, van de fietsenstalling het pand in. Die deur gebruiken bijna alle leerlingen en docenten.'

Cees en Faye kijken naar elkaar.

Als het buiten donker begint te worden zitten Cees en Faye achter hun bureaus.

De zoektocht naar Jonathan Odijk beheerst al een paar uur de media. Cees kan zich niet voorstellen dat er iemand in Nederland is die de foto van Odijk nog niet onder ogen heeft gehad. De Nationaal Coördinator Terrorismebestrijding en Veiligheid houdt verscherpt toezicht en het Openbaar Ministerie heeft twee uur geleden een beloning van 25.000 euro uitgeloofd voor de tip die tot de aanhouding van Odijk leidt.

Al snel daarna waren de eerste meldingen binnengekomen. Odijk was volgens getuigen gezien op het Centraal Station in Amsterdam, op een plein in Alkmaar, in een hotellobby in Wassenaar, verschillende taxichauffeurs meenden hem op straat gezien te hebben en een vrachtwagenchauffeur wist zeker dat hij Odijk had zien lopen bij een tankstation vlak bij de Duitse grens. Geen van die meldingen had iets opgeleverd en er was geen enkel overtuigend camerabeeld opgedoken.

Het grootste probleem volgens iedereen die aan de zaak werkt is dat Odijk een voorsprong heeft van bijna drie dagen, waardoor hij overal kan zijn, overal in Europa, of zelfs daarbuiten als hij slim is.

Die middag zijn ook het zwembad waar Jonathan werkte,

de bibliotheek waar hij kwam om Wanda te zien en het UWV-kantoor waar hij stennis heeft geschopt uit voorzorg gesloten. De prostituee die hij heeft bezocht is in veiligheid gebracht, tot grote woede van het meisje zelf, dat een schadevergoeding eiste vanwege de inkomsten die ze nu misliep.

Cees slaat met een hand op tafel. 'Met zo'n klopjacht,' zegt hij, 'is het toch te bespottelijk voor woorden dat hij niet ergens te zien is op camerabeelden?'

'Een camera is maar een domme sensor,' zegt Faye. 'Die registreert, meer niet. Het gaat om de herkenningssoftware en die is nog niet zover dat je alleen maar op een knop hoeft te drukken om iemand te vinden.'

Cees zucht. 'Hij houdt het nooit lang uit. Dat kan niet als praktisch iedereen die hij tegenkomt hem zal herkennen en hij niks bij zich heeft. En ik denk niet dat hij hulp heeft van iemand. Of bij iemand schuilt. Tenminste, niet bij iemand die hij kent. Die zijn we allemaal nagegaan, zelfs zijn collega's uit het zwembad en zijn directe buren. Al is er nog altijd de Vincent die we niet kennen. Maar zelfs als hij hulp heeft... loopt hij op een gegeven moment tegen de lamp. Kwestie van tijd. Alleen is dat het enige wat we niet hebben.'

'Denk jij,' zegt Faye, 'dat Odijk door dat gesprekje met die conciërge van zijn plan is afgehouden en dat het een haar gescheeld had of hij had die hele school ondersteboven geknald?'

'Daar lijkt het op,' zegt Cees. Hij bedenkt dat hij achteraf gelijk had dat de teksten in die schriften opbouwden naar iets anders dan de moord op Wanda. Al had hij in dit geval liever geen gelijk gehad. 'Misschien werd hij bang. Misschien kreeg hij weer een teken. Hoe dan ook, iets heeft hem er op het laatste moment van weerhouden.'

'En toen is hij naar Wanda Wieland in haar tuintje gegaan?' vraagt Faye.

'Dat kan bijna niet anders. Misschien wilde hij haar opnieuw om hulp vragen omdat hij voelde dat het misging in zijn hoofd. Schrok hij van hoe dicht hij bij een vreselijke daad was gekomen.'

'Waarom heeft hij haar dan neergeschoten?'

'Misschien zei ze het verkeerde? Of voelde hij zich opnieuw afgewezen? Ik weet het niet. Iets zal hem getriggerd hebben.'

'Als hij nog leeft, hoe groot acht jij dan de kans dat hij alsnog een aanslag pleegt?'

'Ik zou het niet durven zeggen. Maar al is die kans één procent, dan is 't al een enorm risico.'

'Op de plekken die het meest voor de hand liggen, die persoonlijk voor hem zijn, kan dat niet meer, die zijn allemaal dicht of staan onder surveillance.'

'Maar om zijn punt te maken kan hij elke willekeurige school nemen, of kraamafdeling, of zwembad, of bibliotheek, of winkelcentrum, of weet ik veel. Dan kunnen we het hele land wel sluiten. Dat zegt de NCTV ook. Het is een tikkende tijdbom die onvindbaar is. Bij zijn ouders zit hij niet. In zijn dagboek is geen enkele aanwijzing te vinden over waar hij zich schuil kan houden. Inmiddels is iedere zin uit die schriftjes door minstens drie collega's gelezen, we hebben niks gemist!'

Faye wordt gebeld, pakt haar mobiel van haar bureau en neemt het gesprek aan. 'Ja?'

Cees ziet hoe ze luistert en in de blik waarmee ze hem vervolgens recht aankijkt leest hij dat dit belangrijk is.

'We komen er nu aan.' Ze drukt het gesprek weg en staat op. 'We hebben een Vincent,' zegt ze.

Vincent Hulsman is rond de twintig en zit aan een tafel in het koffietentje op de hoek van de straat van Wanda Wieland.

Cees en Faye zitten tegenover hem en op hen drieën na is de zaak leeg.

'Ik had eigenlijk al af moeten sluiten,' zegt Vincent. Cees ziet dat de huid op het voorhoofd van de jongen is geschilferd en kan niet nalaten te denken hoe groot de kans is dat er van die schilfers in de koffie terechtkomen die hij serveert. 'Maar die agenten zeiden dat ik op jullie moest wachten.'

'Omdat we even met je willen praten,' zegt Faye.

'Waarover?' Vincent zit onderuitgezakt in zijn stoel, alsof hij niet onder de indruk is, maar dat is een pose ziet Cees aan de blik van de jongen die nerveus heen en weer schiet.

'Hoelang werk je hier al?' vraagt Faye.

'Een paar weken.'

'En ze vertrouwen je nu al zo dat je in je eentje mag afsluiten?'

'Dat is echt niet zo ingewikkeld.'

'Werk je hier fulltime?'

Vincent schudt zijn hoofd. 'Drie dagen in de week. Meestal de ochtenden. Dan is het hier het drukst. Het is gewoon een bijbaantje.'

'Zit je op school? Studeer je?'

'Ik heb even een break. Ik heb wat langer over mijn middelbare school gedaan. Nu weet ik niet wat ik wil. Ik wil vooral even niks.' De jongen is inderdaad zenuwachtig, denkt Cees, want hij ratelt door. 'Ik zou wel op mezelf willen wonen. Weg bij mijn ouders. Maar ja... da's niet te betalen. Mijn vader zei dat ik kostgeld moest betalen als ik niet meteen aan een studie begon.' Vincent haalt met een korte beweging zijn schouders op. 'Het is wel relaxed werken hier.'

Faye schuift een foto van Wanda Wieland over de tafel naar hem toe. 'Ken je haar?'

Vincent kijkt naar de foto. 'Ja. Die komt hier weleens.'

'Vaak?' vraagt Faye.

'Eén keer per week of zo.'

'Komt ze dan koffiedrinken?'

'Nee. Meestal koopt ze koeken of muffins die ze meeneemt.'

'Ze gaat nooit zitten?'

'Volgens mij niet. Maar ik ben hier dus niet altijd. Wat is er met haar?'

Cees pakt zijn telefoon en tikt op een nieuwssite naar het opsporingsbericht van Jonathan Odijk. Hij vergroot het portret van Odijk en laat het aan Vincent zien. 'Ken je hem?'

Vincent kijkt geschrokken naar het scherm. 'What the fuck?'

'Wat is er?' vraagt Faye.

'Dat is die gozer die gezocht wordt, toch? Die een aanslag op die school wilde plegen?'

'Klopt,' zegt Cees.

'En wat heb ik daarmee te maken?' Van zijn koele houding is niets meer over.

'Ken je hem?' vraagt Faye. 'Heb je hem weleens gezien of gesproken?'

'Natuurlijk niet. Als dat zo was en ik had 'm herkend van die opsporing, dan had ik dat wel gemeld.'

'Ja?' vraagt Cees.

'Ja, man. Dat is een terrorist, of niet?'

'Je kent hem dus niet persoonlijk?'

'Nee.'

'Hij is hier nooit geweest?'

'Niet dat ik weet.'

'Hij kwam hier bijvoorbeeld niet zitten om de straat in de gaten te houden?' vraagt Cees. 'Of een bepaald huis?'

'Nee... dat heb ik nooit gezien. Bedoelt u... Denkt u dat hij hier geweest is?'

'Daar proberen we achter te komen,' zegt Faye.

'Anders moeten jullie met mijn collega's praten. Misschien hebben die hem gezien.'

'Je weet zeker dat jíj hem nooit gezien hebt?' vraagt Cees. 'En nooit gesproken? Honderd procent?'

Vincent kijkt opnieuw naar de foto van Jonathan Odijk die Cees hem nog steeds voorhoudt op zijn mobiel.

'Ja. Ik eh... Het zegt me echt niks.'

Cees laat zijn mobiel zakken. 'Heb je weleens gesprekjes met klanten?'

'Af en toe.'

'Waar gaat dat dan over?'

'Gewoon.'

'Gewoon?'

'Over van alles. Het weer. Weet ik veel.'

'Over politiek?'

'Niet echt.'

'Over hoe het er in de wereld aan toegaat?'

'Hoe bedoelt u?'

'Over klimaat en zo.'

'Ik geloof niet dat ik het met een klant ooit over het klimaat heb gehad.'

'Over overbevolking?'

'Nee, man. Ik ga hier toch niet met mensen staan praten over overbevolking terwijl ze op hun latte macchiato wachten?'

Cees weet niets meer te zeggen en kijkt de jongen alleen maar aan.

'Wat denk je?' vraagt Faye terwijl ze de auto door het verkeer manoeuvreert.

'Ik denk dat dit niet de Vincent is die we zoeken,' antwoordt Cees die naast haar zit en zich zoals gewoonlijk met zijn rechterhand vasthoudt aan de deurgrendel uit angst voor Fayes rijstijl, iets wat Faye mateloos irriteert maar waar ze inmiddels niks meer van zegt.

'Hij kan liegen,' zegt Faye, 'omdat hij Odijk wil beschermen. Of om zichzelf te beschermen.'

'Zichzelf beschermen waartegen?' vraagt Cees.

'Misschien weet hij sinds dat opsporingsbericht dat het foute boel is met Odijk en is hij bang met hem in verband te worden gebracht. Misschien omdat hij weet waar ze het over gehad hebben.'

'Je denkt dat hij bang is dat wij denken dat hij Jonathan heeft opgehitst?'

'Dat denken we toch ook? Dat die Vincent invloed heeft of heeft gehad op Jonathan? Misschien is deze Vincent nu bang dat hij op de een of andere manier iets verkeerds heeft gezegd.'

'Maar deze Vincent is niet rechtstreeks aan Odijk gelinkt,' zegt Cees, 'hij werkt in het koffietentje waar een jonge vrouw kwam die daar in de straat woonde en die hoogstwaarschijnlijk door Odijk is vermoord.'

'Ja, maar nogmaals: hij kan liegen. Ik vond jouw gedachte niet verkeerd dat Odijk misschien in dat tentje heeft gezeten om het huis van Wanda in de gaten te houden.'

'Hij schrijft daar niets over in zijn dagboek,' zegt Cees. 'Hij zocht haar op in de bibliotheek en hij zag haar bij de leesclub, hij stalkte haar niet.'

'Wie zegt dat?'

'Omdat hij daar anders toch wel over geschreven zou hebben?'

'Weet je niet. Misschien schreef hij niet alles in zijn dagboek. Hij schreef toch ook hele perioden niks? Misschien kennen die Vincent en Odijk elkaar wel degelijk.'

Cees voelt toch plotseling twijfel. Wat als dit wel de Vincent is die ze moeten hebben?

'Misschien wordt Odijk nu door hem geholpen,' gaat Faye verder. 'For all we know zit Odijk nu bij die Vincent thuis.'

'Vincent Hulsman woont nog bij zijn ouders.'

'Misschien wonen ze groot. Of heeft hij Jonathan ergens anders ondergebracht.'

'Laten we al die collega's van Vincent uit de koffiezaak horen. Als niemand Odijk daar ooit heeft gezien, denk ik echt dat we de verkeerde Vincent hebben.' Hij probeert het te zeggen zonder twijfel in zijn stem, alsof hij hiermee ook zichzelf wil overtuigen.

Ze rijden een tijdje in stilte.

Cees kijkt naar buiten. Ergens daar, in de duisternis, houdt Jonathan Odijk zich schuil. Want hij moet ergens zijn, of hij nu dood of levend is. Als hij leeft, heeft hij dan te eten? Hoe komt hij daaraan? Heeft hij geld? Hoeveel? Wat denkt hij nu? Is hij in de war? Denkt hij na over een nieuwe aanslag of is hij alleen maar bang? Bang om gevonden te worden? Bang voor wat er in zijn hoofd gebeurt?

Cees ziet ineens waar ze rijden.

'Stel nou...' Hij houdt een seconde zijn adem in vanwege de gedachte die bij hem

opkomt.

'Wat?' vraagt Faye.

'Wat als hij terug is gegaan naar die volkstuin?'

'Naar de plaats delict? Waarom zou hij dat doen?'

'Omdat ik dat zou doen, denk ik. Omdat het me de laatste plaats lijkt waar ze me zouden zoeken. Wanneer is de plaats delict vrijgegeven?'

'Gisteren.'

'Misschien is hij in die blokhut gekropen?'

'Denk je echt?'

'Bij gebrek aan een beter idee.'

Faye knikt en slaat af. 'Let's check.'

Ze parkeren de auto buiten het hek, dat niet alleen is vastgezet zodat het niet meer kan klapperen, maar waar nu ook een hangslot omheen zit. Faye klimt er soepel overheen, Cees kost het iets meer moeite. Ze hebben beiden een zaklamp. Het volkstuincomplex is donker en verlaten. Ze lopen over het smalle paadje richting de tuin van Wanda Wieland. Faye voorop.

Cees kijkt een paar tellen achterom, daar is het pikdonker. Plotseling voelt hij zich niet op zijn gemak. 'Moeten we geen assistentie vragen?' fluistert hij.

Faye blijft staan, draait zich om, haar zaklamp op de grond gericht. 'Komt-ie nou mee. We kunnen toch even gaan kijken? We zien vanzelf of er licht brandt.'

'Natuurlijk is hij hier niet.'

'Dit was jouw idee! Kom.'

Ze draait zich om, loopt verder en houdt de lichtstraal naar beneden gericht om zo onzichtbaar mogelijk te blijven.

Cees voelt het opnieuw. Dat dit soort acties hem meer moeite kosten dan vroeger. Hij durft het niet te denken, laat staan uit te spreken. Maar de laatste tijd is hij weleens bang. Sinds Lucas is geboren. Als hij geconfronteerd wordt met een onverwachte gebeurtenis, met een onberekenbare verdachte, of op een plek is waar hij geen overzicht heeft en het gevaar zich overal schuil kan houden, breekt het zweet hem uit, terwijl hij daar normaal gesproken niet warm of koud van werd. Hij is de afgelopen veertig jaar talloze malen door het oog van de naald gekropen. Als hij nu 's nachts niet kan slapen denkt hij aan hoe het al die keren óók had kunnen aflopen en krijgt hij hartkloppingen als hij zich benarde situaties herinnert van soms wel twintig jaar geleden.

Het is niet zo dat hij vaak in bedreigende omstandigheden zijn werk moet doen, maar hij weet dat die bedreiging er zomaar ineens kan zijn, dat je er in dit werk compleet door verrast kan worden. En kan hij dan nog vertrouwen op zijn instincten? Als angst een rol speelt? Is hij dan zelf niet een gevaar, met name voor zijn collega's? Als hij het verschil niet meer ziet tussen noodzakelijke argwaan en paranoia, zoals nu, lopend over dit donkere complex? Weer kijkt hij even achter zich. Niets en niemand te zien.

Ze komen bij het tuintje, de deur in de schutting is verzegeld. Faye verbreekt het en doet de poort zo geruisloos mogelijk open maar toch piept en kraakt het. Ze hadden over de schutting moeten kijken, denkt Cees. Faye zet al haar eerste stap het tuintje in. Cees volgt.

De blokhut is donker. Geen enkel teken van iemands aanwezigheid. Of heeft iemand snel het licht uitgedaan na de eerste piep van de schuttingdeur? Faye loopt verder naar de blokhut, met in de ene hand haar zaklamp, de andere hand op het wapen in haar holster. Ze posteert zich naast de deur. Cees gaat aan de andere kant staan, zijn rug tegen de houten wand gedrukt. Er lijkt geen gevaar, maar hij wil hier niet zijn, hij wil naar huis. Hij trekt zijn wapen.

Faye knikt, hij knikt terug, Faye rukt de deur open, Cees draait zich razendsnel een halve slag om en richt zijn wapen in het donker van de hut.

'Politie!'

Hij voelt Faye direct naast zich in de deuropening. Het licht van hun zaklampen gaat zoekend rond. Niemand. Ze stappen verder naar binnen. Geen enkele aanwijzing waaruit blijkt dat hier recent iemand geweest is.

Het duurt zeker vijf minuten voor de hartslag van Cees weer een normaal ritme heeft.

Bij het gammele toegangshek staren Cees en Faye naar de flats aan de overkant van de straat en naar de nachthemel erboven.

Cees staat op het punt iets te zeggen, om eerlijk te zijn over de dingen die door hem heen gaan.

'We kunnen niks meer doen behalve afwachten,' zegt Faye alsof ze ervan uitgaat dat hij aan precies hetzelfde staat te denken.

Cees slikt. 'Denk ik ook.'

Weer staren ze in stilte voor zich uit. Dan rilt Cees.

'Heb je het koud?'

'Beetje.'

'Ik breng je naar huis.'

'Okido.'

Jacqueline heeft eten voor hem opgewarmd, maar hij krijgt geen hap door zijn keel en gaat met de hond wandelen. Het beest kuiert achter hem aan langs het kanaal. Hij probeert weer op het onderzoek te focussen en daardoor schiet het hem ineens te binnen.

De val.

Door de hectiek rondom die school en alles daarna is hij het vergeten, nu herinnert hij zich dat Odijk het in een van zijn laatste teksten over *De val* heeft.

Cees kent het. Het is een boek van Albert Camus, tijdens corona heeft Cees nog *De pest* van hem gelezen. *De val* kent hij alleen als titel uit het oeuvre van de schrijver, hij heeft het nooit gelezen.

Hij pakt zijn mobiel en zoekt de samenvatting op.

De val is het verhaal van een man die tot zelfinzicht komt. Hij hoort iemand lachen, maar ziet diegene niet, alsof hij wordt uitgelachen door iets onzichtbaars en daardoor gaat hij twijfelen aan zijn onwankelbare zelfbeeld. Cees leest dat het boek uit een aantal monologen bestaat die de verteller van het verhaal houdt tegen een onbekende toehoorder in een café. Er lijkt geen Vincent in het verhaal voor te komen.

Zodra de hond haar behoefte heeft gedaan trekt Cees het beest mee naar huis en vraagt hij aan Jacqueline om *De val* te downloaden op haar e-reader, waar hij zelf tot nu toe niet aan heeft gewild.

Cees installeert zich op de bank en begint *De val*, dat vrij kort is, te lezen.

Het is taaie kost.

Het gaat over de vraag waarom mensen zo snel oordelen en het antwoord is dat mensen dat vooral doen uit angst om zelf beoordeeld te worden. Cees leest in de tekst dat wie een wet accepteert niet bang is voor een oordeel dat hem op zijn plaats zet in een orde waar hij in gelooft, maar dat de extreme kwelling voor de mens is veroordeeld te worden zónder wet.

Cees heeft het gevoel dat dit op Odijk betrekking zou kunnen hebben. Hij kan zich voorstellen dat Odijk gebukt gaat onder de vooroordelen die mensen over hem hebben zonder dat ze weten wie hij werkelijk is, daar schrijft hij zelfs heel expliciet over.

Verderop gaat het over gerechtigheid die definitief gescheiden wordt van de onschuld en dat voor wie alleen is, voor wie geen god of meester erkent, de druk van het leven afschuwelijk is, en er dus een meester gezocht moet worden omdat God uit de mode is.

Het doet Cees denken aan wat Jonathan schrijft over onschuld en religie. Heeft hij God afgezworen en is hij op zoek gegaan naar een andere meester? Is Vincent die meester?

Maar in welke vorm is Vincent dan aan Jonathan verschenen? Cees bedenkt dat Jonathan net zo goed een van zijn Playmobil-poppetjes Vincent kan hebben genoemd. Een poppetje dat Jonathan in zijn hoofd tegen hem hoort praten?

Hij worstelt zich verder door *De val* heen, maar krijgt zijn gedachten er nauwelijks meer omheen, hij is te moe. Met de moed der wanhoop leest hij het uit, maar hij blijft achter met het gevoel dat er niets in staat wat wijst op Odijks huidige verblijfplaats of op zijn plannen, hooguit op zijn psyche, maar zonder dat daar een duidelijke conclusie uit te trekken valt die hem nu verder helpt.

En nergens een Vincent.

Zijn vrouw ligt al lange tijd in bed, maar komt nu de woonkamer binnen om te zeggen dat haar nog een ander boek te binnen is geschoten dat *De val* heet, namelijk van Marga Minco.

Cees kent het niet, googelt het, leest over de inhoud, maar acht de kans dat dit boek van invloed is geweest op Jonathan nog kleiner dan bij dat van Camus, omdat het gaat over een vrouw van in de tachtig die worstelt met haar oorlogsherinneringen en in een bouwput valt. Bovendien lijkt er ook in dit verhaal geen Vincent voor te komen.

Cees wordt gebeld door Faye.

'Sliep je al?' vraagt ze.

'Nee, ik heb zitten lezen.'

'Ik heb iets ontdekt.'

'Waar ben je?'

'Op 't bureau, ik ben teruggegaan nadat ik je had thuisgebracht. Ik heb de internetgeschiedenis van Odijk nog eens goed bekeken. Er is een site waar hij meerdere keren op is geweest. Zit je bij je computer?'

'Ik heb m'n tablet.' Cees pakt hem van de tafel.

'Dan moet je even naar penwortels.nl.'

Cees tikt het in en er verschijnt een afbeelding op zijn scherm als openingspagina, met bovenin verschillende menu-items en de titel 'Penwortels'.

Cees heeft meteen het idee dat hij die afbeelding eerder heeft gezien. Het bestaat uit kronkelende lijnen die niet echt iets lijken voor te stellen en die hem doen denken aan de tekeningetjes in de dagboeken van Odijk, alleen is deze afbeelding veel kleurrijker en lijkt het een foto van een schilderij te zijn. Dacht Odijk hieraan als hij in zijn dagboek zat te krabbelen?

'Het is een site voor beginnende schrijvers,' zegt Faye, 'die kunnen hier hun verhalen plaatsen in de hoop dat ze daarmee de aandacht van uitgevers trekken en bekendheid opbouwen. Ik heb de introductie gelezen. De site heet 'Penwortels' omdat een penwortel recht naar beneden groeit, zodat de boom of plant water en voedingsstoffen uit diepere bodemlagen kan halen. Ik denk dat het een soort metafoor is voor diepgravende literatuur of zo. Maar zie je die afbeelding?'

'Ja, die kronkelingen.'

'Dat moeten wortels voorstellen. Vonden ze blijkbaar een toepasselijk plaatje voor de site. Maar de reden dat ik dacht dat het iets kon zijn... die afbeelding is van het laatste schilderij van Vincent van Gogh. Hij heeft het nooit afgemaakt omdat hij toen zelfmoord pleegde.'

Cees kijkt naar het schilderij op zijn scherm. Daarom kent hij het. Hij heeft het gezien. In het Van Gogh Museum, een paar jaar geleden.

Vincent van Gogh.

Cees weet dat hij eerder aan hem heeft gedacht in relatie tot de onbekende Vincent in het leven van Jonathan Odijk, maar als schilder. Cees realiseert zich nu dat Vincent van Gogh tijdens zijn leven honderden brieven heeft geschreven, vooral aan zijn broer Theo.

Cees staart een paar seconden in gedachten naar Van Goghs wortels op zijn scherm.

Vincent van Gogh die zelfmoord pleegde, Vincent van Gogh

die ernstige psychische problemen had, die nooit erkend is door zijn omgeving of door tijdgenoten, die pas na zijn dood erkenning heeft gekregen en uitgroeide tot een held, tot een icoon die een hele toeristenindustrie draagt en onsterfelijk is geworden. De ene na de andere link met alles wat Jonathan in zijn dagboeken schrijft schiet door Cees' hoofd en de vragen buitelen over elkaar. Is er iets in het leven van Van Gogh waaruit blijkt waar Jonathan zich nu bevindt? Of staat er iets wat van belang is in de vele brieven van de schilder? Maar waarom heeft Jonathan in zijn dagboeken dan nergens concreet over Van Gogh of over zijn schilderijen en brieven geschreven? Is dat niet vreemd, als Van Gogh zo'n inspiratiebron voor hem was?

Het duizelt Cees. Het lijkt alsof hij ergens dichtbij is, maar nog niet de juiste ingang heeft gevonden.

Waarom bezocht Jonathan specifiek deze site meerdere keren? Zoveel staat er niet over Van Gogh zelf te lezen. Alleen die afbeelding en een korte toelichting over die wortels op een aparte pagina. Dat het wortels zijn die Van Gogh geschilderd heeft in Auvers-sur-Oise waar hij de laatste maanden van zijn leven heeft doorgebracht en waar hij nog als een bezetene meer dan zeventig schilderijen en zo'n vijftig tekeningen heeft gemaakt. Dat die wortels daar boven de grond groeien en dat ze Van Gogh hebben aangezet tot misschien wel zijn meest abstracte schilderij, dat ook meteen zijn laatste was.

'Ben je er nog?' vraagt Faye.

'Ik weet het niet,' zegt Cees. 'Aan de ene kant denk ik dat het toeval is, aan de andere kant denk ik dat het bijna geen toeval kan zijn. Laten we maar even denken. Ik bel je.'

'Joe.'

Cees drukt haar weg.

Hij googelt op 'Vincent van Gogh', maar bij alles wat hij

leest voelt het als een verkeerde weg. Van Gogh kan toch nooit iets gezegd of geschreven hebben over klimaat, overbevolking en CO_2? Of over dat er minder kinderen geboren zouden moeten worden?

Cees sluit de pagina's die hij heeft geopend en keert terug naar 'Penwortels'. Dat Jonathan meerdere keren een site bezocht heeft met een schilderij van Vincent van Gogh op de homepage is toeval, concludeert hij. Net zoals het toeval is dat de jongen in dat koffietentje op de hoek bij Wanda Wieland Vincent heet.

Hij klikt opnieuw door de pagina's van de 'Penwortels-'site, al is het maar om te ontdekken wat Jonathan hier te zoeken had als dat niets met Van Gogh te maken had. Las hij de schrijfsels van deze aanstormende talenten?

Dan een gedachte die hem rechtop doet zitten.

Heeft Jonathan misschien zelf een verhaal op deze site geplaatst?

Hij laat zijn blik langs de schrijversnamen gaan, het zijn er zo'n tachtig, maar er staat geen Jonathan Odijk tussen. Of zou hij een pseudoniem hebben gebruikt? Moeten ze contact opnemen met de beheerders van deze site om te vragen of Odijk ooit iets bij ze heeft ingediend?

Dan valt zijn blik erop. De letters lijken wel in zijn ogen te springen.

Er staat een verhaal tussen dat *De val* heet.

Geschreven door ene Tammy Davidson.

Cees klikt erop en het scherm van zijn tablet vult zich met tekst. Hij leest.

Het verhaal begint met een politieagente die in Frankrijk een ambulance naar een ongeval moet begeleiden in een gebied waar net een bosbrand is uitgebroken.

Cees scrolt, zoekt naar iets waarvan hij nu bijna zeker weet dat hij het hier gaat vinden. Hij leest, scant, het verhaal gaat over een jonge moeder die met haar gezin op vakantie is in Frankrijk en het wordt in twee tijden verteld.

Dan stuit Cees erop.

De Vincent van Jonathan Odijk is niet Vincent van Gogh, het is de Vincent in dit verhaal.

Een Vincent die tijdens een kerstdiner aan zijn familie uitlegt hoe het volgens hem zit met klimaat en overbevolking en die het liefst huizen met een ooievaar op het raam in de fik wil steken.

Vincent is toch fictief.

Vrijdag 6 oktober 2023

Joyce van Beijnum is in de vijftig, draagt een bril met een zwart montuur dat te zwaar lijkt voor haar tengere gezicht en haar haar is gekleurd in een tint rood die ook een tandje minder had gekund. Ze zitten in een vergaderruimte op de vijfde verdieping van het politiebureau terwijl buiten de bewolking laag boven de stad hangt. Ook Faye en Holm zijn aanwezig. Holm heeft het vooral druk met zijn mobiel.

Cees heeft Joyce nooit eerder ontmoet maar weet dat ze een gerespecteerde gedragsdeskundige van de Nationale Politie is en ze maakt haar reputatie meteen waar als ze aan het begin van hun gesprek laat blijken in korte tijd niet alleen de vier dagboekschriften van Jonathan Odijk te hebben bestudeerd, maar ook het verhaal *De val* van Tammy Davidson.

'Hoe staat het met de zoektocht naar hem?' vraagt ze.

'We zoeken nog steeds,' antwoordt Cees. 'Sinds gisteren hebben zich weer verschillende mensen gemeld die hem gezien dachten te hebben. We hebben foto's en camerabeelden toegestuurd gekregen en een paar keer hadden we het gevoel dat we hem te pakken hadden. Het arrestatieteam heeft gistermiddag zelfs een man overmeesterd in een winkelstraat in Nijmegen die zo sterk op Odijk leek dat hij het wel moest zijn. Het bleek een Duitse toerist.'

'We houden er rekening mee dat hij ondertussen zijn uiterlijk veranderd heeft,' zegt Faye.

'Wat het zoeken alleen maar bemoeilijkt,' vult Cees aan. 'Dus je begrijpt dat onze hoop nu volledig op jou gevestigd is.'

Joyce lacht even. 'Geen druk verder.'

'Ben je gek,' zegt Cees.

Joyce heeft geen laptop, map of aantekeningen voor zich en begint ogenschijnlijk vanuit de losse pols te praten.

'Laat ik met het belangrijkste beginnen,' zegt ze. 'Ik heb uit de teksten in die schriften niet kunnen afleiden wat zijn huidige verblijfplaats is en ook niet wat nu zijn plannen zijn. Daarmee zeg ik niks nieuws, jullie hebben zelf ook alles gelezen, als er dat soort aanwijzingen in hadden gestaan hadden jullie die zelf ook wel ontdekt.'

Cees knikt.

'Dus ga ik gewoon zeggen wat ik denk, misschien zet dat jullie op een spoor.'

'Kom maar op,' zegt Cees.

Joyce vouwt haar handen op tafel. 'In de eerste plaats zit bij Jonathan Odijk in alles een dualiteit. Zo schrijft hij regelmatig dingen die ronduit tegenstrijdig zijn.'

'Dat viel mij ook op,' zegt Cees. 'Het ene moment zegt hij dat religie bullshit is, het volgende moment zegt hij dat hij bidt.'

'Precies. En hij lijkt het goed met kinderen te kunnen vinden, terwijl hij kinderen ook als plaag voor de wereld ziet. Naar mijn idee worden die tegenstrijdigheden verklaard door een kinderlijke en een volwassen kant van zijn karakter. Normaal ga je geleidelijk van de ene fase over naar de andere, maar dat is bij hem spaak gelopen.'

'Heeft dat met zijn jeugd te maken?' vaagt Cees.

'Het is bijna een open deur, maar ik denk inderdaad dat de dingen die hij als kind heeft meegemaakt hem op deze manier gevormd hebben. Hij moest voortdurend laveren om in de spanningen thuis te overleven en hij wist dat hij daarvoor vooral niemand tot last moest zijn. Dus maakte hij zichzelf onzichtbaar. Zo ontstond er een kind dat niet kreeg wat het voor zijn ontwikkeling nodig had.'

Het doet Cees denken aan een passage uit *De val*, maar hij wil Joyce nu niet onderbreken.

'Jonathan werd wel volwassen in jaren, maar er bleef een bang kind in hem achter. Dat is de kern van zijn dualiteit en het verklaart waarom hij geen controle over zijn leven krijgt. Hij beweegt nog steeds mee, cijfert zichzelf nog steeds weg om maar geen stof te doen opwaaien, maar ondertussen is er dat kind dat om aandacht schreeuwt. Waarbij de volwassene de intelligentie heeft om het kind zo nu en dan te geven wat het wil, om het kind enigszins tevreden te houden. Tegelijkertijd weet hij dat die volwassene fake is. Dat hij die alleen maar heeft opgetrokken om dat kind aan het zicht te onttrekken.'

'Maar ook met dat volwassen masker op,' zegt Faye, 'lijkt hij moeite te hebben om met gewone dingen om te gaan.'

'Ja, hij is niet tegen heel normale gebeurtenissen bestand. Dat constante falen en de gevoelens van teleurstelling en schaamte daarover stopt hij als het ware in een doos die in bezit is van het kind. Die doos is overvol en hij doet 'm nooit open, behalve om er iets nieuws bij te doen, waardoor die doos voller en voller raakt en op een gegeven moment uit elkaar barst. Hij wil volwassen zijn, het liefst afstand nemen van dat kind met die doos, maar dat lukt niet. Dat kind blijft zich opdringen, blijft dingen eisen en lijkt een onverzadigbare behoefte te hebben aan erkenning, wat dat kind natuurlijk nooit gekregen heeft. Daarom heeft hij die grootse visioenen over zichzelf, maar is hij ook depressief omdat die erkenning uitblijft, omdat zijn fantasie nooit overeenkomt met de realiteit. Soms gebeurt dat wel, heel even. Zoals wanneer hij een vrouw helpt die van haar fiets is gevallen of als hij serieus genomen wordt door een collega in het zwembad tijdens het omkleden. Maar die momenten vervliegen snel en hij kan er niet lang op teren om het kind in bedwang te houden. Als hij beledigd wordt en losgaat, dan breekt zijn façade van de volwassene en kan hij de vijandigheid van het kind niet verbergen. Zoals bij die medewerkster van het UWV.'

Cees kijkt naar de fel gelakte nagels van Joyce terwijl hij alles wat ze zegt tot zich door laat dringen.

'In *De val* gaat het ook over erkenning,' zegt hij dan. 'Het personage Puck heeft het daarover met haar therapeut.'

'Inderdaad,' zegt Joyce. 'Dat viel me misschien wel het meeste op aan *De val*. Natuurlijk zullen de teksten van het personage Vincent Jonathan heel direct hebben aangesproken. Vincent zegt ergens in het verhaal: "Als je gedrag wilt veranderen is belonen en beboeten het enige wat helpt." Dat komt terug in het dagboek van Jonathan. Net als dat alles met een besef begint, met een idee, met woorden. En als Jonathan voortdurend op zoek is naar erkenning die hij nooit van zijn ouders heeft gekregen, zal hij ook daarin verwantschap hebben gevoeld met Vincent, die door zijn vader alleen maar belachelijk wordt gemaakt.'

Joyce kijkt naar Cees.

'Maar zoals je zegt, denk ik ook dat meerdere elementen in het verhaal Jonathan getriggerd zullen hebben, waaronder veel dat met het karakter Puck te maken heeft. Ook Puck wordt niet erkend door haar ouders en die ouders hebben spanningen waar Puck als kind tussenin zat. Daarnaast zal het idee van een leegte die je in je vroege jaren kunt ontwikkelen door Jonathan opgepikt zijn, al was het misschien onbewust. En er zijn nog meer links met de figuur Puck uit het verhaal. Jonathan schrijft dat door oorzaken die gevolgen hebben toeval ontstaat. Puck heeft het op meerdere plekken in het verhaal specifiek over oorzaak en gevolg. Dat zal Jonathan intrigerend hebben gevonden. Dat is namelijk de reden waarom hij fictie leest. Omdat in fictie doorgaans alles een functie heeft en met elkaar verbonden is. Niets is toeval en dat vindt hij prettig. Het verklaart ook de signalen en tekens die hij voortdurend denkt te zien. Toeval maakt dingen onoverzichtelijk omdat er bepaalde verbanden ontbreken, dus ziet Jonathan toeval als een signaal, zodat hij zich niet aan de grillen van het toeval hoeft over te geven.'

Cees is met iedere minuut blijer dat hij om een gedragsdeskundige heeft gevraagd.

Joyce gaat verder: 'Jonathan is nooit in staat geweest om de losse delen van zijn persoonlijkheid tot een coherent en herkenbaar zelfbeeld samen te voegen. Daar moest ik aan denken toen ik de scène in *De val* las waarin Puck in bed ligt nadat ze Abel heeft verteld dat ze geen kinderen wil en het voor haar voelt alsof het matras onder haar het enige is wat de onderdelen van haar lichaam bij elkaar houdt. Daar moet Jonathan zich in herkend hebben, in dat gevoel uit losse stukken te bestaan. En ik vraag me af of het toeval is dat Jonathan vroeger op school *A Midsummer Night's Dream* heeft gespeeld, wat speciaal voor hem was vanwege zijn verliefdheid op Wanda, en dat er in dat stuk ook een Puck voorkomt.'

'Denk je echt dat dat iets betekent?' vraagt Cees.

'Ik noem het alleen,' zegt Joyce. 'Namen kunnen heel belangrijk zijn.'

Het tolt in Cees' hoofd. Hij heeft behoefte *De val* opnieuw te lezen en zich deze keer uitsluitend te concentreren op alles wat Puck zegt en denkt.

'Dan is er nog het einde van *De val*,' zegt Joyce. 'Als dat jongetje in de diepte is verdwenen, staat er het woord 'zwart'. In Pucks geval is dat dubbelzinnig. Wordt het zwart in haar hoofd omdat ze er alles aan gedaan heeft maar ze nu haar kind kwijt is? Of wordt het zwart omdat ze zich schuldig voelt, omdat ze weet dat ze er juist niet alles aan heeft gedaan?'

'Dat is een beetje wat je daar zelf als lezer van maakt, toch?' zegt Cees.

'Ja, maar Jonathan zal een direct verband met zijn eigen zwart hebben gelegd. Hij beschrijft in zijn dagboeken vrij precies wat dat zwart voor hem inhoudt. In feite zijn het natuurlijk zijn trauma's.'

'Daarmee bedoel je die situatie in dat honk op school?' vraagt Faye. 'En de seksuele handelingen met zijn moeder?'

'Ja. Maar misschien is het grootste trauma wel het moment geweest waarop hij door zijn moeder werd afgewezen.'

'Toen ze hem uitlachte toen hij zei dat hij een vriendinnetje had?' vraagt Cees.

Joyce knikt. 'Daar heeft hij haar ware gezicht gezien, haar ontkenning van hem en van zijn emoties. Daar is hij definitief zijn onschuld verloren en daarom is hij altijd naar die onschuld blijven terugverlangen. Hij ziet het bijvoorbeeld bij dat jongetje in het zwembad, dat die zijn onschuld nog heeft. Dat doet iets met hem. Daarom is hij ook zo gehecht aan die Playmobil-poppetjes.'

'Hoe verklaar je die precies?' vraagt Cees.

'Juist het gevangen zitten tussen zijn ouders,' antwoordt

Joyce, 'duwde hem als kind in de fantasiewereld van die Playmobil-poppetjes. Zoals hij later fictie ging lezen om zich naar fantasiewerelden te laten voeren om aan de echte wereld te ontsnappen en uit een behoefte aan logica in menselijke contacten.'

Joyce neemt een slokje water voordat ze verdergaat.

'Het is voor Jonathan ongelooflijk moeilijk die onschuld bij zichzelf terug te vinden. En als hij in het echte leven geconfronteerd wordt met wat in zijn ogen slecht en schuldig is, voelt hij zich verraden omdat mensen een andere agenda hebben dan hij. Zoals die prostituee die hij bezoekt. Ineens ziet hij haar ware gezicht en dan is hij teleurgesteld en boos. Die woede brengt hij tot leven in een fantasie, maar in werkelijkheid kan hij op geen enkele manier uiting geven aan die woede en stopt hij hem weg.'

'Als hij schrijft over dat bezoek aan haar,' zegt Cees, 'gaat hij over van de ik-vorm naar de hij-vorm. Dat doet hij vaker.'

'Ja, dat is veelzeggend maar klopt met wat ik net zei. Hij ziet en beoordeelt zichzelf altijd door de ogen van anderen. Daarin schuilt ook een link met Puck. Tegelijkertijd heeft hij een heel duidelijk beeld van hoe hij gezien zou willen worden. Dan ziet hij zichzelf als in een film waarin hij de held is. Zelfs als hij verdrietig is beschrijft hij zichzelf als een tragische romanfiguur. Op die momenten verlangt de echte Jonathan naar compassie. Hij vlucht dus niet alleen in fictie die door anderen geschreven is, hij creëert ook zijn eigen fictie waarin hij kan bestaan zoals hij zijn wil. Vanuit diezelfde behoefte is hij dagboeken gaan schrijven. Alsof hij hoopte op die manier begrepen te worden en iemand te zijn, zoals Holden Caulfield. Alleen bleek het niet te werken. Dat zie je aan hoe onregelmatig hij in die schriften schreef. Schrijven alleen was niet genoeg om die erkenning te bereiken. Dus moest hij iets doen om iemand te worden die de moeite waard is om over te schrijven.'

'En vanuit die behoefte is hij over een aanslag na gaan denken?' vraagt Faye.

Joyce knikt weer. 'Hij schrijft dat hij daarmee een hoger doel heeft en dat hij het niet voor zichzelf doet, maar daarmee houdt hij zichzelf natuurlijk voor de gek. Het is één grote wraakactie op het verleden. Hij schrijft niet voor niets in een van die schriften dat hij *Carrie* opnieuw wil lezen, het ultieme verhaal over wraak op kwelgeesten op een middelbare school.'

'Maar door naar zijn oude school te gaan kan hij toch nooit wraak hebben willen nemen op de jongens die hem toen gepest hebben?' zegt Faye. 'Die zijn daar allang niet meer. De grootste pestkop zit zelfs in Dubai.'

'Het gevoel is hetzelfde,' zegt Joyce. 'Vanwege de plek, maar ook omdat hij ervan uitgaat dat er niets veranderd is en dat de kinderen die daar nu op school zitten hetzelfde zijn als in zijn tijd. Daar komt zijn hogere doel om de hoek kijken, aangestoken door Holden Caulfield en met name door de woorden van Vincent. Hij denkt dat zijn aanslag tot doel heeft om de wereldbevolking te verkleinen, om wraak te nemen op ouders zodat ze geen kinderen meer op de wereld zetten en op die kinderen zelf omdat ze op hun ouders gaan lijken en een ballast vormen voor de planeet. Maar in werkelijkheid rekent hij af met zijn eigen spoken.'

'En toen is hij zomaar op internet een wapen gaan kopen en heeft hij dat in Rotterdam opgehaald?' vraagt Faye. 'Daar was hij allemaal toe in staat?'

'Ja,' zegt Joyce, 'waarmee hij als volwassene tegemoetkwam aan de wensen van het kind. Het kind wist niet hoe het een aanslag moest plegen, de volwassene wel, die wist hoe je aan een wapen kon komen. De volwassene wilde het misschien niet, maar het kind was sterker. Dat bracht Jonathan in conflict met zichzelf. Daarom ging het een tijdje niet goed met hem. Er ontstonden scheurtjes in het pantser van de volwassene. Alles leek te barsten en uit elkaar te knallen. Het werd alles of niets.'

Er valt een stilte. Het lijkt alsof de geestesgesteldheid van Jonathan Odijk als zwarte rook in de kamer hangt.

'Maar die aanslag op school ging mis,' zegt Cees.

'Ja. Het dagboek is vlak daarvoor gestopt, dus we kennen er zijn eigen woorden niet over. Misschien was hij met zichzelf in conflict terwijl hij door die school liep, waren kind en volwassene het in zijn hoofd nog aan het uitvechten. Misschien had het kind al gewonnen en was de volwassene er al vandoor gegaan. Hoe dan ook moet er toen iets gebeurd zijn, mogelijk de tussenkomst van die conciërge, waardoor de volwassene weer de overhand kreeg. Hij heeft daar als volwassene weg kunnen komen, beleefd zelfs, zonder argwaan te wekken. Ik denk dat hij vanuit die emotie naar Wanda Wieland is gegaan. Dat de volwassene haar om hulp wilde vragen maar dat daar in die volkstuin het gefrustreerde en woedende kind is teruggekeerd. Ik denk door iets wat Wanda gezegd heeft. Alsof hij haar ware gezicht zag, net als bij zijn moeder en die prostituee. Alleen heeft hij deze keer geen omslag gemaakt naar schuldgevoel zoals bij zijn moeder of naar een gewelddadige fantasie zoals bij die prostituee. Deze keer kon hij zijn teleurstelling niet verbergen en kwam de woede van het kind er in alle hevigheid uit.'

Weer is het even stil in de benauwde kamer. Cees kijkt kort naar Holm die zijn mobiel nu vergeten is en net als hij en Faye nadenkt over alles wat ze horen.

'En daarna?' vraagt Cees. 'Nadat hij haar vermoord had?'

'Op dat moment heeft de volwassene het weer overgenomen,' zegt Joyce. 'De volwassene die slim genoeg is om te weten wat hij moet doen om te vluchten en onzichtbaar te blijven. Toch denk ik dat hij ontzettend met zichzelf worstelt sinds de moord. Het kind wilde de ster zijn in zijn eigen film, maar de aanslag mislukte, toen heeft hij onder druk van het kind afgerekend met een vrouw door wie hij zich plotseling in de steek gelaten voelde, maar dat zal de volwassene een intens schuldgevoel hebben gegeven.'

'Wij hadden het er al over,' zegt Cees, 'dat hij misschien de hand aan zichzelf heeft geslagen omdat hij niet kon leven met wat hij had gedaan. Denk je dat dat mogelijk is?'

'Dat zou kunnen,' zegt Joyce. 'Zeker omdat hij op een bepaalde manier van Wanda hield. Maar vlak het kind niet uit. Het schuldgevoel van de volwassene voedt het boze kind. En dat kind is een motor die hem toch weer in beweging kan brengen. Ondanks zijn schuldgevoel en ondanks de angst die hij nu zal voelen omdat hij op de vlucht is, zoekt hij nog steeds naar erkenning. Misschien wel meer dan ooit. De vrees dat hij een nieuwe aanslag pleegt is dus gegrond. Hij zal iets willen doen waar hij als het ware zijn handtekening onder kan zetten, een daad die hem in staat stelt op persoonlijk niveau af te rekenen met het zwart in zijn hoofd, maar die hij voor zichzelf motiveert door het te koppelen aan een hoger doel.'

Cees merkt dat het angstige voorgevoel dat hij al heeft sinds hij die schriftjes begon te lezen weer opvlamt, maar hij heeft geen zin zich erdoor te laten verlammen. Toch gaan er nog te veel dingen tegelijk door zijn hoofd om een stap vooruit te kunnen denken. De erkenning waar Joyce het over heeft, de erkenning waar Jonathan naar zoekt, blijft bij hem hangen. Alsof daar de sleutel tot iets ligt.

Hij denkt aan de enorme hoeveelheid knoppen die bij Jonathan moeten zijn ingedrukt door *De val*. Veel meer dan hij dacht. Hij denkt aan de orde van fictie, aan de antwoorden die Jonathan in *De val* gevonden moet hebben, aan zijn leegte die er een beetje door is opgevuld. Hij denkt aan de volwassene en het kind, aan de alsof-versie die Jonathan van zichzelf heeft gecreëerd, wat ook in *De val* letterlijk zo wordt beschreven. Hij denkt dat ze het kind in hem tot zwijgen moeten zien te brengen door het te erkennen. Maar hoe kunnen ze Jonathan die erkenning geven als ze niet eens weten waar hij is?

Dan klikken er vanuit deze wirwar aan gedachten plotseling een aantal dingen als magneten aan elkaar. En alsof er door die samentrekking elektriciteit wordt opgewekt flitst er een idee door zijn hoofd.

Hij kijkt op. 'Ik weet wat we moeten doen,' zegt hij tegen Joyce. Dan kijkt hij naar Faye. 'Ik weet wie we moeten hebben.'

Jonathan

Vrijdag 6 oktober 2023

Ik check de nieuwsberichten op een scherm dat een beetje flikkert. De computer is oud, net als alles hier.

Mijn hoofd jeukt. Niet vanwege het scheren, maar omdat alles in mijn hoofd verfrommeld is.

Bizar om mijn eigen opsporingsbericht te zien. Eerst was ik trots. Geen nobody meer. Maar ik weet dat ik veranderd ben in iemand die ik niet wil zijn.

Ze zoeken me nog steeds. Er is in Nijmegen iemand aangehouden die niet mij was. Ik ben niet eens in de buurt van Nijmegen geweest.

Ik heb scheermesjes gestolen op de markt, ik ben nu kaal maar op mijn gezicht laat ik het groeien, dus ik zie er anders uit. Toch dacht ik dat ze me allang gevonden zouden hebben. Ik wilde eigenlijk met de trein ver weg, maar als ze me in de trein ontdekken kan ik geen kant op.

Ik kijk rond. Drukte, lawaai. Niemand die op me let. De meesten zijn buitenlanders die één nacht blijven vanwege het vliegveld. Ze interesseren zich niet voor elkaar, niet voor mij. Ik ben hier voor de derde keer om te plassen en water te drinken en om een paar minuten achter een van de computers te zitten. Het is de laatste keer, hierna ga ik op zoek naar een ander hotel voordat ze me gaan herkennen. Dat doe ik al vier dagen zo.

Vannacht heb ik in een bushokje geslapen en gisteren tussen twee containers op een parkeerplaats. Ik durf niet het vliegveld binnen te gaan want daar loopt beveiliging en daar hangen camera's. Er staat op internet dat ik gevaarlijk ben en dat mensen geen contact met me mogen zoeken, maar waarom zou ik die mensen iets aandoen?

Misschien krijgt het straks minder aandacht, als het langer duurt en het mensen niet meer interesseert. Dat ze me dan vergeten. Wat ook wel jammer zou zijn.

Ik ben moe. Ook als ik hierbinnen ben krijg ik het niet meer warm, maar dat is mijn straf. Ik was te laf om door te zetten op mijn oude school. Dan had Wanda nog geleefd. Oorzaak en gevolg.

Als ik aan Wanda denk en aan wat ik heb gedaan, wil ik dood. Ik blijf de film afspelen in mijn hoofd terwijl ik die beelden het liefst wil wissen, maar dat gaat niet.

Ik wilde haar niks aandoen. Ik ging naar haar toe en heb haar voor de tweede keer verteld dat het niet goed ging in mijn hoofd. Ik probeerde het uit te leggen maar ik kwam niet op de goede woorden en ze werd een beetje bang en daar schrok ik van en toen zei ik dat ik verliefd op haar was. Ze zei dat ze dat al een tijdje in de gaten had, maar dat ze niet op mij verliefd was, dat ze alleen vrienden wilde zijn.

Ik moest huilen, vanwege wat ze zei en vanwege alles. Ze wilde me troosten en ze pakte me vast en ik zoende haar, maar toen duwde ze me weg.

Ik pakte haar vast en zoende haar opnieuw maar weer duwde ze me weg en ik wilde haar slaan, mijn arm kwam al omhoog, ik deed het niet, ik kon me nog net op tijd inhouden, maar zij zag mijn arm, ze dook opzij en zei dat ik weg moest gaan. Ik zei dat ik dat niet wilde omdat er niemand was die me kon helpen, maar zij bleef zeggen dat ik weg moest gaan omdat ze zich niet veilig voelde en ik zei dat ze niet bang voor me hoefde te zijn. Zij zei dat ze dat wel was, dat ik weg moest gaan, dan kwam alles goed, maar ik zei dat alles alleen goedkwam als ze me zou helpen en toen zei ze dat ze me niet kón helpen.

Ik zei dat als zij ook verliefd op mij zou worden het niet meer zwart in mijn hoofd zou zijn en dat er dan geen erge dingen zouden gebeuren en ze vroeg wat ik daarmee bedoelde en ik vertelde wat ik bijna op mijn oude school had gedaan en dat dat dus ook eigenlijk haar schuld was. Toen zocht ze in haar zakken, ik denk naar haar mobiel, ik denk om de politie te bellen, en toen heb ik mijn wapen gepakt en zij bleef stokstijf staan en ik richtte niet op haar, ik hield het wapen alleen maar in mijn hand, maar toch begon ze heel vaak achter elkaar mijn naam te zeggen met haar handen vooruit. Ze zei dat ze van me hield, maar dat zei ze alleen omdat ze bang was en omdat ze van me af wilde en ze zei dat ze me met alles zou helpen en dat we dan wel zouden zien wat de toekomst zou brengen, maar ik trapte er niet in, ze stond gewoon te liegen. Ze wílde het niet begrijpen, ik was niet meer verliefd maar razend op haar, ze speelde spelletjes met mij, ze was er niet voor mij, ze was er alleen voor zichzelf en ik begon te bidden omdat ik het zwart voelde worden maar ik weet niet of ik bad tot God of tot de duivel want ik werd uit elkaar getrokken. De ene zei: 'Laat los, ga weg, er is nog niks gebeurd', de ander zei: 'Doe het, je wilt het, ze is van jou!' maar ze praatten allebei met mijn stem dus ik wist niet wie ik moest geloven en ik keek naar Wanda en ik zag dat ze langzaam achteruit begon te lopen en dat ze weer haar telefoon probeerde te pakken en ik wist dat mijn moeder gelijk had en dat Wanda een slet was want ze speelde met mijn emoties en ze manipuleerde. Niets was echt, alles was nep en gespeeld en toen heb ik op haar gericht en ze schreeuwde: 'Niet doen' en ik zei: 'Ik kan niet anders' en toen heb ik haar nog een paar seconden aangekeken en ik hoorde een vogel fluiten, ik denk een roodborst, maar ik liet me er niet door afleiden.

Ze lag daar en ik wist meteen dat ik het niet had moeten doen, dat ze gewoon bang was geweest omdat ze dacht dat ik gevaarlijk was, omdat ik haar bang had gemáákt, dus het was mijn schuld omdat ik niet de goede woorden had gebruikt en zij me niet goed begrepen had. Ik had naar het vogeltje moeten luisteren maar dat heb ik niet gedaan en toen was het al te laat.

Daar stond ik, met het wapen en met Wanda aan mijn voeten en ik werd doodsbang en alles om me heen leek niet echt, ook de dode Wanda niet, alsof ik in een andere wereld was. Ik bad tot God om de tijd terug te draaien maar de duivel zei dat tijd nooit terugkomt. Ik wist dat het mijn schuld was en ik werd nog banger en toen ben ik gevlucht.

Ik ben naar het politiebureau gegaan en ik wilde naar binnen om te vertellen wat er was gebeurd maar ik was bang dat ik dan misschien weer niet de goede woorden zou vinden en dat zij me ook niet zouden begrijpen, dus daarom ben ik doorgelopen.

Naar huis durfde ik niet en toen ben ik blijven lopen, heel lang, en ik wilde niet stilstaan en ik wilde iets kopen om te eten maar ik had geen geld bij me en toen ben ik blijven lopen tot het donker werd.

Ik wilde het wapen en het doosje met de kogels in het water gooien, maar ik kon het niet, ik wilde ze bij me houden, omdat ik me dan beter voelde. Ik dacht erover een tankstation te overvallen, niet voor geld, maar voor eten, maar dat durfde ik niet. Ik ben naar het toiletgebouw gegaan en daar ben ik de hele nacht gebleven.

De volgende ochtend ben ik naar een hotel gelopen langs de snelweg en in de ontbijtzaal heb ik wat eten gepakt en ben ik weer naar buiten gegaan, dat ging heel makkelijk. Ik wilde naar huis om spullen te halen, mijn Playmobil-poppetjes en mijn dagboeken, maar toen ik naar mijn huis liep zag ik een vreemde auto staan en er waren mensen binnen en toen ben ik snel weer vertrokken.

Vannacht ben ik op de rails gaan liggen maar het duurde lang voordat er een trein kwam en ik dacht dat ik er niks aan kan doen, dat het niet mijn fout is, dat het de omstandigheden zijn, dat het door de domme mensen komt die de wereld kapotmaken, dat zij ervoor zorgen dat ik doe wat ik doe en ik werd boos. Toen ben ik weer opgestaan.

Ik ben alles kwijt, dus het zou egoïstisch zijn om een einde aan mijn leven te maken terwijl ik mijn leven ook kan geven voor iets goeds zodat het allemaal toch nog de moeite waard is geweest.

Het wapen heb ik dag en nacht bij me. Het moment zal komen. Dan durf ik het en doe ik het. Niet voor mezelf maar uit naam van mezelf.

Ik hoop dat ik dan weer mijn foto in het nieuws zie zodat ik trots kan zijn. Dan vergeet ik misschien wat ik Wanda heb aangedaan.

Ik ga naar de site en lees opnieuw stukken uit *De val.* Dan voel ik me altijd beter omdat dingen dan duidelijk worden.

Misschien word ik gepakt. Misschien word ik gestraft. Misschien ga ik dood. Maar ieder mens heeft het recht zijn eigen route te kiezen.

Of het nu naar de hemel is of naar de hel.

III

Tammy

Vrijdag 6 oktober 2023

De veerboot legt aan bij Glyka Nera, een afgelegen strand waar je met de auto niet kunt komen en dat voor de buitenlandse toeristen ook Sweet Water Beach wordt genoemd. Er staan parasols en ligbedden op de kiezelstenen, het zeewater is blauw en helder, op een rots is een kleine uitspanning gebouwd en bomen zorgen voor de nodige schaduw. Met de stralende zon erbij is het alsof je zo een vakantiefolder binnenvaart. In Nederland was het de afgelopen week nog tegen de twintig graden, absurd hoog voor begin oktober, maar toch voelt het hier met maar zes graden meer ineens als hartje zomer. Ik heb mijn bikini niet voor niets meegenomen.

Ik blijf zitten op het dek en zie zo'n twintig strandgangers van boord gaan met tassen en picknickmanden. De onbezorgdheid straalt ervan af, al weet ik dat dat in de meeste gevallen schijn is omdat het nu eenmaal niet zo werkt: op afroep ontspannen, nergens aan denken en plezier maken. Bij mij in ieder geval niet, hoewel ik op dit moment heel wat dingen wil vergeten.

De veerboot vaart verder langs de steile rotsen richting Loutro. Ik las er een jaar geleden over. Loutro ligt aan een baai, ingeklemd tussen de zee en de bergen erachter, het is alleen per boot te bereiken, er zijn wat hotels en appartementen, een paar winkels en restaurants, verder is er niks, niet eens wegen. Op foto's ziet het er idyllisch en vooral heel rustig uit. Het leek mij de perfecte plek om te schrijven, nu ga ik erheen om juist van het schrijven los te komen.

Een paar dagen geleden heb ik in een opwelling een appartement gehuurd en een ticket geboekt voor veel te veel geld, maar ik heb behoefte aan afstand, aan een ander zicht, letterlijk en figuurlijk.

Vanochtend ben ik in alle vroegte van Amsterdam naar Heraklion gevlogen en in een huurauto van het noorden naar het zuiden van Kreta gereden, naar Chora Sfakion, waarvandaan een veerboot een paar keer per dag in twintig minuten naar Loutro vaart met een tussenstop bij het strand uit de vakantiefolder, dat nu achter me langzaam uit het zicht verdwijnt.

De zee glijdt onder het schip door, de zon doet het water glinsteren, er staat een aangenaam briesje, de warmte doet mijn huid tintelen, de boot schommelt in een wiegend ritme en golven klotsen kalm tegen de voorsteven. Zit ik toch zowaar even tegen ontspanning aan.

Ik word gebeld. Ik zie op mijn scherm geen naam, alleen een onbekend nummer. Ik laat het over aan de voicemail. Ik stop het toestel dat nog een tijdje doortrilt terug in mijn broekzak en het volgende moment zie ik Loutro verschijnen.

Vanuit de verte lijkt het of er achteloos stukjes piepschuim zijn gestrooid tussen de kustlijn en de bergen. Dichterbij kan ik de contouren onderscheiden van de witte bebouwing en nog dichterbij zie ik de terrasjes, de winkeltjes en de hotels. Het dorp is een strook die de halve cirkel van de baai volgt en ik schat dat je in een kwartier van de ene naar de andere kant kunt lopen. Ik zie weinig mensen, er is een haventje, een klein strand, eigenlijk kan ik het hele dorp in één oogopslag zien en ik weet gelijk dat ik me geen betere plek kan wensen.

Vlak voordat we aanmeren zie ik een zwemster met een rode boei om haar pols met ferme slagen door het water gaan en ik moet denken aan een van de eerste reacties die ik op mijn verhaal kreeg. Dat de zwemafstand op de Sloterplas zoals ik die had beschreven niet klopte. Die kritiek was nog te overzien geweest, al had ik er zwaar de pest over in gehad want over het algemeen checkte ik alles honderd keer. Kort daarna was het losgebarsten. In de reacties onder het verhaal en per mail kreeg ik het ene na het andere verwijt. Ik kreeg een bericht van een koppel dat een kind met cerebrale parese had. Ze namen het me kwalijk dat ik met mijn verhaal de suggestie had gewekt dat je kinderen met CP maar beter in een afgrond kon laten vallen. Ze schreven dat ik in plaats daarvan meer begrip voor de aandoening had kunnen kweken. Ik antwoordde dat dat niet mijn taak was en dat hoe zij de val van Marnix zagen hun interpretatie was. Daarna hoorde ik niks meer.

Dat was nog maar het begin.

Mijn verhaal staat nu twee maanden online. Ik had er van tevoren niet te veel van verwacht. Niet geschoten altijd mis, dacht ik. Het manuscript van de roman waar ik de afgelopen anderhalf jaar aan heb gewerkt was door zes uitgeverijen afgewezen. De zevende wilde dat ik het herschreef op een manier die ik niet zag zitten. Het verhaal gaat over een man die in de schuur achter zijn huis de cockpit van een compleet vliegtuig nabouwt. Hij bestelt overal op de wereld de losse onderdelen en zet die volgens handboeken nauwgezet in elkaar. Vervolgens speelt hij hele vluchten na, wat het verhaal tot een ode aan de fantasie maakt, een ode aan het doen alsof, een verhaal over escapisme en de troost die verbeelding kan geven. Het bouwen en naspelen lijkt totaal zinloos, iedereen in de omgeving van de man vindt hem nogal sneu, maar heeft deze man het misschien beter begrepen dan iedereen omdat hij inziet dat je genoeg kunt hebben aan je eigen hoofd om gelukkig te zijn?

Aan het eind van het verhaal vliegt hij daadwerkelijk weg, die schuur uit, scheert hij het luchtruim in, wat natuurlijk niet kan, dat was juist de grap om de lezer te laten ervaren dat als je je er iets bij voor kunt stellen, alles kan. En misschien gebeurde het wel alleen in het hoofd van de hoofdpersoon, dat kon de lezer die naar een concreet einde zocht ook denken: dat de man compleet was doorgedraaid.

De redacteur van die laatste uitgeverij wilde dat ik het einde zou veranderen omdat het volgens hem te diffuus was en mensen niet zouden snappen wat er nou precies gebeurde. Hij zag geen moment in dat het juist zo bedoeld was. Ik weigerde en trok mijn manuscript terug.

Ik had me niet laten verleiden door een contract of door het visioen van een boek van mij in de boekwinkel. Mijn principes stonden nog fier overeind, mijn gevoel van eigenwaarde was gered, maar het manuscript verdween in een la, ik moest mijn geld bij elkaar blijven schrapen met spokenwordoptredens voor meestal een handjevol bezoekers en ik wist dat als dit nog een paar maanden zo doorging ik op zoek moest naar een 'normale' baan, wat mijn familie me al een aantal keren subtiel had aangeraden. Subtiel op hun manier dan.

Ik beschouwde 'Penwortels' als een laatste kans. Het stelde me in ieder geval in staat heer en meester te blijven over mijn werk zonder compromissen te sluiten met wie dan ook. Ik overwoog het eerste gedeelte van mijn roman in te sturen, maar dat voelde alsof ik mijn verhaal amputeerde zonder dat het geamputeerde deel op eigen benen kon staan. Ik besloot een nieuw kort verhaal te schrijven, maar gaandeweg werd het uitgebreider. Ik denk omdat het steeds persoonlijker werd.

Toen het af was overschreed het de toegestane lengte voor de site, maar ze plaatsten het toch. Ik hoopte dat ik er wat optredens of een schrijfopdracht aan over zou houden, of een interview, of dat uitgeverijen geïnteresseerd zouden raken in mij en mijn werk en wellicht in mijn roman die stof lag te vergaren. Mijn schrijversdroom bleef dus nog een tijdje intact, al lag die wel aan de beademing.

Ik vroeg me voor het eerst af of ik zou kunnen leven zonder die droom. Van jongs af aan heb ik willen schrijven. Misschien wel vanuit dezelfde behoefte aan escapisme als de vliegtuigbouwer in mijn roman. Of vanuit de behoefte iets na te laten.

Ik heb nog nooit een partner gehad met wie het over kinderen is gegaan, daar was het nooit serieus genoeg voor en tegen de tijd dat het een beetje serieus werd gingen ze alweer bij me weg. Ik kan het dus makkelijk zeggen, maar ik voel het echt zo: ik wil geen kinderen. Voor sommige mensen vormen hun kinderen de reden van hun bestaan, ik heb dat altijd een onbegrijpelijke filosofie gevonden. Ik zoek dat liever in andere dingen. Door met wat ik schrijf levens aan te raken, door mijn stem te laten horen. Wat natuurlijk over erkenning gaat. Op zich niet vreemd dat dat in mijn verhaal een thema is, net als het niet hebben van een kinderwens.

Het was een vreemde gewaarwording toen het verhaal online stond. Dat ik het daar kon zien en teruglezen. Dat het bestond. Toch was het of mijn verhaal een beetje in een put verdwenen was. Bij optredens voel ik mijn publiek aan, proef ik de reacties. Nu was er alleen stilte en die bleef een paar weken aanhouden. Ik wilde de stekker al uit de beademing trekken en mijn droom rustig laten inslapen toen de eerste commentaren onder het verhaal begonnen te verschijnen.

Die waren over het algemeen positief, al bleven ze ook wat oppervlakkig. En ik wist niet of ik reacties als 'het las heerlijk weg' en 'ik had het in een uur uit' nu echt als complimenten moest beschouwen.

Maar het begon in ieder geval te leven, men sprak erover, ook op de socials. Ik zag de aanbiedingen al binnenstromen. In mijn vrolijke verbeelding dan, want in werkelijkheid werd ik door niemand benaderd, nam alleen de hoeveelheid reacties langzaam toe, maar brachten die ook steeds meer kritiek.

Lezers vielen over het einde, wilden weten hoe het verderging, of Puck opzettelijk haar kind had losgelaten en hoe ze dan nu zou kunnen leven met zichzelf, of zij en Abel bij elkaar zouden blijven, of Puck zichzelf van het leven zou beroven. Over al die dingen had ik helemaal niet nagedacht. Ik hou niet van gesloten einden. Ik hou van einden waarbij je je afvraagt wat er na de laatste pagina nog gebeurt, maar waar je als lezer niet meer bij bent. Blijkbaar waren mijn lezers daar niet toe in staat of hadden ze er geen zin in, wilden ze liever een hapklare brok.

Of hadden ze gelijk? Had ik me er te makkelijk van afgemaakt door het einde zo te doen? Vond ik het te moeilijk om te schrijven over hoe dat loslaten van Puck nu precies in zijn werk was gegaan en over wat er daarna gebeurd zou zijn?

Ik moest denken aan wat ik ooit in een workshop over spannende verhalen schrijven had geleerd: dat het niet zo moeilijk is om spanning op te bouwen, je legt bij wijze van spreken gewoon het ene na het andere lijk neer, maar dat het erom gaat dat je al die opgebouwde spanning achteraf rechtvaardigt. Had ik dat niet goed gedaan? Ook al had ik helemaal geen thriller of detective willen schrijven?

Volgens anderen had ik niet het recht te schrijven over een postnatale depressie als ik die zelf niet had gehad en niet eens moeder was. Laat staan dat ik me iets zou kunnen voorstellen bij een moeder die haar kind loslaat, misschien wel bewust.

Het waren je reinste beschuldigingen van toe-eigening waar we zo mee doodgegooid worden. Terwijl het als schrijver toch juist mijn werk is om me in anderen te verplaatsen? Als ik alleen maar zou mogen schrijven over wat ik ken uit mijn eigen leven, zou je heel saai proza krijgen.

Daarnaast konden maar weinig lezers compassie hebben met een moeder die niet in staat was van haar kind te houden. Ik had gedacht dat het voor sommige moeders herkenbaar zou zijn, maar ik was natuurlijk naïef om te denken dat ze dat openlijk zouden toegeven door mijn verhaal te steunen.

Er werden parallellen getrokken met *Medea* en met *Rosemary's Baby*, dat vond ik wel tof, maar verder werden de berichten vooral negatiever. Het adagium 'Het maakt niet uit wat ze over je schrijven, áls ze maar over je schrijven' vond ik altijd al onzin, nu werd die mening door de praktijk bevestigd. Ik had liever dat mensen niks schreven dan dat ze deze oneliners loosden. Er zaten echt wel opmerkingen bij waar ik wat mee kon, waardoor ik anders naar mijn eigen werk ging kijken, maar het gemak waarmee mijn verhaal door sommigen in een paar regels werd afgemaakt deed de beademingsmachine haperen en de schrijfster in mij keek al in een tunnel van licht.

Misschien kan ik gewoon niet goed tegen kritiek, of ben ik er nog niet zo aan gewend, hoewel mensen na afloop van een optreden ook vrij direct uit de hoek kunnen komen. Dat heeft me enigszins geleerd het nooit persoonlijk op te vatten. Mensen die kritiek uiten doen dat meestal om zichzelf te profileren, niet omdat ze zich echt betrokken voelen bij jou of je werk.

Nu was het of de lessen die ik wat dit betreft had geleerd zo door het doucheputje wegspoelden, met mijn ego erbij.

Toch bleek het adagium uiteindelijk waar, want doordat er steeds meer over *De val* gepraat en geschreven werd, ook al zat daar veel negatiefs bij, gingen steeds meer mensen het lezen. Ik kreeg van 'Penwortels' geen harde cijfers, maar na een week of zes zeiden ze dat *De val* het best gelezen verhaal op hun site tot dan toe was.

Maar met het aantal lezers bleef ook het aantal negatieve reacties stijgen. En ik begon vragen te krijgen. Of ik met het personage Puck en de beslissingen die ze nam iets had willen zeggen over deze tijd, of ze symbool stond voor een generatie. Iemand vroeg wat ik wilde zeggen met die tekst in de grot, die je in allerlei richtingen kon lezen. Wie werd er in het verhaal als de zaaier gezien waar het in die tekst over ging? Ging dat eigenlijk over mezelf, omdat ik als schrijfster ook ideeën plantte?

Op al die vragen antwoordde ik dat ik fictie schrijf, dat ik gewoon een meeslepend verhaal had willen vertellen, dat er niet echt een boodschap in zat, maar ik kreeg steeds meer het gevoel dat ik daarmee de zeggingskracht van mijn verhaal aan het bagatelliseren was, dus ben ik er op een gegeven moment mee opgehouden me achter dat excuus te verschuilen.

Bovendien was het gelul. Natuurlijk wilde ik wel iets zeggen met mijn verhaal.

Niet alleen online kwam er kritiek. Dat had ik nog wel aangekund. Het heftigst waren de reacties van de mensen die het dichtst bij mij staan. Wat de werkelijke reden is waarom ik uit Nederland weg ben gegaan en nu op dit Griekse dorpje af vaar.

De veerboot legt aan de westkant van de baai aan. Ik pak mijn rugzak en loop naar het benedendek. We gaan met zo'n tien mensen van boord en worden gevolgd door werkmannen die met steekkarren en kruiwagens goederen beginnen te lossen, vermoedelijk de bevoorrading van de hotels en restaurants hier. Uit een grote laadklep rijdt een vuilniswagen van boord die verderop parkeert op een klein stukje asfalt dat verder nergens heen leidt.

Ik loop over de steiger op het dorp af als ik opnieuw word gebeld, weer door een onbekend nummer, maar niet hetzelfde als net. Ik laat hem weer naar voicemail gaan en loop op het eerste terras af dat ik tegenkom en dat voor een deel boven het water is gebouwd. Ik ga zitten. Mijn voicemail piept. Straks. Eerst wat drinken en iets eten.

Ik bestel een broodje en een cola zero en zie nu dat dit terras bij een klein hotel hoort, Hotel Sifis, en dat rondom de ingang curiosa staan uitgestald, waaronder boeken die je blijkbaar mag lenen. Ik begin nu al van deze plek te houden.

Weer telefoon. Ik begin te denken dat er iemand dood is. Hetzelfde onbekende nummer van een paar minuten geleden. Dan dringt het tot me door.

Fuck.

Ik neem vlug op.

'Hai, met Tammy.'

'Ah, daar ben je,' zegt een iets te hoge mannenstem. 'Ik probeerde je net ook te bellen.'

'Ja, sorry, ik ben vandaag in Griekenland aangekomen en ik kom net van een boot.'

'Geeft niks, we zijn nog op tijd.'

'Nogmaals sorry.'

'Komt goed. We gaan richting het einde van de uitzending en we zijn een beetje uitgelopen, dus we hebben geen tijd voor alle vragen die je met mijn collega hebt voorbesproken.'

'Oké.'

'Maar er blijft genoeg tijd over. Er is nu nog een plaat bezig, als die is afgelopen word je doorgeschakeld naar de studio en begint Erna het gesprek.'

'Helemaal goed.'

'Zet 'm op. Wordt leuk.'

'Thanks.'

Het volgende moment hoor ik een nummer van Acda en de Munnik dat ik niet ken. Mijn broodje en mijn cola worden gebracht en ik neem een paar slokken en een kleine hap om niet mijn mond vol te hebben als ik 'on air' ben. De plaat loopt door en ik neem snel nog twee happen.

Vorige week was er na een optreden in een nogal obscuur buurtcentrum een jongen op me afgekomen die ook *De val* had gelezen en hij vroeg of ik op de radio iets wilde vertellen. Hij was redacteur van een programma met een rubriek over boeken en schrijvers. Ik reageerde enthousiast, natuurlijk, mijn eerste interview over mijn werk, kom maar op! Eergisteren, toen ik al besloten had hierheen te gaan, had ik met een andere redacteur het interview voorbereid tijdens een telefoongesprek van nog geen tien minuten. Het zou vooral gaan over spoken word, over mijn voorbeelden, over hoe je als jonge schrijver een plek moet zien te veroveren tussen de gevestigde namen en over mijn werk natuurlijk, en de thema's daarin, met ruimte om iets voor te lezen. Het interview zou live zijn, maar kon telefonisch, dus mijn reisplannen konden gewoon doorgaan. Dit zou positief worden, na al het gezeik. En dan was ik het nu toch totaal vergeten. Ik heb blijkbaar al meer afstand genomen van alles dan ik zelf doorheb.

Acda en De Munnik zingen door over de zon, de nacht en de regen, terwijl ik in mijn hoofd een stukje repeteer dat ik voor kan dragen, gelukkig ken ik veel uit mijn hoofd. Acda en De Munnik naderen hun einde, ik spoel de hap brood die ik nog in mijn mond heb met cola weg en hoor de stem van de presentatrice.

'Dat waren Acda en De Munnik met het nummer *Totdat ik jou* uit 2004, dat nog op de 36e plaats heeft gestaan in de top 40. Dan nu tijd voor onze letterenrubriek, met vandaag iemand van wie u misschien nog niet eerder hebt gehoord, al is een verhaal dat zij heeft geschreven viral aan het gaan. Een verhaal over een moeder met een postnatale depressie die uiteindelijk haar kind van een rots in Frankrijk laat glippen.'

Gódver! Ze verklapt gewoon de afloop van mijn verhaal!

'Ze is zevenentwintig jaar, treedt ook op als spokenwordartiest en hangt nu bij ons aan de telefoon. Dag Tammy.'

'Hallo.'

'Is Tammy je echte naam?'

'Eh, nee. Eigenlijk heet ik Tamara.'

'Je schrijft dus onder een pseudoniem?'

'Niet echt. Heel veel mensen noemden me al Tammy. Als schrijfster vond ik dat wel goed klinken, ook omdat ik een achternaam heb die je zowel op z'n Nederlands als op z'n Engels uit kan spreken.'

'Met het oog op een internationale carrière dus?'

'Eh, nou nee, ik vond het gewoon beter klinken.'

'Je optredens als spokenwordartiest zijn ook vaak in het Engels.'

'Ja.'

'Is dat niet jammer?'

'Hoezo?'

'Waarom in het Engels als Nederlands je moedertaal is?'

Altijd hetzelfde. Dit komt vaak aan de orde als publiek na een optreden vragen mag stellen. Meestal zijn het mensen van boven de vijftig die erover beginnen.

'In het Engels kan ik me beter uitdrukken,' zeg ik, 'zijn er meer woorden die kunnen zeggen wat ik bedoel. En mijn generatie maakt het niet zoveel uit of iets in het Engels of in het Nederlands is.'

Kut. Was dat een belediging?

De presentatrice gaat er niet op in. 'Je bent nu in Griekenland, begreep ik?'

Klinkt ze nu killer?

'Eh, ja. Op Kreta. In een klein dorp. Even verandering van omgeving.'

'Klopt het dat je verhaal *De val* deels op de Griekse mythologie is gebaseerd?'

Zo, denk ik, deze vrouw heeft haar huiswerk gedaan. Of anders haar redactie.

'Dat klopt,' antwoord ik. 'Het is deels gebaseerd op Hephaistos, een van de twaalf goden van het pantheon. Hij had bij zijn geboorte al slechte benen, maar zijn moeder Hera gooide hem uit schaamte van de Olympus waardoor hij de rest van zijn leven mank liep. Volgens Homerus wekte zijn verschijnen bij de andere goden 'Homerisch gelach' op. In de *Ilias* wordt de naam van Hephaistos direct gekoppeld aan vuur. Hij was de god van de smeedkunst en van de ambachtslieden en had zijn werkplaats onder vulkanen. Daarom gaat het in mijn verhaal over water, maar ook over vuur. Een bosbrand in Frankrijk is de kapstok waar het hele verhaal aan is opgehangen, de opa van mijn hoofdpersoon is timmerman en raakt gewond bij een brand en het familiebedrijf waar een andere hoofdpersoon gaat werken is een juweliersketen.'

'Dus eigenlijk heb je een oud verhaal gekopieerd, mag ik dat zo zeggen?'

'Nou, niet gekopieerd. Ik heb een... variant willen schrijven op die mythe, maar dan in deze tijd.'

Achter me is een gezin met kinderen het terras op gekomen en ik kan de interviewster bijna niet meer verstaan. Ik sta op, loop een eindje bij het terras vandaan en hou met een vinger van mijn vrije hand mijn andere oor dicht.

'Die variant op de mythe van Hephaistos doet vermoeden dat het personage Puck haar zoon dus expres van die rots laat glijden?' vraagt ze.

'Daar geef ik liever geen antwoord op.'

'Waarom niet?'

'Dat is aan de lezer.'

'Laat ik het dan anders vragen: wat heb je met deze variant op dit oude verhaal willen zeggen over deze tijd?'

'Daar ga ik ook niets over zeggen.'

'O. Nou, dan wordt dit een kort gesprek. Haha.'

'Helaas, ja. Haha.'

'Het gaat toch over het moederschap?' vraagt de presentatrice. 'Dat sommige moeders het moeilijk vinden van hun kind te houden?'

'Dat zou kunnen.'

'En het lijkt alsof je dat verbindt aan iets wat je wilt zeggen over overbevolking en over hoe dat van invloed is op de planeet.'

'Dat laat ik bij u.'

'Waarom wil je dat niet toegeven?'

'Omdat ik vind dat ik niet de betekenis of de bedoeling van mijn verhaal uit moet leggen.'

'Waarom niet?'

'Dan had ik het niet hoeven schrijven. Dan had ik nu net zo goed aan u en de luisteraars kunnen vertellen wat ik kwijt wil. Dan had ik dat niet in een verhaal hoeven doen.'

'Maar je legt net wel alle verbanden met de mythe van Hephaistos uit.'

'Omdat veel mensen dat verhaal niet zullen kennen en ik vul er niets mee in over de betekenis.'

'Ja, ja.'

'Ik maak iets omdat het niet op een andere manier te vertellen is. Dat is de functie van literatuur en misschien wel van alle kunst: op een impliciete manier dingen zeggen waardoor de boodschap veel sterker overkomt, omdat het iets van jou vraagt, als lezer of als luisteraar of als toeschouwer. Als je het als maker gaat uitleggen maai je het gras voor de voeten van je eigen werk weg.'

'Dus je schrijft iets en de lezer moet zelf maar uitzoeken wat hij of zij ermee moet?'

'Daar komt het wel op neer.'

'Is dat niet wat gemakzuchtig?'

'Nee.'

Ik sta nu bij de vuilniswagen waar twee jonge Grieken een rij vuilcontainers in aan het legen zijn, wat nog meer herrie maakt dan het gezin op het terras. Ik loop nog verder door, helemaal naar het uiteinde van de baai, een paadje op dat omhooggaat.

'Dan kun je je er vrij makkelijk van afmaken,' zegt de presentatrice, 'als er achter je verhaal geen enkel idee schuilgaat.'

Jesus Christ. Dat zeg ik toch niet?

'Maar zo is het niet. In mijn hoofd is het coherent, heeft alles betekenis en een functie. Ik doe alles met een reden. Maar ik laat wel de kieren vrij zodat de wind er doorheen kan waaien, zodat iedereen er zelf iets van kan maken. Er is geen goed of fout als het gaat om interpretatie. Dus is alles goed. En als de lezer dingen anders begrijpt dan hoe ik ze bedoel: ook prima. Maar dan moet ik die tussenruimtes niet dicht metselen door alles uit te leggen. Dan stikt het.'

'Goed, je zegt dus dat je de interpretatie aan de lezer over wilt laten, maar je kunt toch niet ontkennen dat je in het verhaal behoorlijk aan het prediken bent? Dan heb ik het vooral over het personage Vincent. Hij ziet overbevolking als een groot probleem voor de aarde.'

'Het zijn Vincents woorden.'

'Maar jij hebt ze geschreven.'

'Dat is iets anders.'

'Ben je het dan niet met hem eens?'

'Daar gaat het niet om.'

'Je laat het hem toch niet voor niets zeggen? Alles heeft een reden, zeg je net. Hij zegt bijvoorbeeld ook dat economische veranderingen de aarde moeten redden. Dan heeft je verhaal toch een moraal? Meerdere zelfs?'

Fokking hell.

'Ik vind "moraal" helemaal geen fijn woord,' zeg ik.

Oh my God. Pedant!

'Vaak wordt iets moralistisch gevonden,' ga ik verder alsof ik al honderden interviews heb gegeven, 'terwijl het gewoon de realiteit is. Maar als mensen de realiteit gaan zien als moralistisch, ben je snel uitgepraat, want dan zien ze de realiteit dus als iets subjectiefs, als iets waar je een mening over kunt hebben. Maar de realiteit op die manier ontkennen is populisme. Dan kun je namelijk alles beweren.'

What the fuck zeg ik allemaal? Het pad dat ik volg loopt dood. Het komt uit bij een ruïne, hoewel, eigenlijk is het niet meer dan wat afgebrokkelde stenen op een rotspunt met aan alle kanten uitzicht over zee. Waarschijnlijk resten van een fort of zo. Ik besef dat ik de draad van mijn verhaal totaal kwijt ben, ik heb weer eens te veel willen vertellen. Toch praat ik door, tot mijn eigen stomme verbazing.

'Ik heb vooral iets willen agenderen zonder te zeggen wat goed of fout is. Ik pretendeer helemaal niet als schrijver de waarheid in pacht te hebben. Als ik schrijf heb ik maar één moraal en dat is twijfel. Ik ben er namelijk van overtuigd dat als we met z'n allen wat vaker aan onszelf zouden twijfelen, de wereld er een stuk beter uit zou zien.'

Pfff. Waar haal ik dit allemaal vandaan? Voor iemand die de wijsheid niet in pacht heeft klink ik als een bloedirritante schooljuf. Ik hou nu bewust mijn mond. Hoelang duurt het gesprek al? Het zal nu toch wel bijna klaar zijn?

De presentatrice weer: 'Iets anders. Het viel me op dat er helemaal geen mensen van kleur in je verhaal zitten.'

Waar gaat dít nou weer heen?

'De personages in je verhaal zijn zonder uitzondering wit en geprivilegieerd. Is dat een bewuste keuze?'

'Niet echt.'

'Je had gewoon geen behoefte aan andere perspectieven?'

Wat een kutwijf. Ik overweeg het gesprek te beëindigen, dit kan alleen maar nog slechter aflopen, maar ik weet ook dat het een complete afgang zal zijn en dat ik me niet wil laten kennen.

'Hoe weet u dat er geen zwarte personages in mijn verhaal voorkomen?' vraag ik.

'Dat staat nergens en ik heb het echt goed gelezen.'

'Maar het feit dat het er niet staat wil toch niet zeggen dat ze er niet zijn?'

'Eh...'

'Er wordt van geen enkel personage gezegd dat hij of zij zwart is, maar ook niet dat hij of zij wit is. Waarom zou Puck niet zwart kunnen zijn? Of Abel? Omdat het dan onderdeel van het verhaal zou moeten zijn? Waarom?'

'Omdat je als schrijver misschien de verantwoordelijkheid voelt om de wereld in al zijn diversiteit te laten zien?'

'U hebt in dit geval zelf een verantwoordelijkheid om diversiteit te zien. Dat u dat in mijn verhaal niet ziet, zegt meer over u dan over mij. Misschien is Gijs de therapeut wel zwart. Of Lize. Dat kan allemaal. Is Puck blond of donker?'

'Hoe bedoel je?'

'Het personage Puck, heeft ze blond of donker haar?'

'Ze heeft bruin haar.'

'Prima. Maar dat staat nergens. Er wordt nergens in *De val* gezegd welke kleur haar ze heeft, of welke kleur ogen. Dat hoeft ook niet, dat vult de lezer allemaal zelf in. U ook. Maar dat ze een zwarte huidskleur zou hebben, komt niet bij u op. Dat is toch gek? Dat ligt dan toch aan u? Dat wit uw norm is?'

'Ik... wil je danken voor dit gesprek.'

'Zal ik nog een stukje voordragen?'

'Helaas, de tijd zit erop, nogmaals dank. En ik dank de luisteraars voor het luisteren, morgen zijn we er weer met...'

Ik druk het gesprek weg. Ik ben doorweekt. Van het klimmen, van de warmte, maar vooral van deze veldslag. Gaat dit altijd zo? Valt dat normaal gesproken niet op als je luistert, totdat je zelf in de arena staat? Wat heb ik in jezusnaam allemaal uitgekraamd? Ik hou mezelf maar voor dat weinig mensen het gehoord hebben, wie luistert er nou nog naar de radio?

Ik loop terug over het paadje, glij een paar keer bijna uit, passeer de vuilniswagen en de twee Griekse jongens die hun blik even onbeschaamd over mijn lichaam laten gaan en kom terug op het terras waar mijn half opgegeten broodje en restje cola nog op het tafeltje staan met daarnaast op de grond mijn rugzak met daarin mijn paspoort, mijn pinpas en mijn laptop. Lekker bezig.

Ik merk dat ik tril. De adrenaline die door het interview is gaan stromen is nog niet gezakt.

Ik stop de rest van het broodje in mijn mond, drink de cola op, reken af en vraag de weg naar het appartement. Dat ligt aan de oostzijde van het dorp, vanaf hier aan de andere kant van de baai. Ik neem me voor het interview zo snel mogelijk te vergeten.

Met mijn rugzak om mijn schouder loop ik de baai rond langs de hotelletjes en winkeltjes met hoofdzakelijk strandbenodigdheden en souvenirs, al zie ik ook een kledingboetiek. Ik passeer een restaurant met een papegaai voor de deur die druk bezig is krantenpapier dat in zijn kooi ligt aan stukken te scheuren en een kiosk die versnaperingen verkoopt.

Het is behoorlijk uitgestorven, de terrassen zijn zo goed als leeg, slechts drie meisjes spelen in de branding. Beschouwen ze 26 graden hier al als winter?

Over smalle paden, houten plankieren en soms dwars over terrassen heen bereik ik de andere kant van het dorp. Daar moet ik volgens de aanwijzingen die ik heb gekregen achterlangs doorsteken en dan rechts van de supermarkt omhoog.

Supermarkt is een groot woord. Het is een winkeltje dat half in het donker ligt vanwege de gebouwtjes die er omheen staan te dringen en die net iets hoger zijn. Binnen is het nog donkerder en een snelle blik de winkel in maakt me duidelijk dat ze er niet veel verkopen, alleen het hoognodige.

Ik sla een steil weggetje omhoog in, een benauwde steeg door met wat deuren zonder huisnummers en amper ramen. Ik loop verder omhoog en het valt me op dat hier nergens in de hoogte is gebouwd, terwijl je dat op een bijzondere plek als deze met zo'n kleine oppervlakte wel zou verwachten.

Het appartement ligt op de bovenste verdieping, driehoog, bovenaan een trap die buitenom gaat. Ik zie een blauwe voordeur en twee blauwe luiken die dicht zijn. Verder is alles wit: het appartement, de trap en ook de gietijzeren trapleuning. Ik loop naar boven, klop aan, wacht, maar er komt niemand. Ik bel het nummer van de verhuurster, meld haar dat ik er ben en zij zegt in gebrekkig Engels dat ze eraan komt met de sleutel.

Ik sta hier in de volle zon, volledig uit de wind, ik voel het zweet alweer over mijn rug lopen, dus ik loop terug naar beneden en ga naast de trap op een wit muurtje in de schaduw zitten.

Mijn telefoon piept. Ik kijk. Het is een appje van een meisje met wie ik weleens optreed. Haar bericht bestaat uit een link naar X. Ik klik erop. Ik schrik. Blijkbaar reageren mensen op mijn radio-interview. Ze gebruiken zelfs de hashtag #gotammy. Verrassend genoeg is het heel positief. Mensen schrijven dat ik die interviewster goed op haar nummer heb gezet. De vriendin appt er nu achteraan: 'Heb het teruggeluisterd. Supergoed gedaan! Wat een bitch!!'

Ik klik weer naar X. Er komen berichten bij. Grappig. De reacties staan haaks op mijn eigen beleving.

Ik zie nu ook dat ik een melding van twee voicemailberichten heb. Het radioprogramma natuurlijk, dat me al een keer had gebeld voordat ik opnam, maar er was op de boot ook nog een ander onbekend nummer geweest. Ik luister de voicemail af.

'Dag Tamara, je spreekt met Cees Vermunt, ik ben van de recherche. Ik zou je graag even willen spreken. Het is best dringend. Kun je me terugbellen als je dit hoort? Mijn nummer staat nu als het goed is in je telefoon. Anders probeer ik het straks zelf nog een keer. Dank je wel alvast.'

Ik denk meteen dat er iets met mijn ouders is, of met mijn zus. Is er inderdaad iemand dood? Ik bel meteen het nummer terug.

'Cees Vermunt.' Vriendelijke stem.

'Met Tamara Davidson. U had me gebeld.'

'Dat klopt.'

'Wat is er aan de hand? Is er iets gebeurd?'

'Ik bel u over het verhaal dat u geschreven heeft. *De val*. Dat speelt een rol in een onderzoek dat wij doen.'

'O. Oké. Er is dus niks met mijn familie of zo?'

'Nee, maakt u zich daar geen zorgen over.'

'Omdat u zei dat het dringend was.'

'Dat is het ook.'

Ik hoor dat er berichten binnenkomen op mijn mobiel en ik word ook nog door iemand anders gebeld. Tegelijkertijd zie ik een vrouw met een iets gebogen rug het steile weggetje naar boven op komen. Ze zwaait met een bosje sleutels in haar hand waarbij het witte gewaad dat ze aanheeft wappert in de wind.

'Het spijt me,' zeg ik tegen de rechercheur, 'het komt nu niet handig uit. Ik ben net op mijn vakantieadres in Griekenland aangekomen en ik moet even... Is het goed als ik u straks terugbel?'

'Eigenlijk zou ik u nu even willen spreken als het schikt.'

'Het schikt dus heel even niet, sorry, ik... Ik bel u over twintig minuten terug.'

'Goed. Dan hoop ik dat u even tijd hebt, want uw verhaal speelt een belangrijke rol in een moordonderzoek.'

Móórdonderzoek?

De vrouw in het gewaad staat inmiddels bij me, gebaart en gaat me voor de trap op.

'Ik bel u,' zeg ik tegen de rechercheur en druk hem weg. Ik pak mijn rugzak van de grond en loop achter de vrouw aan naar boven. Voor de deur schudden we elkaar de hand en ze stelt zichzelf voor als Selina. Ze is een jaar of vijfenveertig. Ze opent de voordeur en laat mij voorgaan.

Het appartement is klein, de inrichting niet al te nieuw en het ruikt er een beetje muf.

Selina loopt door de woonkamer naar een rolluik en trekt dat open. Zonlicht stroomt naar binnen. Ze doet een terrasdeur van het slot, schuift hem open en maakt een uitnodigend gebaar. Ik passeer haar en loop het terras op.

Het is eigenlijk een groot balkon, helemaal vrij, met uitzicht naar alle kanten. Ik zie de hele baai met het dorp aan de ene kant en de bergen aan de andere kant. Recht voor me de eindeloze zee met duizenden spikkels zonlicht die naar me knipogen. Het uitzicht is adembenemend en nog indrukwekkender dan op de foto. Met dit terras heb je binnen geen ruimte nodig, dan leef je hier buiten.

Ik kijk Selina met een brede glimlach aan, zij knikt beleefd, waarschijnlijk gewend aan het effect dat dit balkon op haar gasten heeft.

We stappen weer naar binnen en ze laat me de rest van het appartement zien, simpel en overzichtelijk allemaal, precies wat ik op dit moment nodig heb. Ze overhandigt me de sleutels, laat me een geplastificeerd kaartje zien dat aan de muur is gespijkerd met daarop de wifi en het wachtwoord en waarschuwt de parasol op het terras 's nachts dicht te doen vanwege de wind. Ze wenst me een fijn verblijf en vertrekt.

Ik zet mijn rugzak op het bed dat erg smal is voor twee personen maar waar ik in mijn eentje breeduit in kan liggen. Ik pak mijn mobiel om de rechercheur terug te bellen en zie dat ik dertien appjes heb gekregen in de afgelopen tien minuten. Ik scrol er snel doorheen. Ze gaan allemaal over het interview op de radio. Is het toch geen uitgestorven medium, of is dit alleen maar omdat mensen het fragment online delen? Het blijft een beetje onwerkelijk.

Ik ga naar het nummer van de rechercheur, maar word opnieuw gebeld. Ik neem op. Het is wederom een redacteur, nu van een talkshow met de vraag of ik vanavond aan tafel wil komen om te praten over het incident op de radio.

Incident?

En om het over mijn verhaal te hebben, want ook zij hebben nu de reacties van de laatste weken gezien en begrijpen dat het best wat stof heeft doen opwaaien, dus met het incident erbij zou dat een goede combi zijn.

Ik zeg dat ik in Griekenland zit, wat hij had kunnen weten als hij goed naar dat interview had geluisterd, maar goed. Ik zeg dat het dus niet gaat lukken. Dat begrijpt hij. Ik baal wel. Dit was een mooie kans geweest. Ik zeg dat ik misschien later een keer kan komen, maar de redacteur zegt dat het echt om vandaag gaat, vanwege wat er vandaag gebeurd is. Hij vraagt of ik weet dat ik op dit moment trending topic ben.

Waar gaat dit over? Een moordonderzoek en trending topic? En ondertussen sta ik hier met een klamme rug in een appartement in Griekenland, in een zowat verlaten dorp.

De redacteur zegt dat er later misschien nog een keer aanleiding is om in de show te komen, maar alleen als er dan weer actualiteitswaarde is. Ik bedank hem voor de belangstelling en we beëindigen ons gesprek.

Ik ga op de rand van het bed zitten. Welke indruk heb ik in vredesnaam gemaakt op de radio? En is dit niet een verkeerd soort aandacht? Toch blijf ik het jammer vinden dat ik vanavond niet aan die talkshowtafel kan zitten. Het had mijn doorbraak kunnen worden. Of zouden ze die radiopresentatrice ook hebben uitgenodigd om de discussie nog eens over te doen? Zou me niet verbazen.

Ik wil de rechercheur terugbellen, maar zie dat mijn batterij bijna leeg is. Ik zoek mijn oplader in mijn tas, sluit mijn toestel aan en bel op snoerafstand van het stopcontact.

'Cees Vermunt.'

'Daar ben ik weer. Met Tamara.'

'Fijn dat je terugbelt.'

'Sorry voor de vertraging. Er liepen even wat dingen door elkaar.'

'Heb je nu even de tijd?'

'Ja.'

'Oké.' Hij laat een korte pauze vallen. 'Laat ik bij het begin beginnen.'

Het is al bijna donker. Je kunt de bergruggen nog net onderscheiden van de lucht, maar dat zal niet lang meer duren. Ik loop dezelfde route als vanmiddag, maar dan in tegenovergestelde richting. Eigenlijk is er maar één route door Loutro. Hier en daar zitten gasten op de terrassen. Ik kijk of ik iets zie wat me bevalt, maar merk dat ik zin heb om te blijven lopen. Na mijn gesprek met de rechercheur heb ik de rest van de middag op het balkon van mijn appartement gezeten en nagedacht over wat hij me heeft verteld. Daarna ben ik aan het lezen geslagen.

Ik voel mijn neus, mijn voorhoofd en mijn schenen nabranden van de zon. Ik had me niet ingesmeerd dus dat zal wel pijn gaan doen. Het is fijn om de benen te strekken, maar binnen de kortste keren ben ik weer aan de andere kant van het dorp en nader ik de parkeerplaats waar eerder op de dag de vuilniswagen stond. Ik keer om en loop terug tot ik bij het terras kom met de papegaai bij de ingang. Terras en vogel horen bij een hotel dat Daskalogiannis heet. Er zitten twee gasten buiten. Ik neem plaats aan een tafeltje in een hoek.

Ik kijk uit over de baai, over het zeewater dat langzaam verkleurt en de schommelende bootjes die her en der voor anker liggen. Dit is waarom ik hierheen ben gekomen, voor dit soort plaatjes, maar ik heb er nauwelijks oog voor.

Het relaas van de rechercheur bonst na in mijn hoofd. Dat mijn verhaal een rol heeft gespeeld bij de moord op een jonge vrouw... dat mijn tekst een moordenaar heeft aangespoord... dat die moordenaar de jongen is waarvan ik het opsporingsbericht voorbij heb zien komen... Er gaan allerlei emoties door me heen maar ik heb geen idee welke het beste bij deze situatie past.

Het lijkt erop dat het niet tot de aanslag is gekomen die de dader eigenlijk had willen plegen op een school. Dat was nog erger geweest. Nu is er maar één slachtoffer, een vrouw van begin dertig. Meteen schaam ik me dat ik dit denk. Cees

Vermunt heeft me niet veel over haar verteld en ik vraag me af wie ze was, hoe haar leven eruitzag.

Er komt een man vragen wat ik wil drinken. Ik bestel een biertje. Hij vraagt hoe ik heet. Ik stel me voor als Tammy Davidson, op z'n Engels. Hij heet Pavlos. Ik schat hem een jaar of zestig. Zijn huid is als gelooid leer. Hij heeft zware wenkbrauwen en draagt een rood T-shirt dat vaal is geworden door de zon of omdat het te vaak gewassen is.

Terwijl hij mijn biertje haalt heeft de papagaai het hoogste woord, al kan ik niet verstaan wat hij zegt. Tussendoor doet hij voortdurend het geluid van een telefoon na. Ik moet er wel om lachen maar vraag me af hoe het is om dag in, dag uit in het geluid van dat beest te zitten.

Pavlos komt terug met een glas uit de vriezer, een flesje bier en een schaaltje chips. Terwijl hij het neerzet vraagt hij of ik hier alleen ben. Ik zeg van wel, maar heb geen zin om het over mezelf te hebben, dus ik vraag hem of hij hier woont.

'Ja,' antwoordt hij. 'Ik ben hier geboren. Dat wil zeggen, in Anopolis.' Hij draait zich half om en wijst omhoog. 'Dat ligt daar. Boven op de berg.'

'Het zal hier wel een hechte gemeenschap zijn,' zeg ik, 'zo klein als het hier is.'

Hij knikt. 'Iedereen is min of meer familie van elkaar. Maar steeds meer mannen zijn alleen. Vrouwen en kinderen komen enkel in het weekend en in de vakanties omdat de kinderen naar school moeten. Er was hier vroeger wel een school, nu moet je daarvoor naar Chania.'

'Heb jij familie?' vraag ik.

'Ik heb een dochter en twee kleinkinderen, die wonen in Florida. Daar ga ik één keer per jaar naartoe, met Kerst. Verder ben ik het hele jaar in Loutro.'

'Hoeveel mensen wonen hier?'

'Vroeger woonden we hier met zo'n zestig mensen permanent. Nu zijn we hier 's winters maar met z'n vijven of zessen.'

'Lijkt me eenzaam.'

'Dat is de mooiste tijd van het jaar. Echt winter wordt het hier niet. Wel kan het flink waaien. De veerboot komt gedurende die maanden twee keer per week om levensmiddelen en de post te brengen, maar als het te hard waait wordt al het vaarverkeer stilgelegd. Dan kun je hier niet heen, maar ook niet weg.'

Een van zijn andere gasten gebaart naar hem en hij laat me alleen met mijn bier, mijn chips en mijn gedachten, die meteen weer over me heen komen.

Cees Vermunt heeft me verteld dat ze bang zijn dat de moordenaar die ze zoeken nog een moord zal plegen, of iets nog ergers zal doen. Misschien dat hij zijn oorspronkelijke plan om een aanslag te plegen op een school alsnog gaat uitvoeren.

Hij gaf me ook meer details over de dader, over wie ik voor het telefoongesprek niet meer wist dan wat er in dat opsporingsbericht stond. Cees de rechercheur zei dat ze zijn dagboeken hebben gelezen en dat het daarin niet alleen over mijn verhaal en over het personage Vincent gaat, maar ook over andere figuren uit de wereldliteratuur en dan met name over Holden Caulfield uit *The Catcher in the Rye*, een boek dat verbonden is aan de dood van John Lennon. Ik heb het vanmiddag opgezocht op internet en over Chapman gelezen, de moordenaar die ruim veertig jaar na de moord nog steeds vastzit. Op YouTube vond ik een interview dat Larry King in 1992 met hem had op CNN. De rillingen liepen over mijn rug. Zo koelbloedig als deze man over de moord zit te vertellen, alsof niet hij maar iemand anders de popster heeft doodgeschoten. Die rust van hem is angstaanjagend en meteen stelde ik me voor dat Jonathan Odijk misschien ook zo over de moord op die vrouw praat.

Ik heb zijn opsporingsbericht opnieuw bekeken. Op zijn foto lijkt hij niet gevaarlijk, eerder tragisch en wat melancholisch. Er is iets in zijn blik, die erg naar binnen is gericht, alsof die iets verborgen houdt. Bij Chapman gebeurt er niets in zijn ogen, alsof er helemaal niets achter zit. Ik weet niet wat ik beangstigender vind.

Chapman vertelde aan Larry King dat hij voor in zijn exemplaar van *The Catcher in the Rye* had geschreven: 'dit is mijn statement'. Hij zei dat hij niet van plan was geweest om na zijn arrestatie iets te zeggen, maar het boek alle antwoorden te laten geven.

Beschouwt Jonathan Odijk mijn verhaal als zijn statement?

Vervolgens heb ik over Salinger zelf gelezen, die na het immense succes van zijn werk een kluizenaar werd en zich volledig uit het openbare leven terugtrok. Net als Milan Kundera, die ik erg bewonder. Ineens zag ik mezelf hier zitten, aan de andere kant van Europa. Was ik hier ook niet om de werkelijkheid te ontvluchten? Was het schrijvers eigen om je voor lange of kortere tijd te willen afzonderen?

Daarna heb ik *The Catcher in the Rye* gedownload op mijn telefoon en ben ik erin begonnen. Ik had het nooit eerder gelezen. Het sleepte me vanaf de eerste geweldige zin mee en ik was die middag tot ongeveer halverwege het boek gekomen.

Tijdens het lezen ontkwam ik er niet aan voortdurend te denken aan de moordenaar van John Lennon die in deze tekst dingen vond die hem tot zijn daad hebben aangezet en dat met *De val* nu min of meer hetzelfde is gebeurd. Maakt mij dat verantwoordelijk voor de dood van die jonge vrouw? Rationeel is dat onzin, dat weet ik wel. Die Jonathan moet van zichzelf al over een getroebleerde geest beschikken, wil hij in mijn verhaal een opdracht tot het plegen van een aanslag hebben gelezen. Toch kan ik niet loslaten dat er een oorzakelijk verband tussen het een en het ander is geweest. Dat als ik dat verhaal niet geschreven had, die jonge vrouw nu nog geleefd zou hebben. Al is dat natuurlijk ook niet met zekerheid te zeggen.

Ik vraag me af hoe Salinger om is gegaan met dit verantwoordelijkheidsbesef. Zou hij zich medeschuldig hebben gevoeld aan de dood van John Lennon?

Cees Vermunt zei dat hij een plan had. Dat gaat hij me morgen uitleggen als hij hier is. Tot mijn verrassing zei hij aan het einde van het telefoongesprek dat hij naar me toe komt en een uur later appte hij dat hij voor morgen een ticket heeft geboekt en in de loop van de middag in Loutro is.

Waar ben ik in terechtgekomen en wat verwacht de politie van mij?

Nadat ik mijn bier en chips in mum van tijd heb weggewerkt, bel ik mijn vriendin Cloé. Zij werkt bij de Franse politie. Ik kan haar advies gebruiken, maar krijg haar niet te pakken.

Ik wil verder lezen in Salinger, al is het maar om het idee te hebben iets te doen. Ik heb geen zin om hier op het terras of ergens anders te gaan eten, ik wil alleen zijn met mijn boek. Ik reken af bij Pavlos en zeg dat ik hem nog wel zal zien, daarna loop ik langs het strandje naar de minimarket waar in tegenstelling tot vanmiddag nu zo'n hel licht brandt dat het lijkt of er bouwlampen aan het plafond hangen.

Ik koop drie flessen water, twee appels, een reep pure chocola, een zak chips en een fles cola zero. Daar kom ik de avond wel mee door. Desnoods ook morgenochtend, want in het appartement kan ik koffie en thee zetten. Ik betaal bij een jongen van mijn leeftijd die zo stralend met me flirt dat ik ervan in de lach schiet. Hij is bloedje knap, maar ik wil wegkruipen voor alles en iedereen na deze krankzinnige dag.

Ik loop door het steegje omhoog naar mijn appartement en

hoor mijn telefoon drie piepjes achter elkaar maken. Dat is de hele middag zo doorgegaan, al is het tegen zonsondergang minder geworden. Ik ben geen trending topic meer maar het interview gaat nog wel rond op internet en er blijven zich vrienden en bekenden melden die even moeten laten weten dat ze het geniaal vinden wat ik heb gedaan. Zelf heb ik het radioprogramma nog niet teruggeluisterd en staat mij alleen het misselijkmakende gevoel van een immense afgang bij. Ook heb ik een bericht gekregen van de mensen achter 'Penwortels' dat *De val* door het dak gaat: het aantal views zit inmiddels boven de honderdtwintigduizend. Duizelingwekkend, voor hen, maar ook voor mij.

Binnen zet ik de boodschappen op het aanrecht en in de kleine koelkast en ik wil net naar het balkon gaan om verder te lezen als mijn telefoon weer van zich laat horen met vijf of zes berichten achter elkaar. Dat kan maar één ding betekenen: er is weer iets gaande waar ik geen weet van heb.

Ik lees de binnengekomen appjes. Ik ben op televisie. In de talkshow die me gevraagd heeft aan tafel te komen gaat het over me. Ik pak mijn laptop, ga aan de eettafel zitten en open de livestream het programma.

Het eerste wat ik zie is mijn eigen hoofd, groot geprojecteerd op een scherm achter de presentator. Het is een foto van minstens drie jaar geleden, van een online profiel dat ik niet meer gebruik maar dat nog wel bestaat. Mogen ze die daar zomaar vanaf plukken?

Ik val midden in het gesprek. Een man van rond de veertig die ik niet ken zit aan tafel te praten.

'... omdat wij hier in het Westen veel meer voedsel en energie consumeren dan nodig is vervuilen wij ook veel meer. Wij verhogen het wereldwijde gemiddelde als kleine groep gigantisch.'

'Dat schrijft Davidson toch ook?' vraagt de presentator. 'Zij heeft het in haar verhaal ook over die ongelijkheid.'

De zoveelste onwerkelijke situatie van vandaag: op de nationale televisie zitten twee mannen mijn verhaal te analyseren. De gast neemt weer het woord. Zijn naam verschijnt nu onder in beeld met zijn functie, hij is directeur van een dataconsultancybureau.

'Consumptie van energie is inderdaad extreem ongelijk verdeeld,' zegt hij. 'De rijkste één procent van de wereld stoot twee keer zoveel CO_2 uit als de complete armste helft van de wereldbevolking. Sterker nog: de rijken zorgen voor de problemen waar de armen op de wereld het meeste last van hebben, zoals droogte en overstromingen.'

De presentator buigt zich naar voren richting zijn gast met een pen wiebelend tussen zijn vingers. 'Wat een van de personages zegt in *De val* is dus waar: dat de klimaatdiscussie voor het grootste deel een inkomensdiscussie is?'

'Ja.'

Top.

'Maar voorlopig neemt de kloof tussen arm en rijk alleen maar toe,' zegt de expert, 'ook hier in Nederland. Vandaar de tweedeling in de maatschappij en de ontevredenheid bij veel mensen. Wat we weer terugzien in de peilingen voor de verkiezingen in november. Maar laten we nu niet doen alsof dat verhaal al deze inzichten heeft gebracht, want dit is natuurlijk allemaal niet nieuw.'

Dat beweer ik toch ook helemaal niet?

'Los van die ongelijke verdeling heeft bevolkingsgroei toch ook invloed op het welzijn van de planeet?' vraagt de presentator.

'Jawel,' antwoordt de gast, 'maar nog deze eeuw zal de bevolkingsgroei omslaan naar een bevolkingskrimp. Vooral door beter onderwijs en voorbehoedsmiddelen in de derde wereld. Dus wat dat betreft heeft deze mevrouw Davidson haar huiswerk niet goed gedaan.'

Dat heb ik wel!

'Modellen laten zien dat we in 2050 met 9,8 miljard mensen zijn,' zegt de presentator. 'Dat is toch een enorme groei?'

Juist!

'Omdat er de afgelopen decennia groei is geweest,' zegt de expert, 'levert dat jaarlijks een nieuwe lading mensen op die de vruchtbare leeftijd bereiken. Dus verdere groei is op dit moment onontkoombaar. Maar het is een kwestie van tijd, want na die piek dalen we, zeker met de speerpunten van de Verenigde Naties erbij, in 2100 naar een miljard minder mensen dan we nu hebben.'

'Dus overbevolking en bevolkingsgroei zijn op de lange termijn geen probleem als het gaat om het redden van de planeet?'

'Nee.'

Op de langere termijn misschien niet, denk ik. Maar eerst groeien we nog tientallen jaren door met z'n allen, met alle gevolgen van dien voor planeet en klimaat. Zal het in 2100 dan niet allang te laat zijn?

De presentator stelt deze vraag niet, tot mijn verbazing en frustratie. In plaats daarvan vraagt hij aan de gast: 'Wat klopt er volgens u nog meer niet aan het verhaal?'

Nog meer niet? Ik schreeuw het nog net niet naar mijn beeldscherm.

'Bijvoorbeeld wat ze schrijft over bewust kinderloos willen blijven.'

'Dat is toch aan de hand?' vraagt iemand anders die aan tafel zit, een bekende cabaretier. 'Dat steeds meer jonge vrouwen last hebben van baarschaamte?'

'Baarschaamte?' vraagt de presentator lachend.

'Ja,' zegt de cabaretier, 'vliegschaamte maar dan met kinderen.'

Gelach van het publiek in de studio.

Ik zweef nog steeds voortdurend met mijn foto door het beeld, als een soort orakel dat boven de tafel hangt.

'Dat is zo,' zegt de expert serieus. 'De Nederlandse bevolking groeit door, maar dat komt vooral door immigratie. Er worden in Nederland zelf steeds minder kinderen geboren. Jonge stellen zien een kind steeds vaker als een beperking van hun vrijheid of carrière. Nieuw is de laatste jaren de klimaatcrisis als reden om kinderloos te blijven. We zien dat 39 procent van de jongeren deze baarschaamte heeft.'

'Dat beschrijft Davidson dan toch heel goed?' zegt de presentator. 'Ook omdat ze laat zien wat het met een relatie kan doen als de wensen van de partners wat dit betreft niet gelijkliggen?'

Precies! En daarbij: het is fictie, geen wetenschappelijk werk!

'Ja,' zegt de expert, 'maar waar ze de plank misslaat is als het gaat om opleidingsniveau. In haar verhaal laat Davidson iemand zeggen dat juist hoger opgeleiden nadenken over de toekomst van de planeet en daarom in sommige gevallen niet voor kinderen kiezen. Maar sinds vorige maand zijn er nieuwe cijfers en zien we juist een sterke daling van een kinderwens bij jonge vrouwen die niet de bestaanszekerheid hebben om een gezin te stichten.'

Zo kan ik het ook! Die vent komt met actuele gegevens die er nog niet waren toen ik het verhaal schreef. En hij heeft het verhaal niet in de tijd gelezen. Er staan zelfs jaartallen boven de hoofdstukken!

'Bovendien schrijft ze dat er steeds meer kinderen worden geboren met een lagere intelligentie, omdat het lager opgeleide deel van de bevolking níét aan die consequenties voor de planeet denkt. Dat is dus niet alleen onjuist als je naar de cijfers kijkt, maar ik vind het ook behoorlijk stigmatiserend.'

Stigmatisérend? Een van de personages zegt in mijn verhaal iets stigmatiserends, maar dat is om de discussie in dat hoofdstuk op scherp te zetten. Dan wordt het dramatisch, zonder conflict is er geen verhaal! Ik heb nog meer spijt dan vanmiddag dat ik daar niet aan tafel heb kunnen zitten om weerwoord te geven en die man op z'n plek te zetten.

'Waarvan akte,' zegt de presentator, 'ik wil u hartelijk danken voor deze toelichting op het verhaal *De val* van Tammy Davidson,' hij kijkt nu in de camera, recht naar mij, 'dat door een opmerkelijk radio-interview vandaag even in het middelpunt van de belangstelling kwam te staan, maar waar dus behoorlijk wat op af te dingen is.'

Behoorlijk wat op af te dingen?

'Dan gaan we naar ons volgende onderwerp: hij trekt al jarenlang volle zalen in de Nederlandse theaters met zijn...'

Ik zet de uitzending stop.

Zo gaat het dus. Zo wordt een rel gecreëerd die er eigenlijk niet is. Het radio-interview was misschien opmerkelijk, maar meer toch niet? En waarom ging het dáár niet over? Over dat domme mens met haar domme vragen? Dan wordt nu *De val* erbij betrokken, waar ze hiervoor waarschijnlijk nog nooit van gehoord hadden, en op een manier die nergens op slaat.

Mijn lijf wil bewegen, maar als ik op wil staan valt me voor het eerst vandaag op dat er een rood balletje bij het envelopje van mijn e-mail staat. Ik heb zesenveertig nieuwe berichten. Zoveel heb ik er nooit op een dag. Ik kan het niet laten en klik erop.

De meeste berichten zijn in lijn met wat ik eerder vandaag via de app heb ontvangen. Steunbetuigingen van vrienden. Er zijn ook onbekenden die me mailen – hoe komen ze aan mijn mailadres? – dat ik de vragen van de presentatrice te negatief heb opgevat en te arrogant ben geweest. En er zijn drie mails van drie uitgevers. Twee willen van *De val* een boekje uitbrengen, de derde is een van de partijen die mijn roman hebben afgewezen, maar deze heeft nu toch interesse.

Ik acht de kans klein dat dit is omdat ze mij en mijn werk ineens de moeite waard vinden, maar puur omdat ze denken dat ze door vandaag geld aan me kunnen verdienen vanwege mijn 'actualiteitswaarde', hoe kortstondig die waarschijnlijk ook zal zijn.

Uiteindelijk sta ik alsnog op van de eettafel, schenk in de keuken een glas cola in, schuif de pui open en stap het balkon op. Beneden zie ik de lichtjes van Loutro en hoor ik het ruisende geluid van de zee die op het strandje golft. Er staat nauwelijks wind, het is nog steeds warm. Ik ga zitten en kijk over de baai uit.

Weer komen er appjes binnen, nu als reactie op de tv-uitzending. In mijn omgeving is iedereen positief: ik ben het onderwerp in een talkshow geweest met mijn foto erbij! Blijkbaar maakt niemand zich druk over de dingen waar ik me druk over maak. Alsof de aandacht op zichzelf al positief genoeg is.

Ik krijg ook een appje van mijn zus. Nu pas realiseer ik me dat ik de hele dag nog niets van haar of mijn ouders gehoord heb. Misschien hebben ze de ophef gemist? Ik kan het me nauwelijks voorstellen. Het is voorstelbaarder dat ze er moeite mee hebben en niet weten hoe ze erop moeten reageren.

Mijn zus schrijft dat het een goede foto was, op televisie. Verder niks. Niks over de inhoud. Logisch. Juist het onderwerp 'bewust geen kinderen' heeft gezorgd voor spanningen binnen mijn familie.

Het begon met mijn moeder die kort nadat het op 'Penwortels' was verschenen *De val* had gelezen. Natuurlijk vroeg ik me af hoe zij erop zou reageren. Mijn moeder luistert nooit als iemand iets vertelt, stelt nooit een belangstellende vraag, maar grijpt ieder gespreksonderwerp aan om een verhaal over haar eigen leven te vertellen.

Ze had me opgebeld.

'Ik heb het heus wel door, hoor. Dat dat verhaal over mij gaat. Dat je het alleen maar geschreven hebt om mij duidelijk te maken dat ik emotioneel onvolwassen ben.'

'Dat is best wel egocentrisch om te denken, mam.'

'Dus nu ben ik ook nog egocentrisch?'

'Alsof ik tijdens het schrijven, wat ik het liefste doe, alleen maar met jou bezig ben.'

'Jij probeert je frustraties over je onderdrukte kinderwens en over je ongelukkige leven van je af te schrijven door om je heen te slaan en iedereen de schuld te geven behalve jezelf.'

'Ik heb helemaal geen onderdrukte kinderwens.'

'Natuurlijk wel. Daarom heb je die kat. Dat is gewoon vervanging voor een kind, waar je eigenlijk naar verlangt.'

'Mijn kat is gewoon mijn kat!'

Na dat telefoongesprek ben ik verdere conversaties met haar over mijn schrijverij uit de weg gegaan en probeer ik te accepteren dat ik mijn moeder nooit trots zal maken met mijn werk.

Met dat proberen ben ik nog steeds bezig.

Aan mijn vader heb ik niets. Die heeft geen enkele ruggengraat. Ik heb geen idee wat hij vindt van hoe ik mijn leven leid. Hij houdt liever zijn mond dan dat hij mijn moeder tegenspreekt. Misschien is dat wel net zo kwalijk.

Ook mijn zus viel over *De val*. Ze zit tot haar nek in het leven van een jong gezin waarin ze ternauwernood overleeft en zag mijn verhaal als één grote afkeuring van de keuzes die zij heeft gemaakt.

'Door dat kutverhaal van jou heb ik het idee dat je je boven me verheven voelt,' riep ze. 'Omdat ik andere keuzes maak. Maar het zijn mijn keuzes. En jij hebt makkelijk praten: jij hoeft je alleen maar te bekommeren om personages die alles doen wat jij wilt. Maar zo werkt het in het echte leven niet en zeker niet met kinderen en daar ben jij bang voor. Sinds ik kinderen heb weet ik waar ik voor leef. Jij zoekt door te schrijven naar orde in de chaos. Dus in die zin zijn we helemaal niet zo verschillend, we doen het alleen op een andere manier: proberen zin te geven aan ons leventje hier.'

Daar heb ik sindsdien veel over nagedacht. Verleg ik mijn eigen onzekerheid naar personages over wie ik de baas ben, zodat ik controle heb over die onzekerheid? Is dat de reden dat ik schrijf? Omdat ik in mijn fictie overzichtelijkere levens kan leiden dan in de werkelijkheid? Schrijf ik meer voor mezelf dan voor een lezer?

Volgens mij niet.

Ik ben niet bezig om rekeningen te vereffenen met wie dan ook, niet om van mijn eigen psychologische sores af te komen en al helemaal niet om een boodschap te verkondigen. Ik wil begrip kweken door een ander perspectief te bieden. Want met fictie kun je niet alleen vluchten uit het echte leven door je als lezer in een denkbeeldige wereld te begeven, het stelt je ook in staat te veranderen, omdat je de wereld heel even door andere ogen hebt bekeken.

Tegelijkertijd zie ik dat verhalen niet alleen muren neerhalen, maar ze ook optrekken. Ik hoef alleen maar naar de reacties op *De val* te kijken om dat in het klein te zien: dat mensen zich om het minste of geringste aangesproken voelen. Heb ik mijn doel dan bereikt of juist niet?

Ik kom er even niet meer uit.

Ik kan het niet laten op sociale media te kijken hoe er nu over me gesproken wordt, ook naar aanleiding van de talkshow. Dat had ik beter niet kunnen doen. Ik word afgemaakt. Mensen die het verhaal waarschijnlijk niet eens gelezen hebben zijn woest omdat ik blijkbaar vind dat mensen met een lage opleiding geen kinderen mogen krijgen. Door mensen die het verhaal wel hebben gelezen worden daar uitspraken over rassenscheiding bijgehaald uit *De val*, maar totaal uit de context gerukt en zonder erbij te vermelden dat het een personage is dat dat binnen het verhaal zegt in een discussie. Ik ben laf omdat ik niet in die talkshow ben verschenen, ik moet oprotten uit Nederland en ik moet dood.

Ook word ik ervan beschuldigd expres de confrontatie met die radiopresentatrice te hebben gezocht voor de publiciteit. Ze schrijven dat ik van die vrouw een racist heb willen maken. De logica is dus ver te zoeken: volgens de een ben ik een racist, volgens de ander beschuldig ik ánderen van racisme.

In persoonlijke berichten krijg ik nu ook hulpvragen, van vrouwen die worstelen met hun beslissing om wel of geen kinderen te nemen, van mensen die meer willen weten over emotionele onvolwassenheid en hoe ze daarmee om moeten gaan en alsnog van jonge moeders met een postnatale depressie die verder met zichzelf in de knoop zijn geraakt nadat ze hebben gelezen over Puck en nu niet weten wat ze moeten met dat gevoel van herkenning.

Alsof ik een therapeut ben.

Ik trek het niet meer. Ik klap mijn laptop dicht en zet mijn telefoon op stil. Ik kijk uit over de zee en merk hoe moe mijn lichaam is terwijl het in mijn hoofd maar doorgaat.

Ik ga naar binnen, kruip in bed en lees op mijn telefoon verder in *The Catcher in the Rye*, in de hoop dat het me afleidt en ik zo in slaap kan komen. Maar ik begin me hoe langer hoe meer aan het boek te ergeren. Nu pas valt me op dat het voornamelijk bestaat uit een reeks stilistische trucjes, zoals veel herhalingen om de toon van een puber neer te zetten. Het maakt het ineens heel irritant om te lezen en ik leg mijn mobiel weg.

Ik knip het bedlampje uit en staar naar het plafond. Daar lig ik dan, in mijn zelfgekozen isolement terwijl ik in Nederland in het oog van een storm zit, al is die nu hopelijk een beetje gaan liggen.

Als laatste voor ik in slaap val denk ik aan iets wat die radiopresentatrice vroeg. Of de naam waaronder ik schrijf een pseudoniem is. Ik heb ontkend, maar noem ik me als schrijver en bij mijn optredens 'Tammy' en niet 'Tamara' omdat ik mezelf toch stiekem ergens achter wil verschuilen? Heb ik onbewust een laag toegevoegd uit zelfbehoud?

Dan heeft dat niet veel geholpen.

Zaterdag 7 oktober 2023

Ik heb geen idee hoe laat het is, neem niet de moeite het op mijn telefoon te checken, blijf in bed liggen en denk aan wat er gisteren allemaal gebeurd is.

Ik lijk echt op mijn moeder door alles zo op mezelf te betrekken. De hele avond ben ik bezig geweest met wat er rondom mijn persoon gebeurde, in de media en daarbuiten. Waarmee ik volledig voorbij ben gegaan aan het feit dat er een jonge vrouw is vermoord en dat een verhaal van mij de dader heeft aangespoord.

Stel dat dat onderdeel was geweest van de mediastorm van gisteren. Welke shit had ik dan niet allemaal over me heen gekregen?

Hup, daar ga ik weer. Ik, ik, ik.

Maar het is niet tegen te houden, nieuwe gedachten over

mezelf borrelen alweer op als de prik in mijn cola.

Wat heb ik proberen te helen in mezelf door kwade gedachten van me af te schrijven, maar waardoor ik dat kwaad op anderen heb overgedragen? Wat bij iemand tot een afschuwelijke daad heeft geleid? Dat maakt mij toch wel degelijk verantwoordelijk, hoe rationeel ik die verantwoordelijkheid ook uit de weg probeer te gaan?

Ik pak toch mijn telefoon, het is iets na tien uur. Op de nieuwssites ben ik verdwenen, er is iets in Israël gaande dat de nieuwsberichten beheerst.

Ik stap uit bed, trek een T-shirt aan, zet een kop koffie, pak een appel, ga op het terras zitten en wil op mijn telefoon verder lezen in *The Catcher in the Rye* als ik word gebeld. Het is Cloé. Ik neem op.

'Hi, Cloé.'

'Hi, Tamara! Ik zag dat je gebeld had, ik had even geen tijd om terug te bellen, het was druk hier.'

'Geeft niet.'

Haar Frans en mijn Engels sluiten prima aan waardoor we elkaar uitstekend verstaan. Zo doen we dit al jaren.

Ik heb Cloé tien jaar geleden leren kennen tijdens mijn eerste vakantie zonder mijn ouders, in Frankrijk, op een camping langs de Agly, waar ik ook een deel van *De val* heb gesitueerd. Cloé werkte toen nog niet bij de politie maar was al wel in opleiding nadat het met allerlei andere baantjes niet gelukt was een carrière op te bouwen. Ook al schelen we bijna twintig jaar, ik leek met haar tijdens een avond stappen meteen meer contact te hebben dan met de vrienden met wie ik was.

We hebben gedurende de rest van mijn vakantie leuke gesprekken gevoerd en sindsdien hebben we altijd contact gehouden. Ik ben in de jaren daarna nog drie keer bij haar in Frankrijk geweest, heb haar gezin leren kennen en word daar gedurende de weken dat ik bij hen logeer in opgenomen als een familielid. Vorig jaar heb ik haar drie dagen op sleeptouw genomen door Amsterdam.

Ik kan ontzettend goed met haar praten, ze is een vriendin, maar soms voelt ze ook als een moeder.

Toen ik aan *De val* begon heb ik gevraagd of ze het goed vond dat ik het personage van een Franse politieagente naar haar vernoemde. Dat vond ze geweldig. Ze heeft het verhaal niet kunnen lezen vanwege het Nederlands, maar ze weet waar het over gaat.

Nu vertel ik haar wat er gisteren is gebeurd en dat er een rechercheur naar Loutro onderweg is vanwege een moord en een link met mijn verhaal. Cloé zegt dat me uiteraard niets te verwijten valt en dat ik nergens bang voor hoef te zijn. Ik moet gewoon afwachten wat die rechercheur wil.

Ik vraag hoe het met haar gaat en ze vertelt kort iets over haar man en over haar zoon, Philippe, die tot Cloés verrassing ook begonnen is met schrijven. Hij is bezig met een thriller. Ik zeg dat ik heel benieuwd ben en dat hij me altijd mag bellen om van gedachten te wisselen. Terwijl ik het zeg, denk ik: alsof ík de door de wol geverfde auteur ben...

Met de belofte snel weer te bellen hangen we op.

Als ik het geluid van mijn telefoon weer aanzet, mijn berichten check en heb gezien dat de stroom behoorlijk is opgedroogd, lees ik pas goed wat er in Israël aan de hand is. Raketaanvallen door Hamas, honderden Israëli's gedood en ontvoerd. Ik kijk uit over de zee. Israël ligt aan de oostkant van ditzelfde water.

In de paar uur die volgen lees ik *The Catcher in the Rye* uit. Het is wel degelijk een meesterwerk. Die stilistische trucjes zijn heel slim van Salinger, merk ik nu. Het is juist zijn bedoeling dat je als lezer het personage van Holden irritant gaat vinden.

In hoofdstuk 24 lees ik iets waarvan ik licht in mijn hoofd word.

Er staat: 'Ik heb het gevoel dat je op weg bent naar een of andere verschrikkelijke val. Maar wat voor val precies, daar heb ik geen idee van... Luister je?'

Ik zit op het terras van Hotel Sifis als de veerboot aanlegt waarmee ik gisteren op ditzelfde tijdstip hier ben aangekomen.

Ik herken Cees Vermunt meteen als hij over de steiger op me af komt lopen. Hij is de enige man alleen en de enige die niet gekleed is alsof hij hier voor vakantie komt: boven zijn lange broek heeft hij een wollen trui aan waarvan hij de mouwen heeft opgestroopt en over zijn arm hangt een winterjas. In zijn andere hand draagt hij een bescheiden koffer zonder wieltjes. Wat hij ook van me wil, hij maakt niet de indruk van plan te zijn hier lang te blijven.

We wisselen op afstand een blik van herkenning. Hij stapt het terras op en we schudden elkaar de hand.

'Cees.'

'Tamara.'

Hij kijkt waarderend om zich heen terwijl hij zijn koffer neerzet, zijn jas over de stoelleuning hangt en tegenover me gaat zitten. 'Geen verkeerde plek.'

'Ik heb er nog niet echt van kunnen genieten.'

'Begrijp ik. Ik zag je overal opduiken, gisteren. Wat een samenloop van omstandigheden.'

'Dat kun je wel zeggen. Niemand weet het, hè?'

'Wat?'

'Dat mijn verhaal door jullie in verband wordt gebracht met die jongen die jullie zoeken en met die... moord?'

Hij schudt zijn hoofd. 'Dat hebben we nog niet naar buiten gebracht.'

'Gaan jullie dat nog wel doen?'

Cees aarzelt even. 'Het zou kunnen dat dat op zeker moment in ons voordeel is,' zegt hij.

'Hoe bedoel je?'

Hij geeft geen antwoord maar knikt naar de pocket van *The Catcher in the Rye* die voor me op de terrastafel ligt en die ik zojuist heb gevonden tussen de tweedehands boeken die in de lobby van Hotel Sifis te leen liggen. Ik heb het digitaal, maar heb het papieren boek toch mee het terras op genomen om nog wat passages na te lezen terwijl ik op Cees wachtte.

'Heb je het gelezen?' vraagt hij.

'Ja,' zeg ik. 'Verontrustend. Dat dat boek voor iemand aanleiding is geweest om een moord te plegen, bedoel ik.'

'Het is niet het enige voorbeeld uit de geschiedenis,' zegt Cees. Hij haalt een blocnootje uit het voorvak van zijn koffer en slaat het open. 'Ik ben er eens ingedoken. *The Day of the Jackal* is een boek van Frederick Forsyth. Daarin wordt het verhaal gevolgd van een huurmoordenaar die een aanslag op de president van Frankrijk voorbereidt. Dat boek is een inspiratiebron geweest voor meerdere gekwelde geesten. Zo werd een Hebreeuwse vertaling van het boek aangetroffen in het bezit van Yigal Amir, de Israëliër die in 1995 de minister-president van Israël vermoordde. En Vladimir Arutinian, die in 2005 probeerde George W. Bush te vermoorden, was een obsessief lezer van het boek en bezat een exemplaar waar hij hele gedeelten in onderstreept had. Het is een geweldige thriller, trouwens.'

'Ik zal 'm eens lezen.'

Cees kijkt weer op zijn blocnote. 'Op 2 februari 1996 vermoordde Barry Loukaitis vlak voor zijn vijftiende verjaardag twee medeleerlingen en zijn wiskundelerares in Moses Lake, Washington. Nadat hij de lerares had neergeschoten hoorden anderen hem zeggen: "Dit is beter dan algebra, of niet soms?" Dat was een citaat uit *Rage* van Richard Bachman, een pseudoniem van Stephen King. Op 1 december 1997 schoot Michael Carneal, een veertienjarige jongen, tijdens een gebedsbijeenkomst in Kentucky drie leerlingen dood en verwondde hij vijf anderen. *Rage* werd gevonden in zijn kluisje. Stephen King gaf daarna opdracht het boek uit de handel te nemen.'

Waarom vertelt hij me dit allemaal? Wil hij me met deze opsomming duidelijk maken dat mijn verhaal nu in hetzelfde rijtje thuishoort?

Cees slaat een blaadje om. 'In 1991 werd *American Psycho* gevonden in het bezit van Wade Frankum, dader van de "Strathfield massacre". Frankum schoot in een winkelcentrum in Sydney acht mensen dood en pleegde daarna zelfmoord.'

American Psycho ken ik. Maar al te goed zelfs. Ik heb het amper uit kunnen lezen vanwege alle gorigheid en ik moet meteen denken aan die scène met de rat, misschien wel het walgelijkste wat ik ooit gelezen heb.

'Sorry, Cees, als ik Cees mag zeggen?'

'Natuurlijk.'

'Je zei dat je een plan had?'

'Ja. Maar om dat goed uit te leggen wil ik je eerst iets vragen.'

Weer reikt hij naar zijn koffer waar hij nu een map uit haalt die hij me over de tafel aangeeft.

Ik pak hem aan, leg hem voor me op tafel en sla hem open. Er zit een behoorlijke stapel vellen in, kopieën van teksten die met de hand geschreven zijn.

'Jonathan Odijk heeft de afgelopen jaren in vier schriften een dagboek bijgehouden,' zegt Cees. 'Dit is alles wat hij geschreven heeft. Ik wil je vragen het te lezen.'

Ik bekijk de eerste paar bladzijden. Een keurig, wat priegelig handschrift met hier en daar doorhalingen, vlekjes en tekeningetjes.

'Waarom?' vraag ik.

'Dat vertel ik je daarna.'

Ik sla de map dicht.

'Nee, Cees. Sorry. Zo gaan we dit niet doen. Het gebeurt me niet iedere dag dat er iemand van de politie heel Europa door komt reizen om mij te spreken en het gebeurt me ook niet iedere dag dat ik in verband word gebracht met een voortvluchtige moordenaar. Ik vind dit allemaal onwijs heftig, wil ik maar zeggen. Ik wil eerst weten waarom je hier bent en wat je van me wilt.'

Cees geeft geen krimp. 'Ik begrijp dat dit ongebruikelijk en onwennig voor je is en ik ga het je allemaal uitleggen, maar pas nadat je die dagboeken hebt gelezen. Je hebt het in een uur uit. Daarna praten we en dat praat dan een stuk makkelijker. Ik ben blij dat je *The Catcher in the Rye* al gelezen hebt, dat scheelt een boel tijd.'

'Anders had je me gevraagd dat ook te lezen?'

'Inderdaad.'

'Omdat dat boek ook door een moordenaar is opgevat als rechtvaardiging voor zijn daad?'

'Niet in de eerste plaats. Behalve jouw verhaal is ook *The Catcher in the Rye* en alles wat daarmee samenhangt van invloed geweest op Jonathan Odijk.'

'Hoe weet je dat?' Ik kijk naar de map voor me op tafel. 'Staat dat daarin?'

Cees knikt. 'Het spijt me, maar we doen dit op mijn manier. Er hangt te veel van af. Ik laat deze map bij je achter, ik ga inchecken en me even opfrissen, dan ben ik over een uur terug. Ik stel voor dat we dan wat eten en dan leg ik je mijn bedoeling uit. Tot zo.'

Hij staat op, pakt zijn koffer en zijn jas en loopt weg. Ik ben te verbluft om nog iets te zeggen. Ik zie hem Hotel Sifis binnengaan.

Ik kijk weer naar de map en voel me voor het blok gezet.

Tegelijkertijd hebben Cees z'n ernst en strengheid indruk gemaakt en kan ik mijn nieuwsgierigheid nauwelijks bedwingen.

Ik zit voor me uit te kijken, niet naar de zee of naar de bergen, maar naar de houten vlonder en de parasolvoeten rondom de tafel waaraan ik zit, als Cees een uur later weer tegenover me plaatsneemt. Hij draagt nu een poloshirt. Hij heeft twee menukaarten bij zich en reikt mij er een aan.

Ik kies een salade, hoewel ik nergens trek in heb. Cees doet onze bestelling nadat hij de ober met een klein maar dwingend handgebaar naar onze tafel heeft geroepen.

Ik zie dat de veerboot weer weg is. Ik heb hem niet eens zien vertrekken. Overal om ons heen de vakantiefolder, beelden die na alles wat ik het afgelopen uur heb gelezen nog harder en feller binnenkomen.

'Vertel,' zegt Cees.

'Wat moet ik vertellen?'

'Wat vind je ervan?'

Ik strijk even met mijn hand over het omslag van de map waar al die zinnen en woorden in zitten die nog door mijn hoofd tollen als bladeren in een herfststorm.

'Ik heb geloof ik nog nooit iets gelezen waar ik zo'n dubbel gevoel bij heb,' antwoord ik. 'Ik vind het vreselijk wat hij schrijft. Als hij zich vergelijkt met Anders Breivik of met die bestuurder van die auto op Koninginnedag in Apeldoorn. Tegelijkertijd heb ik medelijden met hem. Als hij het over zijn jeugd heeft en als je leest hoe hij vecht met het leven en met zichzelf. Het is een jongen die geen enkele emotie kan uiten omdat hij dat nooit geleerd heeft. Hij leest obsessief, als bron voor kennis over hoe hij het leven moet aanpakken omdat hij dat nergens anders vandaan kan halen en tegelijkertijd om voor het echte leven weg te vluchten. Ontsnappen is iets waar hij van kinds af aan mee bezig moet zijn geweest, vanwege de situatie thuis. Dat zwart in zijn hoofd is angstaanjagend, maar ook tragisch en misschien ook begrijpelijk, als je ziet waar het vandaan komt. En zijn stijl van schrijven... Het is een stream of consciousness die met hem op de loop gaat als zijn gekte toeslaat. Ik weet niet of gekte het goede woord is, trouwens.'

Ik gebaar naar het exemplaar van *The Catcher in the Rye* dat ook nog steeds op tafel ligt. 'Daarin zijn stijl en gedachten één, eigenlijk zoals ook in die dagboeken van Jonathan. Alsof hij die stijl probeert te imiteren, terwijl hij ook niet anders kan dan het zo op te schrijven. Daarnaast gaat het in Salingers boek over hypocrisie. Over afzondering. Over onbegrip. Wat niet alleen herkenbaar voor de moordenaar van John Lennon geweest zal zijn, maar ook voor Jonathan, vermoed ik.'

Cees knikt, maar zegt niets. Hij schenkt water in onze glazen uit een karaf die de ober heeft gebracht.

'Verder is het natuurlijk bizar om te lezen hoe hij het over *De val* en over Vincent heeft. Dat hij uitspraken van hem citeert. Alsof Vincent echt bestaat. Ik weet totaal niet wat ik daarmee moet. Ik ben er behoorlijk ondersteboven van.'

'Dat begrijp ik.'

'Maar ik vind het ook... intrigerend,' zeg ik. 'Dat klinkt oneerbiedig. Maar ik meen het wel. Het is ongelooflijk fascinerend om in het hoofd van iemand als hij te kunnen kijken. Zeker als schrijver.'

'Ik ben blij dat je er zo over denkt,' zegt Cees terwijl hij de karaf weer op tafel zet. 'Vakmatig, bedoel ik. Dat is namelijk precies wat ik van je nodig heb.'

'Mijn vakkennis als schrijver? Zo ervaren ben ik niet.'

'Als ik je zo hoor praten weet je er in elk geval genoeg van om te weten hoe je aan moet pakken wat ik je ga vragen.'

'Weer een opdracht?'

'Een verzoek.'

'Een verzoek van de politie is een opdracht. Toch?'

'Zal ik het je anders eerst voorleggen? Voeren we daarna de discussie over hoe vrijblijvend het is.'

'Oké.'

Cees legt zijn armen op tafel en buigt iets verder naar me toe alsof niemand mag horen wat hij gaat zeggen, al zitten er verder geen mensen bij ons in de buurt.

'Deze Jonathan wordt gestuurd door fictie,' zegt hij. 'Kijk maar naar wat hij schrijft over Holden Caulfield en over jouw Vincent, of over *Woeste hoogten* en het thema wraak daarin. Hij speelde met zijn toekomstige slachtoffer in een toneelstuk een liefdeskoppel alsof het echt was en zo kan ik nog wel even doorgaan. Hij wordt door fictie beïnvloed, leeft erin, baseert zijn meningen en plannen erop. Zolang we hem niet gevonden hebben, lopen we het risico dat hij zijn fantasieën alsnog uitvoert. Maar als fictie hem aanspoort tot daden, kan fictie hem misschien ook afremmen. Hem van die daden weerhouden.'

Er valt een stilte waarin ik het begin van een besef tot me door voel dringen.

'Dus wil ik je vragen om een vervolg op je verhaal te schrijven,' zegt Cees.

Ik voel mijn ingewanden in een vrije val belanden.

'Een vervolg?'

'Het hoeft niet lang te zijn. Een aanvulling. Over Puck en Abel. Over Vincent. Over hoe het verder met ze gaat na de gebeurtenissen in Frankrijk. Na de dood van Marnix. Tenminste, ik neem aan dat hij dood is?'

'Ik... ik...'

'Dat is aan jou, natuurlijk. Net als de rest van het verhaal. Al heb ik wel een aantal ideeën die je zou kunnen verwerken om Jonathan op andere gedachten te brengen.'

'Wacht even, zodat ik het goed begrijp... Je wilt dat ik een verhaal schrijf waarmee voorkomen moet worden dat iemand het in zijn kop krijgt om ergens om zich heen te gaan schieten?'

'Ja.'

'Wat is dat nou voor idiote vraag?'

'We moeten alles doen wat in ons vermogen ligt.'

'Kunnen jullie niet beter zorgen dat jullie hem gewoon vinden?'

'Geloof me dat er op alle mogelijke manieren en met alle middelen die we tot onze beschikking hebben naar hem gezocht wordt. De kans dat hij zelfmoord heeft gepleegd maar dat we zijn lichaam nog niet hebben gevonden wordt met de dag groter, omdat het met de dag onwaarschijnlijker wordt dat hij zich zo lang verborgen weet te houden. Maar stel dat hij nog leeft, dan weet hij nu al vijf dagen onzichtbaar te blijven. Dat is ongekend. Eigenlijk kan dat helemaal niet. Maar als hem dat is gelukt, wie zegt dan dat hij dit niet nog langer kan volhouden? Of dat we hem pas vinden als het al te laat is? Nadat hij alsnog een aanslag heeft gepleegd? Mijn telefoon kan ieder moment gaan om me te vertellen dat het ergste is gebeurd. Met veel geluk vinden we hem vandaag of morgen, dood of levend. Maar de gok dat hij nog leeft en dat we hem niet op tijd vinden is te groot om af te wachten. En we kunnen wel iets proberen om hem te bereiken, om tot hem door te dringen, hem tot andere inzichten te brengen.'

Ik kijk Cees nog steeds totaal verbluft aan. Ik had alles verwacht, maar niet dit. Ik krijg even geen enkele grip op mijn gedachten of op wat ik nu moet zeggen. Ik dacht dat ze me misschien wilden inschakelen om een soort daderprofiel van Odijk op te stellen, omdat ik met mijn verhaal blijkbaar iets bij hem heb getriggerd waardoor ze dachten dat ik inzicht in zijn geest zou hebben. Dit gaat vele stappen verder.

'En wat moet ik dan in godsnaam schrijven om hem te beinvloeden?' vraag ik.

'Je moet je personages laten spreken.'

'En wat zeggen die dan?'

'Dingen die Jonathan aanzetten tot nadenken. Op een indirecte manier, via fictie, waardoor het veel meer impact heeft. We kunnen in de media ieder bericht plaatsen dat we willen in de hoop dat Jonathan het leest of ziet. Ik denk alleen niet dat dat effect zal hebben. Het moet via de band van de fictie, via zijn fantasie, via zijn emoties. Die heb je eerder bij hem weten te raken.'

'Is dat een verwijt?'

'Hoezo?'

'Omdat je vindt dat ik hem met mijn verhaal tot slechte gedachten heb aangezet?'

'Er valt jou niets te verwijten.'

'Zo voelt het wel.'

'Jij spreekt op de een of andere manier zijn taal. Het is alsof hij jou begrijpt.'

'Mijn karakters, bedoel je.'

'Ja. Jonathan geeft af op religie, op alle soorten van geloof, maar hij gelooft wel in fictie. Als jij hem opnieuw in de personages van jouw verhaal kan laten geloven... Daarom heb ik je gevraagd die dagboeken van Jonathan te lezen. Daardoor weet je nu nog beter wat je moet schrijven.'

Mijn verbijstering wordt alleen maar groter.

De ober brengt mijn salade en een kom soep met brood voor Cees en vraagt of we nog iets anders willen drinken dan water.

Cees wacht mijn antwoord niet af en zegt dat we oké zijn. De ober knikt en loopt weg.

'Hoe weet je nou of je hem met een nieuw verhaal gaat bereiken?' vraag ik.

'Dat weten we niet,' zegt Cees kalm, 'maar "Penwortels" stuurt digitale nieuwsbrieven, die ontvangt Jonathan ook. Daarin kunnen we het kenbaar maken.'

'Als hij zijn mail leest.'

'Dat weten we inderdaad niet zeker. Maar we nemen aan dat hij het nieuws volgt. Om te weten hoe het staat met de zoektocht naar hem. Het was in eerste instantie mijn idee om naar buiten te brengen dat hij door jouw verhaal is beïnvloed en dat je een vervolg hebt geschreven. Omdat de zoektocht naar Jonathan zo nadrukkelijk in het nieuws is, zou zo'n bericht direct opgepikt worden, daar zouden wij zelfs nog in kunnen sturen. Dan durfde ik er wel op te hopen dat Jonathan dat mee zou krijgen, dat hij nieuwsgierig zou worden en het verhaal zou lezen. Maar dat was vóór gisteren. Nu ben je zelf in het nieuws gekomen. Dat is in ons voordeel, denk ik. Nu zullen de media er bovenop duiken als jij met een vervolgverhaal komt, ook los van de connectie met Jonathan Odijk. Waar we dan dus ook niks over hoeven te zeggen. Ik denk dat dat sterker is.'

'Omdat hij zal denken dat dat vervolg is geschreven vanwege dat mediastormpje en niet speciaal voor hem?'

'Dat laatste zal hij hoe dan ook snappen, vermoed ik. Hij zal kunnen bedenken dat we zijn dagboeken hebben gevonden, dat we daardoor weten dat hij *De val* heeft gelezen en dat het dus waarschijnlijk geen toeval is dat jij juist nu met een vervolg komt. Maar ik denk dat dat niet uitmaakt. Omdat Jonathan erin wil geloven, vallen die rationele barrières weg. Ik denk alleen dat hij op emotioneel niveau vatbaarder is voor het verhaal als hij niet het idee heeft dat de hele wereld het door zijn ogen meeleest.'

Cees heeft hier goed over nagedacht, al vraag ik me af of hij werkelijk snapt wat hij van me vraagt.

'Ik heb echt nog steeds geen flauw benul van wat ik moet schrijven om voor elkaar te krijgen wat jij wilt,' zeg ik.

'Ik zeg ook niet dat het makkelijk is.'

'Moet ik Vincent tot nieuwe inzichten laten komen? Hem nu ineens laten zeggen dat het echt zo'n vaart niet loopt met overbevolking?'

'Nee, dat is veel te expliciet en te geforceerd. Bovendien, als Jonathan de ophef een beetje heeft gevolgd heeft hij de tegenreacties, bijvoorbeeld van de expert in die talkshow van gisteravond, waarschijnlijk al gehoord. Dus is het dan nieuw wat je hem vertelt?'

Cees vouwt zijn servet open legt het op zijn schoot.

'Het gaat er niet om of bepaalde feiten wel of niet waar zijn,' zegt hij, 'of dat ze anders kunnen worden uitgelegd. Dat punt is Jonathan Odijk allang voorbij, als ik de teksten in zijn dagboeken goed gelezen en begrepen heb. Het zit 'm in Jonathan zelf. Zoals het ook in jouw personages zit. Het moet onderhuids.'

Ik begin langzaam te begrijpen wat het psychologische spel is waar Cees heen wil, maar ik zit nog altijd lamgeslagen in mijn stoel.

'Alles in mij schreeuwt dat ik het niet wil doen,' zeg ik.

'Waarom niet?'

Goede vraag.

Ik staar naar mijn salade.

'Misschien,' zegt Cees, 'omdat je door op het verzoek in te gaan verantwoordelijkheid zou erkennen voor de dood van een onschuldige jonge vrouw?'

Is dat wat het is?

'Maar ik denk dat je dan twee dingen door elkaar haalt,' zegt Cees.

Ik kijk naar hem op.

'Jij hebt makkelijk praten,' zeg ik, 'ik kom steeds weer bij diezelfde vraag uit.'

'Dat weet ik.'

'Is het mijn schuld dat mijn tekst in verkeerde handen is gevallen? Handen die los van mij staan? Je zou zeggen van niet. Maar zo redeneren voelt ook als een makkelijke manier om de schuld af te schuiven. Als een wapenfabrikant die zegt dat hij niet verantwoordelijk is voor de doden die er door zijn wapens vallen.'

'Die vergelijking gaat niet op, Tamara. Wapens worden met een heel ander doel gemaakt dan literatuur. Luister, van de invloed die je op Jonathan hebt was je je tijdens het schrijven van *De val* niet bewust, dus je hebt niks verkeerd gedaan. Daar blijf ik bij. Maar stel dat je nu zou weigeren en Jonathan Odijk richt vervolgens een bloedbad aan...'

'Zit je me nou emotioneel te chanteren?'

'Ik zeg alleen dat het nu anders zit. Nu heb je een keus. Maar los daarvan: dit gaat niet over jou.'

Bam.

'Niemand verwacht van je dat je nu iets goedmaakt omdat je eerder een fout zou hebben gemaakt,' zegt Cees. 'Daar denk ik zelfs geen seconde over na. In die zin ben ik niet met jou bezig.'

Bam.

'Het enige waar ik aan denk zijn de levens die we mogelijk redden als jij je verhaal nog een keer tot leven wekt.'

Jongens die met een bal in het water aan het spelen zijn schreeuwen en lachen.

Ik kijk Cees aan.

'Je soep wordt koud,' zeg ik.

Maandag 9 oktober 2023

Twee dagen heb ik zitten schrijven. Hoewel het schrijven zelf, het feitelijke typen, niet het werk is geweest, ik had de uiteindelijke tekst binnen een halfuur uit kunnen tikken. Schrijven heeft meer dan ooit gedraaid om denken en schrappen.

Normaal schrijf ik vanuit mezelf, over dingen die mij bezighouden. Nu moest ik me richten op wat één specifieke lezer bezighoudt, als een verhaal op maat, dat tegelijkertijd voor een 'doorsnee'-lezerspubliek toegankelijk en geloofwaardig moet zijn en dus ook over mezelf moest gaan omdat ik anders door de mand val, zowel bij dat publiek als bij Jonathan Odijk.

Nog nooit ben ik met een tekst zo vaak opnieuw begonnen. Ik zat aan de eettafel in het appartement. Meestal was Cees er ook, dan zat hij op het balkon zodat ik hem kon raadplegen. Hij zat vaak buiten te bellen, dan kon ik niet verstaan waar het over ging, maar dat de zoektocht naar Jonathan Odijk op volle sterkte werd voortgezet was duidelijk. Soms ging hij wandelen, ging hij even terug naar zijn hotel of deed hij wat boodschappen zodat ik niet van mijn plek hoefde. Op zondagavond haalde hij eten bij het restaurant van Pavlos.

Ondertussen vocht ik met de tekst in de koelte van de airco en de schaduw van de luiken die het zonlicht filterden tot smalle streepjes. Zat ik uiteindelijk toch in Loutro te schrijven zoals ik van plan was geweest toen ik voor het eerst over deze plek gelezen had.

Ik herlas het einde van *The Catcher in the Rye*. Ik had er een discussie over met Cees of dit nu een happy end was of niet. Volgens Cees eindigde het goed omdat Holden Caulfield tot een verantwoordelijkheidsbesef richting zijn kleine zusje komt, wat een omslag bij hem teweegbrengt waardoor hij volwassen wordt.

Ik vroeg of dat wel een goed einde te noemen was. Want veranderde Holden daarmee niet in iemand die hij het hele boek juist zo veracht, namelijk in een hypocriete volwassene?

Cees was het niet met me eens. Hij vond dat als Holden geen omslag maakte, hij voor altijd emotioneel onvolwassen bleef. Dan liep het voor het karakter toch slecht af?

Ik zei dat dat ook een goed einde kon zijn, omdat we af en toe mensen met meningen zoals die van Holden nodig hebben om ons wakker te schudden. 'Goed' bleek dus nogal subjectief, en fictie en werkelijkheid liepen in ons gesprek al snel door elkaar: een goed einde voor een personage kan voor de lezer een slecht einde zijn en andersom.

Toch snapte ik wat Cees bedoelde en dat we via mijn verhaal moesten zorgen voor een transitie die Jonathan moest doormaken, net zoals Holden Caulfield, zodat Jonathan het kind in hem achter zou kunnen laten, zodat ook hij volwassen zou worden en niet meer bang zou hoeven zijn voor de onberekenbare oprispingen van zijn alter ego. Dat zou in ieder geval voor Jonathan het beste einde zijn. Dat laatste was ik nog duidelijker gaan inzien nadat Cees me had bijgepraat over het profiel dat een gedragsdeskundige van de politie van Jonathan had geschetst.

Theoretisch en psychologisch had ik het dus redelijk op orde, maar daar was dan ook alles mee gezegd. De praktische uitvoering ervan, het omzetten in een verhaal, kostte me achtenveertig uur zweten vanwege de immense uitdaging, het verantwoordelijkheidsgevoel en de tijdsdruk.

Wat ik op de een of andere manier niet los kon laten was de manier waarop J.D. Salinger zijn hoofdpersoon, ondanks het feit dat het een onwijs irritante gast is, toch een empathische kant had weten mee te geven. Bijvoorbeeld als Holden Caulfield zich druk maakt over de eenden in Central Park als het vriest. Ik probeerde iets te vinden in de aanvulling op mijn verhaal om Jonathan op zijn zachte kant aan te spreken, omdat naar mijn idee daar de kans op een mogelijke verandering lag.

Ondertussen vroeg ik me voortdurend af hoeveel Jonathan nodig had. Ik mocht niet het risico lopen te expliciet of juist te impliciet te zijn. Was Jonathan een goede lezer?

Mark David Chapman, de moordenaar van John Lennon, had niet de tekortkomingen van Holden Caulfield gezien. Die zie je als lezer wel en juist daardoor is Caulfield niet alleen maar een irritante jongen. Zou Jonathan genoeg afstand hebben tot de personages in mijn verhaal, en vooral tot Vincent, om ze in hun totaliteit te zien? Zag hij Vincent alleen maar als held of zag hij ook het moeilijke bestaan met zijn vader, zijn worsteling met zichzelf en misschien wel met zijn sluimerende depressie? Had Jonathan gezien dat Vincent vooral van zich afschreeuwt, alsof hij het leven daarmee op afstand probeert te houden, probeert te voorkomen dat mensen te dichtbij komen? Was Jonathan in staat geweest de wind te voelen waaien tussen de kieren die ik open had gelaten? Het maakte voor mijn nieuwe tekst nogal uit wat de antwoorden op deze vragen waren. De dagboeken geven die antwoorden niet voldoende dus had ik niets om op af te gaan, behalve mijn intuïtie.

Ik overwoog een spel met fictie en realiteit te spelen door in het vervolgverhaal dingen te laten gebeuren die niet kunnen, zoals ik in mijn roman over de vliegtuigbouwer heb gedaan. Ik dacht erover het te laten gaan over Playmobil-poppetjes die terug beginnen te praten. Het leek mij een effectieve manier om tot Jonathan door te dringen. Of maakte ik het daarmee niet duidelijker, maar juist abstracter en diffuser, zoals die redacteur had gezegd die had gewild dat ik het einde met dat vliegtuig zou herschrijven? Ik besloot dat zo'n spel in dit geval inderdaad een brug te ver was.

Maar ik wist dat ik iets nodig had. Iets wat het verhaal op de een of andere manier boven zichzelf zou laten uitstijgen.

Uit de dagboeken wist ik dat Jonathan net als ik *American Psycho* heeft gelezen. Daarin zitten de moorden allemaal in het hoofd van de hoofdpersoon. Tenminste, zo zou je het als lezer kunnen interpreteren. Uit wat Jonathan daarover schreef valt af te leiden dat hij dat snapte. Moest ik ook zoiets doen? Een extra laag fictie aanbrengen binnen de fictie, zoals bij die Russische matroesjka's die je alsmaar in elkaar kunt blijven schuiven, omdat dat Jonathan misschien aan zou spreken?

Ik bleef voortdurend twijfelen. Ik lachte mezelf erom uit. Tegen die radiopresentatrice had ik nog zo stoer gezegd dat twijfel mijn enige moraal is. Nu kocht ik helemaal niks voor die twijfel.

Ik hield voortdurend het gevoel dat er iets miste. Dat het niet voldoende was. Te makkelijk. Te doorzichtig. Dat ik nog met iets moest komen, een literaire coup de théâtre.

Pas na anderhalve dag bedacht ik het.

Iets ondenkbaars, terwijl het tegelijkertijd leek alsof ik al die tijd onbewust had geweten dat het onvermijdelijk was om hierop uit te komen en dat mijn worsteling vooral een worsteling tegen dit ene idee was geweest.

Er was geen alternatief, dus schreef ik het, zonder Cees erover te vertellen, en het ging vanzelf, wat ik als een bevestiging opvatte.

Ineens was het verhaal klaar.

Ik riep Cees, gaf hem mijn laptop en hij trok zich terug op het balkon om het te lezen.

Hij is nu twintig minuten bezig. Twintig minuten waarin het niet gelukt is toe te geven aan de vermoeidheid die me van het ene op het andere moment te pakken heeft gekregen.

Voor het eerst vraag ik me af hoe de buitenwereld zal reageren op dit vervolg. Zal het overkomen alsof ik tot inkeer ben gekomen? Alsof ik me de kritiek heb aangetrokken? Men zal er hoe dan ook iets van vinden, zeker zo kort na de ophef. Men zal denken dat het geen toeval is.

Ik, ik, ik.

Cees komt weer naar binnen, mijn laptop opengeslagen in zijn handen.

'Ik had niet verwacht dat je dít zou doen,' zegt hij.

Ik zeg niets, probeer van zijn gezicht af te lezen of hij erin gelooft.

'Ik vind het heel slim gedaan,' zegt hij.

'Het was ook mazzel dat ik dat meisje nooit een naam had gegeven.'

'Namen kunnen heel belangrijk zijn, is me door die gedragsdeskundige verteld.'

Er valt iets van me af.

Cees staart naar het scherm, alsof hij de laatste woorden herleest, en knikt waarderend.

'Het blijft een gok,' zegt hij, 'maar als we met één gok kans maken, is het met deze.'

Jonathan

Dinsdag 10 oktober 2023

Het wordt steeds kouder en natter. Ik ben een heel eind van huis. Ik trek al een paar dagen op met een groepje daklozen en verslaafden die niet weten wie ik ben of die het niet kan schelen. Van een van hen heb ik een oude slaapzak gekregen. Bij een recreatieplas waar nu alleen wandelaars komen, hangen we rond bij de toilethuisjes. Soms worden we weggejaagd door de politie, dan komen we terug als het donker is. Geen van die agenten heeft me tot nu toe herkend.

Er zijn een paar hotels in de buurt, daar haal ik nog steeds eten bij het ontbijtbuffet. Ook voor mijn nieuwe vrienden. Ik ben de enige die dat kan doen, ik ben de enige die er nog een beetje normaal uitziet.

Ik gebruik niet. Dan verlies ik de controle.

In de hotels check ik het internet. Mijn mail open ik niet. Ik ben toch bang dat ze dan kunnen zien waar ik ben. Gewone sites lijken me veilig. In het nieuws sta ik al een paar dagen niet meer bovenaan. Ik weet niet hoe het precies zit met het conflict tussen de Palestijnen en Israël of wie er gelijk heeft. Ik weet alleen dat mensen elkaar dit aandoen omdat ze alleen aan zichzelf denken. In plaats van samen de planeet te redden maakt iedereen ruzie.

Maar het nieuws over Israël roept me terug naar wat echt belangrijk is en zegt me dat ik niet moet vluchten voor wat ik eerder niet durfde. Ze voorspellen daar nu oorlog. Die kan ik niet tegenhouden. Dus concentreer ik me op wat ik wel kan doen. *Belonen en beboeten.* Op dit moment is beboeten noodzakelijk en ik moet mijn tijd goed besteden want iedere minuut kan de laatste zijn.

Ik loop veel rond, ook al ben ik moe, ik moet in beweging blijven. Ik ben langs plekken gekomen die geschikt zijn. Een supermarkt XL, waar het heel druk is. Een bioscoop. Een kinderdagverblijf. Een partycentrum met een discotheek. Ik dacht aan een pretpark of een dierentuin. Of aan een McDonald's, daar is vorig jaar ook een schietpartij geweest.

Op al die plekken zijn ouders met kinderen.

Het wordt een bowlingcentrum, heb ik besloten. Op een bowlingbaan is de ruimte open, staat er niks in de weg.

Ik heb een grote gevonden. Ik sta nu op het parkeerterrein. De scholen zijn net uit, het wordt al drukker.

Mijn pet doe ik af, ik stop 'm in mijn jaszak. Met mijn kale hoofd lijk ik minder op mezelf dan met een pet. Mijn baard groeit niet gelijkmatig maar er zit nu genoeg haar op mijn wangen om mijn gezicht er anders te laten uitzien. Ik haal de bril uit mijn zak. Die heb ik gestolen uit een rek. Ik zet 'm op. Even wennen, ik zie alles nu heel wazig. Ik heb hem maar heel even nodig. Om niet herkend te worden als ik naar binnen ga. Voordat ik begin met schieten zet ik hem af. Dan maakt het niet meer uit.

Dwars over het parkeerterrein loop ik naar de ingang. Het wapen drukt aan de binnenkant van mijn jas. Ik vergis me bijna in de deur. Naast het bowlingcentrum zit een restaurant en de ingangen zitten vlak naast elkaar.

De schuifdeuren van het bowlingcentrum gaan open. Ik stap naar binnen. Een balie waar niemand achter zit. Een bordje: BEZOEKERS KUNNEN ZICH MELDEN BIJ DE BAR. Ik loop verder.

Het open veld. Meer dan twintig banen. Overal tafels met stoelen en krukken. Geen daglicht. Beeldschermen met animaties. Muziek. Gebonk van ballen die op de baan worden gegooid, gekletter van kegels die omgaan. Ik denk aan hoe ik vroeger omver werd gekeild als ze schooltassen over de grond naar me toe zeilden.

Terwijl ik door de hal loop, langs de banen, kijk ik rond alsof ik op zoek ben naar het gezelschap waar ik bij hoor, terwijl ik in werkelijkheid bijna niks zie door de bril. Hij maakt me duizelig.

Ik zet hem iets lager op mijn neus en kijk over de rand. Het is niet druk. Ik dacht dat ik op de parkeerplaats best wat mensen naar binnen had zien gaan maar verspreid over de ruimte zijn het er heel weinig. Alles bij elkaar misschien twintig. En ook nog ver uit elkaar.

Ik knik vriendelijk naar de jongen achter de bar, alsof ik hier hoor te zijn en de weg weet. Ik loop verder, ik weet niet waarheen. Ik zie ouders en kinderen, ik zie pubers, ik zie twee oudjes, ik denk dat ik ze allemaal kan hebben.

Maar het voelt niet goed.

Aan de andere kant van de hal ga ik een brede gang in waar ik een bordje zie naar de toiletten. Die zijn beneden. Ik ga de trap af.

Er is niemand. Ik ga een hokje in. Zet de bril af, haal het wapen tevoorschijn en kijk ernaar. Ik ben kalm. Ik zou het kunnen nu. De vraag is of ik weet weg te komen. Of ik gepakt word. Of ik het overleef. Twintig mensen. Ik zag een volle bowlinghal voor me. Niet dit.

Morgen. Dan is het woensdag. Woensdagmiddag zijn de

basisscholen vrij. Dan zijn er verjaardagsfeestjes. Dan zal het hier drukker zijn.

Deze keer wacht ik niet op een teken. Ik denk zelf. Het moet de moeite waard zijn.

Met de bril weer op ga ik het hokje uit, de trap op en verder door de gang richting een uitgang naast de garderobe.

Ik sta weer buiten en loop opzij van het pand weg richting het station.

Dan kijk ik om. Niemand die achter me aan komt.

Op het stationsplein is het druk, dus ik loop een straat in. Richting de plas. Nu durf ik de bril weer af te zetten. Ik gooi hem in een vuilnisbak. Morgen moet ik een andere hebben.

Het is droog. Ik ben tevreden. Het voelt anders dan na de school. Nu heb ik het zelf besloten.

Verderop ligt de straat open, er zijn werklui bezig.

Ik wil afslaan, maar er is geen zijstraat meer. Omkeren zou vreemd zijn. Als ik gewoon voorbijloop zien ze me waarschijnlijk niet eens. Ik doe alsof ik jeuk heb aan mijn voorhoofd en wrijf erover met mijn vlakke hand om zo mijn gezicht af te dekken.

Ze zijn bezig met kabels in de grond. Ik loop ze voorbij. Er staat een radio aan. Ik hoor een naam.

Tammy Davidson.

Ik ga iets langzamer lopen. Het gaat over *De val*. Ik kan het niet goed horen. Blijven staan zou verdacht zijn. Eén werkman kijkt al naar me.

Verderop de hoek om.

Heb ik het goed gehoord?

Dit is een teken. Hoe toevallig is het dat ik daar liep, net op dat moment. Ik luister nooit naar de radio en nu hoor ik dit.

Ik ga een bibliotheek binnen om op een computer te kijken. Maar als ik binnen ben voelt het niet goed, ik val hier teveel op. En de plek doet me aan Wanda denken.

Ik ga naar binnen bij een grote electronicazaak. Ik kijk bij de laptops, maar die zijn niet aangesloten op het internet, dus ik ga weer weg.

Toch naar een van de hotels? Ook al zal het daar nu rustiger zijn dan 's ochtends waardoor ik misschien meer de aandacht trek?

Wachten tot morgenochtend is geen optie, ik moet weten wat er aan de hand is met Tammy Davidson.

Ik kies niet voor het hotel waar ik vanmorgen ben geweest, maar voor die achter het station waar ik gisteren was. Nu steek ik wel het stationsplein over, met mijn blik naar de grond, en ik zorg ervoor dat ik niet te dicht bij de hoofdingang kom en ga al helemaal niet naar binnen om onder het spoor door naar de achteruitgang te lopen, want dan kom ik zeker langs camera's.

Ik loop om het station heen. Het is ver. Ik ga een voetgangerstunnel door.

Aan de andere kant ligt het hotel, aan het spoor. Het hoort bij een keten en ziet er saai uit. Gisteren heb ik hier brood gehaald, en fruit en een paar plastic bekertjes met yoghurt.

Op het spoor raast een intercity voorbij. Ik ga het hotel in en loop de receptie voorbij. Het meisje achter de balie kijkt op. Zij zat er gisteren niet. Ik kijk haar aan. Ik had die bril niet weg moeten gooien. Ik glimlach en knik gedag, alsof ik hier logeer en naar mijn kamer ga. Het meisje knikt en glimlacht terug, ik loop door, zij richt zich weer op de papieren voor haar. Ik ga de trap op. De ontbijtzaal is op de eerste verdieping, daar staan ook drie computers in de ruimte ernaast, bij de liften. Er is niemand.

Als ik achter een van de computers zit moet ik inloggen

met een mailadres om toegang te krijgen tot het internet. Dat is zodat ze je reclame kunnen sturen. Je mag de computer gebruiken, maar dan moet je eerst iets van jezelf weggeven.

Ik maak een account aan. Ik verzin een naam en een mailadres. Dat heb ik gistermorgen ook gedaan. Dan googel ik op 'Tammy Davidson'.

Er zijn allemaal nieuwsberichten over haar. Ik lees ze. Ze heeft in een radioprogramma gezeten. Haar verhaal kreeg ineens aandacht. Er zijn ook video's. Van het radioprogramma. In de studio hing een webcam. Ik klik. Ik hoor het gesprek. Ik zie alleen de presentatrice. Vreemd om Tammy Davidson te horen praten. Ze zit in een dorp in Griekenland. Het gaat over Griekse mythologie. Ze zegt goede dingen.

Een andere video is uit een talkshow. Daar zit ze niet zelf in, maar wel iemand die het over haar verhaal heeft. Voor het eerst zie ik Tammy, op de foto op de achtergrond in de studio. Ik had me haar anders voorgesteld. Het gesprek gaat nergens over, de man mist waar het over gaat. Ik kijk het niet af.

Bij de nieuwsberichten staat een artikel met als kop: 'Davidson schrijft vervolg op verhaal'. Ik klik erop en lees het bericht.

Het is waar. Ze heeft een vervolg op *De val* geschreven. Ze wordt geciteerd en zegt dat ze na alle reacties de behoefte had het verhaal af te maken. Ik kijk naar haar foto boven het artikel. Zee en zonnig. Dat Griekse dorp, waarschijnlijk. Onderaan het artikel staat dat het verhaal te lezen is op 'Penwortels'.

Ik wil er al naartoe, maar mijn vingers blijven op de toetsen liggen.

Nergens iets over mij.

Ze zullen mijn dagboeken hebben gevonden. Die zullen ze gelezen hebben. Dus ze weten dat ik *De val* heb gelezen. Dan kan dit toch geen toeval zijn? Willen ze dat ik naar dat verhaal ga? Zodat ze kunnen zien waar ik ben? Maar hoe zouden ze dat moeten weten? Ik heb een fakeadres gebruikt en deze computer is niet aan mij gelinkt. Iedereen kan hier zitten en naar die site gaan en dat verhaal lezen, hoe zouden ze moeten weten dat ík het ben?

Toch vertrouw ik het niet. Het klopt niet. Voor de tweede keer vandaag voelt het niet goed. Ik moet nu ook naar mezelf luisteren.

Ik klik alle pagina's weg.

Rustig ga ik het hotel uit. Het meisje achter de receptie is aan het bellen en ziet me niet.

Het is al donker als ik bij de plas kom. Ik zie een dik jongetje van een jaar of twaalf alleen op een bankje langs het water zitten. Hij zit junkfood te eten. Heeft hij geen thuis waar op dit tijdstip eten voor hem is? Ik kijk naar hem zonder dat hij me in de gaten heeft.

Hij is echt veel te zwaar. Hij neemt een te grote hap van een hamburger. Ik moet er bijna van huilen.

Dan ziet hij me. Hij schrikt.

Ik glimlach. Ik zeg: 'Eet smakelijk.'

'Dank u wel,' zegt hij.

Het liefst wil ik even met hem praten, zodat hij het gevoel heeft dat hij niet alleen is, maar ik loop door om hem niet bang te maken.

De nachten zijn het ergst. Vannacht is het nog kouder. De afgelopen nachten gebruikte ik mijn jas als kussen, nu hou ik hem aan in de slaapzak en lig ik met mijn hoofd op mijn arm op de betonnen vloer. Kou put je uit, maar je kunt er ook niet van slapen.

Ik kijk naar de gele ballen die in het donker aan een lijn op het water drijven.

Tot hier en niet verder.

Ik denk aan het zwembad. Ik vond het daar leuk. Misschien had alles zo moeten blijven. Dan had Wanda...

Niet aan denken.

Morgen ben ik hier niet meer. Ik weet niet waar ik zal zijn, maar niet hier.

Misschien zit ik in een cel. Misschien ben ik dood. Misschien lig ik ergens anders in de kou.

Maar het is goed. Wat er ook gebeurt.

Woensdag 11 oktober 2023

Het regent harder dan gisteren. Ik heb mijn pet op en mijn capuchon. Ik heb geen andere bril. Niet nodig. Ik storm gewoon naar binnen.

Op de parkeerplaats is het veel drukker dan gisteren.

Twee bestuurders met kinderen achterin maken ruzie over een parkeerplek. Dom volk.

De lucht grijs. Buiten branden de lampen al. Het licht wordt weerspiegeld in de plassen op straat. Straks zullen ook alle zwaailichten daarin te zien zijn.

Niemand weet wat ik weet. Dat deze plek straks wereldnieuws is. Ik denk dat er helikopters komen. De minister-president zal reageren. Misschien ook de koning. Dat ze geschokt zijn en dat ze de nabestaanden sterkte wensen.

Moet ik me overgeven als het voorbij is? Moet ik in een hoekje gaan zitten, zoals de moordenaar van John Lennon, en wachten tot ze me komen arresteren?

Ik denk aan *De val*. Ik ben blij dat ik het vervolg niet gelezen heb. Dat ik op mijn koers ben gebleven.

Ik mis mijn Playmobil-poppetjes en vraag me af of ze nog

in mijn huis liggen. Of ik ze nog terugzie. De nachten zijn het ergst. Dan mis ik ze het meest. Soms haal ik een paar kogels uit het doosje en leg ze in mijn hand. Dan praat ik tegen ze. Maar dat is niet hetzelfde.

Er gaat weer een groep kinderen naar binnen. Eentje heeft een feestmuts op. Er lopen een paar volwassenen omheen. Ze kijken chagrijning. Eigen schuld.

Ik kijk omhoog, doe mijn ogen dicht en laat de regen op mijn gezicht neerkomen. Ik zie mezelf in een shot van boven. De camera kijkt recht naar beneden, de regendruppels vallen links en rechts langs de lens, langzaam zoomt het beeld in op mijn gezicht. De druppels rollen langs mijn wangen als tranen. Dan schreeuw ik, tegen de lucht.

In werkelijkheid doe ik mijn ogen weer open. Ik ga niet vluchten, weet ik nu. Ik loop straks rustig weer naar buiten, leg het wapen op de grond, steek mijn handen omhoog, zeg dat ik Jonathan Odijk ben en dat ik hoop dat de wereld wakker wordt omdat het zo niet langer kan.

Ik voel aan het doosje met de kogels in mijn ene zak, aan het wapen in mijn andere. Ik leg mijn hand eromheen, zodat ik het binnen alleen maar tevoorschijn hoef te trekken. Ik loop naar de ingang.

Mijn hart gaat tekeer, niet van angst, maar van opwinding. Ik voel dat ik weer een stijve heb, net als in de duinen. Dat lijkt al zo lang geleden.

Weer vergis ik me in de deur. Ik sta voor het restaurant. Ik wil me omdraaien, maar dan blijf ik staan.

Ik zie de letters op het raam.

Het is een Grieks restaurant.

In mijn hoofd wordt alles zwaar en licht tegelijk.

Griekenland.

Ik probeer het nog. Om er niet aan toe te geven. Het is een

teken. Net als gisteren met die radio op straat.

Tammy Davidson.

Gisteren ben ik sterk geweest, heb ik besloten het verhaal niet te lezen. Maar nu is er weer een teken dat me naar dat verhaal wijst...

Er komt iemand naar buiten terwijl ik daar sta. Een man. Hij kijkt me aan. Herkent hij me? Of vindt hij het gewoon vreemd dat ik daar in de regen sta?

'Verkeerde deur,' zeg ik snel en ik draai me om. De man komt achter me aan, maar loopt me dan voorbij, het parkeerterrein op. Ik loop naar de deur van het bowlingcentrum, mijn hand nog steeds om het wapen in mijn zak.

Ik probeer het zwart op te zoeken. Hoe ik me vannacht voelde toen ik op de betonnen vloer van het toilethuisje lag onder de metalen pispot. Ik kom er niet bij.

Als er een groep kinderen naar buiten komt, draai ik me om en loop weg van de ingang.

Als ik opschiet kan ik snel terug zijn. Dan is het nog steeds druk en zitten ze allemaal aan de patat.

De bibliotheek is het dichtstbij.

Binnen doe ik mijn capuchon en mijn pet af. Ik loop naar een computer achterin, bij tafels waar kranten liggen en waar een paar studenten met hun laptop zitten.

Niet aan Wanda denken.

Er is een koffiecorner met gratis koffie en thee. Ik wil graag vanbinnen warm worden, maar ik doe het niet. Geen tijd. Zo snel mogelijk weer weg hier. Alleen even kijken. Zodat ik zeker weet dat dit de dag is.

Ik ga zitten. Op de computer het openingsscherm van de bibliotheek. Je kunt zoeken in de catalogus en er is een agenda waarop activiteiten staan.

Niet aan Wanda denken.

Het lukt me niet om op internet te komen, ik kom niet voorbij dat openingsscherm. Om te voorkomen dat iedereen hier gaat zitten internetten natuurlijk.

Dan is het blijkbaar niet de bedoeling. Dat ik dat verhaal lees.

Ik sta weer op. Vanaf nu geen afleiding meer. Ik hoef nu alleen maar terug te lopen naar het bowlingcentrum, in één rechte lijn, focus.

Op weg naar de uitgang zie ik twee medewerksters met elkaar staan praten.

Wanda.

Zij droeg tijdens het werk ook zo'n overhemd met een logo. Een van de twee vrouwen lijkt op haar. Niet echt, maar ze kijkt hetzelfde. Ze kijkt nu naar mij. Ze komt naar me toe zonder mijn blik los te laten. Ik blijf staan. Ze kijkt heel vriendelijk, alsof ze wil helpen.

Wanda.

'Het is niet echt!' Ik hoor mijn eigen stem. 'Vertrouw haar niet. Ze verraadt je!'

Ik weet dat die vrouw van de bibliotheek met Wanda's ogen me herkend heeft, dat de val is dichtgeklapt, dat ik het op een rennen moet zetten, maar ik voel het wapen in mijn jaszak en trek het eruit.

De enige uitweg.

Ze schrikt, blijf staan. Heft haar handen. 'Niet doen!'

'Ik kan niet anders.'

Beng.

Midden in haar voorhoofd, ze klapt tegen de grond, er wordt gegild. Haar collega staat verderop, durft zich niet te bewegen. Ik loop naar haar toe, het wapen voor me uit, ik richt, ze rent weg.

Beng.

Ik raak haar in haar rug, ze valt voorover. Ik kom dichterbij, richt op haar achterhoofd.

Beng.

Dan loop ik naar de studenten met de laptops, ze zijn opgestaan, angst in hun ogen, ze smeken.

Beng, beng, beng.

Ze exploderen en zakken in elkaar. Bloed op de tafels, bloed op de ramen.

Ik kijk rond, ga naar boven, op de eerste verdieping twee oude mensen.

Beng, beng.

Als ik verder loop, zie ik hoe twee meisjes zich achter een kast verstoppen, ik loop erheen, ze gillen.

Klik.

De meisjes gillen nog harder, razendsnel pak ik het doosje uit mijn zak en doe nieuwe kogels in het wapen. De meisjes zijn weggerend, ik ga achter ze aan.

Beng, beng, beng.

Allemaal mis, de afstand is te groot, ik raak boeken waar stukken vanaf vliegen. De meisjes rennen naar de trap. Ik schiet van bovenaf.

Beng, beng.

Ze storten naar beneden, bloed op de treden.

'Kan ik je misschien helpen?'

Ik kijk de medewerkster aan. Lieve glimlach. Van haar en van mij.

'Ik eh... wilde even iets opzoeken op internet, maar dat kan niet op deze computers, hè?'

'Jawel, hoor. Je moet alleen even weten hoe. Loop maar even mee.'

Ze loopt voor me uit naar de computer waar ik net zat. De

studenten zitten met oortjes in voor hun schermen.

De medewerkster buigt zich voorover, toetst een combinatie in, het beeld gaat even op zwart, dan verschijnt er een zoekbalk.

'Alsjeblieft,' zegt ze.

'Dank u wel.'

Ze loopt weg. Ik kijk naar de studenten. Ze kijken niet naar me.

Ik ga zitten. Ik ga naar 'Penwortels'. De gekleurde tekening met de kronkels is verdwenen, er staat nu een foto van Tammy Davidson op de homepage. Je kunt meteen op *De val* klikken of op het vervolg. Dat heet *De diepte*.

Ik klik erop en lees de eerste zin.

Meteen weet ik dat het klopt.

En dat ik het helemaal moet lezen.

Puck

Najaar 2023

De nachten waren het ergst.

Puck had weleens gehoord dat de hersenen een kwab hebben die de meest heftige dingen verzacht, als een soort stootkussen, maar dat dat klepje 's nachts openstaat waardoor alles heel heftig binnenkomt. Dat problemen daarom 's nachts erger lijken en je de volgende ochtend kunt denken: waarom heb ik daar nou de hele nacht van wakker gelegen?

Puck had overdag al niet het gevoel dat ze een filter had, laat staan een pantser dat haar tegen haar gedachten kon beschermen, maar 's nachts werd wat er in haar hoofd omging ondraaglijk.

Ze was weer enorm afgevallen. Niemand vond dat vreemd, natuurlijk. Ze had een kind verloren. Haar zoon was uit haar handen geglipt.

Er waren geen resten van Marnix gevonden, behalve een van zijn orthopedische schoenen die voor meer dan de helft verbrand was. Er was verder niemand bij de bosbrand omgekomen, er was zelfs niemand gewond geraakt. Alleen Marnix was in de vlammen opgegaan.

Puck kon zich gedurende die nachtelijke uren eindeloos

kwellen met de vraag of Marnix al dood was geweest voordat het vuur vat op hem had gekregen of dat hij nog bij kennis geweest was na zijn val, maar niet aan de vlammen had kunnen ontkomen.

Wat was het laatste geweest dat er door zijn hoofd was gegaan?

Had hij het geweten?

Ze hadden in augustus een lege kist begraven. Dat wilde Abel. Omdat ze daarmee iets af konden sluiten. Hij had gezegd dat hij daar behoefte aan had en Puck had het niet tegengehouden.

Bij het zien van de kleine, witte kist had ze overgegeven op straat. Het was niet zo dat ze nog hoop had gehad dat Marnix op miraculeuze wijze gevonden zou worden en dat hij nog zou leven, officieel was hij zelfs doodverklaard, maar pas die kist met lucht had het definitief gemaakt. In die zin was Abel in zijn opzet geslaagd.

Er had een kleine plechtigheid plaatsgevonden. Behalve haar ouders en Margot en Johan, die inmiddels in een rolstoel zat, was ook Vincent erbij geweest. Hij had zich geen houding weten te geven en het was Puck opgevallen dat hij haar blik uit de weg was gegaan.

Ondanks zijn uitspraken over kinderen had Vincent een sterke band met Marnix opgebouwd. Marnix was gek geweest op oom Vincent, die hem zelfs had leren fietsen op een kinderfiets waarvan Vincent de zijwieltjes zo had aangepast dat het Marnix met zijn scheefgetrokken motoriek gelukt was om overeind te blijven, vooruit te komen en uiteindelijk zelfs om vaart te maken.

Toen Marnix een jaar of twee was en een keer bij Vincent op schoot zat, was hij langzaam steeds verder onderuitgezakt tot hij zowat over Vincents benen lag, als een hond die op zijn buik gekriebeld wilde worden. Het had eruitgezien als een houding van totale overgave. Ook Vincent was volledig op zijn gemak geweest en had, zonder dat hij het zelf door leek te hebben, met zijn hand inderdaad zachtjes over Marnix' buik geaaid.

Het had Puck intens ontroerd.

Later, toen Vincent een keer oud speelgoed van hemzelf had meegenomen dat Marnix mocht hebben, had ze staan luisteren op de gang terwijl Vincent en Marnix met autootjes en smurfen speelden. Vincent had stemmetjes opgezet waarmee hij die smurfen had laten praten en tot Pucks verbijstering had ze Marnix toen ook zijn best horen doen om een smurf met een koksmuts te laten kletsen over taartjes.

Vincent maakte dingen in Marnix los waar Puck zelf niet toe in staat was. Abel zorgde voor de logistiek, zij speelde haar rol, maar Vincent en Marnix leken zielsverwanten. Puck had gezien hoe haar zwager langzaam maar zeker een reddingsboei voor haar zoon aan het worden was. Ze had het idee gehad dat het ook Vincent goeddeed. Dat hij bij Marnix op de een of andere manier meer zichzelf was dan bij wie dan ook.

Bij de uitvaart had hij er ineens tien jaar ouder uitgezien.

Tijdens de begrafenis had Puck voortdurend het idee gehad dat iedereen naar haar keek en op haar lette. Na afloop zei iedereen dat ze zich zo groot had gehouden. Alsof het een compliment was. Tot Pucks verrassing was ook de Franse politievrouw aanwezig geweest die hen die eerste dagen zo intensief had bijgestaan. Toen Puck haar zag op de begraafplaats moest ze huilen, wat ze sinds die fatale dag in juli nog maar amper gedaan had. En áls ze huilde leek het of haar tranen niet naar buiten kwamen maar naar binnen gingen, waar ze op een dorre akker druppelden waar nooit meer iets zou groeien.

Puck wist niet of Cloé zich er nog altijd schuldig over voelde dat ze haar had aangeraden met haar gezin naar die kapel te gaan, maar Puck nam haar nog steeds niets kwalijk. Ze was Cloé in de armen gevallen en ook Cloé had gehuild.

Pucks ouders hadden de dingen gezegd die ze geacht werden te zeggen, maar er had geen gevoel achter gezeten en Puck was sinds zij en Abel zonder Marnix uit Frankrijk waren teruggekomen nog niet één keer door hen vastgepakt. Wel door Margot en zelfs door Johan, die door de parkinson maar vooral door de dood van zijn kleinzoon kwetsbaarder dan ooit was geworden.

Iedere huishoudelijke taak was haar te veel. Aan werken moest ze al helemaal niet meer denken en ze zegde haar baan bij het filmhuis op.

Abel bleef lief voor haar, gaf haar alle ruimte voor haar rouw, terwijl hij zelf net zo goed vocht met zijn verdriet. Hij had haar nog geen seconde het gevoel gegeven dat hij haar iets kwalijk nam. Het was een noodlottig ongeval geweest, ze wisten hoe Marnix was. Iedereen zei dat ze gedaan had wat ze kon.

Haar nachtmerries vertelden Puck iets anders.

Abel had vlak na de begrafenis gezegd dat ze niet zouden proberen een nieuw kind te krijgen. Hij was waarschijnlijk als de dood dat ze een tweede zwangerschap niet zou overleven. Hij maakte de indruk dat hij bij haar wilde blijven, tot Pucks verbazing. Ze kon amper met zichzelf leven, hoe hield hij het dan met haar uit?

Ze wist dat het een kwestie van tijd was voor hij haar zou verlaten. Hij zou verder gaan met zijn leven, niet nu, maar over een jaar of zo, als ze alle seizoenen een keer zonder Marnix hadden meegemaakt. Dan kon hij zeggen dat hij er alles aan had gedaan, dat hij het geprobeerd had, dan kon hij het voor zichzelf rechtvaardigen en zou niemand het hem kwalijk nemen als hij haar in de steek liet.

De vier seizoenen werden slechts vier weken.

Begin september gingen ze uit elkaar. Het was Puck die het besloot. Ze kon Abels verzorging en loyaliteit niet meer aan. Hoe eerder hij van haar verlost was hoe beter, dan kon hij verder. Hij zou het redden, als ze bij elkaar bleven zou ze hem op een dag mee onder trekken.

Abel stribbelde tegen, veel heftiger dan de eerste keer. Hij zei dat ze even afstand moesten nemen en het dan weer zouden aankijken, maar Puck wist dat ze rigoureus moest zijn. Ze wist niet hoe ze alleen verder moest, maar dat angstbeeld was beter te verdragen dan dit leven met Abel, met die ogen van hem waardoor ze voortdurend naar zichzelf keek. En dus liet ze hem op een avond alleen in het huis in Diemen. Na alles wat ze daar had meegemaakt voelde het dichttrekken van de voordeur als een bevrijding.

Ze logeerde vier nachten bij Lize, maar dat werkte niet. Puck begreep al snel dat verdriet eenzaam kan maken omdat mensen niet weten hoe ze na zo'n gebeurtenis met je om moeten gaan en daarom het onderwerp mijden. Sommige mensen meden zelfs háár. Puck vond het prima, verlangde juist naar die eenzaamheid. Ze hield bewust alle steun af van de mensen die zich zorgen maakten, omdat ze vond dat die steun onterecht was en ze ervan overtuigd was dat als die mensen de waarheid zouden kennen, ze die steun waarschijnlijk ook niet meer wílden geven.

Maar om de zorgen van Lize kon ze niet heen, daar in dat

huis in Purmerend. Lize wilde voortdurend praten en zei dat ze op internet had gelezen dat als je na het verlies van een kind niet gesteund wordt, je volledig vast kan lopen in je rouw. Puck had eerder het gevoel dat ze vastliep als anderen met haar meeleefden, vanwege de valse redenen waarop dat medeleven gebaseerd was.

Ze vertrok naar een hotel.

Nog diezelfde maand vond ze een flatje. Onderhuur, dus de hoofdprijs, maar zo snel was er niets anders te krijgen. Het was ver bij haar oude levens in Diemen, Amsterdam en Utrecht vandaan en in haar nieuwe, nietszeggende wijk voelde ze zich anoniem, precies wat ze op dit moment wilde zijn.

Toch dwong ze zichzelf in beweging te blijven omdat ze wist dat als ze stil zou vallen, ze weg zou zinken. Alsof ze over een dunne laag ijs liep waar ze haar gewicht voortdurend over moest blijven verplaatsen om er niet doorheen te zakken. Blijkbaar beschikte ze nog over een bodempje overlevingsdrang. Abel maakte geld naar haar over zodat ze daar geen zorgen over zou hebben, maar dat raakte ze niet aan.

Ze ging weer aan het werk bij een bioscoop, geen filmhuis, maar een zalencomplex van een commerciële keten. Ze zat er drie middagen en twee avonden per week achter de kassa. Het lukte haar die paar uur per dag haar masker op te zetten, waar ze daarna een dag van moest bijkomen.

Soms ging ze in haar eentje in het donker op de achterste rij van een lege zaal zitten. Dan staarde ze naar het zilveren scherm. Ze dacht over zichzelf na alsof ze een personage in een film was. Wat zou ze van dat personage vinden? Zou ze medelijden met haar hebben? Zou ze haar verachten? Zou ze als kijker hopen dat het goedkwam met haar of dat ze haar verdiende loon kreeg? Hoe zou de film aflopen? Wat was de laatste scène? En had zij daar als personage invloed op, of moest ze het gewoon laten gebeuren? Overgeleverd aan wat het lot voor haar in petto had? Maar kon ze in dat geval rekenen op coulance van de scenarioschrijver, of zou ze moeten boeten?

Het werk viel haar al snel steeds zwaarder, vooral vanwege alle kinderen. In ieder jongetje zag ze Marnix of wat Marnix had kunnen worden. Ze dacht aan haar zwemtocht naar Vuurtoreneiland, wat leek alsof het in een ander leven had plaatsgevonden, en wist daardoor dat ze voor zichzelf een nieuw focuspunt moest vinden, een stip op de horizon die haar een nieuwe koers zou geven.

Ze kon niks bedenken. De horizon was één grijze streep, een nauwelijks waarneembare overgang tussen water en lucht. Tegelijkertijd gingen de rondjes die ze nu maakte steeds dieper in een neerwaartse spiraal. Ze moest iets doorbreken, anders kwam ze hier nooit meer uit. Tegelijkertijd vroeg ze zich af waarom en voor wie ze dat eigenlijk zou moeten, als het voor haarzelf niet nodig was. Die diepte was misschien haar lot, waardoor het zwart in haar hoofd en het zwart van de afgrond samen zouden vallen en ze in het niets zou oplossen, niemand meer tot last, zonder pijn, zonder verdriet en zonder zelfhaat.

Op een zonnige middag, het bleef maar warm voor de tijd van het jaar, stond ze op het punt om Gijs te bellen, de therapeut die haar eerder geholpen had. Maar op het laatste moment, toen ze al met haar mobiel in haar hand stond, deed ze het niet. Ze wist welke dingen hij zou zeggen, dingen waar ze niks aan had omdat hij de waarheid niet kende. Hem die waarheid vertellen, of aan wie dan ook, was ondenkbaar, dus wat had het dan voor zin?

In plaats daarvan kocht ze in een troosteloos winkelcentrum

een badpak en ging ze naar het zwembad bij haar in de buurt waar ze al een paar keer langs was gekomen. Het was een impulsieve actie om zichzelf af te leiden en in beweging te blijven. Bovendien had de zwemtocht naar Vuurtoreneiland haar ook ooit nieuwe energie gegeven.

Het was er niet druk, zo midden op de dag. In het ondiepe gedeelte was aan de ene kant een zwemles met basisschoolkinderen bezig, aan de andere kant was een badmeester met veel geduld een jongetje van een jaar of vijf aan het leren hoe hij in het water moest duiken. Puck moest aan Marnix denken. Ze zag dat de badmeester het heel liefdevol aanpakte, maar dat het jongetje toch bang was. Puck kon de blik in zijn ogen niet verdragen en liep door naar het grote bad.

Daar trokken een paar badgasten hun baantjes. Eén baan was vrij.

Puck liet zich via het trappetje in het water zakken, zwom naar de juiste baan en begon met een rustige schoolslag. Het water was aan de koude kant, ze had een warmer bad verwacht, maar het friste haar wel op. Ze keek naar het einde van de baan dat langzaam dichterbij kwam. Ieder focuspunt is er één, dacht ze, hoe kort de afstand ook is.

Aan de andere kant zette ze zich met haar voeten af en met haar armen naar voren schoot ze onder water vooruit. Ze kwam boven en zette een borstcrawl in. Het was zwaar, maar daarom voelde het prettig. Af en toen nam ze een hap lucht. Ze maakte meer snelheid, haar slagen werden krachtiger. Ze liet zich niet door het water dragen, ze ging het te lijf.

Weer keerde ze onder water. Nog meer kracht, nog meer snelheid.

Heen en weer. Steeds harder, steeds vaker naar lucht happend. Haar lichaam, fysieke inspanningen als deze niet meer gewend, werd zwaarder. Ze dwong zichzelf nog verder te gaan, haar lichaam uit te putten. Haar adem hield ze steeds langer in, pas als het zwart werd voor haar ogen kwam ze met haar hoofd boven water en hapte naar lucht. Ze zwom nergens naartoe, er was geen punt om op te focussen, niet in afstand, niet in tijd, ze wist dat ze vooral ergens vandaan ging, tegen een stroom in, waarbij ze voortdurend de angst zag in de ogen van haar kind gedurende die allerlaatste seconden.

Ze kon niet meer, kreeg haar armen amper meer omhoog, maar zette door. Ze ging tot het uiterste, alsof ze alle kracht die ze op de rand van die afgrond tekort was gekomen er nu alsnog uit wilde persen om te bewijzen dat die kracht er was, misschien wel alsof ze het daarmee terug kon draaien.

Met haar hoofd onder water, steeds langer en steeds dieper, veranderde haar slag, die er nu op gericht was om bij de oppervlakte vandaan te blijven.

Onder water was alles buitengesloten, geen stemmen, niet van anderen, niet van haarzelf, ze hield haar ogen stijf dicht, knalde met haar armen tegen de kant, zwom niet naar boven, zette zich met haar handen af en zwom dieper, de druk op haar oren steeds pijnlijker. Ze voelde de impuls om naar boven te gaan, naar zuurstof, maar dwong zichzelf door te zwemmen, ze vocht niet meer met het water maar met haar eigen lijf, het begon te draaien in haar hoofd, als een draaikolk, overlevingsinstinct en overgave vochten nu om voorrang, ze ging nog dieper, zelfs met haar ogen dicht werd alles nog donkerder, dieper kon niet, ze moest terug, haar lichaam schreeuwde om lucht, het was sterker, het won en met wilde slagen ging ze omhoog, deed haar ogen open, de oppervlakte nog ver weg. Drie slagen, ze kwam nauwelijks hoger, alsof ze terug werd geduwd. Alles werd samengeknepen. Alles kantelde.

Geen kracht meer.

Geen controle meer.

Ze voelde zich naar beneden zakken en kon er niks tegen doen. Voor het eerst voelde het alsof het water haar droeg. Niet alsof het haar omhooghield maar haar opving om haar landing te verzachten.

Loslaten.

Langzaam deed ze haar ogen open. Fel licht. Geen contouren, alles dubbel, alles draaiend.

'Daar ben je weer.'

Gepiep in haar oren.

Misselijk.

Een hand op haar voorhoofd, een hand op haar arm.

'Alles is goed.'

Piepjes.

'Ik haal de dokter.'

De handen lieten haar los.

Koud.

Ze zakte weer weg.

Meegaan op de stroom.

'Kunt u mij horen?'

Voorzichtig weer in het licht kijken.

'U ligt in het ziekenhuis. U bent uit het water gehaald. Dat ging niet helemaal goed.'

Zwembad. Draaikolk. Diepte.

'U bent gereanimeerd. Hoe voelt u zich?'

Knikken.

'U heeft onder water een black-out gehad. Ik denk dat u bij het baantjes trekken te lang onder water hebt gezwommen waardoor...'

Adem.

'... tekort aan koolzuur in het bloed waardoor de prikkel minder wordt om...'

Slangetje.

'... reflex om terug naar boven te gaan te laat komt...'

Hartslag.

'... bewustzijn verloren...'

Niet dood.

'... snel gehandeld. Dat is uw redding geweest.'

Knikken.

'Doet u maar even rustig aan. Dan kom ik straks weer even kijken.'

Meegaan met de stroom.

Handen op haar arm.

'Ik ben bij je.'

Abel.

'Ik blijf bij je.'

Terug naar zwart.

Ze moest een paar dagen blijven. Abel was de meeste tijd bij haar. Margot kwam langs. Puck hoorde de stem van haar moeder terwijl ze deed of ze sliep.

Tegen de mensen aan haar bed zei ze dat ze niet meer wist wat er gebeurd was: het ene moment was ze aan het zwemmen, het volgende moment werd ze wakker in het ziekenhuis. Ze zag dat niemand haar geloofde. Ze dachten allemaal dat ze geprobeerd had er een einde aan te maken. Zelf herinnerde ze zich het opzoeken van haar grens om er overheen te gaan. Misschien kwam dat op hetzelfde neer.

Ze sliep veel, at nauwelijks. De piepjes bleven piepen. Ze vroeg of het geluid van de monitor uit kon.

Aan het einde van de tweede dag droomde ze over een doolhof van autobanden waar ze niet uit kwam en schrok ze wakker. Buiten was het donker. In de kamer brandde één lamp bij de wastafel. Er zat iemand naast haar bed. Door het licht achter hem zag ze alleen zijn schaduw.

'Sorry,' zei hij. 'Heb ik je wakker gemaakt?'

Ze kwam iets overeind. 'Het is toch geen bezoekuur?'

'Ik ben voorbij de verpleging gesneakt. Wil je dat ik wegga?'

'Nee.'

'Hoe gaat het met je?'

Ze haalde haar schouders op. 'Met jou?'

'Ze zeggen dat je bijna verdronken was.'

Ze zei niets.

'Heftig.'

'Best wel.'

Vincent keek naar een punt op de deken, ging haar blik uit de weg, net als op de begraafplaats. 'Heb je geprobeerd om...?'

'Ik... weet het niet. Ik weet alleen... Ik heb ooit in de Grand Canyon willen springen omdat ik wilde dat alles zou blijven zoals het op dat moment was. In dat zwembad wilde ik vooral verdrinken zodat alles in mijn hoofd zou stoppen. Maar het gekke is... allebei de keren wilde ik niet dood.'

Nu keek Vincent haar voor het eerst aan.

'Ik wilde vooral dat er iets kapotging,' zei ze. 'Dat ík kapot zou gaan.'

'Fokking hell.'

Stilte.

Puck keek naar hem. 'Ik heb je een tijd niet gezien.'

Vincent zat zo verslagen in zijn stoel dat het leek of hij een marionet was waar met touwtjes van onderaf aan getrokken werd.

'Het spijt me,' zei hij. Puck hoorde dat hij zijn tranen inhield.

'Het geeft niet,' zei ze. 'Ik snap 't wel.'

'Het spijt me ook wat ik allemaal heb gezegd. Over kinderen. Want nu is het net... of ik het gewild heb.'

'Dat Marnix dood zou gaan?'

Vincent knikte klein. 'Ik... wist niet wat ik zei. Ik heb zoveel dingen alleen maar gezegd om... Ik was een boos kind. Ik schaam me dood.'

'Marnix was gek op jou. Je hebt heel veel voor hem betekend. Meer dan je denkt. Dus je moet je niet schuldig voelen. Ik ben ontzettend blij dat hij jou in zijn leven heeft gehad.'

Ze hoorde hem snikken. Ze reikte naar hem, hij pakte haar hand.

Op de gang liep iemand met een kar voorbij maar er kwam niemand binnen.

'Hoe moet het nou verder?' vroeg hij. 'Met jou?'

'Ik red me wel.'

'Dat zeg je, maar dat is niet zo.'

'Ik kom er wel uit.'

'Jij voelt je ook schuldig. Nog veel meer dan ik.'

'Ik...'

'Maar dat hoeft niet. Je hebt niks verkeerds gedaan.'

'Ik heb hem laten vallen.'

'Toch niet expres?'

'Ik heb hem losgelaten.'

'Dat kon niet anders.'

'Jawel.'

'Natuurlijk niet.'

'Ik... Vlak voordat hij... Ik hield hem niet meer... maar er kwam geen allesoverheersende kracht in me naar boven. De oerkracht die moeders hebben als het om hun kind gaat. Ik was niet sterk genoeg omdat ik...'

Ze voelde haar hand in de zijne. Ze deed haar ogen dicht.

'... omdat ik niet genoeg van hem hield.'

Ze voelde hoe Vincent kneep.

'Natuurlijk hield je genoeg van hem.'

'Ik deed alsof.'

'Niet waar. Jullie waren gelukkig.'

'Ik niet. Dat leek maar zo. Ik wilde het beste voor Marnix. Ik kon het verbergen. En iedereen trapte erin. Ik ben nooit meer sterk geworden. Niet in gevoel. Daardoor kwam ik tekort. Daardoor liet ik los.'

'Je hebt hem niet losgelaten, hij was te zwaar voor je.'

'Ik weet ook dat ik het dacht. Op dat moment.'

'Wat?'

'Loslaten. En dat ik hem toen losliet.'

'Je dacht aan loslaten omdat je niet meer kon.'

'Het was een beslissing. En toen deed ik het.'

'Dingen zijn door elkaar gaan lopen in je hoofd.'

'Ik voelde opluchting toen hij weg was. Alsof ik adem kreeg.'

'Je háálde adem. Omdat je je zo had ingespannen. Je kreeg weer zuurstof. Dat is iets anders.'

'Ik denk van niet.'

'Wat er in je hoofd gebeurt en wat je doet zijn verschillende dingen. Je maakt jezelf... Heb je hier met iemand over gepraat?'

'Nee. En je mag het tegen niemand zeggen.'

'Je moet erover praten. Anderen kunnen helpen om dit uit je hoofd...'

'Wie schiet daar iets mee op? Iedereen is kapot van verdriet, waarom moet ik dat erger maken door te vertellen dat ik hem vermoord heb?'

Vincent schoot naar voren en greep haar bij haar schouders.

'Dat mag je niet zeggen! Dat mag je godverdomme nooit meer zeggen, hoor je me? Want dat is niet zo! Je hebt hem niet vermoord!'

'Wel waar!'

'Niemand heeft hier schuld aan. Jij ook niet. Het was een ongeluk. Dat is moeilijk te accepteren, dat het kwam door omstandigheden en door... toevalligheden. Daarom zoek je een oorzaak, een reden. Maar die is er niet. En nu maak je jezelf krankzinnig.'

'Krankzinnigheid lijkt mij een prima reactie op dit alles. Of complete verdoving.'

'Jij hebt jezelf opgeofferd, je eigen geestelijke gezondheid ondergeschikt gemaakt aan het welzijn van je kind. En dan durf jij te zeggen dat je niet sterk genoeg bent geweest? Wat jij hebt gedaan heeft onmenselijk veel kracht gekost en getuigt van de grootst denkbare liefde.'

Hij keek haar nu van dichtbij aan, zijn handen nog steeds om haar schouders geklemd, alsof hij wat hij zei in haar wilde drukken. De stilte vulde de kamer tot in de kleinste hoekjes. Puck keek in zijn ogen. Ze keek niet naar zichzelf door zijn blik, maar liet zijn blik binnenkomen.

'Jij hebt alle kracht die je in je had gebruikt om te voorkomen dat hij zou vallen,' zei Vincent, 'maar daar heb je je eigen verhaal van gemaakt. Je hebt iets echt gemaakt wat niet echt is. Vaak geloven we alleen ergens in om betekenis te geven aan iets wat geen betekenis heeft.'

Hij legde een hand op haar wang.

'Dus moet je nu de werkelijkheid terugbrengen. Die is koud en rauw en onbevattelijk, maar daar kun je iets mee. Daar moet je naartoe. Zodat je kunt gaan rouwen. Niet alleen om Marnix, maar om alles wat je hebt meegemaakt. Want daar zit de reden dat je je zo voelt en dat je deze dingen denkt. Niet omdat je een moordenaar bent, maar omdat er dingen in jou dood zijn.'

Ze voelde tranen over haar wangen lopen. Vincent pakte haar vast. Ze huilden allebei.

Ze hadden afgesproken in een restaurant waar om deze tijd alleen wat winkelende ouderen aan de koffie met gebak zaten. Ze zag hem binnenkomen en herkende hem meteen. Dat had ze niet verwacht. Hij zag haar en kwam naar haar toe.

'Hallo,' zei hij toen hij bij haar tafel stond.

'Hallo. Wat fijn om je te ontmoeten.'

'Ja.'

'Ik zie nu pas wie je bent. Ik bedoel: ik heb je gezien, die middag. Je was bezig een jongetje te leren duiken.'

Hij dacht even na. 'O, ja.'

'Wil je niet gaan zitten?'

Hij knikte half en nam tegenover haar plaats. Zijn jas hield hij aan.

'Wil je koffie of iets anders?' vroeg ze.

Hij schudde zijn hoofd. 'Hoe... gaat het met je?' vroeg hij.

'Goed wel weer. Geschrokken, natuurlijk. Maar geen blijvend letsel of zo.'

'Oké.'

Ze pakte iets van de stoel naast zich en schoof het over de tafel naar hem toe. 'Alsjeblieft.'

'Wat is dat?'

'Een cadeautje. Om je te bedanken.'

Hij keek er even naar. 'Dus je neemt het me niet kwalijk?'

Ze keek hem verbijsterd aan. 'Dat je mijn leven hebt gered?'

Hij knikte.

'Natuurlijk niet. Ik ben je dankbaar.'

'Echt?'

'Natuurlijk. Waarom zou ik je daar niet dankbaar voor zijn?'

Korte stilte.

'Omdat je misschien niet verder wilde?'

Ze kon even geen woord uitbrengen. Hier had ze geen moment rekening mee gehouden. Dat hij dat zou denken. Maar ze snapte het volledig en vond het stom van zichzelf dat ze hier van tevoren niet aan gedacht had.

'Ik geef toe,' zei ze, 'dat het niet goed met me ging. Dat ik in het water te veel in mijn eigen wereld zat waardoor ik... met mezelf in de knoop raakte. En toen ik los wilde komen, kon ik niet meer naar boven.'

Hij keek haar aan op een manier die haar aan Vincent deed denken tijdens hun gesprek in het ziekenhuis. Alsof hij alles wist. Tegelijkertijd zag ze iets bij hem wat leek op een eigen pijn. Misschien dat hij daardoor die van haar herkende?

'Toen ik je reanimeerde...' zei hij.

'Ja?'

'Ik zag je arm. Met die tattoo. Ik vond 'm mooi.'

'Ja?'

'Ja.'

Puck rolde haar mouw op. Liet hem haar onderarm zien. Hij keek ernaar. Ze zag iets gebeuren in zijn ogen maar ze kon het niet duiden.

'Dat is een roodborst, toch?' vroeg hij.

'Ja,' zei ze.

'Waarom een roodborst?'

'Omdat... Ik had vroeger een buurmeisje. Ze was mijn beste vriendin, zowat vanaf dat we peuters waren. Ze is op haar twintigste verongelukt. Ze heette Robin. Dat is Engels voor roodborst.'

Hij bleef naar het vogeltje staren. Het deed duidelijk iets met hem, zag ze. Dacht hij aan iemand uit zijn eigen leven?

'En de roodborst staat symbool voor hoop,' zei Puck.

Hij zei nog steeds niets.

'Zoals de duif voor de vrede,' ging ze verder. 'De roodborst staat voor verandering in positieve zin. Voor groei, voor ontwikkeling en voor wilskracht.'

'Dat wist ik niet.'

'Is echt zo. Zoek maar op.'

'Nu ik dat weet... vind ik 'm nog mooier.'

Ze knikte. 'We kunnen wel wat hoop gebruiken met z'n allen.'

Hij keek naar haar op. 'Maar... hoe doe je dat? Hoop houden?'

Puck rolde haar mouw weer naar beneden. 'Ik denk door te blijven geloven in de goedheid van mensen. Door niet cynisch te worden. En vooral door zelf goed te doen. Hoe klein ook. Iemand helpen. Zoals jij met dat jongetje in het zwembad. Of met mij. Iets betekenen. Niet groots en meeslepend, maar op de vierkante millimeter. Hoewel jij natuurlijk iets ongelooflijks hebt gedaan door mij uit het water te halen en te reanimeren.'

'Dat is mijn werk. Daar ben ik voor getraind.'

'Dan nog. Je hebt het gedaan. Zolang er mensen zijn als jij is er hoop.'

Zijn gezicht was onbeweeglijk. Er was iets met hem dat haar verontrustte, maar waardoor ze ook de behoefte had hem in haar armen te nemen.

Ze legde haar hand over de zijne op tafel.

'Ik ben je ontzettend dankbaar,' zei ze. 'Als jij er niet was geweest...'

'Ik moet gaan.'

'Nu al?'

'Mijn dienst begint zo.'

'Zie ik je nog eens?'

'Wil je dat?'

'Zou ik fijn vinden. Ik wil je beter leren kennen. Als jij dat ook wilt.'

Hij keek naar haar hand over de zijne. 'Is goed.'

'We hebben elkaars nummer.'

'Ja.' Hij trok zijn hand onder die van haar vandaan en stond op. 'Dag dan.'

'Dag.'

Hij liep weg. Het cadeautje bleef onuitgepakt op tafel achter.

Puck keek hem na, zag hoe hij naar buiten stapte, de regen in die nu al dagenlang niet ophield.

Ze hoopte dat ze op een dag iets voor hém zou kunnen betekenen.

Ze aarzelde maar belde niet aan en ging met haar sleutel naar binnen.

Abel zat aan tafel. Een bak afhaaleten voor zich en chopsticks in zijn hand. Hij leek niet verbaasd haar te zien, keek haar eerder verwachtingsvol aan.

'Hai,' zei hij.

'Hai. Eet smakelijk.'

'Wil je ook?'

Ze schudde haar hoofd. 'Mag ik gaan zitten?'

'Tuurlijk.'

Ze ging tegenover hem zitten en legde haar handen in haar schoot. 'Ik moet je dingen vertellen,' zei ze. 'Over hoe ik me de afgelopen jaren heb gevoeld. Er is van alles gebeurd in m'n hoofd en dat wist jij meestal niet. En in mijn hoofd gebeurde er ook van alles toen ik Marnix probeerde vast te houden. En daarna. Dat is allemaal één grote wirwar geworden. Dat moet ik uit de knoop halen. En ik wil vragen of je me daarbij wilt helpen.'

'Natuurlijk.'

'Je hoeft niks te doen. Alleen maar te luisteren. Dan hoop ik dat je me begrijpt. En dat je me vergeeft. En dat we dan kunnen rouwen. Samen.'

Hij legde zijn eetstokjes neer.
'Ik luister,' zei hij.

Jonathan

Woensdag 11 oktober 2023

Ik kijk naar de laatste regel. Daaronder wit. Mijn lippen zijn droog.

Ik sta op, laat de computer op het einde van het verhaal staan. Ik loop door de bibliotheek, kom langs de medewerkster die als Wanda kijkt.

'Gelukt?' vraagt ze.

Ik knik. Het lukt me niet om iets te zeggen. Ik steek mijn hand op om toch een soort van dag te zeggen en ga door de schuifdeuren naar buiten.

Regen. Hard.

Ik loop bij de bibliotheek vandaan. In beweging blijven. Al snel weet ik niet meer waar ik ben. Doorlopen.

Een soort dijkje langs een vaart. Wind. Regen slaat in m'n gezicht.

Ik voel me goed en niet goed. Alsof er iets is afgelopen en er iets anders is begonnen waarvan ik niet weet of het beter is.

Ik denk aan het bowlingcentrum. Werkelijk en onwerkelijk door elkaar. Ik heb honger. Ik wil slapen. Ik loop door.

Een brug voor fietsers over de snelweg. Steil omhoog. Auto's razen onder me door met felle koplampen. De regen steeds harder, het komt nu overal doorheen.

Aan de andere kant steil naar beneden. Weilanden. Bijna helemaal donker nu. Het loodrechte fietspad dat in de verte verdwijnt lijkt geen einde te hebben. Ik blijf staan. Kijk om me heen.

Niemandsland.

Ik zak op mijn knieën.

IV

Tammy

Najaar 2023

In Loutro is bijna niemand meer.

Ik heb de sleutels van het appartement ingeleverd bij Selina die de dag erna naar Heraklion is vertrokken waar ze gedurende de wintermaanden bij haar moeder woont en heb mijn intrek genomen in een van de lege kamers van het hotel van Pavlos. 's Avonds eten we samen, dan maakt hij de lekkerste dingen klaar voor ons en voor de vier andere mannen die nog in het dorp zijn. Tijdens het eten worden we gezelschap gehouden door de papegaai. Ik ben aan het beest gehecht geraakt en heb hem 'dikke doei' leren zeggen, wat alleen ik grappig vind aangezien niemand van de anderen Nederlands spreekt.

Een van hen is de mooie jongen van de minimarket: Nikos. Hij blijkt een achterneef van Pavlos te zijn, vernoemd naar Nikos Kazantzakis, de schrijver van *Zorba de Griek*, dat Pavlos me in het Engels te leen heeft gegeven en dat ik in twee dagen op bed heb uitgelezen terwijl het buiten steeds harder ging waaien.

Wat een geestig en filosofisch boek over de zin en onzin van het leven. Over kracht uit jezelf halen en over hoe ieder einde een nieuw begin is. Over de natuurpracht op Kreta, over droom en daad, over loslaten – hoe toevallig – en over het geluk vinden via de kortste route door alles te beleven alsof het de eerste keer is. Ik heb het gevoel dat ik Pavlos er beter door begrijp en heb er zelf een soort levenszin van gekregen.

Ik heb geen behoefte om naar huis te gaan maar weet ook niet waarom ik hier blijf. Ik ben begonnen met het schrijven van een nieuw verhaal, maar dat gaat nog niet echt ergens heen. Ik heb nu wel een paar teksten die ik kan uitproberen als ik weer ga optreden.

Áls ik weer ga optreden.

De dag nadat het vervolgverhaal op *De val* online is gezet is Cees terug naar Nederland gevlogen. Dat is nu twee weken geleden. Jonathan Odijk is nog steeds niet gevonden. Er heeft ook geen aanslag plaatsgevonden maar het valt niet te zeggen of ik daar met mijn verhaal van invloed op ben geweest of dat ik het voor niks heb geschreven, misschien zelfs voor iemand die dood is. Daar gaat men nu van uit. Dat het wachten is op de dag waarop het lichaam van Jonathan wordt gevonden.

Er zijn verder nauwelijks reacties op het vervolg gekomen. De storm is overgewaaid, niemand heeft er nog interesse in, ook omdat Israël nu het nieuws domineert. Alleen die paar uitgevers blijven aan me trekken en willen de twee verhalen samenvoegen tot één bundel. Ook 'Penwortels' heeft me om nieuw materiaal gevraagd, maar tot nu toe ben ik nergens op ingegaan.

Ik heb geen spijt van het vervolg. Ik heb het gevoel dat ik trouw ben gebleven aan de karakters en dat het verhaal een beter einde heeft gekregen, hooguit wat meer volgens het boekje. Eén journalist heeft me benaderd met de vraag of het toeval is dat er in het verhaal een naamloze badmeester voorkomt waar 'iets mee is', terwijl van Jonathan Odijk bekend is dat ook hij badmeester was voordat hij de moord op Wanda

Wieland pleegde en een gevaar voor de samenleving werd. Ik antwoordde in zo vaag mogelijke bewoordingen, maar het leidde wel tot een stukje in een landelijke krant die ik hier online las, waarin ik ervan werd beschuldigd de zoektocht naar een voortvluchtige moordenaar uitgebuit te hebben om mijn werk sensatiewaarde te geven. Wat dan amper was opgepikt, maar dat stond er niet bij. Ik stond op het punt alsnog te reageren met de waarheid: dat het een opdracht van de politie was geweest om deze moordenaar van meer gruwelijke daden te weerhouden, wat misschien ook had gewerkt, maar ik deed het niet. Als Jonathan het verhaal gelezen had, had hij de bedoeling ervan doorzien, in die zin is het verband geen geheim, maar ik durfde het toch niet in het openbaar te benoemen.

In het artikel werd ook mijn huidige verblijf in Loutro genoemd, wat werd uitgelegd als een vlucht die misschien ook bedoeld was om meer aandacht op mijn verhaal en op mezelf te vestigen. Het ging totaal voorbij aan het feit dat ik hier al was voordat het gedoe begon. Toen Salinger zich uit het openbare leven terugtrok werd ook gezegd dat hij dat met opzet deed, als marketingstrategie om zichzelf mythisch te maken.

Aan mijn verblijf in Loutro is niets mythisch.

Als de wind gaat liggen en het nog steeds aangenaam warm is maak ik met Nikos een paar lange wandelingen door de bergen. We lopen van Loutro in een uur naar het strand van Glyka Nera langs de randen van de kliffen. Het is een pittige, maar prachtige tocht. We besluiten nog verder te lopen en komen na een halfuur in Chora Sfakion aan, waar ik voor het eerst weer iets van de bewoonde wereld proef. Het smaakt niet. Ik koop wat toiletbenodigdheden en we nemen een watertaxi terug.

Een paar dagen later lopen Nikos en ik opnieuw naar Glyka Nera en doen we het met elkaar op het verlaten strand. We wisten allebei dat het zou gaan gebeuren en dat het de werkelijke reden was om deze wandeling nog een keer te maken. Het is fijn, maar mythischer dan dat wordt het niet en een paar dagen later vertrekt ook hij, naar Chania, waar hij bij een andere oom in een bar gaat werken. We spreken af elkaar nog een keer te zien voordat ik terugga naar Nederland. Op dit moment heb ik nog geen idee wanneer dat zal zijn.

De pers laat me verder met rust en ook het contact met mijn familie is minimaal. Zo zit ik dus vooral met mezelf in Loutro. Ik help Pavlos zo nu en dan met klusjes. Hij heeft een elektrisch steekkarretje aangeschaft waar hij de koning te rijk mee is. Ik leer de andere mannen die zijn achtergebleven beter kennen, maar zit de meeste uren van de dag alleen op mijn kamer. Ik heb het bed verplaatst zodat ik de houten tafel voor het raam kon zetten. Daar zit ik te schrijven, te lezen of te staren naar het verlaten dorp, de bergen en de zee.

Jonathan schrijft ergens in zijn dagboeken dat hij wel alleen op een berg zou willen zitten. Salinger was gevlucht voor alle schijnheiligheid van de wereld, waar ook zijn personage Holden Caulfield van walgt. Lijk ik op hen en is dat de reden waarom ik nog steeds hier ben? Omdat ik ergens geen onderdeel meer van wil uitmaken? In het niet meer mee willen doen schuilt ook een soort moed. Maar kan ik me dat veroorloven? Voor mezelf en voor mijn toekomst, maar ook in relatie tot alles wat er in de wereld gebeurt?

Misschien is het wel erg makkelijk om je terug te trekken omdat je er niet meer bij wil horen, terwijl er zulke gruwelijke dingen aan de hand zijn, nog wel aan de andere kant van de zee waar ik op uitkijk. Zit ik dan op een berg, of diep weggestopt onder de grond?

Het enige wat ik kan doen is erover schrijven. En in zekere zin heb ik dat al gedaan.

Ik lees *Negen verhalen* van Salinger. In het laatste verhaal wordt gezegd dat logica de grootste vijand is als je vrij wilt zijn. Misschien is dat waarom ik hier in een cocon blijf zitten. Omdat er geen enkele logica zit in de absurditeit van de dagelijkse realiteit.

Ik zit op mijn kamer te werken aan een nieuwe tekst. De kameraden van Pavlos hebben de afgelopen dagen het terras dat bij Hotel Sifis boven het water hing afgebroken en zijn nu aan de andere kant van het dorp een winkeltje aan het schilderen. Pavlos is daar in de buurt een vlonder aan het repareren. Vanmiddag gaan hij en ik wandelen, de bergen in. Hij wil me zijn geboortedorp laten zien. We vertrekken rond een uur of één en zullen voor het donker in Anopolis zijn, waar we overnachten. Het is een wandeling van ruim vier uur en onderweg zullen we langs een bijzondere kapel komen. Anopolis is volgens Pavlos zeer de moeite waard. Er wonen zo'n vijfhonderd mensen.

Van achter mijn tafel kijk ik naar buiten. De zon staat aan een wolkeloze hemel en ik heb dit paradijs helemaal voor mezelf.

De tekst gaat over echt en niet echt. Ik denk de laatste dagen veel na over wie ik ben als ik optreed. Ben ik dan mezelf, of speel ik een versie van mezelf? En als ik schrijf, laat ik dan alles van mezelf zien, of zit daar toch nog een laag tussen? Ik probeer er iets zinnigs over op papier te krijgen, maar tot nu toe zijn het vooral filosofische clichés die uit mijn vingers zijn gekomen.

Ik geef het op en lees verder in *Mythos* van Stephen Fry, zijn hervertelling van de Griekse mythen. Ik verslind die verhalen over oorlog en tragedie, moord en doodslag, lust en liefde. Meer dan ooit begrijp ik de oorsprong van allerlei dingen, binnen de literatuur en daarbuiten.

Ik kijk op omdat ik iets zie bewegen en zie over zee een watertaxi aan komen varen. Dat is uitzonderlijk. De mannen hier hebben hun eigen boten waarmee ze soms naar Chora Sfakion gaan en toeristen komen hier nu niet. De watertaxi legt aan en er stapt iemand de steiger op. Een man. Hij komt richting het dorp gelopen. Ik kan hem steeds beter zien.

Dan zie ik wie het is.

Wat heeft dit te betekenen?

Ik sta op, ga mijn kamer uit en loop de trap af. Mijn ademhaling is gejaagd en ik merk dat mijn benen slap zijn. Het is alsof ik een wond heb die langzaam aan het genezen is maar waar de korst nu te hard en te vroeg af wordt getrokken.

Ik stap het hotel uit, loop in de richting van de figuur die mijn kant al opkomt. Er gaat van alles door mijn hoofd en die gedachten voorspellen niet veel goeds. Heeft mijn vervolgverhaal heel andere consequenties gehad dan we dachten en hoopten?

Hij ziet me van een afstand en blijft staan alsof hij er zeker van wil zijn dat ik het ben. Hij steekt zijn hand op. Ik zwaai terug.

We lopen verder naar elkaar toe. Blijven tegenover elkaar staan.

'Dag, Tamara.'

'Dag, Cees. Wat doe jij hier nou?'

Ik neem hem mee het hotel in en we gaan in de ontbijtzaal zitten waar nu ook het meubilair van het buitenterras staat opgeslagen.

'Is er nieuws?' vraag ik.

'Nee. Helaas. Toen ik hier een paar weken geleden was... Ik vond het prachtig, maar de schoonheid ging natuurlijk behoorlijk langs me heen. Mijn vrouw wilde al heel lang een keer naar Knossos. Dus hebben we geboekt. Ze is vandaag in Chania gebleven om te winkelen. En ik dacht: ik huur een auto en ga even kijken hoe het met je is.'

Ik kijk hem aan en barst bijna in lachen uit. 'Serieus?'

'Wat?'

'Wat een slap verhaal.'

Hij buigt zijn hoofd.

'Oké,' zegt hij. 'Het is leuk om met mijn vrouw het eiland te verkennen, maar ik wilde vooral naar jou.'

'Waarom?'

'Omdat ik me bezwaard voel.'

'Waarover?'

'Over hoe ik je onder druk heb gezet om dat verhaal te schrijven.'

'Dat was nodig. Anders had ik het niet gedaan.'

'Dat weet ik. Maar nu ik er een beetje over na heb kunnen denken realiseer ik me wat ik van je gevraagd heb en welke druk ik op je heb gelegd. En omdat je...'

Hij aarzelt. Ik wacht af.

'... omdat je nog steeds hier bent... Ik was bang dat het misschien niet goed met je ging. Dat je na die heftige dagen was ingestort of zo.'

'Nee, hoor.'

'Waarom ben je hier dan nog? Alles is dicht.'

'Ik weet het niet. Ik geloof dat ik voor mezelf wat dingen uit moet zoeken.'

'Dus je verstopt je niet?'

Ik geef geen antwoord.

'Ik hoop niet dat ik iets gedaan heb waardoor jij nu de draad kwijt bent,' zegt hij.

Ik glimlach. 'Jij hebt een paar weken geleden heel duidelijk gezegd dat het niet om mij ging. Nu zeg ik: dit gaat niet over jou.'

Hij kijkt me aan en knikt.

In de keuken maak ik iets te eten voor ons. Cees praat me bij over de zoektocht naar Odijk, al is daar niet veel over te vertellen. Ze achten de kans nu het grootst dat hij ergens zal aanspoelen. Als hij zichzelf inderdaad in zee heeft verdronken kan dat tot in Scandinavië aan toe zijn en nog heel lang duren. Ik zeg dat ik hoop dat ik hem met mijn verdrinkingsscène in het zwembad niet op een idee heb gebracht. Cees zegt dat het maar is hoe je dat bekijkt.

Tijdens het eten hebben we het over mijn schrijfpogingen.

'Heb je nooit misdaadverhalen willen schrijven?' vraagt Cees.

'Daar heb ik niet zoveel mee,' antwoord ik. 'Crime is zo plotmatig. Alles wat er gebeurt moet een oorzaak hebben, een logisch verband. Toeval is taboe omdat de lezer het anders niet gelooft. Terwijl in het werkelijke leven alles heel onsamenhangend is en toeval een rol speelt bij zowat alles.'

'Net als in politiewerk,' zegt Cees. 'Dat hangt vaak van toevalligheden aan elkaar.'

'Daarom.'

'Maar politieromans zijn heel geschikt om iets over de maatschappij te zeggen.'

'Dan nog. Ik laat lezers liever achter met een vraag dan met een dader die veilig zit opgeborgen.'

'Hebben we in het echte leven niet al genoeg losse eindjes? Is een einde waarin het goede het kwade overwint dan niet juist heel prettig?'

Ik haal mijn schouders op. 'Voor sommigen misschien. Maar dat wil nog niet zeggen dat ik me geroepen voel het te schrijven. En jij?'

'Hm?'

'Stel dat Jonathan niet gevonden wordt, dat het een los eindje blijft, kun jij het dan afsluiten?'

'Ik denk dat ik het pas kan loslaten als we een lichaam hebben. Maar mijn vrouw en ik kijken ondertussen wel vooruit. Ik ga over een paar jaar met pensioen. We hadden het er gisteren nog over dat we hier op Kreta misschien een huisje willen.'

'Moet je doen.'

Cees kijkt even naar zijn lege bord.

'Ik kan soms jaloers zijn op schrijvers,' zegt hij. 'Of op kunstenaars in het algemeen.'

'Hoezo?'

'Zij laten iets na.'

'Jij hebt na zo'n lange carrière toch ook wel een legacy?'

'Daar moet je je niet te veel van voorstellen. Je wordt vooral achtervolgd door de zaken die je niet hebt opgelost.'

'Je hebt bijgedragen aan een betere wereld.'

'Ik hoop het.'

'Weet ik wel zeker. Jij deugt. Anders was je hier niet.'

Hij knikt met een ietwat verlegen glimlach.

We horen iemand binnenkomen.

'Dat is Pavlos,' zeg ik. 'We zouden een wandeltocht maken. Ik kan vragen of we dat een andere keer doen?'

'Hoeft niet. Ik moet terug naar Chania. Geen fijne weg om in het donker te rijden.'

'Lijkt mij ook niet.'

We staan op.

'Goed dat je er was,' zeg ik.

'Vond ik ook. Laat van je horen. Als het te lang duurt contact ik jou.'

'Hou ik je aan.'

We omhelzen elkaar.

Jonathan

Ik bedank de chauffeur voor de lift en stap uit de vrachtwagen, die verder rijdt en om een bocht verdwijnt.

Het is hier stil. Alleen de wind, wat meeuwen en de branding een heel stuk onder me. Ik sta bij een monument. Een kanon met vlaggen. Ook hier is ooit oorlog gevoerd. Hoe kan het ook anders.

De weg volgend loop ik het dorpje in, kom bij wat winkels en terrassen die open zijn, maar er is bijna niemand. Ik schat dat ik nog dertig euro overheb van die benzinepomp langs dat landweggetje in Frankrijk. Ik voel me nog steeds beroerd dat ik die vrouw zo aan het schrikken heb gemaakt. Maar ik kon niet anders. De overtocht met de vissersboot heeft me het meeste gekost. Die dertien uur heb ik vooral geslapen.

Nog één etappe. Ik kijk naar de kade. Er ligt geen enkele boot. De vrachtwagenchauffeur heeft me verteld dat ik hiervandaan kan lopen: lange wandeling, zwaar. Ik loop rond, zoek naar een bordje dat me de weg wijst naar het begin van een pad. Ik zie het niet.

Ik overweeg nog iets te eten te kopen, maar wil ook geen tijd verspillen of onnodig risico lopen. Nu ik er bijna ben zou ontdekking het allerergste zijn.

Er komt een geel bootje aangevaren. Er staat iets op de

zijkant dat ik vanaf hier niet kan lezen. Zou een watertaxi kunnen zijn.

Ga ik dat gokken? Het zal veel tijd schelen, maar het is ook een risico. Maar wel het laatste. Straks hoef ik niet meer op de vlucht te zijn.

Ik loop de kade op. Ik passeer een man die van de watertaxi is gestapt. Ik wil hem niet aankijken, maar maak toch even oogcontact, omdat dat zo hoort, omdat het raar zou zijn als ik gewoon voor me uit zou blijven kijken. Hij knikt even naar me, ik knik terug.

Bij de watertaxi zie ik een schipper die een sigaret rookt op het achterdek.

Ik vraag hem hoeveel het kost naar Loutro.

Tammy

Pavlos en ik maken ons klaar voor de tocht. Het is weer gaan waaien en er drijft bewolking onze kant op, maar Pavlos zegt dat het prima te doen is. We logeren vannacht bij een kennis van hem, ik pak alleen een tandenborstel, schoon ondergoed en een schoon T-shirt in om mijn bepakking zo licht mogelijk te houden. Pavlos leent me een windjack en stevige wandelschoenen die hij ergens vandaan heeft getoverd, hij heeft van vrijwel alle huizen hier de sleutel. De schoenen zijn een paar maten te groot, maar met twee extra dikke sokken gaat het redelijk. Met genoeg water en proviand gaan we op weg.

Het pad is prima, het is een oude muilezelroute. Maar het is steil. Pavlos heeft gezegd dat het maar iets meer dan drie kilometer naar Anopolis is, maar dat we bijna zevenhonderd meter zullen stijgen.

Ik merk al snel dat mijn schoenen toch nog te los zitten, maar kan er nu niets meer aan veranderen.

De zon verdwijnt achter de bewolking en de wind neemt toe. Toch is het niet koud en het wandelen houdt me warm. Ik ben na een paar minuten al buiten adem. We komen langs gaten in de grond. Ik vraag aan Pavlos wat dat zijn.

'Ingangen van kleine grotten,' zegt hij. Hij weidt er verder niet over uit, heeft net als ik al zijn energie nodig voor deze klim.

Al snel kijken we van bovenaf op de daken van het dorp.

Jonathan

Ik stap van de boot die meteen weer wegvaart. Ik zie niemand. Gesloten luiken. Het is harder gaan waaien. Golven breken op een lage witte kademuur, zeewater spuit omhoog, langs de kant is alles nat.

Het hotel waar ik op af loop is dicht. Verder langs de baai. Kleine winkels met rolluiken. Krappe, maar lege terrassen. Onbewoonde huizen. Alles binnengehaald of vastgesjord.

In de verte hoor ik muziek uit een radio. Het komt vanachter de huizen. Ik loop in de richting van het geluid. Drie mannen staan te schilderen. Een kleine steiger langs de gevel, een deel van de muur al witter. Ik zie haar niet. Moet ik naar die mannen toe om naar haar te vragen? Maar dan moet ik uitleggen wie ik ben. En wie ben ik dan?

Dan zie ik ze.

Ze lopen langs de bergwand over een slingerend pad. Twee mensen. Het zijn nog net geen stipjes. Een man, en zo te zien…

Snel trek ik me terug, de schilderende mannen kunnen me nu niet meer zien. Ik zigzag tussen de huizen door. Vind het pad.

Ik voel in mijn zak. Eet het laatste stukje van een chocoladereep op. Stop de lege wikkel terug bij het wapen en loop het pad op.

Cees

De zon is achter de wolken verdwenen, maar het uitzicht blijft betoverend. Eerst rijdt Cees het hele stuk omhoog, via tientallen haarspeldbochten. De huurauto krijgt het voor zijn kiezen, de motor giert als hij een schakelfout maakt maar is waarschijnlijk wel wat gewend.

Boven zet hij de auto stil bij een uitkijkpunt. Hij maakt een foto die hij naar zijn vrouw stuurt en typt erbij dat hij over anderhalf uur weer bij haar is.

Hij rijdt verder door het eindeloze berglandschap met tunnels, diepe kloven, veel groen en spectaculaire rotsformaties. Af en toe ziet hij een huis met wat grond eromheen, eenzaam in het onherbergzame decor. Een restaurantje dat langs de weg staat lijkt met zijn achterkant op de rand van de afgrond te balanceren. Dan moet hij boven op de rem omdat er geiten op de weg lopen. Voorzichtig nadert hij de bochten, bestuurders die meer ervaring hebben met deze route rijden hier als gekken.

Cees is blij met zijn bezoek aan Tamara. Zijn zorgen om haar zijn echter niet helemaal weggenomen. Hij voelt een soort medelijden met haar, al maakt ze niet de indruk dat nodig te hebben. Ze is vooral eenzaam en maakt iets zorgzaams in hem wakker.

Zijn telefoon gaat en hij ziet op de display van zijn toestel dat naast hem op de bijrijdersstoel ligt dat het Faye is. Zijn hart begint meteen sneller te slaan. Als Faye belt denkt hij de afgelopen weken als eerste aan Jonathan Odijk. Hij wil niet opnemen terwijl hij rijdt, dus zet hij de wagen verderop stil aan het begin van een zijweggetje en belt haar terug.

Ze is iets op het spoor.

'Er druppelen nog steeds berichten binnen van mensen die hem gezien denken te hebben,' zegt ze. 'Niet veel, de meeste uit Nederland en België, maar nu zit er een aparte bij. Uit Athene.'

'Athene?'

'Ja. Ik app de foto nu aan je door. Is gemaakt in de buurt van de haven door een bewakingscamera van een politiebureau. Iemand zit daar goed op te letten, blijkbaar.'

Cees hoort zijn telefoon een geluidje maken.

'Hij draagt een pet en heeft een baard,' zegt Faye. 'Maar als je die wegdenkt… dan zou het kunnen. En omdat die schrijfster ook in Griekenland zit…'

'Dit is Kreta. Athene is hier nog een heel eind vandaan,' zegt Cees. 'Dan moet je vliegen of met de boot.'

'Klopt. Heb ik gecheckt. Vliegen is voor hem natuurlijk geen optie. Maar er is een veerdienst van Athene naar Chania. Die doet er achtenhalf uur over.'

'Wacht, ik kijk even.'

Cees opent de app met de foto. Hij vergroot hem.

'Jezus Christus!'

'Wat?'

'Die vent heb ik gezien! Net, in Chora Sfakion. Hij stapte op de watertaxi waar ik vanaf kwam toen ik bij Tamara was geweest.'

'Holy shit.'

'Ik moet haar bellen.'

'Kan ik iets doen?'

Cees heeft haar al weggedrukt. Hij belt Tamara, maar krijgt haar voicemail. Hij spreekt in dat Jonathan Odijk naar haar op weg is. Hij belt nog een keer. Weer neemt ze niet op. Hij stuurt haar een tekstbericht. Hij belt Faye terug en zegt dat ze de autoriteiten van Kreta in moet schakelen.

Vervolgens keert hij de wagen en scheurt terug door de tunnels en bochten.

Steentjes spatten tegen de onderkant van de auto, geiten springen voor hun leven opzij.

Ondertussen denkt hij alleen maar: hóé dan?

En: wat wíl hij van haar?

Tammy

Hoe hoger we komen, hoe harder het waait. We praten al weinig, maar nu kunnen we elkaar niet eens meer verstaan vanwege het geraas. Ik vraag me af of we niet beter terug kunnen gaan maar Pavlos maakt niet de indruk te willen stoppen en stapt voor me in een flink tempo verder omhoog, af en toe omkijkend om te zien of ik hem nog bijhou.

Dat gaat. Mijn conditie is beter dan ik dacht. Het bloed stroomt naar mijn handen, ik bal ze de hele tijd tot vuisten alsof ik lucht aan het fijnknijpen ben.

Mijn schoenen zijn problematisch. Ik slip er bij iedere stap een stukje uit. Ik zet kracht met mijn tenen om ze goed aan mijn voeten te houden, maar dat maakt het lopen heel wat zwaarder. Ik ga fikse blaren krijgen.

We passeren een bord waarop de route naar Anopolis staat aangegeven. Pavlos wijst aan waar we nu staan. In afstand zijn we nog maar nauwelijks gevorderd, in hoogte des te meer. Ik kijk om en zie Loutro in de diepte liggen. De Libische Zee strekt zich tot in de verste verten uit. Pavlos vraagt tegen de wind in of het gaat. Ik knik dapper.

Het is fijn om mijn lichaam te voelen en mijn longen te laten werken. Ik kom in een goed ritme, negeer mijn protesterende beenspieren en merk op een gegeven moment dat ik over een pijngrens heen ben. Jammer van de wind en van de bewolking die steeds dikker wordt, verder is dit een tocht om nooit te vergeten.

Plotseling voel ik geen grond meer onder mijn rechtervoet. Ik glijd weg en val hard op de rotsbodem. Ik geef een gil en Pavlos is in een paar tellen bij me. Ik heb een misstap gemaakt en ben met mijn voet in zo'n kleine grotingang geschoten. Pavlos trekt me eruit, helpt me overeind en begeleidt me een stukje bij het gat vandaan. Ik probeer te lopen maar verga meteen van de pijn aan mijn enkel. Mijn rechterhand en mijn linkerknie doen ook zeer. Ik kijk. Mijn broek is gescheurd en onder mijn handpalm heb ik een schaafwond. Ik hink een beetje op één plek, probeer op mijn rechtervoet te staan. Dat lukt, als ik heel voorzichtig doe kan ik kleine stapjes zetten, maar het moet eruitzien alsof ik over hete kolen loop.

Pavlos en ik proberen onszelf verstaanbaar te maken. Hij zegt dat als we een klein stukje doorlopen, we bij de kapel komen.

Hij ondersteunt me verder bergop, maar het gaat amper. Hij moet me zowat tillen en ik hink met mijn goede voet zo goed en zo kwaad als het gaat met hem mee, maar dat kan mijn linkerknie nauwelijks verdragen. Die moet ook een lelijke draai gemaakt hebben.

Uiteindelijk komen we bij de kapel. Het is een wit kerkje met een korte, stompe klokkentoren zonder klok. Pavlos sleept me naar een bijgebouwtje. De deur is open en als een Siamese tweeling stappen we naar binnen. Het is niet groot. Er staan houten banken zonder rugleuningen, twee tafels en vooral veel lege flessen, een groot aantal met resten kaarsvet.

Pavlos helpt me te gaan zitten. Na al die wind is de stilte hierbinnen een weldaad, maar mijn hand bloedt nu, en mijn knie ook.

Pavlos controleert of ik iets gebroken heb maar ik kan alles bewegen, alleen niet bepaald pijnloos. Hij geeft me twee zakdoeken tegen het bloeden.

'Ik loop door naar boven, naar het dorp,' zegt hij. 'Dat is niet heel ver meer. Dan haal ik iemand zodat we je samen kunnen ondersteunen. Of iets waar we je op kunnen leggen. Red je het hier zolang?'

'Ja, hoor. Ik ben al blij dat ik zit. Hoelang blijf je weg?'

'Ik hoop voor het donker terug te zijn.'

Ik knik weer, maar niet meer zo dapper.

In mijn rugzak hoor ik mijn telefoon overgaan.

'Heb je genoeg water?' vraagt Pavlos.

'Ja.'

'Goed,' zegt hij. 'Gewoon rustig blijven zitten. Heb je het koud?'

'Gaat wel.' Ik kijk de ruimte rond. 'Wat is dit voor plek?'

'Dat kerkje hiernaast is de Agia Ekaterini. Dit is een schuilplaats voor wandelaars.'

Mijn telefoon is weer stil.

'Weet je zeker dat je het redt?' vraagt Pavlos.

Ik slik. 'Ja. Sorry. Ik vind dit echt heel vervelend.'

'Je kunt er toch niks aan doen? Ik had beter op je moeten letten. Ik zie je zo. We kunnen ook telefonisch contact houden.'

'Oké.'

Pavlos loopt naar de deuropening en kijkt naar buiten. De wind lijkt alleen maar harder te zijn geworden. Hij draait zich nog één keer om en steekt zijn duim naar me op. 'Komt goed,' zegt hij.

'Zeker weten,' zeg ik.

Hij stapt over de drempel en verdwijnt.

Ik doe mijn rugzak af en haal mijn mobiel tevoorschijn. Ik zie dat ik een reeks gemiste oproepen en berichten van Cees heb. Het zijn er zoveel dat er wel iets aan de hand moet zijn. Voordat ik de tijd krijg die berichten te lezen belt hij opnieuw. Ik neem op.

'Hai, Cees. Ik liep in de wind en zie nu pas dat je gebeld hebt. Is Jonathan Odijk gevonden?'

'Hij is op Kreta!'

Ik denk oprecht dat ik hem niet goed versta. 'Hè?'

'Jonathan is hier! Ik heb hem gezien in Chora Sfakion. Hij nam een watertaxi. Op weg naar jou, denk ik.'

Ik krijg het ijskoud over mijn hele lichaam.

'Hoe... kan dat nou?'

'Geen idee.'

'Weet je het zeker?'

'Zo goed als. Ik heb hem verdomme in zijn ogen gekeken en het niet gezien. Pas toen ik zijn foto zag... Maar dat doet er nu niet toe. Waar ben je? Is er iemand bij je?'

'Ik ben gevallen tijdens het wandelen. Ik zit nu in een of andere hut voor wandelaars. Pavlos is hulp halen.'

'Dus je bent alleen?'

'Ja. Maar ik zit honderden meters boven Loutro. Hij kan nooit weten dat ik hier ben.'

'Gelukkig.' Ik hoor zijn immense opluchting.

'En nu?' vraag ik.

'De politie is gewaarschuwd. Ik ben bijna terug in Chora Sfakion. We gaan hem zo snel mogelijk aanhouden.'

'Misschien is hij gewapend.'

'Die kans is groot.'

'Jezus, Cees. Wat komt-ie doen? Hij is dan voor mij gekomen, of niet?'

'Dat kan niet anders.'

'Ik begrijp er niks van.'

'Ik ook niet.'

Ik zie iets bewegen achter de deur die nog op een kier staat.

'Cees, ik geloof dat Pavlos hier weer is, misschien is-ie iets vergeten te zeggen.'

'Mooi, het zou me enorm geruststellen als je vanaf nu niet meer alleen bent.'

De deur gaat langzaam open. Er verschijnt een man. Het is niet Pavlos. Deze man heeft een baard. Hij doet zijn pet af, eronder is hij kaal. Een fractie van een seconde denk ik dat het een andere wandelaar is die hier komt schuilen voor de wind. Hij kijkt me aan. Op dat moment dringt het tot me door. Ik krijg geen lucht meer.

'Cees...'

'Ja?'

'Hij is hier.'

'Pavlos?'

Jonathan staart naar me met zijn hoofd een beetje schuin. Hij haalt iets uit zijn zak. Een wapen. Ik verstijf. Hij richt het niet op me, laat het alleen in zijn hand langs zijn lichaam hangen terwijl hij kalm naar me blijft kijken.

'Druk maar weg,' zegt hij zacht.

'Jonathan is hier, Cees!'

'Wát!'

'Bij de kapel halverwege het pad tussen Loutro en Anopolis!'

Nu richt Jonathan zijn wapen op me. 'Ik zei: druk weg.' Weer heel kalm.

'Ik zit in het gebouwtje ernaast! Die kerk heet Agia...'

Het schot is zo hard dat ik van het ene op het andere moment niets meer hoor, alleen een keiharde piep. Ik ben weggedoken, van de houten bank gegleden, mijn mobiel heb ik laten vallen, steengruis komt uit het plafond naar beneden.

Jonathan komt verder de ruimte in, pakt mijn mobiel van de grond, haalt de batterij eruit en legt de losse onderdelen op tafel. Hij zegt iets, ik versta het niet, zie alleen zijn mond bewegen terwijl ik nog steeds die piep hoor.

Hij komt naar me toe, ik deins achteruit. Hij helpt me overeind, ik krimp in elkaar van de pijn als ik op mijn foute enkel ga staan. Ik laat me voorzichtig weer op de houten bank zakken en hoop dat Pavlos nog niet te ver omhoog is en hij het schot heeft gehoord, al is die kans klein vanwege de wind. De piep zakt weg, het geluid komt langzaam terug.

Jonathan buigt zich voorover, zijn gezicht vlak voor het mijne.

'Ik doe je niks,' zegt hij.

Hij stinkt uit zijn mond, zijn tanden zien geel, maar zijn blik is helder en rustig. Hij komt overeind en gaat op de bank zitten aan de andere kant van de tafel. Het wapen legt hij voor zich.

'Waarom ben je hier?' vraag ik. 'Wat wil je van me?'

Hij veegt het zweet van zijn voorhoofd. 'Dat was een behoorlijke klim,' zegt hij.

'Hoe ben je hier gekomen?'

'Liftend vooral. Eén chauffeur heeft me van München tot aan Skopje gereden. Hij was heel aardig.'

'Hoe wist je dat ik hier was?'

'Las ik op internet. Waar is de man met wie je was?'

'Die is hulp halen omdat ik ben gevallen. Hij kan hier ieder moment weer zijn.'

'O.'

Het lijkt hem niet van zijn stuk te brengen.

'Heb je pijn?' vraagt hij. 'Kan ik je helpen?'

'Het gaat wel. Ik schrik alleen dat jij hier ineens bent.'

'Ja?'

Hij lijkt oprecht verbaasd.

'Ben je boos op me?' vraag ik. Ik probeer zo rustig mogelijk te klinken, alsof het doodnormaal is dat we hier met z'n tweeën zitten te praten.

'Boos?'

'Ja?'

'Waarom zou ik boos op jou zijn?'

'Vanwege dat vervolgverhaal. Heb je dat gelezen?'

'Natuurlijk.'

'Ben je boos om hoe ik... omdat ik Vincent dingen heb laten zeggen die... en omdat ik jou in het verhaal...'

'Ik vond het mooi.'

'O, ja?'

Hij knikt.

Zoals hij daar zit is er niets angstaanjagends aan hem. Hij is eerder hulpeloos. Nu de schrik van zijn verschijning en het schot begint weg te zakken, probeer ik de situatie in te schatten. Als hij is gekomen om me te vermoorden had hij dat nu al kunnen doen, zeker omdat hij weet dat er iemand onderweg is.

'Dat is... fijn,' zeg ik. 'Je... wist natuurlijk dat het speciaal voor jou geschreven was?'

Hij knikt weer.

'Is dat waarom je boos bent? Omdat je je gemanipuleerd voelt?'

'Waarom denk je de hele tijd dat ik boos ben?'

'Je hebt me net met een pistool bedreigd. En in het plafond geschoten. Ik zit nog te trillen.'

'Het was niet mijn bedoeling je te laten schrikken. Ik wilde alleen niet dat er iemand meeluisterde. Ik wil alleen met jou praten.'

Hij maakt een coherente indruk. Maar zijn kalmte stelt me niet gerust.

'Waar gaan we 't dan over hebben?' vraag ik.

'Dat weet je toch wel?'

'Niet precies, eerlijk gezegd. Kun je me dat uitleggen?'

Er trekt een frons over zijn gezicht. Hij legt zijn handen over het wapen op tafel.

'Je hebt me toch zelf gevraagd om naar je toe te komen?' zegt hij.

'Hoe... bedoel je dat?'

'Met dat verhaal. Met de dingen die Puck zegt. Dat ze me beter wil leren kennen. Dat ze hoopt iets voor mij te betekenen. Eigenlijk zei jij dat tegen mij. Toch? Je zegt zelf dat het speciaal voor mij geschreven is.'

'Ik... Ja... min of meer wel, ja.'

'Dus ben ik hier. Want ik kan het niet meer alleen. En ik heb heel lang gereisd om bij je te komen. Bijna twee weken. Omdat jij dat wilde. Omdat jij naar mij wil luisteren. Maar ik wil ook naar jou luisteren. Alles begint met woorden. Woorden hebben ons bij elkaar gebracht. En nu moeten woorden dingen oplossen. De werkelijkheid terugbrengen.'

'Ik... wil je graag helpen. Dus ik ben blij dat je naar me toe gekomen bent. Zodat we dit samen kunnen... bespreken.'

Hij knikt, dan toch weer een frons.

'Zeg je dat omdat je het meent of omdat je bang voor me bent?' vraagt hij.

'Ik meen het.'

'Je moet wel eerlijk tegen me zijn.'

'Dat ben ik.'

'Je moet geen spelletje spelen. Ik wil je vertrouwen.'

'Dat kun je.'

Hij blijft me aankijken. Zijn gezicht verzacht weer, het hulpeloze keert terug.

'Heb je mijn dagboeken gelezen?' vraagt hij.

'Ja.'

'Dacht ik al.'

'Vind je dat erg?'

Hij denkt even na en schudt dan zijn hoofd.

'Wat denk jij van mij?' vraagt hij. 'Wat denk jij dat er mis is met mij?'

'Ik... ben natuurlijk geen psycholoog, ofzo.'

'Maar wat denk je?'

Hij heeft zijn handen nog steeds op het wapen liggen. Ik weet dat ieder verkeerd antwoord hem kan doen omslaan.

'Ik denk,' zeg ik, 'dat jij vooral boos bent op domme mensen omdat ze niet aan jou denken. Omdat ze jou niet zien staan. Iemand willen zijn is vooral niet niemand willen zijn.'

Hij kijkt me aan, maar zegt niets. Ik heb het gevoel dat ik door moet praten.

'Ik denk ook dat in jouw hoofd het kwade het soms overneemt. Daar kun je niks aan doen. Dat komt door alles wat er gebeurd is. Ook vroeger.'

Hij kijkt weg, maar ik denk te zien dat zijn ogen vochtig worden.

'Daardoor zijn er dingen in je hoofd... door de war geraakt. Jij bent geen slecht mens. Je bent iemand geworden die je zelf ook niet wil zijn.'

Hij slikt en schudt zijn hoofd. Dan kijkt hij weer naar mij. 'Ik ben in een monster veranderd.'

'Geen monster.'

'Jawel. Ik heb iemand vermoord. Iemand van wie ik hield. Dan ben je toch een monster?'

'Soms heb je geen controle over jezelf. Dat is iets anders. Dan gaat het buiten jou om.'

'Ik heb het wel gedáán.'

'Maar daar voel je je schuldig over, toch?'

Weer knikt hij.

'Dus moeten we kijken hoe we dat kwade in jou... hoe we dat onder controle kunnen krijgen.'

Hij kijkt naar zijn handen. Hij begint het wapen heel rustig rond te draaien op tafel.

Als hij weer begint te praten is dat bijna fluisterend. 'Puck zegt in dat laatste verhaal dat krankzinnigheid en verdoving de juiste reacties zijn op gruwelijke dingen. Maar je bent woede vergeten.'

'Je hebt gelijk,' zeg ik. 'Soms is woede de enige manier om te reageren op iets waar we ons machteloos over voelen. Dat is niet erg. Woede kan dingen veranderen. Als niemand zich ergens meer kwaad over maakt... Maar woede is iets anders dan geweld. Jij denkt soms na over... dat je mensen iets aan wilt doen.'

'Dan denk ik dat dat de oplossing is.'

'Dat is geweld nooit. Jij denkt dat je door een daad te stellen de wereld beter maakt, maar ik denk dat je in werkelijkheid wilt dat anderen de pijn voelen die jij voelt.'

Hij laat het wapen midden in een rondje tot stilstand komen, de loop op zichzelf gericht.

'En misschien,' zeg ik, 'wil je ook iets in jezelf tot zwijgen brengen. Een stemmetje dat schreeuwt om aandacht omdat het te lang genegeerd is geweest.'

Ik zie zijn adamsappel op en neer gaan.

'Ik wil naar je luisteren,' zeg ik.

'Dat is fijn.'

'Dus... zullen we dat afspreken? Dat ik naar je ga luisteren?'

'Ja.'

'Maar dan moeten we eerst bespreken hoe we verdergaan.'

'Jij gaat luisteren, toch?'

'Maar dat kan niet nu. Niet hier. Er zijn mensen onderweg. Jij hebt een wapen. Dat kan gevaarlijk worden. Ook voor jou.'

Onrust in zijn ogen. 'Dus wat moeten we dan?'

'Ik denk dat het goed is als je mij dat wapen geeft. Dan kan er niks gebeuren.'

'En dan?'

'Dan is alles voorbij.'

'Je bedoelt... dat ik me over moet geven?'

'Ik wil niet dat er slachtoffers vallen.'

'Ik wil alleen maar dat jij naar me luistert.'

'Dat ga ik doen. Als we veilig zijn. Dus wil je mij dat wapen geven?'

'Kan ik je vertrouwen?'

'Ja.'

'Ga je me helpen?'

'Ja.'

Hij haalt diep adem. Hij schuift het wapen heel langzaam over de tafel naar me toe.

'Heel goed,' zeg ik. 'Geef maar aan mij.'

Ineens stopt hij in zijn beweging. Hij kijkt van het wapen naar mij en ik zie dat er in zijn ogen iets verandert, alsof ze een andere kleur krijgen.

'Ik geloof je niet,' zegt hij.

'Geef mij dat wapen, Jonathan. Alsjeblieft.' Het ligt nu precies tussen ons in, zijn beide handen er nog steeds overheen.

'Jij probeert je alleen maar uit deze situatie te redden,' zegt hij.

Er zit een compleet andere man tegenover me. Het kind. Ik verkramp. En ik ben nog wel zo voorzichtig geweest.

'Echt niet,' zeg ik. Ik leg mijn handen voorzichtig op tafel.

Hij snuift en schudt zijn hoofd. 'Ik wist het,' zegt hij zacht.

'Wat?'

'Dat jij ook...'

Ik schuif mijn handen langzaam over de tafel. De kolf van het wapen ligt naar mij toe.

'Je hebt me gewoon genaaid met dat verhaal,' zegt hij met

zijn tanden op elkaar. 'Het was een val om me naar je toe te lokken zodat ze me kunnen arresteren.'

'Dat is niet waar.'

'En nu zit je me weer te naaien met valse beloften.' Zijn stem klinkt als een sissende vulkaan.

'Niet waar.'

'Je doet alsof! Net als iedereen! Ook jij ziet me niet omdat je alleen met jezelf bezig bent!'

Ik schuif mijn handen nog verder. Ik ben nu dichtbij genoeg om het wapen onder zijn handen vandaan te trekken.

'Jonathan...'

'Daarom zeg je al die dingen! Zodat ik erin trap!'

'Ik weet dat dit moeilijk voor je is, maar je moet me vertrouwen.'

'Je zegt nu allemaal dingen,' zegt hij, 'maar straks laat je me gewoon vallen!'

Zijn handen nog maar losjes op het wapen. Zijn ogen zwart. Nu wegrennen is een doodvonnis, ik zou de deur niet eens halen.

'Je gaat me gewoon verraden!' schreeuwt hij. 'Je bent net als zij!'

Ik grijp naar het wapen, maar hij is sneller. Hij pakt het razendsnel van tafel, draait het om in zijn handen om op mij te kunnen richten maar dat is precies de tijd die ik nodig heb om in een flitsende beweging een van de flessen met kaarsvet van tafel te grijpen en die in dezelfde beweging naar hem toe te slingeren. Hij duikt weg en valt achterover van de bank. De fles spat uit elkaar tegen de muur, het wapen is uit zijn handen op tafel gevallen, ik pak het op, ren naar de deur en ga naar buiten. Vechtend tegen de pijn in mijn been loop ik bij het gebouwtje vandaan, langs de kerk. Ik kijk om. Jonathan verschijnt in de deuropening. Er zit bloed op zijn voorhoofd.

Van afstand richt ik het wapen op hem. 'Staan blijven!' gil ik.

Hij komt verder naar buiten.

'Staan blijven!'

Hij komt naar me toe.

Ik schiet en mis hem. Hij duikt weg, ik schiet opnieuw, vier, vijf keer achter elkaar. Dan hoor ik alleen nog maar een droge klik. En nog een en nog een. Ik zie Jonathan niet. Heb ik hem geraakt? Zit hij ergens achter verscholen?

Ik ren weg, bij de kerk vandaan.

Overal pijn, maar ik ga er dwars doorheen.

Eenmaal op het pad ben ik nog voldoende bij mijn verstand om te bedenken dat ik meer kans maak als ik naar beneden ren in plaats van verder naar boven. Ik schiet het pad op, laat me zowat naar beneden storten terwijl mijn benen helse pijn doen. Ik ren en ik ren. Ik val, rol een eind naar beneden, weet niet meer wat boven of onder is, kom tot stilstand tegen een boom waar ik met mijn onderrug tegenaan knal. Versuft kom ik omhoog, ik kijk op, Jonathan komt over de helling naar me toe gerend. Ik sta op, ren verder, ik ben nu van het pad af. Ik schreeuw om hulp maar weet dat het zinloos is, ik zie niemand en mijn stem gaat verloren in de wind.

Hier is meer beschutting, ik slinger langs rotsen en bomen, ik moet me verstoppen maar ik zie geen enkele plek waar ik onzichtbaar zal zijn.

Ik kijk om, zie hem niet meer, maar weet dat het een kwestie van tijd is.

Ik ren, spring over stenen, grijp me vast aan bomen, ineens gaat het omhoog en moet ik klimmen, ik glijd een paar keer bijna weg, ren wankelend en strompelend verder. Ik kom bovenaan een helling die aan de andere kant zo steil naar beneden gaat dat ik recht in een enorme diepte kijk, stenen schieten over de rand als ik net op tijd slippend tot stilstand kom. Overal rotspunten. Ik maak geen schijn van kans als ik naar beneden zou proberen te klimmen, ik zou te pletter vallen.

Er zit niets anders op dan langs dezelfde weg terug te gaan, maar dan zal ik Jonathan recht in de armen lopen. Onder een boom zie ik het zwarte gat van een grotingang. Ik duik naar de grond en laat me erin zakken.

Het is niet diep maar ik kom hard neer en stoot mijn hoofd tegen de muur. Ik kan me net op tijd vastgrijpen om te voorkomen dat ik verder rol en onderdruk een kreet. Ik kijk om me heen in het donker maar zie eerst alleen sterretjes. Het is een soort stenen put. Als ik dacht dat ik nu via onderaardse gangen kon ontsnappen heb ik pech. Ik kan nergens heen en alleen maar hopen dat Jonathan me hier niet vindt.

Ik kruip zo ver mogelijk bij het gat schuin boven me vandaan. Buiten adem maar bang dat hij me zal horen, probeer ik zo zacht mogelijk uit te hijgen. Ik hoor niets, alleen de wind die aan deze kant van de bergwand minder heftig lijkt. Het is hier zo klein dat ik mijn benen niet kan strekken. Ik trek ze op om me nog kleiner en onzichtbaarder te maken.

Nu pas realiseer ik me dat ik het wapen niet meer vastheb. Dat moet ik ergens hebben laten vallen. Er zaten geen kogels meer in, maar wat als Jonathan het heeft opgeraapt en nieuwe kogels bij zich draagt? Ik kan mezelf wel voor mijn kop slaan. Ook omdat ik niet gewoon in die wandelhut ben gebleven toen Jonathan daar op de grond lag. Ik had hem onder schot kunnen houden, hem desnoods in zijn been kunnen schieten om hem op zijn plaats te houden totdat er hulp zou komen. In plaats daarvan ben ik weggerend en heb ik van veel te grote afstand op hem geschoten terwijl ik had moeten wachten tot hij dichterbij was gekomen.

Ineens wordt het donkerder in de grot. Ik kijk verschrikt

omhoog naar het gat.

Jonathan in de opening. Als schim afgetekend tegen de witte lucht.

'Kom eruit,' zegt hij.

Ik zeg niets en kruip nog verder weg tegen de rotswand.

'Kom eruit,' zegt hij. 'Dan kunnen we verder praten.'

'Ik ben bang voor je.'

'Jij wilde dat wapen pakken.'

'Jij wilde op me schieten.'

'Dat spijt me.'

Wat kan hij doen als ik hier blijf zitten? Zelf naar binnen kruipen? Ik voel om me heen. Nergens een losse steen waarmee ik me kan verdedigen. Hij is sterker dan ik. Hoe ik ook zou trappen en slaan, hij heeft zijn gewicht mee. Hij kan me met zijn blote handen doden. En als hij buiten blijft kan hij alles naar beneden gooien wat hij wil. Stenen. Hij kan me hier levend begraven. Ik zit als een rat in de val. De hulptroepen komen waarschijnlijk niet op tijd, als ze ons hier al weten te vinden, want we zijn een heel eind van de kapel af geraakt.

'Kom,' zegt hij. Hij steekt zijn hand door het gat naar binnen. Hij klinkt weer beheerst zoals eerder. 'Ik snap dat je het alleen maar deed omdat je bang was,' zegt hij. 'Omdat ik je bang had gemaakt. Net zoals ik Wanda... Maar ik ga niet opnieuw... Ik weet dat ik dan alleen maar spijt krijg.'

De volwassene is teruggekeerd. Maar voor hoelang? Krijg ik een nieuwe kans? Die werkt dan alleen als ik hem weer het gevoel geef dat ik hem volledig vertrouw. Als ik hier blijf zitten maak ik hem kwaad en weet ik niet wat hij zal doen.

Ik pak zijn hand. Hij trekt me omhoog.

Ik klim uit het gat, blijf ernaast zitten op handen en knieën. Ik heb nu op zoveel plekken pijn dat ik die plekken niet meer apart voel. Snot druipt uit mijn neus en ik merk dat ik huil.

Armen om me heen. 'Stil maar. Ik ben bij je.'

Het kan me niet meer schelen wat hij met me doet. Ik had in dat gat moeten blijven zitten.

'Rustig maar, alles is goed.' Hij gaat naast me op de grond zitten. Ik zie het wapen niet. Ik kom op adem. De ondergaande zon prikt door de bewolking heen en zet alles in een rode gloed. De wind is zo goed als gaan liggen. In de verte klinkt een zingende vogel.

'Gaat het?' vraagt hij.

Ik knik.

'Je trilt helemaal.'

'Ik ben bang.'

'Dat hoeft niet. Ik doe je niks. Laten we opstaan.'

'Ik zit hier prima.'

'Het is gevaarlijk. Straks glij je weg.'

Ik kijk op en zie dat we nog steeds op de rand van de helling zitten. Ik kijk naar beneden en word meteen duizelig. Eén verkeerde beweging en ik val de afgrond in.

Ik sta langzaam op, hij ondersteunt me. We schuifelen een stukje bij de rand vandaan.

Terwijl ik me aan hem vasthou vraag ik: 'En nu?'

'Zeg jij het maar,' zegt hij.

'Ik weet niet meer wat ik moet zeggen.'

'Natuurlijk wel.'

'Alle woorden die ik zeg kunnen door jou anders worden uitgelegd.'

'Het spijt me.'

Ik kijk omhoog, zie het kerkje door de bomen. Ook het wit van de muren is nu rood, alsof het door de zon in brand wordt gezet.

'Geloof jij in God?' vraag ik.

Hij kijkt me van dichtbij aan, rustig, alsof hij niet verrast is door deze vraag.

'Ik weet het niet,' antwoordt hij. 'Jij?'

'Nee, maar ik denk wel dat mensen die geloven het makkelijker hebben. Of het nu in een God is of in complotten. De mensen die in de waarheid geloven hebben het moeilijk. Die zijn het bangst.'

Ik blijf trillen, kan bijna niet meer op mijn benen staan. Ik kijk naar hem. 'Je bloedt,' zeg ik.

Hij veegt het van zijn voorhoofd met zijn mouw.

Dan gaat het gezang van de vogel over in het geluid van een helikopter.

Jonathan kijkt omhoog en grijpt me steviger beet. Houdt hij zich aan mij vast of wil hij mij op mijn plek houden?

De helikopter komt dichterbij en zet de landing in vlak bij de kapel.

Ik voel dat Jonathan trilt.

Jonathan

Zie je wel. Het was een val. Het is haar schuld. Ik grijp haar met twee handen vast. Laat de kraag van haar jack haar keel dicht knijpen.

'Eigenlijk ben jij ook een soort God,' zeg ik. 'God over je personages.' Ik laat het klinken als een beschuldiging, niet als compliment. Ik zie meteen haar angst weer.

'Ja,' zegt ze zacht. 'Soort van.'

Ze ziet het aan me, hoort het aan me. Dat de tijd van spelletjes voorbij is. Dat is goed.

'Je kunt ze alles laten zeggen en alles laten doen,' zeg ik. 'Je hebt mij ook laten praten. Je hebt een held van me gemaakt. Omdat je denkt dat jij daarover gaat.'

'Ik denk ook echt dat je... dat je goed bent.'

'Je hebt het verzonnen.'

'Iets hoeft niet echt te zijn gebeurd om toch waar te zijn.'

'Jij zet de werkelijkheid naar je hand. Je manipuleert. Je manipuleert mij.'

Ik kijk naar de helikopter, die is achter de bomen geland en het ratelen houdt op. Ze gaan ons nu heel snel vinden.

Dan kijk ik naar haar. Ze kijkt me doodsbang aan. Verraadster. Ze weet het. Dat ik de controle heb. Dat ik nu het verhaal bepaal. Ik kan haar duwen. Eén zet en ze valt. Dat heeft ze verdiend. Net als Wanda het verdiende om...

Wanda...

Tammy

Hij heeft me zo stevig beet dat ik bijna stik, maar beter dat hij me vasthoudt dan dat hij me duwt. Die blik. Het kind is terug. Of op de terugweg. Tijdrekken. Gaan ze ons hier vinden? Wat doet hij als ik ga schreeuwen? Rustig blijven. Zijn angst wegnemen. Het kind op afstand houden.

'Ik ben de Griekse mythen aan het lezen,' zeg ik. 'Dat zijn sprookjes die dichter bij de waarheid liggen dan de werkelijkheid. Geldt ook voor de bijbel. En voor Shakespeare. En voor Dickens. Ik heb niets met religie, maar ik geloof wel in verhalen.'

Ik zie het niet, waar het kind zich bevindt. Hij trilt nog steeds, maar is dat uit angst of uit woede?

'Weet je trouwens hoe het afliep met Hephaistos nadat hij door zijn moeder van de Olympus was gegooid?' vraag ik. 'Omdat hij slechte benen had en ze zich voor hem schaamde?'

'Nee,' zegt hij.

'Wil je het horen?'

'Vertel maar.'

'Hij werd door Tethys en Eurynome uit de oceaan gered,' zeg ik. 'Zij voedden hem op in een grot langs zee. Als volwassene nam hij wraak op zijn moeder. Hij maakte een gouden troon voor haar. Toen ze erop ging zitten ketende hij haar eraan vast en alleen hij kon haar bevrijden. Maar hij weigerde naar Olympus terug te komen. "Ik heb geen moeder meer," zei hij.'

Jonathan zegt niets. Hij houdt me nog steeds te stevig vast. In de verte stemmen, ze zijn aan het zoeken. Ik hoor mijn naam. Jonathan hoort het ook.

'Hoe loopt dit verhaal af?' vraagt hij.

'Dat weet ik niet.'

'Jij loopt nu ook mank. Ik zou je van deze berg kunnen gooien. Dan is alles rond.'

Hij duwt me een stukje naar achteren.

Ik schreeuw.

Cees

Hij hoort het duidelijk. Het komt van beneden. Hij begint te rennen, roept dat de gewapende politiemannen hem moeten volgen.

Hij dendert de berg af, zijn benen houden hem amper bij.

'Tamara!'

Weer een gil. Hij zwenkt naar rechts. Rennende voetstappen van de mannen achter hem.

Hij kijkt rond terwijl de omgeving langs hem flitst, maar hij ziet niets, hoort niks meer.

Rotsen, stenen, wortels, de mannen verspreiden zich, Cees rent verder in een zo'n recht mogelijke lijn, maar hij heeft niets meer om op af te gaan, ze kunnen overal zijn.

Dan ziet hij ze. Aan elkaar vastgeklampt, op de rand van een afgrond. Hij ziet geen wapen.

Mannen komen naast hem tot stilstand. Berichten worden uitgewisseld via de radio. Jonathan kijkt om. Ook Tamara kijkt Cees aan. Wie heeft wie vast? De mannen richten hun wapens.

Een man naast hem zegt dat ze geen vrij schot hebben, het risico is te groot dat ze ook die vrouw raken.

Cees heeft het gevoel dat de tijd stilstaat.

Jonathan

Ogen op mij gericht. Echte ogen en die van wapens. Middelpunt. Gaan ze schieten? Er gebeurt niks. Ik kijk naar één man. Hij kijkt terug. Dan roept hij iets.

'Laat haar los, Jonathan!'

Hij weet wie ik ben.

'Laat haar los en kom bij die rand vandaan!'

Ik blijft haar vasthouden maar draai me achter haar. Nu staat ze voor me, als een schild. Mijn arm om haar nek geklemd.

'Niet dichterbij komen!' schreeuw ik. 'Anders spring ik en trek ik haar mee!'

Ik hoef ons alleen maar achterover te laten vallen.

Tammy

Als ze Jonathan willen raken, zullen ze dwars door me heen moeten schieten. Hoe dicht staan we op de rand? Is het voorbij als Jonathan één verkeerde beweging maakt? Als ik me nu losruk, vallen we dan allebei? Kan ik hem naar achteren duwen of val ik dan mee?

'Is dat echt wat je wilt?' vraag ik. 'Springen?'

Het blijft lang stil. Hoewel het in werkelijkheid misschien maar een paar tellen is.

'Misschien beter,' zegt hij zacht in mijn oor. 'Dan stopt alles in mijn hoofd.'

Zijn toon. Het klinkt niet als het kind, maar als degene die voor het kind op de vlucht is. Hij zweeft voortdurend tussen alles in.

'Ik snap dat je dat wilt,' zeg ik.

'En dan ben ik weer bij Wanda,' zegt hij. 'Net als Heathcliff bij Catherine.'

'Misschien vlieg je wel weg als je springt.'

'Zo'n verhaal is dit niet.'

'Nee. Dat denk ik ook niet.'

Ik weet niets meer te zeggen. Iedereen staat doodstil.

'Ik wil alleen maar het beste voor jou,' zeg ik. 'Net als Wanda dat wilde.'

Even gebeurt er niks, dan voel ik zijn spieren iets verslappen. Ik krijg een heel klein beetje lucht.

Cees

Cees ziet hoe Jonathan haar langzaam loslaat. Het lukt Tamara zelfs een klein stukje bij hem vandaan te schuifelen.

De man naast Cees zegt dat ze nu een vrij schot hebben. Cees brengt langzaam zijn hand omhoog.

Hij kijkt naar Jonathan. Jonathan kijkt terug.

Het kan hier en nu eindigen met een schot en met Jonathan die in de diepte valt. Cees hoeft het teken maar te geven door zijn hand als een zweepslag naar beneden te brengen.

'Dit is misschien onze enige kans,' zegt de man naast hem.

Cees weet wat hij moet doen.

Tammy

Jonathan draait zich langzaam om. Ik zie hoe hij zijn gezicht wegdraait van de gewapende mannen en zich naar de afgrond richt. Ik kijk naar Cees. Hij staat daar met zijn hand omhoog. Ze kunnen schieten nu, dan wordt Jonathan in zijn rug geraakt en stort hij voorover de diepte in. Maar die zwevende hand lijkt eerder een teken om te wachten. Durven ze niet omdat ik zo dichtbij sta? Ik kan wegrennen nu. Jonathan alleen laten. Dan is hij over een paar seconden dood.

Ik doe een stap terug in Jonathans richting en ga achter hem staan, dek hem weer af voor de wapens.

We zwijgen, kijken uit over het land en de zee in het strijklicht van de zon. Ik over zijn schouder.

Als hij zijn armen langzaam iets spreidt en zijn gewicht naar voren begint te verplaatsen, grijp ik hem bij zijn kraag.

'Laat me los,' zegt hij. 'Anders ga je mee.'

'Griekse mythen,' zeg ik, 'gaan over tragische karakters die vol woede zitten omdat ze vervuld zijn van schuld. In die verhalen zit zo'n personage tussen de brokstukken van zijn leven nadat alles is ingestort. Maar juist dan leren ze zichzelf kennen en staan ze op. En worden ze een held.'

'Ik ben geen held.'

'Niet als je nu springt. Alleen domme mensen zijn destructief. Die maken dingen kapot in plaats van dat ze dingen oplossen. Die lopen weg. Maar dat is makkelijk. Dan verandert er niks. Vincent loopt niet weg. Puck ook niet, zelfs niet nadat ze haar kind kwijt is geraakt.'

'Ik word gearresteerd, ik ga naar de gevangenis.'

'Ja.'

'En ik krijg Wanda er niet mee terug.'

'Nee.'

'Wat heeft het dan voor zin?'

'Jouw verhaal is belangrijk. Ik zal luisteren. Ik zal het voor je opschrijven. Zodat iedereen het kan horen. Jouw verhaal kan laten zien wat er gebeurt als mensen die hulp nodig hebben geen hulp krijgen. Als ze door iedereen in de steek worden gelaten.'

Alleen de zachte wind. Een meeuw die in de verte op een luchtstroom zweeft.

Ik laat de kraag van Jonathan los maar blijf achter hem staan terwijl hij nog steeds naar voren helt.

'Alles begint met woorden,' zeg ik. 'En ik heb gezegd dat ik zal luisteren.'

Langzaam laat hij zijn armen zakken. Beweegt terug naar achteren, komt weer op zijn voeten te staan.

Ik kijk achterom. Cees en ik kijken elkaar aan.

Hij begrijpt mijn blik.

'Ik blijf bij je,' zeg ik tegen Jonathan.

Epiloog

Tammy

Woensdag 22 november 2023

'Waarom liet je die mannen niet schieten?'

'Dat was niet aan mij. Ik had daar geen bevoegdheid.'

'Gelul. Je stond daar met je hand omhoog. Als jij het teken had gegeven... Maar dat deed je niet.'

'Nee... en daar lig ik nog iedere nacht wakker van.'

'Hoezo? Het is toch goed afgelopen?'

'Ik had voor jouw veiligheid moeten kiezen. In plaats daarvan heb ik je leven in gevaar gebracht.'

'Dat deed Jonathan, niet jij.'

'Ik had hem uit kunnen schakelen, maar ik kon het niet.'

'Het was de juiste beslissing.'

'Had je dat ook gezegd als hij je mee had gesleurd dat ravijn in?'

'Dat is niet gebeurd.'

'Ik heb het erop aan laten komen.'

'Je dacht dat het goed zou komen. En je had gelijk.'

'Dat vertrouwen had ik nooit mogen hebben.' Cees schudt zijn hoofd. 'Het is voor mij het bewijs van iets wat ik al een tijdje weet. Dat ik niet meer in staat ben om...'

Hij maakt zijn zin niet af maar ik denk te weten wat hij

wilde zeggen.

'Is dat de reden waarom je met vervroegd pensioen bent gegaan?' vraag ik.

Hij knikt en neemt een slok.

Het is druk in het restaurant. Alsof mensen hier een veilig heenkomen hebben gezocht. Vanaf het moment dat ik terug ben gekomen in Nederland heeft het onafgebroken geregend, ook nu kunnen we amper naar buiten kijken vanwege het water dat langs de ramen stroomt. Ik hoop dat het niet in het hele land zo is en dat het mensen er niet van weerhoudt vandaag naar de stembus te gaan.

'Hoe ver ben je met hem?' vraagt Cees, in een duidelijke poging van onderwerp te veranderen.

'Ik laat hem praten. Ik maak aantekeningen die ik thuis uitwerk. Het is nog lang geen geheel. Het heeft tijd nodig. Ook bij hem. Morgen ga ik weer naar hem toe.'

'Hij vertrouwt je.'

'Ik denk 't.'

'Ik vind het knap wat je doet.'

'Ik hou me aan mijn woord.'

'Omdat je deugt.'

'Hij wil ook dat dat boek er komt. Het is een belangrijk verhaal.'

'Moordenaars worden nooit als moordenaar geboren.'

'Precies.'

Even luisteren we naar het gekletter van de regen.

'En wat ga jij doen?' vraag ik. 'Gaan jij en je vrouw dat huisje op Kreta kopen en ga je daar boeken zitten lezen?'

'Nee.'

'Waarom niet?'

Hij zet zijn glas neer. 'Mijn dochter Maaike en haar man verwachten een tweede kind.'

'Gefeliciteerd.'

'Dank je. Daarom blijven Jacqueline en ik liever een beetje in de buurt. Om niks te missen en om op te passen en zo. Het is allemaal... zo kwetsbaar.'

Hij pakt zijn glas weer op en neemt snel nog een slok.

'Ben je blij dat je gestopt bent?' vraag ik.

'Niet blij,' zegt hij. 'Wel opgelucht. Het is tijd om de wind een beetje door het verleden te laten waaien.'

'Als dat verhalen oplevert die je kwijt wilt, hou ik me aanbevolen.'

Cees kijkt me met een glimlach aan.

Thuis check ik mijn mail. Pavlos schrijft dat hij heeft besloten om nog voordat het hoogseizoen begint naar Nederland te komen zodat ik hem Amsterdam kan laten zien. Misschien ga ik daarna wel met hem mee terug naar Loutro. Ik wil daar weleens in de zomer zijn, hou ik mezelf voor. In werkelijkheid denk ik iets te vaak aan Nikos.

Philippe, de zoon van Cloé, heeft me het manuscript van zijn thriller gemaild. Hij vraagt of ik tijd heb om het te lezen en om hem advies te geven, zoals ik heb aangeboden. Ik denk dat mijn Frans nooit goed genoeg is om het te kunnen begrijpen, maar als ik het bestand open zie ik dat hij het in het Engels heeft geschreven.

Ik lees de eerste bladzijden. Het verhaal begint met een paar jongens die zitten te roken in het droge gebied rondom de rivier Agly en daarmee een bosbrand veroorzaken.

Al snel ben ik alles om me heen vergeten.

Dankwoord

Graag bedank ik iedereen van Luitingh-Sijthoff voor hun vertrouwen en enthousiasme, en in het bijzonder Tom Harmsen voor de fijne samenwerking en zijn goede adviezen tijdens het hele schrijfproces, van eerste idee tot laatste versie. Dank aan Martijn Plukkel voor zijn kennis over Loutro. Ook ben ik veel dank verschuldigd aan mijn eerste lezers: Hymke de Vries, Danique Kivit en Violet Bijvanck. Hun opbouwende kritiek is zeer waardevol geweest. Tot slot dank aan Rieneke van Nunen voor haar onvoorwaardelijke steun en liefde.